HERMANA

SUE FORTIN

HERMANA

Editado por HarperCollins Ibérica, S.A.
Núñez de Balboa, 56
28001 Madrid

Hermana
Título original: Sister Sister
© 2017, Sue Fortin
© 2019, para esta edición HarperCollins Ibérica, S.A.
Publicado por HarperCollins Publishers Limited, UK
© De la traducción del inglés, Sonia Figueroa Martínez

Diseño de cubierta: Diseño Gráfico
Imágenes de cubierta: Arcángel

ISBN: 978-84-9139-233-0
Depósito legal: M-13089-2019

1

A veces, el frío más intenso no se encuentra en pleno invierno, cuando el aliento es una nube blanca, tienes los pies entumecidos y los dedos rígidos y helados; a veces, el frío más intenso se encuentra en la calidez de tu propio hogar, en medio de tu propia familia.

Hay una cosa que sí tengo clara, y es que estoy tumbada en una cama que no es la mía; en primer lugar, porque el colchón es más firme y no noto la familiar suavidad a la que estoy acostumbrada. Alargo los dedos con cautela y oigo el suave roce de algodón contra plástico, así que deduzco que se trata de un colchón impermeable.

Noto el peso de la ropa de cama que me cubre; otra cosa que echo en falta es la reconfortante suavidad del edredón con relleno de fibra. Lo que me cubre es más pesado, menos flexible. Levanto un dedo y lo deslizo por la tela... más algodón almidonado, supongo que el peso extra se deberá a que hay una manta encima de la sábana. Apuesto conmigo misma a que es azul, pero me lo pienso mejor y aseguro la jugada. Es azul o verde, puede que blanca. Últimamente he estado apostando mucho sobre seguro, la verdad. Pero es una manta celular, de eso no hay duda.

Hasta ahora me he esforzado por no abrir los ojos. Oigo voces indistintas de gente que pasa al otro lado de una puerta cerrada, el sonido va ganando y perdiendo intensidad como el susurro de una ola rompiendo en la orilla.

En el aire se percibe un ligero olor a antiséptico mezclado con el penetrante y dulzón ambiente de un entorno estéril, lo que confirma mis sospechas de que estoy en un hospital.

Hay otro olor, otro que me resulta muy familiar. Es el olor de la loción para después del afeitado que él usa, una loción que tiene un punto limpio y fresco, y que yo misma le compré el año pasado por nuestro aniversario; cumplimos ocho años de casados. Es de una marca cara, pero no me importó el precio porque con Luke nunca he escatimado el dinero. Se llama Forever y, teniendo en cuenta que eso significa «Para siempre», el nombre ha resultado ser irónico, porque no sé si voy a comprarle otro regalo de aniversario, ni este año ni ningún otro.

—¿Clare? ¿Me oyes, Clare? —Es la suave voz de Luke, cerca de mi oído—. ¿Estás despierta?

No quiero hablar con él, no estoy lista para hacerlo. No sé por qué, pero algo en mi interior está advirtiéndome que no responda. Sus dedos rodean los míos y noto la presión cuando me los aprieta; siento el extraño impulso de zafarme de su mano. No lo hago, permanezco completamente inmóvil.

Oigo el sonido de la puerta al abrirse, unas zapatillas con suela de corcho crujen contra el suelo de linóleo al ir acercándose y alguien habla en voz baja.

—Disculpe, señor Tennison, pero le espera fuera un policía que quiere hablar con usted.

—¿Tiene que ser ahora mismo?

—También quiere hablar con la señora Tennison, pero le he dicho que eso no es posible aún.

La mano de Luke suelta la mía y oigo el roce de una silla contra el suelo.

—Gracias —dice él.

Aguzo el oído mientras sale de la habitación junto con la enfermera. Él no debe de haber cerrado bien la puerta, porque oigo con claridad la conversación que está desarrollándose.

—Soy el inspector Phillips. Lamento molestarle, señor Tennison. Esperábamos poder hablar con su mujer, pero la enfermera dice que aún no ha recobrado del todo la consciencia.

—Así es.

Noto la actitud protectora que se refleja en el tono de voz de Luke y me lo imagino irguiéndose todo lo alto que es y cuadrando los hombros. Es lo que suele hacer cuando está imponiendo su autoridad, lo que suele hacer cuando discutimos.

—Quizás usted pueda ayudarnos.

—Lo intentaré.

Una ligera irritación se refleja ahora en sus palabras. Supongo que quien no le conozca no la percibiría siquiera, pero últimamente yo he oído ese tono a menudo, demasiado a menudo.

—¿Cómo describiría usted la actitud de su esposa antes de... eh... del incidente de ayer? —pregunta Phillips.

Sus palabras me desconciertan, ¿de qué incidente estará hablando? Intento recordar a qué estará refiriéndose, pero no me acuerdo de nada y la respuesta de Luke desvía mi atención.

—¿Su actitud?

—Su estado de ánimo. Si estaba contenta, triste, preocupada, nerviosa...

Luke le corta con sequedad.

—Sí, ya sé lo que significa «actitud».

Ahora la irritación que se refleja en su voz es obvia y me lo imagino mirando ceñudo al inspector, como diciendo: «¿Acaso me tomas por idiota?».

Me estrujo el cerebro intentando recordar cómo me he sentido últimamente. Las olas que rompen en la orilla de mi consciencia están teñidas de tristeza, enfado y miedo, pero no alcanzo a comprender el porqué.

Luke tarda en contestar, así que debe de estar dándole vueltas a la pregunta que le ha hecho el inspector. Seguro que quiere darle la respuesta adecuada. Si los neblinosos recuerdos que flotan en mi mente no me engañan, es una respuesta que probablemente me vea obligada a rebatir más adelante.

Estoy empezando a recordar, aunque lo que me viene a la mente no son recuerdos concretos. Se trata de sensaciones que no llegan en un goteo, sino en oleadas. Siento cómo va resurgiendo la ira y me pregunto si Luke estará pensando en lo enfadada que he estado, en lo testaruda que me he vuelto. ¿Qué fue lo que me dijo durante aquella discusión que tuvimos? Ah, sí, ya me acuerdo, me dijo que estaba comportándome como una jodida loca. ¿Se lo contará al detective? Si lo hace, ¿le confesará cuál es la causa de que me comporte así?

—Clare ha estado sometida a mucha presión últimamente, tiene muchos frentes abiertos —contesta al fin.

—¿En qué sentido? —insiste el inspector.

—Está resultándole difícil acostumbrarse a ciertos cambios que ha habido en su vida personal. —Seguro que por dentro está pensando: «¿Y a ti qué coño te importa?».

Lucho por entender lo que pasa, no sé a qué cambios en mi vida personal se refiere. ¿Qué cojones habrá pasado?, ¿por qué he acabado en el hospital?

No encuentro la respuesta de inmediato, pero en ese corto lapso de tiempo un ominoso presentimiento se cuela sibilino en la habitación, avanza lentamente hacia mí y envuelve mi cuerpo. Una gélida sensación me inunda, se me eriza el vello de los brazos y tomo conciencia de que ha pasado algo horrible. He hecho algo tan terrible que mi mente está intentando bloquearlo, algo que soy incapaz de asimilar.

Yo, Clare Tennison, soy una buena persona. Soy una mujer con una exitosa carrera profesional, ya que soy socia en el bufete de abogados Carr, Tennison & Eggar; soy una hija que quiere y respeta a su madre, Marion; soy la abnegada madre de dos hijas, Chloe y Hannah; Luke tiene en mí a una esposa que le ama y le apoya. ¡Por Dios, si hasta soy miembro del consejo escolar!

Clare Tennison no comete maldades, así que ¿a qué se debe este miedo impregnado de culpabilidad?, ¿qué es lo que he hecho?

No quiero que llegue el siguiente segundo. Intento bloquearlo, hacer que el tiempo quede en suspenso, permanecer ajena a esta realidad. Vivir con temor, por muy horrible que sea, es preferible a la alternativa, a vivir siendo consciente de lo que he hecho.

¡Zas!

He recobrado la memoria. Recuerdo, con tanta claridad como si estuviera mirando a través de un vidrio pulido con esmero, qué es lo que he hecho exactamente.

Veo mis manos en el volante, conduciendo el coche, mientras circulo a toda velocidad rumbo a casa. La aguja del velocímetro sube y baja, la del cuentarrevoluciones asciende y cae conforme cambio de marcha y manejo el coche por las estrechas carreteras. Los setos se desdibujan en mi visión periférica y los árboles pasan zumbando en una borrosa amalgama que me recuerda a una acuarela emborronada.

Tardo un momento en darme cuenta de que ella está ahí delante, de que la tengo justo enfrente y una tonelada de metal va a arrollarla. ¿Cómo es posible que no la haya visto? Estamos a plena luz del día, el cielo está despejado; no tengo el sol de frente, así que no me ciega, y no hay lluvia alguna que esté dificultando la visibilidad. Tengo una vista completamente despejada. Ella aparece de la nada, aparece justo frente a mí. Grito y piso de golpe el freno, oigo el chirrido de la goma contra el asfalto mientras las ruedas se agarran al suelo. Doy un volantazo hacia la izquierda para intentar esquivarla, pero ya es demasiado tarde.

El nítido e innegable recuerdo del golpe hace que se me revuelva el estómago y creo que voy a vomitar, pero lo que emerge de mí es un sonido que me sale de lo más hondo, que asciende desde el fondo de mi estómago y arranca a su paso mi corazón. Para cuando escapa de mi garganta se ha convertido en un grito de dolor descarnado, un dolor tan intenso que está más allá de las lágrimas. Mi cuerpo se enrosca de forma involuntaria en posición fetal. La escayola me impide mover el brazo izquierdo, pero mi otra mano cubre mi vendada cabeza como si estuviera preparándome para el aterrizaje forzoso de un vuelo condenado al desastre. Noto que un tubo tironea de mi brazo, algo se arranca de mi mano.

Lo siguiente que sé es que hay un revuelo de gente a mi alrededor... enfermeras. La primera de ellas, con palabras tranquilizadoras a la par que firmes, está pidiéndome que me calme, me dice que todo va a salir bien; la segunda, con palabras más severas, está diciéndome que no forcejee, que estoy sacando la vía intravenosa, que voy a hacerme daño. Y también oigo la voz de Luke, una voz fuerte y suave a la vez.

—Shh... Tranquila, cielo... —está diciéndome, empleando el apelativo cariñoso que últimamente no he oído salir de sus labios.

Su tono de voz es parecido al que usa con las niñas cuando están alteradas, como cuando Chloe se ha caído y se ha hecho un rasguño en la rodilla o Hannah descubrió que el ratoncito Pérez no existe de verdad.

—Tranquila, no pasa nada. Todo va a salir bien, te lo prometo.

Quiero creerle, de verdad que sí, pero ¿cómo puedo hacerlo si soy responsable de un crimen tan terrible? Mi cuerpo se sacude con una arcada y emerge un nuevo sollozo.

Lo último que recuerdo es la fría sensación de un líquido penetrando por el dorso de mi mano, el dolor al sentir cómo asciende por el brazo. Noto cómo mi cuerpo va relajándose, y entonces el mundo que me rodea se desvanece mientras mi mente viaja de vuelta al punto de inicio de esta pesadilla.

2

Seis semanas antes...

Creo por un instante que no tengo que levantarme para ir a trabajar, tengo la sensación de que debe de tratarse de un relajado domingo de verano. El sol de finales de septiembre está aferrándose aún a días algo más cálidos, y una suave y refrescante brisa mece de vez en cuando la cortina de gasa. Me gusta dormir con la ventana abierta, en cierto modo me hace sentirme libre.

Pero el aplastante peso de la realidad me envuelve conforme voy emergiendo más y más al mundo consciente. No me siento libre, y mucho menos en esta época del año, cuando con cada día que pasa va acercándose el cumpleaños de mi hermana.

Me vuelvo hacia un lado y me acurruco contra Luke, que aún sigue dormido, buscando consuelo en el mero contacto con otro ser humano. Le echo un vistazo a mi reloj y gimo quejicosa al darme cuenta de que es lunes, alargo el brazo y apago la alarma del despertador. No sé por qué me molesté en ponerla, en estos últimos días no la he necesitado porque el sueño parece haberse enemistado conmigo.

Pienso en mamá y en cómo, ahora que estamos en septiembre, el tiempo que se detiene a mirar el calendario va alargándose un poquitín más con el paso de los días. Ella va marcando en silencio el paso del tiempo y los niveles de ansiedad van creciendo conforme se acerca inexorable el veintiocho, que llegará en cuestión de cuarenta y ocho horas. A estas alturas ya tendría que haberme acostumbrado a esta pauta, ya que estos veinte años que han pasado han sido prácticamente una vida entera para mí, pero nunca alcanzo a estar preparada del todo para la intensidad de las emociones que evoca esta fecha. Es como si, conforme he ido haciéndome mayor, la ausencia de mi hermana hubiera ido acrecentándose y profundizándose, como si el dolor hubiera ido agudizándose y volviéndose más desgarrador aún. El dolor de mi madre y el mío propio.

A lo largo de los años he deseado en multitud de ocasiones que Alice estuviera aquí. No solo por la angustia de mi madre, sino porque, egoístamente, siempre he anhelado que desaparecieran los negros nubarrones que se cernían sobre nosotras. De pequeña no quería que se me conociera como la hermana de la niña a la que su padre se había llevado a América para nunca regresar, ni la hija de la madre con el corazón roto. Quería ser Clare Kennedy, tan solo quería ser normal.

De hecho, sigo queriéndolo.

Aún me queda hora y media antes de tener que dar comienzo a la operación militar que supone levantar a las niñas y prepararlas para ir al cole y a la guardería, así que me arrebujo un poco más contra Luke; a veces da la impresión de que tiene la capacidad de absorber mi tristeza y mi preocupación, de que puede succionarlas para que mis sentimientos puedan moverse con libertad y dejen de estar reprimidos.

Al notar que se mueve ligeramente al ir despertando lo aprieto con más fuerza contra mí con el brazo con el que rodeo su cuerpo, lo abrazo con suavidad. Tras ocho años de matrimonio y dos hijas, nunca nos hemos cansado el uno del otro. Él se da la vuelta y me besa.

—Buenos días, cielo —me dice, sin abrir los ojos, antes de darme la espalda de nuevo—. Buenas noches, cielo.

—¡Oye, colega, ni se te ocurra dormirte otra vez! —le susurro al oído, mientras deslizo la mano por su cuerpo y le atraigo de nuevo contra mí.

Él abre un ojo y lanza una mirada hacia el despertador.

—¡Por Dios, Clare, pero si son las cinco y media de la madrugada!

—¿Qué más da la hora que sea?

Le beso para acallar sus protestas y noto cómo su boca se curva en una sonrisa. Abre el otro ojo y me dice, sonriente:

—¡Estás haciendo trampa!

Me cubre con su cuerpo, me envuelve entre sus brazos y, por un rato, me doy el lujo de olvidar los desafíos de la vida real.

—¿Cómo hemos amanecido hoy? —dice mamá, al entrar en la cocina.

Luke y yo vamos de acá para allá preparando el desayuno y turnándonos para indicarles a las niñas qué es lo que hay que hacer a continuación. Si bien es cierto que Hannah, que ya tiene siete años, se las arregla bastante bien por sí misma y solo hay que guiarla, Chloe solo tiene tres años y hay que estar pendiente de ella en todo momento.

Vivimos con mi madre, Marion, en la casa donde crecí. En un principio, cuando nos vinimos a vivir con ella, Luke era un artista que luchaba por labrarse un nombre y yo estaba recién salida de la *uni* y acababa de conseguir mi primer trabajo en un bufete. Hay quien piensa que Luke aún acarrea el *hashtag* de «artista que lucha por labrarse un nombre». Con ello me refiero en concreto a mi madre, aunque en su defensa debo admitir que es una mujer muy tolerante.

En estos años la familia se ha expandido. Han llegado a nuestras vidas las niñas y ahora somos cinco los que vivimos en la casa, pero por suerte este lugar es una vieja rectoría lo bastante grande para que mamá disponga de una sala de estar propia y Luke de un estudio en el anexo de la casa.

«Es una tontería que yo viva sola en esta casa tan enorme, y el precio de la vivienda en Brighton está por las nubes». Dijo mi madre en aquel entonces. «Además, así me haréis compañía. Podré estar cerca de las niñas mientras las veo crecer, y vosotros tendréis una niñera en casa».

Si bien es cierto que tenía toda la razón en eso, que eran argumentos de peso y muy pragmáticos, en el fondo las dos sabíamos cuál era la verdadera razón por la que yo jamás me iría a vivir a otra parte.

Después de lo que había sucedido, yo nunca me habría mudado a otro sitio; a decir verdad, ni siquiera estaba segura de si habría sido capaz de hacerlo, por mucho que mi corazón me instara a optar por la opción por la que Luke se decantaba: que nos compráramos una casa propia donde crear juntos nuestros propios recuerdos. Mi conciencia no me lo permitía, no podía dejar sola a mi madre.

«No puedes seguir siendo cautiva de algo que pasó en tu niñez», me dijo él una noche, mientras yacíamos en la cama, en un último intento de hacerme cambiar de opinión.

La verdad era que sí que podía seguir siendo cautiva, y que siempre supe que las cosas serían así. Tan solo podrían cambiar si Alice regresara a casa.

—Venga, Chloe, vamos a la mesa —le digo a mi hija, antes de levantarla de la manta de juegos—. Buenos días, mamá.

Siento a la niña en la trona y la acerco un poco más a la mesa. Luke, quien está silbando mientras prepara el té, me pasa un bol de cereales.

—Alguien se ha levantado muy contento esta mañana —comenta mi madre, mientras se sirve una tostada. A pesar de la sonrisa, la delata el tono apagado de voz.

Luke y yo intercambiamos una mirada.

—Hace una mañana fantástica, el sol brilla y estoy rodeado de mi familia, incluyéndote a ti —dice él con entusiasmo, antes de lanzarle la más brillante de sus sonrisas en un intento de animarla.

Ella desvía la mirada, sus ojos buscan de forma automática el calendario que hay colgado en la pared y se posan en la fecha de pasado mañana.

—Hoy tengo que ir al pueblo a recoger una cosa en la joyería.

No hace falta que nos diga que se trata del regalo de cumpleaños de Alice, todos lo sabemos. Cada año sin falta le compra un regalo para su cumpleaños y otro en Navidad, para cuando vuelva a casa. Nunca es «por si Alice vuelve», siempre es «para cuando vuelva».

—Puedo llevarte si quieres —se ofrece Luke—. Dejamos en la guardería a Chloe y después nos vamos directos a la joyería.

—¿En serio?, ¡te lo agradecería mucho! —La sonrisa de mamá es más cálida en esta ocasión.

Me gusta que exista una buena relación entre los dos, es algo que facilita mucho la convivencia. Casi todos nuestros conocidos suelen aprovechar la cena para disfrutar de algo de tiempo en familia, pero en casa de los Tennison la comida que se comparte en familia es el desayuno. Yo llego de trabajar muchas veces hacia el anochecer, y para entonces ya es muy tarde para que cenen las niñas. Soy consciente de que Luke preferiría que las cosas fueran distintas, pero siempre se esfuerza por el bien de todos.

—Hannah, hoy tienes clase de flauta —le recuerdo a mi hija, mientras conduzco una cucharada de cereales tras otra hacia la boca de Chloe—. Que no se te olvide, Luke. Me parece que el cuaderno de música aún sigue encima del piano, en la sala de estar.

—Eh... Sí, todo está bajo control —me contesta él, antes de inclinarse hacia Hannah y susurrar con teatralidad—: ¿Tienes tú el libro?

La niña me lanza una mirada antes de contestarle en voz baja.

—No, creía que lo tenías tú.

Finjo no darme cuenta de que Luke se lleva un dedo a los labios y susurra:

—Deja esta misión en mis manos, yo me encargo.

Hannah suelta una risita, y cuando miro a Luke este me guiña el ojo y finge con teatralidad estar muy centrado en servir el té.

—¡Madre mía, qué tarde es! —exclamo, antes de apresurarme a darle otra cucharada de cereales a Chloe—. Tengo la reunión o, mejor dicho, el combate de los lunes a las nueve con Tom y Leonard. ¡Venga, Chloe, cómete esto!

Luke me quita la cuchara de la mano y me dice con calma:

—Anda, vete ya. No hay que hacer esperar al jefe.

—Leonard ya no es mi jefe —le recuerdo. Me tomo a toda prisa la taza de té que acaba de servirme, está caliente y me quema la garganta—. Recuerda que ahora soy una socia igualitaria.

—Ya, pero sigues comportándote como si aún lo fuera. Y no solo él, Tom también. Que sean ellos los que te esperen a ti por una vez.

Hago caso omiso del comentario y me despido de las niñas con sendos besos.

—Que paséis un gran día, mis preciosidades. Hannah, no te olvides de entregarle a tu profesora el permiso para la competición de natación. Chloe, pórtate bien en la guardería. Mamá os quiere muchísimo a las dos.

—¡Yo también te quiero! —exclama Hannah, tirándome besos, mientras yo rodeo la mesa.

—¡*O dambén de ero!* —repite Chloe, con la boca llena de cereales con leche.

—No te olvides de que al salir del cole irás a casa de Daisy —le digo a Hannah, antes de asegurarme de que Luke recuerda lo acordado—. Pippa recogerá a Hannah y le dará de merendar, después la traerá a casa.

Pippa es una de las pocas amigas que tengo en el pueblo, aunque seguramente no hubiera llegado a conocerla si nuestras hijas no se hubieran hecho amigas en el cole.

—Hasta luego, mamá. —Me despido de ella con un beso en la mejilla y después me inclino hacia delante para besar a Luke, que me agarra de la cintura y alarga el beso un poco más de lo necesario.

—¡A por ellos, cielo! ¡Tú puedes con ese combate en la jungla! —me suelta y lanza unos puñetazos al aire, como imitando a Alí boxeando—. ¡Flota como una mariposa, usa tu aguijón como una abeja!

Me recorre una oleada de amor por este hombre. Es mi mejor amigo, mi amante, mi marido, mi todo. Choco los cinco con él antes de agarrar mi chaqueta, que está en el respaldo de una silla, y tras salir de la cocina cruzo el vestíbulo. Allí están esperándome mi maletín y mi carretilla de transporte, que está cargada con un montón de expedientes que traje a casa para leerlos durante el fin de semana. Me detengo en la puerta, me vuelvo a mirar por encima del hombro y digo en voz alta:

—¡No os olvidéis...!

Antes de que pueda terminar la frase, Luke y Hannah dicen al unísono:

—¡La flauta!

El trayecto desde el pueblo donde vivimos hasta Brighton dura una media hora en un buen día, y hoy es uno de ellos. Tengo la radio encendida y procuro no pensar en Alice, me pongo a cantar la canción que está sonando y cuando los últimos acordes quedan atrás el locutor anuncia que la siguiente pertenece al disco retro de la semana. Me basta con oír las primeras notas para saber que se trata de *Slipping Through My Fingers*, de Abba, y de repente el corazón me da un vuelco y las lágrimas inundan mis ojos con semejante fuerza que durante unos segundos la carretera que tengo frente a mí se convierte en un borrón difuso. Esta canción siempre me recuerda tanto a mamá como al agujero que Alice dejó en nuestras vidas. El claxon de otro coche logra que mi mente se centre de golpe en la carretera y el corazón me da otro vuelco, pero en esta ocasión es una reacción provocada por la adrenalina al darme cuenta de que acabo de saltarme un semáforo en rojo.

—¡Mierda!

Piso de golpe el freno para evitar colisionar contra un coche que viene de frente. Si mi vehículo tuviera pelo se le habría puesto de punta, doy gracias por el sistema antibloqueo de mi BMW. Le hago un gesto de disculpa con la mano al otro conductor, quien, afortunadamente, también ha tenido el tino de frenar.

No sé leer los labios, pero estoy bastante segura de que está empleando todos los epítetos poco halagadores que aparecen en el diccionario para describirnos a mi forma de conducir y a mí. Articulo «perdón» con los labios, y él da marcha atrás con su coche y se larga a todo gas con un estridente chirrido de ruedas y un airado gesto final.

Varios minutos después entro en el aparcamiento del bufete de abogados Carr, Tennison & Eggar sin haber sufrido ningún otro incidente, y me tomo un momento para mirarme en el retrovisor y comprobar cómo tengo el maquillaje. No quiero entrar a trabajar con regueros negros de rímel bajándome por la cara.

Una vez que siento que he recobrado la compostura, agarro mis cosas y abro la puerta del bufete, que se encuentra en una casa unifamiliar de los años treinta reformada.

—Buenos días, Nina —saludo a la recepcionista, mientras mantengo abierta la puerta con la cadera y entro la carretilla.

—Buenos días, Clare. —A juzgar por cómo me mira, está claro que no he logrado disimular las lágrimas, pero no hace ningún comentario al respecto—. Tom y Leonard ya están en la sala de reuniones. —Indica con un gesto de la cabeza las puertas dobles de vidrio esmerilado situadas al otro lado del vestíbulo.

Miro mi reloj para ver qué hora es, y al ver que son las nueve menos diez decido que pueden esperar mientras llevo los expedientes a mi despacho y me retoco el maquillaje.

Sandy, mi secretaria, está sentada tras su escritorio, en la pequeña sala de espera que precede a mi despacho.

—Buenos días, Sandy. ¿Cómo te ha ido el fin de semana?

—¡Buenos días! Bien, gracias. ¿Y a ti?

—Bien también, gracias.

Eludo su mirada para intentar que no vea lo mal que llevo el maquillaje. Tengo un espejo en el interior de la puerta del armario alto con archivadores de mi despacho, estoy limpiándome a toda prisa las manchas de rímel con un pañuelo de papel cuando Leonard entra sin llamar.

—¡Ah, por fin te encuentro! —Se detiene y su astuta mirada evalúa la situación con rapidez—. ¿Estás bien?

—Sí. Bueno, al menos ahora. —Lo miro a través del espejo mientras sigo aplicándome el rímel.

—¿Seguro?

—Sí, por completo. He tenido un percance en la carretera, es lunes por la mañana y la gente está malhumorada.

—¿Ha sido por tu culpa?

Mi titubeo me delata mientras me debato entre ser sincera o no, y él cierra la puerta y se acerca a mí.

—¿Seguro que estás bien? Soy consciente de lo que significa esta semana para ti.

Agacho la cabeza, me siento avergonzada. No solo por mi falta de concentración, sino porque tengo los sentimientos más a flor de piel de lo que me gustaría admitir. Le miro a través del espejo intentando mostrarme segura de mí misma, me paso el cepillo del rímel por las pestañas una última vez y afirmo sonriente:

—Estoy perfectamente bien, te lo aseguro, pero gracias por preguntar.

Él me da unas paternales palmaditas en el brazo antes de adoptar de nuevo una sobria actitud profesional.

—Vamos, estamos esperándote. No puedo alargar demasiado la reunión, esa dichosa señora Freeman va a venir a verme.

—¿La señora Freeman? —Intento recordar si el nombre se mencionó en la anterior reunión de los lunes mientras guardo el rímel en el bolsillo de mi chaqueta y salgo del despacho tras él.

—Sí. Vaya vieja con cara de vinagre, es increíble que su marido la haya aguantado durante tanto tiempo. Qué quieres que te diga, debe de haber sido buenísima en la cama... aunque antes habría que cubrirle la cabeza con una bolsa para no verla, y habría que cubrirse también la de uno mismo por si acaso se cae la de ella.

—¡Leonard, no puedes decir ese tipo de cosas!

No puedo evitar sonreír ante su comentario a pesar de mi intento por reprenderle. Es un hombre extremadamente sincero y puede llegar a resultar grosero, pero eso es algo que ha dado pie a un sinfín de anécdotas divertidas a lo largo de los años.

Cuando llegamos a la sala de reuniones encontramos a Tom parado en la puerta acristalada que da a los jardines privados de la casa, se vuelve al oírnos entrar y dice sonriente:

—¡Perfecto, la has encontrado! —Ocupa su puesto en la mesa—. Ya te tengo preparado un café, Clare. ¿Has tenido un buen fin de semana?

—Sí, gracias —le contesto, antes de sentarme también.

En realidad me gustaría contestarle que no, que la verdad es que ha sido un fin de semana de mierda, que da la impresión de que a mamá está costándole más que nunca lidiar con la situación conforme se acerca otro cumpleaños más, pero me abstengo de hacerlo. Tom sabe cómo están las cosas, ha pasado por el abanico entero de emociones junto a mí durante estos años. Así que opto por desviar la conversación.

—Es una lástima que no vinieras a la barbacoa, ¿se solucionaron al final las cosas?

—Sí, siento no haber podido ir —contesta él—. Isabella decidió que quería a Lottie de vuelta para no sé qué fiesta en honor a su abuela.

—¿Isabella sigue dándote la lata? —le pregunta Leonard, mientras ocupa su puesto en la cabecera de la mesa.

—De vez en cuando. Lo típico, me pide dinero. Su última ocurrencia es que quiere llevarse a Lottie a esquiar a Nueva York, el viajecito va a costar una fortuna y soy yo quien va a tener que costearlo. ¿Qué ha sido de los viajes de una semana en la costa?

—Eso te pasa por no tener un acuerdo prenupcial —afirma Leonard antes de abrir su cuaderno, colocarlo ante sí sobre la mesa y sacar su pluma estilográfica Mont Blanc del bolsillo interior de la chaqueta—. ¿Cómo crees que he sobrevivido yo a tres divorcios?

Intercambio una sonrisa de solidaridad con Tom. Leonard siempre está dando la lata con el tema de los acuerdos prenupciales y la importancia que tienen.

—Lección aprendida —le asegura Tom.

—Y tú aún puedes conseguir uno postnupcial. —Leonard hace el comentario sin alzar la mirada del cuaderno, pero da unos golpecitos en la mesa con la pluma frente a mí.

—A Luke y a mí nos ha ido muy bien hasta ahora, así que no creo que tengamos problemas. —Sus palabras me han sentado un poco mal.

—Ya. El orgullo precede a la caída, tenlo en cuenta.

No le contesto, es una conversación que no va a llevarnos a ninguna parte. Jamás vamos a ponernos de acuerdo en esto. Al ver que Tom alza la cabeza y me pregunta con la mirada si estoy bien, yo contesto con un breve asentimiento de cabeza, y a partir de ahí nos centramos en el trabajo.

El combate de los lunes por la mañana (así llamamos en broma a esta reunión semanal) es la oportunidad perfecta para que cada uno mantenga informados a los otros dos sobre los casos en los que está trabajando. Leonard es muy meticuloso en lo que al trabajo se refiere, y para él esta reunión es un elemento crucial para que estemos bien organizados. Así, si alguno de los tres está fuera, los otros dos pueden hacerse cargo de sus casos. Y también es una forma muy agradable de empezar la semana laboral y de mantener el ambiente familiar que impera en el bufete, que es algo que los tres valoramos muchísimo.

Una vez que el combate ha terminado y que concluye mi cita de la mañana, voy a ver si Tom está disponible. Su secretaria, que está tecleando a toda velocidad, alza la mirada y me lanza una breve sonrisa, pero prosigue con su trabajo. Tom tiene la puerta abierta, lo que indica que no está ocupado. Ninguno de los tres somos tan pretenciosos como para exigir que se nos anuncie.

—¡Toc, toc! —le digo al entrar—, ¿te apetece un café? —Alzo las dos tazas que traigo.

—¡Mis palabras preferidas! —contesta él.

Tom y yo fuimos juntos a la universidad y nos graduamos a la vez. Tuvimos una breve relación durante nuestra época de estudiantes, pero una vez que terminamos la carrera decidimos que era mejor dejar dicha relación tras las puertas de Oxford, ya que los dos éramos ambiciosos y queríamos forjarnos una carrera profesional; aun así, tras separarnos seguimos estando en contacto y fui yo quien, un año después de entrar a trabajar en el bufete, le avisó de que había una vacante. A ambos se nos ofreció al mismo tiempo la oportunidad de convertirnos en socios.

Cierro la puerta con el talón del pie, le acerco la taza de café y se la dejo encima del escritorio.

—Bueno, ahora que estamos solos, ¿quieres contarme lo que pasó realmente ayer? —le digo, mientras me siento en la silla que tiene enfrente.

—Eso es lo que me gusta de ti, nada de preámbulos. No te andas con rodeos hasta llegar al motivo real de tu visita, vas directa a la yugular.

—Si me anduviese con rodeos, tú me pedirías que fuera al grano.

—En eso tienes razón. En fin, no hay nada que contar. Isabella se puso en plan arpía celosa cuando se dio cuenta de que yo iba a llevar a Lottie a tu casa. Ya sabes, lo de siempre.

—Es bastante patético que siga comportándose así —comento, ceñuda—. ¿Cuánto tiempo lleváis divorciados?, ¿tres años?

—Ya la conoces.

Lamentablemente, así es. En confianza, Tom siempre dice que la culpa de que su exmujer sea tan temperamental y celosa la tiene el hecho de que tenga sangre italiana; yo, por mi parte, doy gracias porque Luke se toma con mucha más filosofía lo de mi pasado con Tom.

—Bueno, ya basta de hablar de mí. ¿Cómo estás tú? —me pregunta él.

Me tomo un momento para decidir si debería hacerme la tonta y fingir que no sé a qué se refiere, pero descarto la idea. Tom es más que consciente de la importancia que tiene la fecha que se atisba como un amenazante nubarrón negro en el horizonte. Suelto un suspiro antes de admitir:

—Es una semana difícil y el ánimo de mamá va a peor con cada día que pasa. Yo esperaba que se animara un poco al juntarnos todos este fin de semana y la verdad es que la pobre lo intentó, pero me di cuenta de que en realidad estaba fingiendo. Leonard la trató genial, pasó gran parte de la tarde pendiente de ella y me dio la impresión de que ella lo agradeció.

—Te he preguntado por ti. Ya sé cómo es tu madre, para ella no hay alivio alguno. —Toma un poco de café antes de añadir—: Quiero saber cómo estás tú, Clare. ¿Duermes bien? Se te ve bastante cansada.

Suelto una carcajada llena de ironía al oír sus palabras.

—¿Es esa tu forma de decirme que tengo un aspecto horrible?

—Eso lo has dicho tú, no yo.

—Para tu información, la verdad es que últimamente no duermo demasiado bien. Esta época del año siempre me desestabiliza, nunca sé cómo me siento ni cómo debería sentirme. No sé si estoy triste por mamá, por Alice o por mí. Anoche estuve planteándome si la echo de menos o si el que no esté se ha convertido en algo normal, se fue hace tanto tiempo que su ausencia forma parte de mi vida. —Miro por la ventana y hago una pequeña pausa—. Como ya sabes, a principios de año contratamos a otra agencia de detectives para intentar localizarla, pero, como siempre, no se ha encontrado ni rastro de ella.

—Es increíble que resulte tan difícil localizar a alguien hoy en día, no es como cuando nosotros estábamos buscándola.

—Supongo que podría tener otro apellido. Tiene veintipocos años, puede que hasta se haya casado. Quién sabe, a lo mejor no quiere que la encuentren.

—Sí, es verdad. ¿Le has planteado esa posibilidad a tu madre?

—Se ha mencionado alguna que otra vez. Mi madre no es tonta, pero no se siente capaz de seguir adelante hasta que sepa la verdad, sea cual sea. Lo que pasa es que me resulta muy difícil lidiar con este torbellino de emociones exacerbadas que se crea en esta época del año y me da miedo, no sé cómo canalizarlo.

El teléfono de Tom empieza a sonar, es una llamada interna.

—Hola, Nina. Sí, aquí está. —Me mira mientras escucha a la recepcionista, se pone serio—. Vale, gracias... Hola, Luke, soy Tom. Ya te la paso. —Me ofrece el teléfono.

Luke no me llama nunca al trabajo, tenemos acordado que tan solo lo haga en caso de emergencia, así que me apresuro a agarrar el teléfono.

—¿Qué pasa?, ¿les ha pasado algo a las niñas?

—No, ellas están bien. —A pesar de sus palabras detecto cierta tensión en su voz, así que me preparo para recibir una mala noticia, pero él se anticipa a la pregunta que estoy a punto de hacerle—. Y tu madre también. No ha pasado nada malo...

—Entonces, ¿qué es lo que pasa?

—Tu madre ha recibido un sobresalto, tienes que venir a casa.

—¿Cómo que un sobresalto?, ¿qué quieres decir?

Miro a Tom como si él pudiera ser de alguna ayuda, y me indica el teléfono con un gesto.

—¿Quieres que hable yo con él?

Le digo que no con la cabeza, Luke está hablándome.

—Clare, cielo, tu madre ha recibido una carta. —Mi marido se interrumpe y me lo imagino moviéndose nervioso, percibo la tensión a través de la línea telefónica—. Una carta de... de Alice.

Sus palabras me dejan sin aliento, trago una bocanada de aire.

—¿De Alice?

—Pues sí.

—¿De mi hermana Alice?

—Eso parece.

—¡Mierda! —Ya estoy poniéndome en pie. Me flaquean las piernas y apoyo una mano en el respaldo de la silla para sostenerme—. ¡Voy para allá!

3

Querida Marion:

Seguro que recibir esta carta habrá sido una completa sorpresa para ti, o que al menos te habrá tomado desprevenida. Llevo tiempo intentando decidir si debía escribirte o no, y no sabes cuántas veces he empezado a redactar esta carta y he terminado rompiéndola y empezando de nuevo. ¿Qué puede decirle una a su madre cuando hace veinte años que no la ve? No sabía si hacía bien contactando contigo, pero no hacerlo me parecía un error.

Estarás preguntándote por qué no te he escrito antes, pero es que hace poco que he conseguido tus datos personales y no era algo de lo que pudiera hablar con mi padre. He sabido desde niña que este era un tema sobre el que no debía preguntar. Era muy joven cuando me vine a vivir a América y tan solo me quedan recuerdos fragmentados de Inglaterra, pero los que tengo los guardo como un tesoro.

Recuerdo que preparaba pasteles contigo, de esos de crema de mantequilla espolvoreados con fideos de colorines, y que después me dejabas lamer el recipiente; me acuerdo de estar escuchando cómo me contaban un cuento antes de dormirme, mi preferido era el de un gato al que no le gustaba el pescado; tengo un vívido recuerdo de estar subida en un columpio, me reía y pedía entusiasmada que me empujaran más fuerte para poder subir más y más. Quería tocar las nubes con los pies, imaginaba que serían tan suaves y blandas como el algodón de azúcar.

Me acuerdo de tu sonrisa, que era preciosa. En mi mente te veía como una persona que reía mucho y que siempre llevaba los labios pintados de rosa. No era un tono fuerte y llamativo, sino uno suave que brillaba cuando hablabas; a veces, cuando Clare y yo jugábamos a disfrazarnos, dejabas que usáramos tu pintalabios y yo fruncía los labios al ponérmelo, tal y como te había visto hacer a ti a diario.

He intentado con ahínco aferrarme a todos estos recuerdos, siempre han sido especiales para mí. A mi padre no le gustaba que yo hablara de Inglaterra y, conforme fue pasando el tiempo y mi vida de allí fue quedando atrás, fui distanciándome también mentalmente. No sé cuándo dejé de pensar cada noche en mi casa de Inglaterra, cuándo empezaron a pasar semanas y después meses hasta que volvía a acordarme de ella, pero los recuerdos siempre estuvieron ahí. Lo que pasa es que dejé de visitarlos.

Espero que puedas comprender que nunca os he olvidado a Clare y a ti, la cuestión es que era muy joven y mi vida tomó otro rumbo. Siempre fantaseé en secreto con que algún día os encontraría, o vosotras a mí, y ahora que lo he logrado espero que podamos mantenernos en contacto.

No sé si lo sabrás, pero Patrick, mi padre, murió el año pasado. Fue Roma, mi madrastra, quien me facilitó tu dirección. Me dijo que creía estar haciendo lo correcto, que ella siempre había sido partidaria de que yo pudiera contactar contigo y había sido mi padre quien lo había impedido. No sé qué fue lo que pasó entre él y tú porque, como ya te he dicho, ese siempre fue un tema tabú, pero fuera lo que fuese quiero que sepas que siempre he tenido la sensación de que me querías mucho y que al final ha sido eso lo que me ha convencido de que debía escribirte.

Espero que esta carta no sea demasiado dolorosa, lo lamento si ha abierto viejas heridas.

Me encantaría de corazón saber de Clare y de ti aunque solo sea para que todas podamos pasar página, pero en el fondo tengo la esperanza de que sea mucho más que eso.

Tu hija,
Alice

P. D.: Fue tras la muerte de mi padre cuando encontré mi certificado de nacimiento y me di cuenta de que no me apellido Kendrick, tal y como yo creía, sino Kennedy. Parece ser que papá cambió nuestro apellido cuando nos vinimos a vivir aquí y, como nunca antes me había tenido que hacer el pasaporte, ni me había enterado. Puede que esa sea la razón de que no hayas podido encontrarme si me has buscado.

Deslizo los dedos por la página, por la hoja de papel que mi querida hermanita pequeña ha tocado. El cambio de apellido lo explica todo. No es de extrañar que no fuéramos capaces de encontrarla, resulta que no estábamos buscando a la persona correcta. El nombre que siempre les dimos a los detectives era «Patrick Kennedy». Recuerdo que uno de ellos estaba convencido de que lograría encontrar a mi padre, creía que resultaría fácil localizar a Patrick Kennedy a pesar de que este fuera un ciudadano americano. Al final, al ver que no lograba su cometido, el detective me dio la excusa de que había un montón de hombres que se llamaban así en América debido a la gran cantidad de irlandeses que habían cruzado el charco, y alegó que no podía averiguar cuál de ellos era el que estábamos buscando. ¡Dios, ojalá hubiéramos sabido lo del cambio de apellido!

Si uno se para a pensar en ello, la verdad es que tiene sentido. Mi padre no quería que le encontraran, seguro que lo planeó todo antes de marcharse. No puedo llorar su muerte. ¿Cómo voy a hacerlo al recordar el sufrimiento por el que nos ha hecho pasar, el sufrimiento que le ha causado a mi madre? Lo que él hizo fue imperdonable.

Mi padre logró engañar a todo el mundo, esa era su especialidad. Era un hombre ruin, vengativo y carente de empatía, pero no tiene sentido que me angustie pensando en ello a estas alturas. Hemos recibido una carta de Alice, y eso es lo más maravilloso del mundo. Me da igual lo que él hiciera o dejara de hacer, lo único que me importa es el futuro.

Alzo la mirada hacia mamá, al ver que tiene los ojos inundados de lágrimas se agranda aún más el nudo que tengo en la garganta. Cruzo la habitación en dos zancadas, me arrodillo ante ella y la abrazo, las lágrimas fluyen mientras veinte años de angustia manan de nosotras en una oleada incontrolable.

—¡Ha vuelto, Clare! —me dice entre sollozos, con la boca apretada contra mi pelo—. ¡Vamos a recuperarla!

No sé por cuánto tiempo permanecemos así, aferradas la una a la otra, pero finalmente me echo hacia atrás y la miro sonriente. Ella me devuelve la sonrisa, enmarca mi rostro entre sus manos y apoya su frente en la mía.

—Esto era lo único que le pedía a la vida.

—Ya lo sé, mamá, ya lo sé —le susurro—. Nos ha encontrado. Después de tanto buscarla, de tantas horas, días, meses y años de dolor, ella nos ha encontrado.

Mamá se echa hacia atrás para volver a sentarse bien en el sofá. Cuando yo me levanto del suelo y me siento junto a ella me quita con suavidad la carta de la mano, la alisa para quitar las arrugas creadas por nuestro abrazo y comenta con tristeza:

—Kendrick. Ojalá lo hubiéramos sabido.

—No nos centremos en eso, mamá. No podemos cambiar el pasado, lo que importa es lo que pase a partir de ahora.

—Sí, ya lo sé. Tienes razón, pero es que necesito algo de tiempo para poder asimilarlo. Has visto lo que dice de tu padre, ¿verdad? —Señala con un dedo la línea en cuestión.

—Sí, está muerto.

Me encojo de hombros en un gesto de indiferencia, no tengo ningún vínculo afectivo con el hombre al que Alice menciona en la carta. Lo único que recuerdo es un sentimiento de miedo y su vozarrón atronador, pero no le conozco y no puedo llorar la muerte de un completo desconocido. Que yo recuerde, en su momento no lamenté que se marchara, lo único que me dolió fue perder a Alice. El hombre que se supone que es mi padre nunca ha estado vivo para mí y puede que esa sea la razón de que me encariñara tan rápido con Leonard, quien era lo más parecido a un padre que iba a tener.

Pasamos el resto de la mañana decidiendo cómo vamos a contestarle a Alice. Tanto mamá como yo queremos hacerle saber cuánto nos hemos acordado de ella a lo largo de los años, cuánto ansiábamos tener noticias de ella y cuánto la queremos. Queremos dejarle claro que nunca hemos dejado de quererla.

—Voy a redactar una respuesta, y cuando la tenga lista te la enseño por si quieres añadir algo —me dice mamá.

—Perfecto, a ver qué se me ocurre.

Está claro que mamá se encuentra bien y se ha recuperado de la impactante sorpresa, así que vuelvo al trabajo, pero por una vez en mi vida mi mente no es capaz de separar la vida laboral de la personal y a lo largo de la tarde mis pensamientos se desvían cada dos por tres hacia Alice y la carta. Menos mal que tengo una secretaria tan competente, porque pongo unos nombres equivocados en un documento legal y anoto una cifra errónea en el acuerdo alcanzado en un caso de divorcio de altos vuelos; por suerte, Sandy se percata de ambos errores.

—No me extraña que no puedas concentrarte —comenta Tom, mientras salimos juntos rumbo al aparcamiento al finalizar la jornada—. Yo mismo apenas he podido pensar en otra cosa.

—¿En serio?

—Sí. El que Alice haya estado ausente todos estos años ha sido un factor muy importante en tu vida y, por extensión, también en la mía.

Pienso en ello por un momento, supongo que tiene razón. La verdad es que yo nunca lo había visto de esa forma.

—¿Su ausencia me ha definido? —le pregunto al fin.

Él frunce los labios antes de contestar.

—Yo no diría tanto como eso, pero sí que forma parte de ti. Es algo de lo que no puedes huir.

—No, supongo que no.

—Oye, ya estás dándole demasiadas vueltas a las cosas otra vez. —Me da un empujoncito juguetón en el hombro con el suyo—. ¿Qué opina Luke?

—La verdad es que no ha dicho gran cosa.

Básicamente, mi marido se ha limitado a permanecer sentado en la silla y observar. Ha preparado té y me ha dado un abrazo para reconfortarme, pero en términos generales se ha guardado su opinión.

—¿Hasta qué punto está enterado de lo que pasó?

—Está enterado de todo. Sabe tanto como tú, tanto como yo misma. Papá se llevó de vacaciones a Alice, y no regresaron. No hay mucho más que decir. —Unas inesperadas lágrimas me inundan los ojos y me enfado conmigo misma por ser incapaz de mantener mis emociones bajo control. No soy una mujer de lágrima fácil, o quizás debería decir que no lo había sido hasta ahora.

Tom me observa por unos segundos, me siento un poco incómoda bajo su penetrante mirada. Alarga las manos hacia mí y me abraza, los años se desvanecen y es como estar de vuelta en la universidad. Un abrazo suyo me resulta plácido y familiar, es reconfortante y natural..., pero entonces deposita un beso en mi coronilla y yo me aparto con tanta rapidez que estoy a punto de darle un cabezazo. Estos no son los brazos en los que tendría que estar buscando consuelo.

—Gracias —le digo, después de retroceder un paso. Soy incapaz de mirarle a los ojos. Rebusco en el bolso hasta que encuentro las llaves de mi coche—. Será mejor que me vaya ya para casa, quiero ver lo que ha escrito mamá. He estado pensando en ello esta tarde, no quiero que se exceda y Alice se eche para atrás. —Estoy parloteando, me siento avergonzada por los viejos sentimientos que han reaparecido fugazmente.

Tom se mete las manos en los bolsillos del pantalón.

—¿Qué pasa? —le pregunto, al ver la pequeña sonrisa que hay en su rostro y el brillo de diversión que se refleja en sus ojos.

Él sacude la cabeza y se agacha para tomar su maletín antes de contestar.

—Relájate, Clare. No ha sido más que un abrazo amistoso.

—Sí, ya lo sé.

Me siento como una tonta por reaccionar de forma tan exagerada.

—Esta tarde mis emociones son un poco caóticas. —Le doy un abrazo y un beso en la mejilla como los que solemos compartir. Buenos amigos, colegas, compañeros de trabajo—. Y esto ha sido para demostrar lo claro que lo tengo.

Llego a casa y Luke está arriba, bañando a las niñas. Tiene una salpicadura de pintura acrílica amarilla en el pelo y una manchita azul en la mejilla.

—Ya veo que te ha quedado algo de tiempo para pintar un poco, ¿cómo lo llevas? —Me arrodillo junto a él y dejo caer un hilo de agua por la espalda de Chloe, que se retuerce y ríe encantada.

—La cosa no va mal, aunque hoy no he podido concentrarme. A lo mejor hago otro intento cuando estos dos terremotos estén acostados. Venga, Hannah, tienes que salir ya. Aquí tienes una toalla.

—Ven, agárrame la mano. —La ayudo a salir de la bañera y la envuelvo en la toalla.

—¡Yo *tambén*!, ¡yo *tambén*! —exclama Chloe.

Siempre quiere hacer lo mismo que su hermana, me recuerda a Alice conmigo. Se pasaba todo el día siguiéndome, pidiéndome que la dejara participar en mis actividades o que jugara con ella. Yo accedía la mayoría de las veces, pero recuerdo que en ocasiones me molestaba porque quería que me dejara en paz y me iba al fondo del todo del jardín para esconderme de ella. Tal y como suele pasar, me siento culpable al acordarme de aquello. He pasado veinte años sintiendo remordimientos y deseando no haberle dicho que no, deseando poder resarcírselo de alguna forma, y ahora tengo la oportunidad de hacerlo.

Luke y yo trabajamos en equipo para dejar a las niñas listas para ir a dormir. Me siento junto a la cama de Chloe, y como va quedándose dormida mi mente se inunda con más recuerdos de Alice; es como si, al entrar en contacto con nosotras, ella me hubiera dado permiso para sacarlos de nuevo a la luz.

La veo en el jardín, estamos jugando a tomar el té con muñecas sobre un mantel a cuadros rosa y blanco. Hemos recogido moras y frambuesas en el huertecito del jardín, sabemos que esas sí que se pueden comer.

De buenas a primeras, por alguna razón que no alcanzo a recordar, recojo unas cuantas setas que han crecido entre la hierba y las pongo en los platos. Cuando alzo la vista de nuevo veo que Alice está comiéndose una, la regaño y no vuelvo a pensar más en el tema, pero cuando terminamos de jugar y ella entra en casa se pone muy malita.

Al final mamá llama al médico, que no encuentra explicación alguna. Yo estoy tan asustada que no me atrevo a confesar, papá me matará si se entera de lo que ha pasado. Cuando mamá acompaña al médico a la puerta, hago que Alice me prometa que no va a decirle a nadie que se ha comido la seta y, por suerte, al día siguiente ya se encuentra bien, pero nunca le he contado a mamá la verdad.

La puerta se entreabre y se cuela en el dormitorio un rayito de luz procedente del rellano. Es Luke, quien me pregunta en voz baja:

—¿Estás bien, cielo?

Tras lanzar una última mirada a Chloe, que duerme plácidamente, me levanto y voy con él a nuestro dormitorio.

—¿Qué está haciendo Hannah? —le pregunto.

—Está abajo con tu madre, cenando un poco. —Me atrae contra su cuerpo y me abraza—. ¿Cómo estás?

—Bien. No he podido dejar de pensar en Alice en todo el día.

—No me extraña.

—Es emocionante, pero también me da un poco de miedo.

Luke me aparta un mechón de pelo de la cara antes de decir:

—No te tomes a mal lo que te voy a decir, pero creo que debes tener cuidado. No te precipites, no quiero que te hagan daño.

—¿Qué quieres decir?

—Ha pasado mucho tiempo, no os conocéis como adultas. Este tipo de reencuentros no siempre salen como uno espera.

—Lo que dices suena muy pesimista.

Doy por terminado el abrazo y empiezo a desvestirme. Siempre estoy deseando quitarme la ropa de trabajo, falda y blusa, y ponerme unos cómodos pantalones holgados y una camiseta.

—No soy pesimista, sino cauto. —Hace ademán de añadir algo más, pero se lo calla.

—¿Qué?, ¿qué ibas a decir? —le presiono, mientras me pongo la camiseta.

—Nada.

—Ibas a decir algo, desembucha.

—Vale, está bien. No sabes cuáles son las intenciones de tu hermana.

—¿A qué intenciones te refieres?, ¿qué quieres decir?

Está empezando a cabrearme, no entiendo por qué no puede compartir mi entusiasmo y alegrarse por mí. Sabe lo que esto significa tanto para mi madre como para mí, así que ¿a qué viene tanta negatividad?

—No sabes lo que le habrán dicho a ella sobre la ruptura de la familia, es posible que tenga una versión completamente distinta a la vuestra. —Suelta un suspiro antes de añadir—: Mira, Clare, me alegra que Alice se haya puesto en contacto. Se trata de una parte de ti que siempre ha estado llena de dolor y, si el que ella regrese pone fin a ese dolor, pues me parece perfecto. Lo único que digo es que tengas cuidado, que te tomes tu tiempo y con algo de suerte todo irá como la seda.

Me quedo reflexionando acerca de sus palabras mientras él baja a la cocina, en mi mente empieza a crearse una pequeña duda. Me pregunto qué es lo que sabe Alice sobre nosotras, qué es lo que le habrán contado y si recuerda algo de nosotras; entonces recuerdo el día en que se marchó.

Yo estaba sentada en el comedor, ayudándola a colorear, cuando escuché el comienzo de lo que supuse que iba a ser una pelea normal entre mis padres. Conforme la discusión fue avanzando me di cuenta de que la voz de mi madre se había elevado, pero no en volumen, sino en tono. No podía oír las palabras exactas, pero recuerdo que el sonido era como si estuvieran siendo expelidas con fuerza, como si ella no tuviera espacio suficiente en la garganta para que le salieran con normalidad.

La voz de mi padre, sin embargo, era tan profunda que atravesaba retumbante las paredes, y fue elevándose. Aunque me encontraba en la cocina, notaba cómo el sonido parecía estar llenando la sala de estar de una sensación gélida y dura como el hielo.

Oí que la puerta de la cocina se abría de golpe y que el picaporte chocaba contra la pared, donde tantos otros golpes similares habían creado un pequeño boquete. Los fuertes pasos de mi padre se acercaron por el pasillo mientras se oía de fondo el lastimero llanto de mi madre.

Fui a sentarme en el sofá buscando refugio, me eché hacia atrás y me hundí entre los cojines en un intento de que los pliegues de tela me dieran algo de calor. Alcé las rodillas, las encogí y las abracé con fuerza mientras me cubría la cabeza con los brazos, me estremecí de frío.

Alice se quedó coloreando su libro de princesas en el suelo, aparentemente ajena a la tormenta que se nos venía encima.

Ella nunca notaba el frío, era una niña rodeada de amor y calidez.

La puerta de la sala de estar se abrió y entró mi padre, seguido de cerca por mi madre. Yo lancé una temerosa mirada y vi que ella tenía los ojos enrojecidos y húmedos, no perdió el tiempo en secar las lágrimas que surcaban su rostro ni se percató de mi presencia mientras hablaba suplicante con mi padre.

—Patrick, por favor... —le dijo, mientras le tiraba del brazo—, no creo que sea buena idea, ni siquiera sé a dónde piensas ir.

—Ya te lo he dicho, voy a quedarme con unos familiares que no he visto en años.

—Precisamente eso es lo que estoy intentando hacerte entender, ¿para qué vas a volver después de...? ¿Cuántos años han pasado, doce? Tus padres ya no están vivos y no tienes hermanos. Por favor, ¿por qué no podemos ir todos juntos...?

Él se volvió a mirarla y se limitó a contestar:

—Tú sabes por qué.

—¡Pero es que esta es la oportunidad perfecta para que hagamos algo juntos, en familia! No tiene sentido que te vayas con Alice y nos abandones a Clare y a mí. —La voz de mi madre se quebró y se secó las lágrimas con el dorso de la mano.

—¡Ya está bien! ¡Deja de ser tan melodramática, mujer! ¡Me voy de vacaciones y Alice se viene conmigo, ni más ni menos! —Su voz, medida y dura, contrastaba con la de mi madre. Entonces se volvió hacia Alice, y la expresión de desprecio y aversión que había en su rostro desapareció y fue reemplazada por una tierna y rebosante de amor—. Ven, cariño. Tienes que ponerte el abrigo, haz caso a papá.

Le alargó el grueso abrigo rojo de lana a mi hermana, que titubeó por un momento. Yo creo que fue en ese instante cuando ella se dio cuenta de que algo iba mal.

—¿Mamá también viene?, ¿y Clare?

—Nos vamos tú y yo solos, cariño —le contestó él, antes de darle una pequeña sacudida al abrigo—. Ponte el abrigo, por favor.

Ella se levantó obedientemente, metió los brazos en las mangas y se dio la vuelta para que él pudiera abrocharle los alargados botones.

Mi madre corrió hacia ella de repente, la abrazó con fuerza y hundió la cara en su pelo; empezó a llenarla de besos mientras le acariciaba el pelo, tomó su rostro entre las manos y la miró a los ojos.

—Te quiero, Alice. Mamá te quiere muchísimo.

—Ya basta, no la asustes —le dijo mi padre, antes de arrebatársela.

A mí no me miró en ningún momento, y yo no quería que lo hiciera. Si me veía existía el riesgo de que quisiera llevarme a mí también y yo no quería irme con él, yo quería quedarme con mi madre. Me hundí aún más entre los cojines y encogí las rodillas con más fuerza.

Mi padre agarró a Alice de la mano y la condujo hacia la puerta de la sala de estar, pero justo antes de salir ella titubeó, me miró y miró después a nuestra madre.

—Adiós, mami. Adiós, Clare.

Su voz sonaba tan frágil, tan débil... me he preguntado a menudo si realmente estaría despidiéndose o si estaba pidiéndonos que no la dejáramos ir. Mi madre se acercó a ellos a toda prisa y agarró a mi padre del brazo.

—Llámame cuando lleguéis, avísame cuando sepas dónde vais a estar. Regresaréis en dos semanas, ¿verdad?

Mi padre no contestó y se zafó de su mano con un seco movimiento.

—Vamos, Alice.

Yo quería evitar que mi hermana se fuera, quería evitar que él se la llevara, pero tenía tanto miedo que no me atrevía ni a moverme. ¿Y si él notaba de repente mi presencia?, ¿y si decidía llevarme a mí también? Ni siquiera me atreví a girar la cabeza mientras miraba por el rabillo del ojo y veía cómo se marchaba mi hermana.

En cuanto quedé libre de aquella parálisis, me lancé hacia la ventana y la vi entrando en el coche. Mi padre se inclinó para abrocharle el cinturón de seguridad y cerró la puerta antes de dirigirse hacia el lado del conductor.

A través de la luna trasera alcanzaba a ver el oscuro cabello de mi hermana y algo debió de impulsarla a girarse, porque se volvió a mirarme y sus ojos azules se encontraron con los míos. En ese instante, las dos supimos que ella no iba a regresar.

4

Anoche no dormí nada bien. Tengo la impresión de que fui despertándome cada dos por tres, daba vueltas y más vueltas en la cama mientras imágenes de Alice relampagueaban en mi mente entremezcladas con otras de mi padre en las que este se convertía en serpientes y arañas, dos animales que digamos que no me gustan demasiado. En un momento dado, Luke se volvió hacia mí medio dormido y me acarició la cabeza mientras murmuraba palabras tranquilizadoras y me decía que intentara dormirme otra vez. Fue un gesto de agradecer aunque no fuera demasiado eficaz.

Estoy duchada, vestida y dándole el desayuno a Chloe antes de que empiecen a aparecer los demás.

—¿Cómo estás? —me pregunta Luke al entrar en la cocina. Se acerca y deposita un beso en mi cabeza—. Has pasado una noche bastante movidita.

—No muy bien, la verdad, pero no le digas nada a mamá.

—¿Qué es lo que no le tiene que decir a la abuela? —pregunta Hannah, con la boca llena de pan tostado con mermelada.

Es Luke quien contesta.

—En primer lugar, no se habla con la boca llena; en segundo lugar, hay ciertas cosas que unas orejitas como estas no deben escuchar. —Le tira juguetón de una oreja, y la niña abre la boca al sonreír y deja al descubierto unos dientes embadurnados de mermelada.

—Qué imagen tan agradable, cariño. —La miro con una teatral mueca de asco y ella se echa a reír. Me siento aliviada al ver que ha olvidado el tema de antes, pero, por si acaso, prefiero asegurarme de que volvemos a pisar terreno seguro—. ¿Cómo te fue ayer con la flauta en clase de música?

—Bien, estamos aprendiendo una canción nueva.

—¿Cómo se llama? —Le limpio la boca a Chloe con la servilleta—. Ya está, cariño. Te lo has comido todo, ¡eres una campeona!

No me entero de la respuesta de Hannah porque la llegada de mi madre a la cocina acapara de golpe toda mi atención. Lo primero que noto son sus ojos. Hasta ahora los tenía apagados y tristes y bastaba con fijarse para ver el dolor que estaba grabado en sus profundidades, un dolor que reflejaba tanto la tristeza que había en su corazón como las cicatrices que habían quedado en su memoria.

Pero hoy no están apagados ni mucho menos, tienen un brillo que yo jamás había visto en ellos; de hecho, creo que es la primera vez que comprendo de verdad lo que son unos «ojos chispeantes», porque los suyos poco menos que iluminan la cocina e irradian calidez y felicidad.

—¡Buenos días, mis amores! —nos saluda, antes de sentarse a la mesa con una hoja de papel en la mano—. Aquí está mi carta para Alice, ¿quieres leerla? —La pregunta es una mera formalidad, ya que no tiene ni la más mínima duda de que quiero hacerlo. Me la entrega incluso antes de completar la frase—. La he escrito en sucio, esta mañana voy a pasarla a limpio. ¿Has pensado en lo de añadir alguna pequeña nota de tu parte?

—Sí, voy a redactarla hoy. Me resulta extraño pensar que voy a escribirle a mi hermana después de imaginarme haciéndolo durante tantos años. —Ella y yo intercambiamos una sonrisa, una que rebosa entusiasmo y felicidad.

—¡Perfecto! Venga, léela.

Alice, querida hija mía:

¿Por dónde empiezo? No tengo palabras para expresar la felicidad que sentí al recibir tu carta. Decir que estoy feliz no alcanza

a describir lo que siento, estoy realmente extática. Muchísimas gracias por encontrarme, he estado esperándote desde aquel día en que te llevaron a América. Esperando y esperando. Es como un sueño hecho realidad.

Clare y yo hemos intentado localizarte. Ella estuvo buscándote en las redes sociales, incluso llegó a contratar a detectives privados en varias ocasiones, pero no estábamos enteradas de lo del cambio de apellido. Lo que pasó entre tu padre y yo fue hace tanto tiempo que apenas pienso en ello, tú eres lo único que ha ocupado mis pensamientos. Es una larga y complicada historia que será mejor dejar para otro día, cuando podamos hablar cara a cara. ¡Cuántas ganas tengo de tenerte entre mis brazos, mi niña, hija mía del alma! ¡Cuánto ansío abrazarte, verte, oír tu voz, saberlo todo sobre ti! Mi mayor deseo en la vida es verte. Dime que vas a venir a visitarnos, por favor. Yo me encargo de costear tu viaje y puedes alojarte aquí, en tu casa, en tu propia habitación. O puedo ir a verte a América, como tú prefieras. Tú solo dime qué es lo que quieres hacer, mi dulce cariño, hija de mi corazón.

Hay tantas cosas que quiero decirte, tantas cosas que quiero saber de ti...

¡Te quiero!
Mamá.

—Es una carta preciosa, mamá. Oye, ¿por qué no le envías un correo electrónico? Alice incluyó su dirección en la carta, y sería más rápido. —Le devuelvo la carta.

—Pero es que tener algo que ella ha tocado no tiene precio, creía que para ella sería igual de importante recibir de mí algo real y tangible; además, apenas uso mi correo electrónico, ni siquiera estoy segura de si me acuerdo de la contraseña.

—Podríamos establecer una contraseña nueva. —Por la cara que pone, no parece demasiado convencida—. Bueno, supongo que también podríamos crearte una cuenta nueva.

—Podrías hablar con ella por Skype, abuela.

La sugerencia ha salido de boca de Hannah, quien está claro que está siguiendo el hilo de la conversación mucho mejor de lo que yo creía. La verdad es que no sé por qué me sorprendo, porque es una niña muy brillante. Le respondo con una sonrisa y ella insiste.

—¿Por qué no? Usamos Skype para hablar con la abuela Sheila y el abuelo Michael.

—¿Es esa cosa donde podéis veros unos y otros a través de la pantalla? —pregunta mi madre.

—Sí, lo que usamos para hablar con los padres de Luke. —Me echo a reír al ver la cara que pone—. Deduzco que no quieres usarlo.

—No, me parece que eso no es para mí. Tendría que asegurarme de estar bien peinada y arreglada. Podría conformarme con un correo electrónico, ¿podemos enviarlo desde tu cuenta?

—Sí, supongo que sí, aunque no sé si Alice preferiría saber que está contactando directamente contigo. —Anoto el correo electrónico de mi hermana en mi teléfono y tomo un último trago de té antes de mirar mi reloj—. Tengo que irme ya a trabajar, después seguimos hablando del tema.

—Me habría gustado que Alice incluyera alguna foto suya —comenta ella, pensativa—. Me encantaría saber cómo es ahora.

—A lo mejor quería tantear antes el terreno. —Es algo que a mí también se me había pasado por la cabeza, pero había optado por no hacerle ningún comentario al respecto a mamá—. ¿Por qué no le mandas algunas fotos nuestras cuando le respondas?

—Sí, tenía pensado hacerlo. Luke, ¿podrías escaneármelas?

—Claro que sí, Marion. Tú solo dime cuáles y yo me encargo, no hay ningún problema.

Beso a mi marido y le doy las gracias en voz baja al oído.

—¡Que paséis un buen día, preciosidades mías! —les digo a Hannah y a Chloe, antes de darles un beso a cada una.

Dependiendo del día, despedirme de ellas me resulta más o menos fácil. Me encanta trabajar como abogada, es algo a lo que siempre quise dedicarme y por lo que he luchado muy duro; en general, ir a trabajar no se me hace cuesta arriba, sino que es algo que disfruto y me estimula, pero hay días en que me resulta increíblemente difícil dejar a mi familia. Ya sé que Hannah y Chloe van a estar bien cuidadas y que no va a faltarles de nada, que la situación sería la misma si Luke trabajara en un despacho y yo estuviera en casa, pero es que a veces siento una punzada de culpa por dejarlas y tengo momentos de egoísmo en que desearía ser yo la que las ayudara a cepillarse los dientes o a ponerse los zapatos. No lamento los papeles que Luke y yo hemos construido, a nosotros nos funciona ser una familia que se organiza así, pero de vez en cuando se despierta en mí el secreto deseo de ser la que estuviera trabajando en casa.

En una ocasión le propuse a Leonard la posibilidad de trabajar en casa dos o tres días a la semana, pero me dejó claro lo que le parecía la idea. Me dijo, textualmente: «Cuando estás trabajando tienes que estar centrada en tu tarea, en nada más, y en casa podrías distraerte con facilidad por muy buenas que fueran tus intenciones; además, si surge algún asunto urgente quiero que estés aquí, en el bufete, en pleno epicentro de la acción».

No cedió ni cuando protesté alegando que bastaría con contactar conmigo con una llamada de teléfono o un correo electrónico; de hecho, se puso más incisivo aún y salieron a relucir sus años de experiencia en los juzgados. Puso en tela de juicio no solo mi capacidad para trabajar con él, sino también si después de todo sería buena idea que fuera socia del bufete. No suelo ser víctima de su acerada lengua, pero no hay duda de que aquel día recibí un buen rapapolvo.

Cuando llego al trabajo aún sigo taciturna por haber tenido que separarme de las niñas. Me dirijo a mi despacho a paso rápido, sonrío y saludo a la recepcionista sin detenerme. No estoy de humor para ponerme a charlar de naderías.

—Hola, Sandy. ¿Todo bien?

—¡Buenos días, Clare! Sí, ningún problema.

—Voy a ponerme a trabajar en las notas del caso McMillan. Voy a necesitar un buen par de horas sin interrupciones, así que si surge cualquier cosa pide que te dejen el mensaje, por favor, y yo me encargaré de todo esta tarde.

Le sonrío antes de pasar de largo a toda prisa y tras entrar en mi despacho cierro la puerta, consciente de que Tom y Leonard lo interpretarán como una señal tácita de que no deseo que se me moleste. Despliego el expediente del caso McMillan sobre mi escritorio y leo con detenimiento los papeles que tengo ante mí.

Es un caso duro y Leonard lo ha puesto en mis manos alegando que me vendrá bien obtener algo más de experiencia en el campo del derecho corporativo, pero resulta que McMillan y él mantienen una relación amistosa y toman algún que otro trago juntos de vez en cuando. Tengo la sensación de que en parte me ha dado el caso para que me luzca, como cuando los padres hacen que sus hijos canten una canción, bailen o cuenten hasta diez en francés para poder alardear de ellos. Estoy actuando para él, para que pueda disfrutar de la gloria de haber apoyado mi carrera y que la gente le dé palmaditas en la espalda y le felicite por lo bien que lo ha hecho.

En el fondo no me gustó nada la idea de representar a un conocido de Leonard y mucho menos tratándose de derecho corporativo, que no es mi fuerte, sino el de Tom, pero sabía que en mi rostro no podía reflejarse mi verdadera reacción ante la enormidad de la tarea que me habían encomendado.

McMillan es un conocido hombre de negocios que ambiciona entrar en política, así que cualquier cosa que pueda manchar su imagen quiere eliminarla mediante un tratamiento a base de láser litigador. En otras palabras, no solo debo encargarme de que gane la demanda por despido improcedente que ha interpuesto contra él un camarero que trabajaba en un club del que es propietario, sino que además tengo que encargarme de que salga de esta con una imagen impoluta.

—Ni se te ocurra negarte —me advirtió Leonard cuando me entregó el expediente del caso—. Eres perfectamente capaz de encargarte de esto, obtener el resultado adecuado beneficiará muchísimo al bufete.

—Vaya, entonces deduzco que no hay presión alguna, ¿no? —bromeé yo, sin demasiada convicción.

Él me miró a los ojos al contestar.

—La presión es enorme, Clare, enorme, así que asegúrate de ganar el caso. —Se detuvo en la puerta y se volvió a mirarme—. A menos que no estés capacitada para asumir esta responsabilidad, claro.

—¡Claro que lo estoy! —lo dije sin vacilar, consciente de la advertencia implícita. Si no estaba capacitada para asumir el caso tampoco lo estaba para ocupar mi puesto de trabajo y, por tanto, tampoco lo estaba para ser socia de la firma.

Llevo un par de horas trabajando sin descanso en el caso cuando, a pesar de que di instrucciones de que no quería ser molestada, alguien llama a la puerta antes de abrir. Es Leonard, que entra y cierra tras de sí.

—He venido a asegurarme de que aún estás viva. Sandy me ha dicho que estás trabajando en el caso McMillan, ¿qué tal va todo? —Indica con un ademán de la cabeza los papeles y los libros de derecho que tengo esparcidos ante mí.

Me reclino en el respaldo de la silla y dejo mi lápiz sobre el escritorio antes de contestar.

—No va mal. Es difícil, tal y como esperábamos, y el que la parte contraria haya presentado ahora un testigo no nos facilita las cosas.

—En ese caso, nosotros también tenemos que presentar uno.

—No hay ninguno, resulta que McMillan no es el más popular de los jefes.

—Encuentra uno.

—Haré lo que pueda.

Yo misma noto la escasa convicción que hay en mi voz, y lamento al instante no haber sido capaz de disimular. No es un rasgo que contribuya a que un abogado resulte convincente ante un tribunal.

A Leonard tampoco le ha pasado desapercibido.

—No me vengas con lamentos banales, Clare. Encuentra un testigo. No tengo que deletreártelo, ¿verdad?

—Por supuesto que no.

Finjo que ordeno los papeles que tengo sobre el escritorio para evitar establecer contacto visual con él. No me extraña que sea uno de los mejores abogados de la ciudad, conocido por su actitud implacable en los juzgados. Incluso teniéndolo de tu lado y no en contra puede resultar intimidante estar en el mismo despacho que él.

—McMillan es ambicioso además de influyente —me dice él—. Nos conviene tenerlo de nuestra parte, no sé si me entiendes.

—Sí, claro que te entiendo.

Por supuesto que sí. McMillan ha puesto muchos trabajos en manos del bufete. Ha negociado un acuerdo con Leonard en lo que respecta a los casos de derecho corporativo, un acuerdo que ha fortalecido el fondo de pensiones de este y al que llegaron mientras tomaban unas copitas de *whisky* de malta en el club privado del que ambos son miembros.

—Perfecto. Soy consciente de que tienes muchas cosas en la cabeza, he hablado hace un rato con tu madre y me ha puesto al tanto de lo que ha pasado con Alice, pero eso tienes que dejarlo en casa. Debes compartimentar tu vida, es la mejor estrategia.

—Sí, ya lo sé, es lo que estoy intentando hacer.

Me molesta un poco que mamá le haya contado lo de Alice. Ya sé que los dos son viejos amigos y que él está enterado de la situación, pero me resulta más difícil mantener mi vida personal al margen de mi lugar de trabajo si ambas cosas se entrecruzan.

—Mira, Clare, sabes perfectamente bien que ganar el caso McMillan no solo supondrá una victoria para el bufete, sino también para ti. —Se dispone a salir—. Eres mi protegida, no la cagues.

5

Las niñas ya están bañadas y con el pijama puesto cuando llego a casa, ha sido una jornada larga. Luke está leyéndole a Chloe el cuento de antes de dormir y me molesta un poco que haya empezado ya y no me haya esperado, me encanta leerles a las niñas por la noche. Probablemente se trate de algo que es más bien en mi propio beneficio, una forma de tranquilizar mi conciencia y de resarcirlas por no haber estado con ellas en todo el día. Luke es consciente de ello, y el que haya empezado sin mí me parece poco menos que un castigo por haber llegado tarde.

—Hola, preciosidad —digo en voz baja al entrar en el dormitorio.

Chloe se aparta de inmediato de Luke y brinca encima de la cama.

—¡Mami!, ¡mami! —Se lanza a mis brazos y yo la colmo de besos—. ¡Papi *tá leendo* un *quento*!, ¡*conijito* ha perdido su *gobo*! —Se pone seria al explicarme que el globo era rojo y se fue volando.

—¡Pobre conejito!

—Venga, Chloe, acuéstate otra vez. —Luke aparta el edredón y da unas palmaditas en el colchón.

—Yo termino de leerle el cuento —le digo, antes de quitarme la chaqueta y dejarla al final de la cama.

Chloe se pone a dar brincos otra vez, y exclama entusiasmada:

—¡Maaamiii! ¡Maaamiii! ¡Maaamiii!

Luke suelta un suspiro, se pone en pie y me da un beso en la mejilla.

—El rey ha muerto, que viva el rey. —Le da un beso a la niña—. Buenas noches, cariño. Que duermas bien.

Antes me sentía culpable por llegar tarde a casa, y ahora por robarle a mi marido el rato que estaba pasando con su hija.

Cuando bajo de nuevo (Chloe se ha quedado plácidamente dormida tras saber que el conejito acabó encontrando su globo), encuentro a Luke y a Hannah mirando la tele en la sala de estar.

—¿Dónde está mamá?, ¿no va a ver la tele con nosotros? —pregunto, antes de sentarme junto a la niña en el sofá.

Es Luke, quien está arrellanado en el sillón con una pierna colgando de uno de los brazos del asiento, el que contesta.

—No, quería ver no sé qué programa de jardinería en su habitación. Le he dicho que seguramente pasarías a verla después. Tienes algo de cena en la cocina, ¿quieres que te la caliente?

—No, hoy he comido bastante tarde, después me prepararé un bocadillo. He estado trabajando en el caso McMillan.

Él me lanza una sonrisa de conmiseración, y la tensión creada por lo del cuento se esfuma.

—¿Qué tal te ha ido el día, Hannah? —le pregunto a mi hija, mientras le aparto un mechón de pelo de la cara y se lo coloco detrás de la oreja.

—Bien —me contesta sin apartar la mirada de la pantalla, lo que están dando por la tele hace que se eche a reír.

No le pregunto nada más para no interrumpir su diversión, está claro que no hay nada de lo que preocuparse; de ser así, me lo habría dicho. A veces no hace falta un interrogatorio detallado para saber cómo le ha ido el día en el cole, basta con ver que está feliz.

—¿Le has escaneado las fotos a mi madre? —le pregunto a Luke.

—Sí, ya está todo listo.

—Gracias, amor. ¿Ha comentado algo más sobre lo de enviar el correo electrónico? —Agarro mi teléfono y entro en la cuenta que le creé.

—Yo creo que prefiere enviar una carta.

—Pero una carta tardaría cinco días como mínimo en llegar.

—¿Qué prisa hay? Deja que tu madre haga las cosas a su manera; de hecho, creo que es positivo dejar un poco de tiempo de margen para asimilar la situación.

Tiene toda la razón, no hay ninguna prisa. Cuanto más pienso en ello, en el ambiente relajado que reina en casa, más me convenzo de que así es mejor. Todos tenemos que actuar con cautela, estamos iniciando una nueva relación con personas desconocidas. Lo único que sabemos está en nuestros recuerdos.

—Voy a ver a mamá —digo, al ver que él ha vuelto a centrar su atención en la tele y que Hannah está igual de absorta.

Preparo dos tazas de té, una para mamá y otra para mí, y llamo a la puerta de su sala de estar. Sujeto la bandeja con una mano para poder abrir con la otra.

—¡Hola, cariño! —me saluda al verme entrar—. ¡Qué bien, una taza de té! Llegas en el momento justo, el programa que estaba viendo acaba de terminar.

Dejo la bandeja sobre la mesita auxiliar y me dispongo a sentarme. La sala es luminosa y amplia, los techos altos aportan una sensación de espacio y grandiosidad. El mobiliario de mamá no desentonaría ni mucho menos en alguna de esas glamurosas revistas de estilo donde entrevistan a elegantes damas, es tradicional y elegante; de hecho, no se parece en nada al de nuestra sala de estar familiar. Allí predominan los sofás mullidos, las mantas y las alfombras suaves y agradables al tacto... Hay un revoltijo de elementos, pero el resultado es acogedor.

—¿Has escrito la carta para Alice? —le pregunto mientras me siento en la butaca, que está tapizada de un terciopelo de un intenso tono burdeos.

—Sí. Está ahí, en mi escritorio. —Señala con la cabeza hacia el mueble de estilo eduardiano situado junto a la ventana—. La he dejado abierta para que puedas incluir la tuya, ¿la has redactado ya?

—No, aún no. Me pondré a ello después de tomarme el té.

—Está bien, pero no lo dejes para más tarde. No quiero que Alice piense que no vamos a contestarle.

Después de pasar un rato con ella, charlando y tomando el té, le doy las buenas noches y regreso a la sala de estar familiar con la carta, que dejo sobre la mesa junto con mi móvil.

—¿Qué es eso? —me pregunta Luke.

—La carta que mamá le ha escrito a Alice, voy a añadir la mía esta noche. —El programa que Hannah estaba viendo acaba de terminar y ella suelta un bostezo—. Venga, vamos a acostarte. Dale las buenas noches a papá.

No me había dado cuenta de lo cansada que estoy. Me siento en una silla junto a la cama de Hannah, ella empieza a contarme que han apuntado el nombre de un compañero suyo de clase en la pizarra por portarse mal y que después lo han mandado a hablar con el jefe de estudios, y antes de darme cuenta Luke está sacudiéndome el brazo con suavidad y susurrándome que vaya a acostarme.

—Te has quedado dormida —me dice, mientras me saca al rellano y cierra la puerta de la habitación de Hannah—. Has tenido unos días agotadores a nivel emocional y eso debe de estar pasándote factura.

—Tengo que escribir la carta para Alice antes de acostarme, subiré en cuanto la termine.

Bajo a mi despacho, que es una habitación no muy grande situada en la parte delantera de la casa dotada de un pequeño escritorio, una estantería y varios estantes sueltos. No es nada del otro mundo, pero me resulta muy útil si tengo que trabajar en algo hasta tarde cuando llego del bufete o los fines de semana, aunque es algo que intento evitar en la medida de lo posible.

Me siento ante el escritorio y saco una hoja de papel. A pesar de que Leonard me ha advertido que debo mantener separada mi vida personal de la laboral, llevo todo el día pensando en lo que voy a decirle a Alice.

Querida Alice:

Entusiasmada, abrumada, extática, eufórica. La suma de estas palabras no alcanza a expresar la felicidad que sentí cuando mamá me dijo que te habías puesto en contacto, ¡es increíble! No dejo de pellizcarme para convencerme de que esto no es un sueño.

Me he acordado muchísimo de ti durante estos años. El último recuerdo que tengo de ti es de cuando te marchaste con papá, tu carita mirando a través de la luna trasera mientras el coche se alejaba.

Nunca perdí la esperanza de poder encontrarte, y ahora has sido tú quien nos ha encontrado a nosotras. Durante todo este tiempo me he preguntado a menudo dónde estarías, qué estarías haciendo.

Muchísimas gracias por ponerte en contacto con nosotras, estoy deseando volver a tener noticias tuyas y espero poder volver a verte. Mi querida hermanita pequeña, ¡has regresado!

Con todo mi amor,
Clare

He procurado no extenderme demasiado. Hay muchísimas cosas que quiero decirle, pero no puedo ponérselo todo en una carta. Quiero verla en carne y hueso, quiero abrazarla y que mamá, ella y yo volvamos a estar juntas. La advertencia de Luke me ronda por la mente, pero opto por apartarla a un lado. Queremos tener a Alice de vuelta, y eso es lo único que importa de momento.

Doblo la carta por la mitad, voy a la sala de estar a por la de mi madre, meto la mía en el sobre y lo cierro. Emerge en mi interior una cálida sensación de felicidad. Beso mis dedos y, con una sonrisa en los labios, transfiero el beso al nombre que está escrito en el sobre, el nombre de mi hermana.

—Nos has encontrado, Alice —susurro, antes de apagar la luz y subir a acostarme.

*   *   *

La mañana siguiente es un caos. Logro levantarme de la cama cuando la alarma del despertador suena por tercera vez, es muy inusual en mí que se me peguen las sábanas. El desayuno pasa en un abrir y cerrar de ojos mientras intento recuperar el tiempo perdido, pero mis esfuerzos son en vano. Me despido a toda prisa y salgo de casa con esa típica sensación de que se te olvida algo.

Hago un repaso mientras pongo en marcha el coche... teléfono, bolso, monedero, maletín... sí, lo llevo todo.

Es cuando llego al bufete y el cartero pasa junto a la puerta con su carrito y saca el correo cuando me acuerdo de repente de lo que he olvidado.

—¡Mierda! —Se me escapa en voz alta y el cartero me mira sobresaltado—. Perdón, no lo digo por usted. Es que acabo de acordarme de que he olvidado una carta en casa. Qué cabeza la mía.

Le envío un mensaje a Luke para pedirle que se encargue él de enviar la carta para Alice.

—Se te ve un poco aturullada esta mañana —comenta Tom, cuando estoy entregándole el correo a la recepcionista.

—Tú sí que sabes hacer que una chica se sienta mejor. Anda, haz algo útil. Ve a encender la cafetera.

—¡A sus órdenes! —Hace un saludo militar en broma, entrechoca los talones y pone rumbo a la cocina.

El café está muy bueno. En casa me gusta tomar té, pero cuando estoy en el trabajo suelo decantarme por el café por el chute de cafeína.

—Siempre sabe mejor cuando lo hace otra persona, gracias —le digo a Tom, tras entrar también en la cocina.

—No podemos permitir que la calmada y templada Clare Tennison vaya por ahí aturullada y nerviosa, ¿verdad?

—Estoy sufriendo los efectos de todo este repentino caos emocional. —Mi teléfono me avisa de que he recibido un mensaje y lo leo de inmediato. Es Luke diciéndome que no me preocupe, que lo tiene todo bajo control. Vuelvo a dejar el teléfono sobre la encimera.

—Ya sabes que puedes hablar conmigo si lo necesitas.

Tom me dice esas palabras con voz suave y yo me siento agradecida por lo considerado que es.

—Tengo la sensación de que llevo toda la vida esperando esto, a que Alice se ponga en contacto con nosotras. —Bajo la mirada hacia el líquido marrón oscuro que llena mi taza, respiro hondo y saboreo el olor del café—. ¿Sabes eso de cuando eres pequeño y soplas las velas de tu tarta de cumpleaños mientras formulas un deseo? O cuando el reloj da la medianoche en Nochevieja, o echas una moneda en un pozo de los deseos... pues todas esas veces yo deseaba lo mismo, que encontráramos a Alice o ella a nosotras, que algún día volviéramos a estar juntas y a formar una familia unida. —Tomo un trago de café para darme unos segundos y poder controlar las lágrimas.

Tom deja a un lado su taza y me frota el brazo con la mano.

—¿Es un caso de esos en los que hay que tener cuidado con lo que uno desea?

—Sí. No. Más o menos. —Noto cómo se evaporan las fuerzas que me permiten aferrarme a mi compostura, es como si la mano de Tom estuviera absorbiendo todo mi autocontrol—. Ahora que ha sucedido, que es una realidad, estoy... estoy asustada.

Él me quita la taza de la mano, la coloca junto a la suya, se acerca más a mí y me rodea con los brazos.

—Es normal que lo estés, se trata de algo que va a cambiar tu vida. Tienes que intentar controlar ese miedo y convertirlo en una emoción positiva. —Empieza a frotarme la espalda en un gesto tranquilizador—. Ah, y que conste que esto no es más que un abrazo de amigos. Quiero dejarlo claro antes de que te apartes de golpe como si acabaras de electrocutarte.

Yo me echo a reír contra su camisa, me siento aliviada al ver que la tensión creciente se ha disipado.

—¡Yo jamás haría algo así!

Él me da un pequeño apretón, retrocede un poco y me toma de las manos antes de decir:

—Sé perfectamente bien lo que esto significa para ti, Clare. ¿Cómo iba a olvidarlo?

Yo sonrío y asiento.

—Ya lo sé, y agradezco tu apoyo.

—Siempre lo has tenido. No se me han olvidado todas las horas que pasamos delante de tu portátil intentando localizar a Alice. Por no hablar de las llamadas de teléfono, ¿te acuerdas del detective privado al que contratamos para que organizara una búsqueda?

Asiento y sonrío al recordarlo.

—Sí, ese fue el primero y resultó ser un inútil. Vaya pérdida de dinero.

—Ojalá hubiéramos sabido en aquel entonces que tu padre había cambiado su apellido y el de Alice.

—Es increíble la diferencia que podría haber supuesto tener antes ese simple dato. Buscar a Alice Kennedy fue una completa pérdida de tiempo y dinero. —Suspiro pesarosa—. Si hubiéramos buscado a Alice Kendrick...

—Será mejor no darle vueltas a eso, no nos llevaría a ninguna parte. No tendría que haberlo mencionado.

—No te preocupes, no pasa nada. Y no te disculpes, por favor. Tienes toda la razón del mundo, lamentar el pasado no va a ayudarnos en nada ahora. Yo misma se lo dije a mamá, así que tendría que empezar a seguir mis propios consejos. Debemos dejar atrás el pasado.

Permanecemos así por un momento, tomados de la mano y mirándonos. Soy consciente de que está acariciándome los nudillos con el pulgar, es algo que solía hacer en el pasado. Mi último comentario hacía referencia a mis intentos por encontrar a Alice, pero empiezo a preguntarme si él lo habrá interpretado como algo más. Estoy a punto de hacer un comentario al respecto, pero al final no lo hago por temor a volver a hacer el ridículo. Seguro que soy yo la que está imaginándose cosas.

Tom me sostiene la mirada al decir, con un tono de voz bajo y suave:

—Tienes todo mi apoyo, Clare. Te entiendo a la perfección, he sido testigo de todo lo que has pasado. Has llevado esta carga sobre los hombros durante gran parte de tu vida y acaban de quitártela, es normal que necesites un poco de tiempo para asimilarlo. Tu mundo se ha puesto patas arriba y vas a tardar un poco en encajarlo todo... y no solo tus sentimientos y tus emociones, también tu percepción del puesto que ocupas en tu familia. Intenta ser menos rígida, relájate. Deja que Alice vuelva a formar parte de tu vida.

—Dicho así, parece la mar de fácil. —Rompo el contacto visual e intento soltarle, pero él sujeta mis manos con más fuerza.

—Oye, no te agobies. —Me abraza de nuevo—. Solo tienes que quitar el dedo del botón de control de vez en cuando. Ya sé que es algo que no está en tu forma de ser, pero, como siempre he dicho, estoy convencido de que el hecho de que seas tan ordenada y controlada de adulta se debe al caos emocional de tu infancia. Tienes que hacer un esfuerzo por apagar ese control y dejarte llevar un poco más, si no lo haces acabarás volviéndote loca.

Me echo a reír y le devuelvo el abrazo.

—Gracias, lo intentaré.

—Lo digo en serio, Clare. ¿Te acuerdas de lo que pasó poco después de que termináramos la carrera?

Qué horror, claro que me acuerdo. Perder el conocimiento de buenas a primeras y no poder levantarte de la cama en tres días no es algo que se pueda olvidar. Tom y yo habíamos tomado unas copas para ahogar mis penas después de que el detective privado me informara de nuevo de que sus pesquisas habían sido infructuosas y, por algún motivo, mi cuerpo reaccionó mal con el alcohol.

Esa fue mi teoría, pero Tom estaba convencido de que la causa fue el estrés causado por mi férrea determinación de encontrar a mi hermana.

Respiro hondo y suelto el aire lentamente en un intento de ir expulsando mis preocupaciones y de demostrarle a Tom que estoy intentando relajarme. No quiero que piense que estoy chalada.

—¡Así me gusta! —me dice—. En cuanto dejes de preocuparte y de analizarlo todo hasta la extenuación, te resultará mucho más fácil lidiar con todo esto. Te hablo por experiencia propia, te lo aseguro. Venga, será mejor que nos pongamos a trabajar antes de que Leonard nos encuentre aquí. No te conviene que meta sus narices en todos tus asuntos.

—Sí, vamos.

La verdad es que no estoy muy segura de si estoy de acuerdo con él en lo que a Leonard se refiere. Yo no diría que está metiendo las narices en mis asuntos y, si bien es cierto que siempre se ha interesado por lo que hago, lo achaco a que es asesor de mamá y un viejo amigo de la familia.

—Pero las intenciones de Leonard son buenas —añado en su defensa.

Tom abre la puerta de la cocina, se vuelve a mirarme, enarca una ceja en un gesto de escepticismo y dice, no muy convencido:

—Si tú lo dices...

6

Hoy es sábado, recibo el fin de semana con los brazos abiertos... y en una cama vacía. Me doy la vuelta y contemplo con ojos adormilados el lado donde duerme Luke. La almohada está tan intacta como cuando me acosté anoche y la sábana bajera está lisa, no tiene ni una arruga. Salta a la vista que mi marido no se acostó anoche.

Está en plena efervescencia creativa. Trabaja en un paisaje abstracto para un cliente americano que el año pasado vino de viaje al Reino Unido y vio una de sus obras expuesta en el Pabellón Real de Brighton. Este trabajo lo tiene entusiasmado y distraído, cuando llegué ayer de trabajar él ya había preparado a las niñas para dormir, las había dejado a cargo de mamá y estaba encerrado en su estudio.

Aún es temprano, no son ni las seis, pero mi reloj interno parece incapaz de tener en cuenta los fines de semana. Después de levantarme me pongo la bata, salgo descalza al rellano y voy a comprobar que las niñas estén bien. Me asomo sin hacer ruido y veo que aún están dormidas, pero soy consciente de que dispongo de una media hora como mucho antes de que Chloe despierte.

Evito pisar el escalón que cruje (el segundo empezando por arriba) y también otro que está a la mitad más o menos de la escalera, a la altura del balaustre en cuya parte inferior hay una marquita que hice yo cuando tenía unos seis años y se me cayó un cochecito de juguete por la escalera. Llevo mi vida entera en esta casa, así que la conozco de arriba abajo. Sabía bien cómo evitar que me atraparan al subir y bajar a hurtadillas para comer algo a medianoche, o cuando papá tenía uno de esos días en que era mejor permanecer apartada de su camino.

El estudio de Luke se encuentra al final del pasillo que discurre en ángulo recto al principal y, aunque forma parte de la casa, está lo bastante alejado para que no le moleste el ruido de las idas y venidas de los demás.

Llamo a la puerta y entro sin esperar a que conteste, a veces está tan metido en su trabajo que ni se da cuenta de mi presencia en un primer momento. Hoy es uno de esos días. Está de espaldas a mí y de cara al lienzo, tiene un pincel en una mano y la paleta de colores en la otra, y lleva puestos un par de pantalones holgados de algodón; está descalzo, y las salpicaduras que tiene en los dedos de los pies son una clara indicación de cuáles son los colores con los que ha estado trabajando. No quiero ni pensar en cuándo se habrá peinado por última vez, su rebelde cabello está hecho un revoltijo; la verdad es que le vendría bien un buen corte, pero por regla general tengo que encargarme yo de pedirle hora y de llevarlo poco menos que a rastras. Mamá dice que es como tener un niño, pero yo suelo dejar pasar esos pequeños comentarios. Me gusta cuidar de mi familia, ellos lo son todo para mí.

Apoyo la espalda en la pared y disfruto contemplando a placer a mi marido mientras él pinta, mientras el pincel pasa de la paleta al lienzo una y otra vez. La radio suena suavemente de fondo... yo diría que es algo de Strauss, pero no estoy segura del todo.

—Serías muy mala como espía —me dice al cabo de unos minutos, en tono de broma, mientras trabaja en una zona del cielo. A mí me parece que ya está perfecta, pero no soy una experta ni mucho menos.

Me aparto de la pared y me coloco tras él, le rodeo la cintura con los brazos y poso un beso en su omóplato antes de decir:

—Perdona, no quería interrumpirte. Es que me he sentido un poco sola al despertar. Anoche no te acostaste, ¿verdad?

Él se da la vuelta y me abraza.

—Lo siento, quería avanzar con esto. Hay grandes novedades.

—¿Con el cuadro? —Le suelto y miro con atención el lienzo y los colores, pero en realidad no tengo ni idea de lo que estoy buscando.

Él suelta una pequeña carcajada.

—No con el cuadro propiamente dicho. —Deja la paleta y el pincel en el fregadero que hay junto a la ventana—. Anoche recibí una llamada de Teddy Marconi.

Me estrujo el cerebro intentando recordar con rapidez quién es ese hombre.

—¿Tu cliente americano?

—El mismo. Me invitó a ir a su casa de Miami.

—¡No me digas! ¡Qué bien!

No es inusual que Luke vaya a casa de sus clientes, pero suele ser en el Reino Unido. Le gusta ver dónde van a colgarse sus cuadros, dice que eso le ayuda a hacerse una idea de lo que quieren. La obra en la que está trabajando ahora es para el apartamento londinense de Marconi; cuando fue a visitarle a Kensington aproveché la oportunidad para pasear un poco por la ciudad y después pasamos la noche en un hotel. Fue una velada muy romántica.

—Sí, es increíble —asiente él.

—¿En este viaje también voy a poder acompañarte? —se lo pregunto en broma. Ir a Londres y dejar a las niñas con mamá por una noche es una cosa, pero que los dos nos fuéramos a América y pasáramos tres noches como mínimo sería pedirle demasiado a mamá.

—Lo siento, cielo, a eso quería yo llegar. Marconi me quiere allí la semana que viene, el martes. Va a encargarse de costear el viaje y todo lo demás, dice que lo único que tengo que hacer es presentarme allí. Así que, a menos que puedas tomarte la semana libre, voy a viajar solo.

Pongo una teatral cara de pena.

—¡Vaya, mira qué bien! Así que vas a dejarme aquí mientras tú vas a divertirte a Miami, ¿no? —Le rodeo el cuello con los brazos—. Espero que estés listo para compensarme por ello.

Él tironea con suavidad del cinturón de mi bata y desliza las manos bajo la prenda.

—Estoy más que listo.

Después de nuestro ratito compartido, Luke decide que ya ha llegado a su tope de trabajo por hoy. No es inusual en él trabajar durante veinticuatro horas seguidas cuando está inspirado, pero ahora va a dormir un par de horas.

—Voy a llevarme a las niñas a desayunar fuera —le sugiero yo—, ¿qué te parece si después vamos a dar una vuelta por el paseo marítimo? Hace muy buen día para esta época del año y sería una lástima desperdiciarlo, podríamos comprarles helados.

—Sí, buena idea. Ven a despertarme a la hora de comer —contesta él, con un bostezo.

Salimos juntos del estudio justo cuando Chloe está bajando la escalera.

—¡Vamos a desayunar fuera! —le digo, antes de tomarla en brazos—. Vamos a vestirte.

Una vez que subimos me doy una ducha rápida en mi dormitorio mientras Luke se encarga de entretenerla. Les oigo jugar al monstruo de las cosquillas. Es un juego sencillo, pero a Chloe le encanta y la mantiene entretenida hasta que termino de vestirme.

Mi teléfono, que está cargándose encima de la mesita de noche, me notifica que he recibido un correo electrónico, y me da un brinco el corazón al ver quién me lo ha enviado.

—¿Estás bien, cielo? —Luke rueda hasta quedar boca abajo y alza la mirada hacia mí.

—Tengo un correo electrónico.

—Pues lo que suele hacerse con ellos es leerlos y contestar. —Emite un sonido ahogado y se queda sin aliento cuando Chloe salta sobre su espalda con un gritito de entusiasmo.

Agarro el teléfono. No sé por qué me siento tan nerviosa de repente ante la idea de leer el mensaje, el hecho de que Alice contactara con nosotras ha generado una caótica mezcla de emociones en mi interior. Supongo que ahora estoy tomando conciencia de la realidad. Primero llegó la sorpresa, después la felicidad y ahora la cautela. Puede que las emociones pasen por distintas etapas cuando hay un reencuentro con un familiar, tal y como se supone que sucede con el duelo. Después lo busco en Google.

—Es Alice, ha dejado un mensaje en la cuenta que le abrí a mi madre. Voy a que lo abra en el ordenador de abajo.

—¿No quieres echarle un vistazo primero?

—¿Por qué?

Luke saca las piernas de la cama y planta los pies en el suelo mientras Chloe se cuelga de su cuello.

—No sé, por si tienes que preparar a tu madre para recibir malas noticias.

—¿Qué quieres decir? —le digo, desconcertada.

—Olvídalo, da igual.

—No, no da igual. Dime.

Él se levanta con Chloe aferrada aún a su cuello como si de una actuación circense se tratara.

—Por si Alice ha cambiado de idea o algo así. —Se encoge de hombros y se quita de encima a la niña con cuidado—. Olvídalo, de verdad. Seguro que no hay ningún problema.

Me paro a pensar en lo que dice y me doy cuenta de que puede que tenga razón.

—Vale, voy a echar un vistazo rápido.

Me siento en la cama y abro el mensaje. El icono de un clip indica que tiene un archivo adjunto, y tarda un poquito en descargarse. Antes de leer lo que Alice ha escrito desplazo el cursor hacia abajo para ver lo que ha adjuntado, ya que estoy segura de que se trata de una foto. Estoy a punto de ver cómo es mi hermana. Cierro los ojos por un momento y recuerdo la última vez que la vi, recuerdo su carita mirándome a través de la luna trasera de un coche.

Los abro de nuevo esperando ver a una mujer joven y me sorprendo al ver aparecer ante mí a dos mujeres sonrientes. Da la impresión de que están sentadas en un sofá y la foto está tomada desde cierta distancia, así que no es un *selfie*. Puede que fuera tomada con una cámara con temporizador, o que la hiciera una tercera persona. Las dos jóvenes tienen el pelo del mismo tono café oscuro y están peinadas con esas ondas grandes y sueltas, aunque una lo lleva un poco más corto que la otra. Las dos deben de tener una edad similar, unos veintipocos años. Amplío la imagen para poder verles mejor la cara, los ojos en concreto, anhelando ver esos preciosos ojos azules que me han perseguido durante todos estos años, pero se pixela y no se ve bien. Dirijo la mirada hacia el final del mensaje de Alice y leo la postdata que ha añadido bajo su nombre: *Yo soy la de la izquierda*.

—¡Alice! —Mi voz es apenas un susurro.

—¿Cuál de las dos es? —me pregunta Luke, mientras mira por encima de mi hombro.

—La de la izquierda. —Sonrío y me echo hacia atrás para apoyarme en él. Ha dejado en el suelo a Chloe, que está entretenida con los zapatos que tengo en mi armario—. ¿Crees que se parece a mí?

Él se inclina un poco hacia delante para ver mejor la imagen.

—No sé qué decirte, puede que sí. El pelo es el mismo, y me parece que también tenéis los mismos pómulos. ¿Quién es la otra chica?

Leo por encima el mensaje hasta que encuentro la respuesta.

—Su amiga Martha. —Retomo el mensaje desde el principio y lo leo bien—. ¡Mierda!

—¿Qué pasa?

—Que quiere venir, y piensa hacerlo acompañada de su amiga. —Alzo la mirada hacia él—. Qué raro.

—¿Supone algún problema?

—Bueno, es que sería mejor que viniera ella sola, pero puede que esté nerviosa. A lo mejor quiere tener a alguien conocido a su lado.

Aprieto los labios en ese típico gesto de solidaridad que se hace cuando uno quiere demostrarle sin palabras a alguien que entiende cómo se siente, un gesto que suele ir acompañado de una cara de conmiseración o de resignación.

—En fin, supongo que será mejor que le dé la noticia a mamá.

Mi madre se echa a llorar cuando abro el mensaje en el ordenador de abajo y le enseño la foto. Toca la pantalla y acaricia la imagen de Alice.

—¡Mi querida Alice! —repite una y otra vez—. ¡Estoy deseando poder abrazarla!

—Va a traer a su amiga, ¿has leído esa parte? —le pregunto con voz suave.

—Sí, me parece bien. Si eso es lo que ella quiere, no me importa en absoluto. Lo que sea, con tal de que Alice se sienta a gusto.

Intercambio una mirada por encima de su cabeza con Luke, quien me aconseja con los ojos que deje pasar el tema. Esa es una de las razones por las que lo amo, sabe lo que pienso sin que yo diga una sola palabra. En este momento sabe que la actitud de mamá me parece, quizás, un poco más sensiblera de lo que yo esperaba, y seguro que ha deducido que estoy planteándome hacer algún comentario al respecto. A juzgar por el pequeño gesto de negación que me hace con la cabeza, está claro que él opina que no debería hacerlo.

—¿Quieres que te imprima el mensaje y la foto, Marion? —le pregunta a mamá.

—¿Me harías ese favor?, ¡me encantaría! Es fantástico que esto de los correos electrónicos sea algo tan inmediato, pero no puede compararse a tener una carta de verdad en las manos. —Le lanza una sonrisa de agradecimiento antes de volverse hacia mí—. Voy a ponerla con el resto de las cosas de Alice.

—Sí, buena idea.

Se refiere a una pequeña maleta negra donde ha guardado durante todos estos años el vestido preferido de mi hermana, algunos de sus viejos peluches (entre ellos el osito marrón que ha perdido los ojos y el conejo vestido con una chaqueta azul, como Peter Rabbit), su camisón con estampado de mariquitas, su libro sobre el zoo... en fin, mi madre guarda allí todo lo que pueda suponer un vínculo con su hija, incluyendo los regalos que ha ido comprándole cada año en Navidad y para su cumpleaños.

Ella se lleva el mensaje y la foto en cuanto Luke se los imprime, y él se coloca detrás de mí y me masajea los hombros.

—Es normal que esté un poco sensible, asimilar todo esto no es tarea fácil para ella. Ni para ti. —Me insta a que me gire hacia él—. ¿Cómo estás tú?, ¿estás bien?

—Sí. Si mamá está contenta, yo también lo estoy.

—No es eso lo que te he preguntado.

—Estoy bien y realmente contenta, pero es que... —Titubeo porque no quiero que parezca que me molesta quedar en segundo plano al aparecer en escena mi hermana, y él se limita a esperar callado a que continúe—. Es que todo está pasando muy rápido, y la verdad es que eso de que traiga a la amiga no me convence. Me parece un poco raro obrar así cuando una va a reunirse con su familia después de tanto tiempo.

—Sí, sí que lo es, pero vamos a intentar relajarnos y dejarnos llevar, ¿vale? Puede que Alice quiera contar con algo de apoyo moral, tan simple como eso.

—Antes no opinabas así.

—No tengo control ninguno sobre esta situación —alega él—. Nos guste o no, Alice tiene pensado venir, así que lo único que digo es que será mejor que nos acostumbremos a la idea y la aceptemos. Seguro que todo sale bien.

—Ojalá pudiera tener esa actitud relajada tuya.

—Clare, cielo... ya sé que debes de estar sintiendo un montón de cosas. ¡Por Dios, si a mí mismo está pasándome y ni siquiera es mi hermana! Yo también he invertido un montón de tiempo y emociones en Alice. No a una escala tan grande como tú, por supuesto, pero recuerda todas las veces en que intentamos encontrarla, averiguar su paradero. El dinero que nos gastamos... vale, que te gastaste tú intentando encontrarla. Y ahora todo eso ha quedado atrás, ella nos ha encontrado. Vas a recuperar a tu hermana, tu madre va a recuperar a su hija, yo voy a tener una cuñada y las niñas una tía. Vamos a concentrarnos en lo positivo.

—Hablando de las niñas... —Alzo la mirada hacia el techo al oír el sonido de pasos que cruzan el rellano y bajan la escalera— me parece que Hannah ya se ha levantado.

Me esfuerzo por no perder la sonrisa cuando saco a las niñas a disfrutar de lo que al final va a resultar ser un almuerzo a media mañana. Luke tiene razón. Debo centrarme en las cosas buenas, en lo positivo. Mi hermanita pequeña va a regresar a casa. Pero, por mucho que me repita esas palabras como un mantra, no puedo desprenderme de la inquietud que se ha apoderado de mí.

7

Las dos semanas siguientes pasan con rapidez, me sorprende la celeridad con la que se desarrollan los acontecimientos. Esperaba que hubiera un intercambio gradual de correos electrónicos, puede que algunas llamadas telefónicas, antes de que mamá y Alice decidieran que había llegado el momento de verse en persona; de hecho, creía que iban a pasar al menos unos dos o tres meses, pero no es así y bastan dos correos electrónicos más para que decidan que quieren verse cuanto antes. En persona, en vivo y en directo. Sin llamadas de teléfono ni Skype de por medio.

—¿Seguro que estás preparada para esto?

Le hago esa pregunta a mi madre la noche anterior a la llegada de Alice, mientras ella entra en la habitación de mi hermana para revisarla y asegurarse de que todo esté listo y en su sitio. Yo le había sugerido que la redecorara, pero ella se empeñó en dejar las paredes de color rosa y las cortinas con estampado de lunares. Está convencida de que Alice se va a acordar de ellas y yo también lo deseo, aunque solo sea por mamá. Me pregunto si debería intentar prepararla para una decepción, pero opto por no hacerlo. Me he mantenido bastante al margen de los mensajes que han intercambiado, así que todavía me siento bastante distanciada de Alice.

—La habitación está preciosa, mamá. Seguro que a Alice le encanta, pero no te lleves un disgusto si tarda un poquito en acordarse de todo esto. Ha pasado mucho tiempo y era muy pequeña. —Le pongo una mano en el hombro y le doy un ligero apretón.

—No te preocupes, cariño. Soy consciente de que todo esto puede ser un poco difícil e incluso doloroso, pero estoy preparada para lo que venga. No soy tan ingenua como tú crees.

Nos dirigimos a la habitación de invitados, que queda justo enfrente de la de Alice, y echamos un somero vistazo. Todo está listo para recibir a nuestra huésped añadida. Hay toallas limpias al final de la cama, una bata y algunos artículos de aseo personal.

—Parece la habitación de un hotel finolis —comento.

—¿Crees que le gustará?

—Claro que sí, yo estaría encantada si me alojaran en una habitación como esta. —Miro mi reloj—. Es tarde, será mejor que nos vayamos a dormir ya. Tenemos que estar en Heathrow a las siete y media de la mañana.

Le aconsejo que intente relajarse y disfrutar de una reparadora noche de sueño, pero yo duermo fatal y me siento poco menos que aliviada cuando suena la alarma a las cuatro y media. Encuentro a mamá esperándome ya en la cocina, está claro que está tan nerviosa como yo ante el inminente encuentro. Salimos de la casa con sigilo para no despertar a Luke y a las niñas, tengo la impresión de que no he visto apenas a mi marido en estas últimas semanas. Desde su viaje a América ha pasado gran parte del día y de la noche encerrado en su estudio, regresó deseoso de terminar el encargo para Londres y poder empezar con el de Miami.

—¿Cómo le va a Luke con el trabajo? —me pregunta mamá.

—Muy bien, gracias —le contesto, sin apartar la mirada de la carretera—. Esta podría ser una gran oportunidad para él, estamos hablando de varios miles de libras. Este cliente americano está entusiasmado con él, le encanta su obra.

Me doy cuenta de que estoy parloteando un poco, siempre me siento un poco a la defensiva con ella en lo que al trabajo de Luke y el dinero se refiere. En el fondo soy consciente de que no le parece del todo bien cómo nos organizamos. Mi madre apoya el hecho de que yo tenga una carrera profesional, una carrera exitosa que salvaguarda mi independencia, pero no le gusta demasiado el hecho de que mantenga a Luke. En una ocasión me dijo que mantener económicamente a mi marido iba a tenerme secuestrada, que era algo que iba a atarme a las niñas y a él, algo que me impediría alzar sola el vuelo si en un momento dado quisiera hacerlo.

Es obvio que lo dice por lo que pasó entre papá y ella. Mamá supo manejar bien su economía, disponía del sueldo que ganaba como profesora además de una buena suma que había heredado; según ella misma me dijo, siempre mantuvo su dinero al margen de papá, que era un hombre pudiente y podía mantenerse por sí solo. Ninguno necesitaba al otro en el aspecto económico, y eso resultó ser toda una suerte. Puede que mi madre se quedara a la deriva desde un punto de vista emocional, pero tenía una situación económica sólida que le permitía vivir sin apuros.

—Eso suena prometedor, podría quitarte algo de presión de encima. —Su voz interrumpe mis pensamientos.

—No estoy sometida a ninguna presión.

—No, pero tú ya me entiendes. Sería genial que Luke pudiera ganar el equivalente a un sueldo decente.

—Mamá, por favor, no empecemos con eso ahora.

—Yo solo digo que así no tendrías que sentirte tan responsable de todos desde un punto de vista económico, es bueno que ambos tengáis vuestra propia independencia.

—Como la tuviste tú, por si pasara algo. Es eso lo que quieres decir, ¿verdad?

No puedo evitar sentirme más que un poco irritada por sus comentarios, y eso me lleva a contestar de forma bastante cortante. La miro de reojo al notar que el ambiente está un poco cargado y veo que tiene la mirada puesta al frente, pero que está visiblemente tensa.

—Pues sí, la verdad es que sí —admite al fin.

—Mamá, Luke y yo estamos perfectamente bien. Llevamos felizmente casados todos estos años y nos conocemos desde hace mucho tiempo, de niños fuimos juntos al colegio. Si fuera a pasar algo, seguro que ya habría sido así.

—Eso nunca se sabe. Hay veces en que confiarse es lo peor que una puede hacer, no te esperas el golpe y te toma por sorpresa.

El coche queda sumido en un silencio que se alarga durante varios minutos. Siento el peso de sus palabras. Ya sé que lo dice pensando en mi bien, que una no deja de ser madre cuando sus hijos crecen, se casan y forman su propia familia; también sé que quiere a Luke, pero que al no ser sangre de su sangre es normal que piense ante todo en mí. Supongo que yo actuaré igual cuando las niñas crezcan y tengan novio.

Pienso detenidamente en cómo expresar lo que quiero decirle, y hablo con suma cautela.

—¿Qué fue lo que hizo que papá se fuera?, ¿qué pasó?

Ella no me ha contado jamás cuál fue la razón concreta que hizo que papá decidiera llevarse a Alice de vacaciones; bueno, pensándolo *a posteriori*, las dos somos conscientes de que para él no fueron unas vacaciones en ningún momento, de que supo desde un principio que se iba para siempre.

—Ya sabes que tu padre no quería seguir estando conmigo —me contesta.

—Sí, pero nunca me has dicho por qué —insisto. Por alguna razón, me parece importante estar al tanto de todo. Puede que sea por la llegada de Alice, seguro que ella quiere enterarse de la verdad.

—Ha pasado mucho tiempo, no tengo intención alguna de reabrir viejas heridas. No quiero revivir el pasado, tenemos por delante un futuro junto a Alice.

—Pero es posible que ella te haga preguntas sobre el tema, ¿qué vas a decirle?

—Lo mismo que acabo de decirte a ti. Por favor, Clare, no quiero seguir hablando de eso. Es un tema dañino, te corroerá por dentro si se lo permites. —Se queda callada por un momento y exhala un pequeño suspiro—. No quiero que te envene como a mí, eso es algo que jamás quise para ninguna de mis dos hijas. Lo único que quiero es que ahora seamos felices.

Dejo pasar el tema, como hago siempre cuando llegamos a este punto.

El vuelo procedente de Orlando llega a la hora prevista y mamá y yo esperamos pacientemente en la zona de llegadas, pendientes de la marea de pasajeros que cruza las puertas de cristal.

Veo a una familia de cuatro miembros, una pareja de treintañeros con dos hijos. La madre lleva en brazos al más pequeño y el padre empuja una carretilla cargada de maletas a la que va agarrada a su vez el otro niño, que debe de tener unos cinco años; un encorbatado hombre de negocios cargado con una pequeña maleta de mano y un maletín, con la barbilla ensombrecida por una barba incipiente, pasa sin mirar a nadie, con los ojos al frente. Es obvio que no es la primera vez que realiza este trayecto, que no es nuevo para él, que estar en el Reino Unido no le causa ninguna emoción en especial, y me pregunto de pasada si será americano o británico.

Una chica de pelo oscuro dobla la esquina y creo por un instante que se trata de Alice, pero conforme va acercándose veo que está acompañada de un chico. Los dos llevan mochila y visten pantalón corto y sudadera. A ella se le ilumina el rostro y le da un codazo al novio antes de señalar hacia un punto de la sala, me giro y veo que una mujer de mediana edad está saludándolos con la mano. Los pasajeros siguen saliendo, pero ni rastro aún de Alice y Martha.

—Habrían enviado un mensaje para avisarnos si hubieran perdido el vuelo, ¿verdad? —me dice mamá.

—Relájate, seguro que no tardan en salir. Ya sabes lo que es pasar por un control de pasaportes.

—No sé si el pasaporte de Alice será americano o británico, ¿tú qué crees?

71

—No tengo ni idea, supongo que depende de si obtuvo la nacionalidad americana.

Ella asiente, pero en su rostro relampaguea una expresión de tristeza cuando comenta:

—Son los pequeños detalles como ese los que me recuerdan la dolorosa realidad de que no conozco a mi propia hija. Yo debería estar al tanto de ese tipo de cosas.

—¡Oye, ahora no es momento para tristezas! ¡En estas próximas semanas vamos a poder ponernos al día, ya lo verás! —Ella me sonríe, salta a la vista que está esforzándose por borrar de su mente ese melancólico pensamiento.

Centro de nuevo la atención en los pasajeros que están llegando. Aparece una morena con el pelo largo y ondulado, y cuando estoy a punto de descartarla y desviar la mirada hay algo, no sé qué, que me impulsa a mirarla con mayor atención. Mamá me agarra del brazo en ese preciso momento.

—¡Ahí está! —exclama, mientras empieza a hacer señas con la mano—. ¡Alice!

La joven alza la cabeza y dirige la mirada hacia nosotras, se la ve nerviosa. Yo sonrío de oreja a oreja y también le hago señas con la mano. Busco con la mirada a su amiga y no la encuentro, así que deduzco que puede que Alice haya venido sola. Ella echa a andar hacia nosotras, va acelerando el paso de forma gradual hasta que echa a correr de repente; mamá, con el rostro inundado de lágrimas, echa a correr a su vez hacia ella, y a mí me dan ganas de llorar por la emoción.

Se abrazan y permanecen así, perdidas en su propio mundo, ajenas a todo y a todos los que las rodean. Mamá se echa un poco hacia atrás, enmarca el rostro de Alice con las manos como si estuviera atesorando en la memoria hasta el último de los rasgos de su hija, le besa la mejilla un montón de veces, se miran la una a la otra y se echan a reír.

Y entonces mamá me señala, le pasa un brazo por el hombro a su hija y la conduce hacia mí. Veo esos hermosos ojos, unos ojos que son incluso más azules de lo que yo recordaba, y regreso de repente al día de su partida, al momento en que esos mismos ojos me miraron suplicantes desde la puerta de la sala de estar. Se me constriñe el pecho y está a punto de cerrárseme la garganta, pero respiro hondo, avanzo unos pasos y en cuestión de segundos mi querida hermanita pequeña y yo estamos abrazándonos.

—¡Has regresado, Alice! ¡Has vuelto a casa! —Las palabras brotan de mis labios en un susurro y todas las dudas de las últimas semanas se desvanecen, arrastradas por las lágrimas que bajan por mi rostro.

Alice me abraza con fuerza.

—¡Hola, Clare! ¡Me parece increíble estar aquí después de pasar tantos años pensando en vosotras! Era como si mamá y tú no fuerais reales, ¡ahora siento que mis sueños se han hecho realidad!

Tiene un fuerte acento sureño. No sé por qué, pero es algo que me sorprende. Supongo que me la imaginaba hablando igual que yo.

—Venga, vamos al coche —le digo, mientras me paso por la cara un pañuelo que acaba de darme mamá. Le da otro a Alice y las tres nos secamos las lágrimas, y cuando agarro la maleta me acuerdo de la amiga—. ¿Dónde está tu amiga Martha? —Dirijo la mirada hacia las puertas de llegada—. ¿No iba a venir contigo?

—Ah, sí, perdón por no avisar. Hubo un cambio de planes a última hora y al final no ha podido venir, así que me temo que vais a tener que conformaros conmigo. —Sonríe y se encoje de hombros—. Espero que no os importe. —Su sonrisa se esfuma y pone cara de preocupación—. Lo siento, tendría que haberos avisado, pero se me olvidó hacerlo por el ajetreo y los nervios.

Mamá la toma del brazo antes de contestar sonriente:

—No pasa nada, cariño, no tienes por qué disculparte. Para nosotras no supone ninguna diferencia, lo que nos importa es que tú hayas podido venir.

—¡No me habría perdido por nada del mundo el venir a verte, mamá! —Enfatiza la última palabra, que suena un poco rara dicha con acento americano, y apoya la cabeza en el hombro de mamá—. Puedo llamarte así, ¿verdad?

Mamá le da un beso en la cabeza.

—¡Claro que sí, cariño! ¡Nada me haría más feliz!

Pasan junto a mí metidas de nuevo en su mundo y yo las observo por un momento, un poco desconcertada por la extraña e incómoda sensación que me recorre, pero la achaco al hecho de no estar acostumbrada a oír a otra persona llamando «mamá» a mi madre y procedo a seguirlas.

El trayecto de regreso a casa pasa rápido. Yo voy al volante, Alice está sentada atrás y mamá, sentada delante junto a mí, va haciéndole las típicas preguntas de cortesía: qué tal ha ido el viaje, si ha comido algo, si no le pusieron problemas en el trabajo cuando pidió estos días libres... Temas inocuos, en definitiva. Alice contesta y le hace preguntas a su vez: que si conduce, que si trabaja, que cuáles son sus pasatiempos... En fin, que también se ciñe a temas inocuos.

Mamá saca en un momento dado la foto impresa que Alice envió. Está un poco arrugada y tiene los bordes un tanto desgastados, y se pone a alisarla sobre la rodilla al decir:

—Gracias por la foto, ¿has traído más? Me gustaría ver cómo has ido creciendo a lo largo de los años.

Estoy al tanto de que eso es algo que mamá le había pedido en el último correo electrónico que le envió. Miro a Alice por el retrovisor, nuestras miradas se encuentran y, por la cara que pone, deduzco que no las ha traído.

—¡Vaya, me parece que he metido la pata! —le dice a mamá—. Tengo la horrible sensación de que me dejé olvidado sobre la mesa el álbum de fotos que recopilé para ti. —Se da una palmada en la frente—. ¡Perdona, a veces soy un desastre!

—No te preocupes, no pasa nada.

Aunque mamá lo dice con aparente despreocupación, a mí no me engaña, se ve claramente que está decepcionada e intenta disimular. Propongo algo para intentar animarla.

—Podemos hacer un montón de fotos durante tu estancia aquí, montar nuestro propio álbum.

—¡Qué buena idea! —exclama Alice con entusiasmo—. A decir verdad, no tengo demasiadas fotos de cuando era pequeña. —La miro de nuevo por el retrovisor, pero ella desvía la mirada hacia la ventanilla y añade, con voz teñida de tristeza—: Papá hizo muy pocas.

—Las niñas están deseando verte.

Lo digo para cambiar de tema y evitar que el ánimo decaiga, y a lo largo de los últimos kilómetros del trayecto me dedico a hablar sin parar de las niñas. Le cuento cómo son y las travesuras que han hecho; Chloe es la tranquila y sensible, la más cauta por naturaleza y tiene un alma cándida, mientras que Hannah es extrovertida, graciosa, llena de arrojo y, en ocasiones, demasiado franca al hablar.

—¡Estoy deseando conocerlas! ¡Soy tía y tengo dos preciosas sobrinas a las que estoy a punto de conocer!, ¡es increíble! Y también voy a conocer a Luke, tu marido. Tienes mucha suerte de tener contigo a tu familia.

Recorremos la serpenteante carretera que conduce a la casa, cuyos terrenos están delimitados por un muro de piedra con una gran portalada negra que da acceso a la propiedad.

—¿Te resulta familiar?

La pregunta la hace mamá, que creo que desea con desesperación que Alice tenga aunque sea el más mínimo recuerdo de su niñez.

—Un poco. Me acuerdo de la portalada. No sé por qué, pero el recuerdo sigue vívido en mi mente.

Una vez que cruzo la portalada con el coche enfilo por el camino de grava. Luke y las niñas deben de habernos oído llegar, porque salen a recibirnos. Él tiene una sonrisa en el rostro y muestra una actitud cordial, pero le conozco y sé que en realidad es la sonrisa forzada que usa por mera formalidad. A lo mejor no está tan relajado como decía ante toda esta situación, aunque la verdad es que todos estamos bastante tensos. En el coche hemos evitado sacar ciertos temas y hemos analizado cada palabra, cada expresión facial, cada gesto. Seguro que todos nos relajamos una vez que nos conozcamos mejor.

Alice se acerca a las niñas en cuanto sale del coche, se agacha y abraza primero a Hannah, quien da la impresión de que se queda un poco sorprendida y no sabe cómo reaccionar. Yo busco la mirada de mi hija por encima del hombro de mi hermana, enarco las cejas y esbozo una amplia sonrisa para transmitirle sin palabras un mensaje que sé que ella va a entender, uno que he empleado en anteriores ocasiones y que, básicamente, se resume en: «Sé amable y habla con educación». Hannah decide obedecer y sonríe a Alice. Esta centra entonces su atención en Chloe, quien se esconde detrás de Luke.

—Saluda a Alice.

Mi hija pequeña hace caso omiso de la indicación que le hace su padre; de hecho, lo que hace es aferrarse con más fuerza aún a él.

—No pasa nada, es que es tímida y no me conoce. Tenemos tiempo de sobra para hacernos amigas.

Alice se pone en pie y mira a Luke, quien le ofrece la mano.

—Hola. Soy Luke, el marido de Clare. Es un placer conocerte.

—Alice Kendrick, el placer es todo mío —contesta ella, mientras le estrecha la mano. Suelta una pequeña carcajada antes de añadir—: ¡Ahora que ya hemos completado el formal recibimiento británico, vamos con un buen saludo al estilo americano! —Se echa hacia delante con ímpetu y le da un fuerte abrazo—. ¡Estoy muy contenta de estar aquí!

Ahora es Luke quien me mira por encima del hombro de Alice. Sofoco a duras penas una carcajada al ver cómo me suplica con la mirada que le ayude, y mamá me da una palmadita en el brazo para reprenderme. Mi marido me guiña el ojo y se desprende del abrazo de mi hermana.

—¡Venga, entremos dentro! —dice mi madre—. Debes de estar cansadísima, querida. Luke, por favor, ¿puedes encargarte de su equipaje?

—A sus órdenes, milady —dice él, con una inclinación de cabeza, mientras ellas entran en la casa; por suerte, da la impresión de que mi madre no le ha oído.

—¡Pórtate bien! —No pongo demasiado énfasis en mis palabras. Me acerco y le beso—. Bueno, parece ser que ya hemos roto el hielo, así que ¿qué te parece si yo también te doy un buen saludo al estilo americano? —Le rodeo el cuello con los brazos y vuelvo a besarle.

—Será mejor que tu madre no te vea confraternizando con un miembro del servicio —me dice, antes de devolverme el beso—. Y en cuanto a lo del saludo americano, que sepas que después voy a darte uno al estilo tradicional de los Tennison. —Me da una juguetona palmadita en el trasero, se aparta de mí y va a por el equipaje de Alice.

Estoy sonriendo para mí misma cuando me vuelvo hacia la casa y al alzar la mirada veo a mi hermana parada en la puerta, observándonos. Me protejo los ojos del sol de primera hora de la mañana con una mano, la saludo con la otra, y ella esboza una amplia sonrisa y me devuelve el saludo antes de adentrarse en la casa. La imagen es mucho más reconfortante que la última vez que la vi en esa misma puerta... Sacudo la cabeza y aparto a un lado el triste recuerdo. Los días fríos son cosa del pasado, en este momento el sol brilla y siento en mi interior una calidez que llevaba muchos años ensombrecida, pero que ahora por fin está emergiendo con plena libertad.

Esa noche, cuando las niñas ya se han ido a la cama (a Hannah se le ha permitido acostarse un poco más tarde de lo habitual debido a la presencia de nuestra invitada), Luke se excusa con diplomacia alegando que tiene trabajo que hacer y nos deja a Alice, a mamá y a mí a solas en la sala de estar.

—Voy a preparar algo de cena —dice mamá—. Tengo queso y unas galletas. ¿Quieres té, Clare? ¿Y tú, Alice? ¿Te preparo un café?

Las dos le damos las gracias y por primera vez desde que Alice llegó, hará unas doce horas, las dos nos quedamos a solas.

—¿Cuánto tiempo lleváis casados Luke y tú? —me pregunta.

—Pues... ya vamos para ocho años.

—¿En serio? ¿Cuántos años tiene Hannah?

—Siete. Estaba embarazada de cuatro meses cuando nos casamos.

Es algo que no me avergüenza, hoy en día no es nada fuera de lo común. Supongo que es normal que mi hermana sienta curiosidad acerca de su nueva familia, pero, aun así, siento una extraña incomodidad ante la idea de que pueda estar juzgándome al hacer las cuentas.

—Ah, ya veo —me dice con una sonrisita.

—Nos habríamos casado de todas formas —me apresuro a añadir. Me encantaría que borrara de su rostro esa cara de diversión—. Acabábamos de empezar a salir, pero siempre decimos que supimos desde la tercera cita que queríamos estar juntos. Encajamos a la perfección.

—Amor a primera vista... ¿o fue lujuria?

Yo me echo a reír antes de admitir:

—Las dos cosas iban tan unidas que no sabría decírtelo.

—¿Tuvisteis una gran boda por la Iglesia?

Dirige la mirada hacia el aparador y contempla las fotos que conforman mi propia galería personal y que son en su mayoría de las niñas, aunque hay algunas de mamá y una o dos donde solo salimos Luke y yo. Se trata de fotografías que él ha tomado en cumpleaños, durante paseos o en la playa, instantáneas que captan momentos del día a día con una naturalidad que no se consigue en posados de estudio. Supongo que esa capacidad suya para captar así los momentos especiales se debe al ojo artístico que tiene; la verdad es que una fotografía suya puede expresar muchísimas cosas.

—No, no nos casamos por la Iglesia —le digo a Alice—. Por extraño que parezca, era Luke el que quería una boda de blanco, pero a mí no me apetecía un gran bodorrio y nos casamos en el registro civil. Fue una ceremonia muy sencilla, tan solo asistieron familiares y los amigos más allegados, pero después celebramos una fiesta.

Me levanto, me acerco al aparador y tomo el marco de plata con la foto donde aparecemos Luke y yo en el día de nuestra boda, aunque por nuestro aspecto nadie diría qué es un día tan destacado. Da la impresión de que estamos vestidos para salir a cenar. Él viste un traje de color azul oscuro, una camisa en un tono azul más claro con un abotonado cuello blanco, y una fina corbata azul; yo, por mi parte, llevo puesto un vestido de noche color crema con tirantes finos y un escote formado por delicadas capas de tela que cubren mi busto. Es una prenda de corte diagonal y larga hasta el suelo, y llevo en la muñeca un ramillete azul que hace juego con la corbata de Luke.

Le paso la foto a Alice, que la observa en silencio unos segundos antes de comentar:

—Luke no ha cambiado nada. Y tampoco tú, la verdad. Nadie diría que estabas embarazada, no se te nota.

—Estaba delgada, era primeriza y tenía los músculos del estómago muy firmes, supongo que tuve suerte.

Ella me mira de arriba abajo antes de devolverme la foto.

—Sigues estando muy delgada.

—Tú también lo estás —afirmo, sonriente, mientras vuelvo a dejar la foto en el aparador—, debe de ser algo genético.

—Sí, supongo que sí. ¿Sabía alguien que estabas embarazada cuando te casaste?

Voy a sentarme de nuevo. Me gustaría que dejara de interrogarme, pero me siento obligada a contestar.

—No, no se lo dijimos a nadie, ni siquiera a mamá. Esperamos hasta después de la boda y entonces le dimos la noticia.

—¿Y a ella le pareció bien?

—No le quedaba más remedio. —Bajo la voz al añadir—: Lo que le molestó más fue el hecho de que yo no la hubiera puesto al tanto de inmediato, ella no entendía por qué insistimos en casarnos tan rápido. En fin, una vez que todo el revuelo quedó atrás se sintió dichosa, adora a las niñas.

—Tus hijas son fantásticas, al igual que tu madre..., es decir, nuestra madre. Y Luke también es genial. La verdad es que tienes una gran familia.

Sus palabras están teñidas de tristeza, y me siento culpable al instante por el sentimiento de orgullo que ha generado en mí su comentario.

—Ahora todos nosotros formamos parte de esta familia —le digo.

—Sí, todos somos una familia. Me gusta la idea. —Sus labios esbozan una pequeña sonrisa—. Somos una familia.

8

—¿Seguro que no puedes tomarte unos días libres en el trabajo? —me pregunta mamá, cuando nos sentamos a desayunar.

Los domingos no están sometidos a un horario determinado y no hay una hora fija para desayunar, cada cual se levanta cuando quiere. Las niñas llevan una hora levantadas y ya han tomado cereales y tostadas, ahora se encuentran en la sala de estar. Hannah está viendo la tele y Chloe se entretiene jugando con su cocinita de juguete, no soy una de esas madres que insisten en que sus hijos pasen el día entero realizando actividades estructuradas y educativas.

—Lo siento, mamá, pero no puede ser —le contesto, mientras unto de mermelada una tostada—. El mes que viene me espera una cita clave en el juzgado, se trata de algo realmente importante y no puedo tomarme nada de tiempo libre. —Me sirvo una taza de té—. Pero este domingo lo podemos aprovechar al máximo. He pensado que podríamos ir todos juntos a Brighton, llevar a Alice a hacer un recorrido por la ciudad.

La cara de decepción de mamá da paso a una sonrisa.

—¡Qué buena idea! Podríamos ir a todos los lugares a los que solía llevaros de niñas, puede que eso le refresque la memoria. Podemos ir al paseo marítimo, al muelle y a las tiendas del casco histórico, comer pescado frito con patatas y tomarnos unos helados. Las niñas también se lo pasarán de maravilla. ¡Sí, está decidido!

La miro sonriente, alargo la mano y la poso sobre su brazo antes de decir:

—Mamá, ten en cuenta que Alice aún era muy pequeña cuando vivía aquí y que es posible que no se acuerde de nada.

—Sí, ya lo sé. —Me da unas tranquilizadoras palmaditas en la mano.

—Es que no quiero que te lleves una desilusión, ni que presiones a nadie.

Luke entra en la cocina en ese preciso momento.

—¡Vaya, me parece que llego justo a tiempo para desayunar! ¡Buenos días!

Me arrebata una tostada del plato con dedos manchados de pintura acrílica en tonos azules, verdes y amarillos que hacen que parezca que tiene las manos amoratadas. Ha pasado otra noche más trabajando en el encargo nuevo que recibió.

—¿Cómo estás? —me pregunta, antes de besarme la coronilla.

—De maravilla, gracias. ¿Cómo va el cuadro?

—¿Alguien quiere una taza de té? —pregunta, mientras se dirige hacia la jarra eléctrica—. ¿Marion?

—No, gracias —le responde mamá—. Pero sírvele una a Alice, seguro que no tarda en bajar.

—El cuadro va genial, cielo —me dice Luke, antes de acercarse a la mesa y sentarse junto a mí—. ¿Qué planes hay para hoy?

—Hemos pensado en llevar a Alice a hacer un recorrido por Brighton, ¿te apuntas o tienes que seguir trabajando?

—Me apunto, ya he trabajado bastante de momento. Me vendrá bien tomarme un descanso y respirar el aire fresco del mar, y me apetece que pasemos algo de tiempo todos juntos.

Alice no tarda en bajar, y al verla no puedo evitar enarcar ligeramente las cejas e intercambiar una discreta mirada con Luke. Lo único que lleva puesto es una camiseta ancha y larga que, en mi opinión, tendría que ser varias tallas más grande y cubrirla un poco más, aunque debo admitir que tiene unas piernas perfectas para ir así vestida. Son unas piernas de lo más americanas, largas y bronceadas y muy distintas a las mías, que a pesar de ser largas están tan blancas como la leche.

La camiseta se le levanta un poco cuando se agacha para darle un beso a mamá en la mejilla, y Luke aparta la mirada y se centra de forma deliberadamente exagerada en añadirle otra cucharada de azúcar a su taza.

—Buenos días a todos —nos dice ella al incorporarse. Se pasa una mano por el pelo, se lo aparta de la cara antes de dejarlo caer de nuevo.

—Buenos días, cariño —contesta mamá—. ¿Has dormido bien? Si has pasado frío o calor dímelo para graduar la temperatura, ¿el colchón te ha resultado cómodo?

—Sí, la cama está muy bien —le asegura ella, con una cálida sonrisa—. Supongo que estoy empezando a notar el desfase horario.

Mamá le indica que se siente junto a ella.

—Ven, siéntate aquí. ¿Qué te apetece desayunar? Hay tostadas, cereales y algunas pastas. Clare, por favor, prepárale un café. Quieres café, ¿verdad?

—Sí, una taza me vendría genial. Gracias, Clare, es muy amable por tu parte.

—Ya te lo preparo. —Dejo mi tostada en el plato y finjo que no veo la sonrisa irónica que me lanza Luke.

—Me apetecen también unas tostadas, si no es molestia. Supongo que no tendréis mantequilla de cacahuete y jalea, ¿verdad?

—Me parece que queda algo de compota. —Rebusco en uno de los armarios hasta que la encuentro—. Aquí tienes.

Alice agarra el tarro, desenrosca la tapa y frunce la nariz tras echar un vistazo al interior.

—Da igual, déjalo. —Alza la mirada hacia mí—. Tiene tropezones.

Me llama la atención que esté siendo tan tiquismiquis, pero lo dejo pasar.

—También tenemos Marmite —le digo, mientras le preparo el café.

—¿Qué es eso?

—Será mejor que ni lo pruebes —le aconseja Luke—. Tenemos compota o mermelada, con esas opciones vas sobre seguro.

—Luke, ¿por qué no buscas en Internet para ver si por aquí hay algún lugar donde poder conseguirle mantequilla de cacahuete y jalea? —sugiere mamá.

—Seguro que tenemos algo que pueda gustarle —afirmo yo, mientras regreso a la mesa con la taza de café.

No me parece bien que Luke tenga que perder el tiempo buscando productos para satisfacer los gustos americanos de Alice. Él siempre es muy atento con mamá, y a veces tengo la impresión de que eso es algo que ella no valora en su justa medida. Me acerco de nuevo al armario y me pongo a sacar un tarro tras otro, el golpeteo del vidrio contra la encimera de granito refleja la irritación que siento.

—Mermelada, Nutella, miel —me limito a decir, antes de volverme hacia Alice.

—Eh... miel, gracias.

Le lanza una fugaz mirada a Luke, quien le pasa el tarro.

—Es miel que se produce en esta zona —comenta él, antes de lanzarme una mirada elocuente.

Yo me encojo de hombros, pero me siento un poco avergonzada al ver que mi pequeño arranque de frustración no le ha pasado desapercibido a ninguno de los adultos presentes; por suerte, mamá maneja bien la situación y empieza a charlar sobre el día que tenemos por delante y lo que vamos a hacer, así que aparto a un lado mi momentánea petulancia junto con las migas de pan de la tostada y me sumo a la conversación.

A Alice parece gustarle el plan, y se alegra de que vayamos a salir todos juntos.

—¡Qué bien!, ¡va a ser nuestra primera salida familiar de verdad! Bueno, al menos que yo recuerde.

—No te imaginas cuánto he deseado poder disfrutar de un día así —le dice mamá, con una cálida sonrisa.

—Lo mismo digo —le contesta ella.

*   *   *

Es un día bastante caluroso para estar a mediados de octubre, y una suave brisa sopla a nuestras espaldas mientras paseamos algo más tarde por el paseo marítimo de Brighton. Luke empuja el cochecito de Chloe y Hannah permanece junto a él, yo tengo a mamá a un lado y a Alice al otro y las tres vamos tomadas del brazo.

—¿Te acuerdas de este lugar? —pregunta mamá.

—No, la verdad es que no —le contesta Alice, con una pesarosa mueca.

—¿Tampoco te acuerdas del muelle? —le pregunto yo, conforme vamos acercándonos al lugar en cuestión—. Solíamos venir a menudo, comíamos helados y corríamos de acá para allá, mirábamos por las rendijas que hay entre las tablas para ver el agua.

—Yo solía llevaros a las atracciones que hay al final de todo —comenta mamá—. Tú eras demasiado pequeña para la mayoría de ellas, pero Clare se subía en algunas y nosotras la esperábamos sentadas.

—Lo siento, no me acuerdo. Supongo que era demasiado pequeña.

Seguimos caminando hacia el muelle sin prisa, disfrutando de las vistas. La playa de guijarros parece desierta sin los turistas que la llenan en verano, y el pálido sol otoñal centellea sobre las plácidas olas grisáceas que rompen contra la orilla en un suave vaivén.

Hannah regresa corriendo hacia nosotras mientras Luke espera a que lo alcancemos, y exclama entusiasmada:

—¡Mamá!, ¡mamá! ¡Papi va a subirse a la torre conmigo!

La i360, situada junto al muelle, consiste en una plataforma panorámica de cristal que sube y baja por una torre que mide 161 metros de alto, y que ofrece unas vistas de 360 grados sobre la ciudad y la costa; al menos, eso es lo que tengo entendido, porque las alturas no son lo mío. Me subí una vez con Luke cuando la abrieron

85

al público, pero lo pasé tan mal que estuve la mayor parte del tiempo con los ojos cerrados.

—¡Es impresionante!, ¿puedo subir con vosotros?

Al ver que Hannah no sabe qué contestarle a Alice y que me mira a mí con ojos interrogantes, le digo sonriente:

—Qué buena idea, ¿verdad? Alice quiere subir contigo y con papá, ¡seguro que lo pasáis genial! —Suelto el brazo de mamá al alcanzar a Luke, quien me deja al mando del cochecito de Chloe—. ¿Tú también quieres subir, mamá?

—Sí, creo que voy a animarme. Siempre estoy diciendo que tendría que probar una vez al menos.

Compro un helado que comparto con Chloe mientras esperamos en un banco cercano. El sol está bastante bajo, así que coloco el cochecito de forma que a la niña no le dé el aire de cara. La experiencia dura unos veinte minutos, y al ver que la plataforma va descendiendo lentamente me dirijo hacia allí y los espero cerca de las puertas.

Mamá y Hannah son las primeras en emerger. Van de la mano, y no sabría decir quién ayuda a quién a bajar la escalera. Hannah sonríe de oreja a oreja al verme y me grita, mientras acaba de bajar los últimos escalones:

—¡Ha sido genial, mamá!

Luke y Alice salen tras ellas, dirigen la mirada hacia mí y sonríen; por lo que parece, la atracción ha sido todo un éxito. Me llevo un sobresalto al ver que Hannah trastabilla un poco en un escalón, suelto una exclamación ahogada y me la imagino estampándose de cara contra el suelo. Supongo que es la reacción normal de una madre, pero, por suerte, logra agarrarse a Luke a tiempo para evitar caerse.

Alice toma a mi marido del brazo mientras descienden los últimos escalones y no le suelta mientras se dirigen hacia mí; en un momento dado se inclina hacia él, le dice algo y los dos se echan a reír de nuevo.

Nunca he sido una mujer celosa, supongo que jamás he tenido motivos para tener que serlo. Pero hoy me hormiguea por dentro una extraña sensación que inunda de férrea determinación mi corazón, de repente emerge en mí un primigenio instinto posesivo. No sabría explicar el porqué de mi reacción. Quizás sea por la naturalidad con la que Alice se comporta con Luke, como si para ella fuera lo más normal del mundo ir de su brazo. Sea por el motivo que sea, la cuestión es que no me gusta. Alice alza la cabeza y nuestras miradas se encuentran. Por fuera noto cómo mi boca forma una sonrisa, pero por dentro mi cara se ha transformado en algo parecido a Hulk.

Ella me devuelve la sonrisa, suelta el brazo de mi marido y me dice, una vez que está lo bastante cerca:

—¡Ha sido increíble, Clare! Es la primera vez que me monto en algo así, tendrías que haber venido con nosotros.

—Ya me subí en una ocasión con Luke —me limito a contestar, antes de interponer el cochecito de Chloe en el camino del aludido—. Ten, llévala tú —me digo a mí misma que lo hago porque a la niña le gusta que la lleve su padre.

Tomo a Alice del brazo mientras paseamos por el muelle. El viento sacude nuestro cabello, y ella se lo recoge a un lado para evitar que siga azotándole el rostro y admite, con un pequeño estremecimiento:

—Me encanta estar aquí, pero la verdad es que echo de menos el sol de Florida.

Yo me echo a reír.

—Teniendo en cuenta el tiempo que tenemos en el Reino Unido, hace un día fantástico para estar a mediados de octubre. Vas a tener que acostumbrarte.

—Tendría que haber traído ropa más apropiada.

—Yo puedo prestarte algún que otro jersey, debemos de tener la misma talla más o menos.

—Sí, es como si fuéramos gemelas.

—Cuando eras pequeña siempre querías ponerte mi ropa. —Pienso en aquellos días y me viene de nuevo a la mente el incidente de la seta—. ¿Te acuerdas de aquella vez en que estábamos jugando a tomar el té con muñecas en el jardín trasero, y tú vomitaste y dejaste echa un desastre una camiseta mía a rayas rosas y blancas que te habías puesto?

—¡Sí, sí que me acuerdo de eso! La camiseta me quedaba tan larga que la usé como si fuera un vestido.

—Sí, te pusimos un cinturón y la hebilla quedó impregnada de vómito, qué asco.

—Ese día comí demasiados caramelos.

—Qué va, fue por culpa de una seta. Te puse unas cuantas en tu plato y te sentaron mal.

—¿En serio? Perdona que no me acuerde, es que fue hace mucho tiempo.

—Después de eso no querías comer ninguna clase de seta y mamá no entendía por qué, ella creía que te habías puesto mala por culpa de unas moras. —Estoy deseando que se acuerde porque es uno de los recuerdos más vívidos que tengo de nuestra niñez, un secreto que compartíamos y que ambas guardamos—. ¿No recuerdas ni el más mínimo detalle? ¿Y ahora qué?, ¿comes setas? —En esta ocasión estoy deseando que admita que no las soporta porque eso confirmaría al menos el recuerdo que yo tengo y, a pesar de que ella no recuerde el incidente, lo validaría en cierta forma.

—Lo siento, pero sí. La verdad es que me gustan. No te martirices por el tema de las setas, Clare, está claro que no me causó ningún trauma. Y, para demostrarte que no hay rencor alguno, voy a comprarte una camiseta nueva.

Se echa a reír y me agarra mejor del brazo para acercarse más a mí. En condiciones normales sería un gesto normal entre hermanas, pero por algún motivo que no puedo explicar no me siento cómoda, me resulta algo demasiado íntimo.

Mientras seguimos paseando por el muelle pienso en lo sorprendente que resulta que dos personas puedan tener recuerdos completamente distintos de una misma experiencia compartida. Esperaba que Alice y yo compartiéramos algún recuerdo por lo menos, algo que pudiera crear un vínculo entre nosotras, que nos diera un primer punto de apoyo sobre el que construir nuestra relación de hermanas; si bien me entristece que aún no lo hayamos encontrado, a pesar de que yo misma le dije a mamá que Alice era demasiado pequeña cuando se fue como para acordarse de su vida aquí, no puedo evitar preguntarme si habrá algo de lo que sí se acuerde. Algo debió de quedarle grabado en la memoria, ¿no?

Esa noche, cuando subimos a acostarnos y me acurruco contra Luke en la cama, procuro hacer caso omiso de ese monstruo de ojos verdes que son los celos, un monstruo que ha permanecido al acecho en todo momento, y me limito a comentar:

—Ha sido un día muy agradable.

Él se desliza un poco hacia abajo para poder abrazarme bien contra su cuerpo antes de contestar.

—Sí, la verdad es que sí, pero... ¿Va todo bien, cielo?

—Sí, claro que sí.

—¿Estás segura?

—Completamente segura.

Soy consciente de que sabe que no estoy siendo sincera del todo. Soy como un libro abierto para él, siempre dice que le basta con verme para saber de qué humor estoy; de hecho, a mí suele pasarme lo mismo con él, supongo que se debe a que nos conocemos desde hace tantos años.

—¿Llevas bien el hecho de que Alice esté aquí? —me pregunta.

—Sí, es cuestión de ir acostumbrándose. Aunque la verdad es que me resulta un poco raro.

—¿En qué sentido?

Exhalo un largo suspiro antes de contestar.

—No lo sé. Supongo que podría decirse que me siento un poco incómoda, las cosas no son como las había imaginado.

—¿Qué es lo que imaginabas?

—Que hubiera más conexión entre nosotras, supongo. Es Alice. Es mi hermana, pero no conectamos. No noto que haya ninguna química entre nosotras.

—Deja pasar el tiempo y no le des tantas vueltas al asunto, ya sabes cómo eres. Piensa que para ella también debe de ser raro, dale una oportunidad.

Enarco las cejas al oír sus palabras y comento, con cierta sequedad:

—Vaya, deduzco que te cae bien. —Vuelve a hacer acto de aparición el carácter celoso que ni yo misma sabía que poseía, pero es que no puedo reprimirme.

Él se echa a un lado hasta quedar tumbado de espaldas antes de contestar.

—Es una chica agradable. —Ladea ligeramente la cabeza—. Debe de ser cosa de familia.

Yo me incorporo un poco y me apoyo en un codo.

—¿«Agradable»?, ¿cómo que «agradable»? ¿En qué sentido lo dices?

—No estarás celosa, ¿verdad? —me dice, mientras me mira por el rabillo del ojo; a juzgar por su tono de voz, la idea le hace gracia.

—¿Quién, yo? ¿Por qué habría de estarlo?

Él sonríe de oreja a oreja, se incorpora de repente, me tumba de espaldas y se coloca a horcajadas sobre mí antes de besarme.

—No te preocupes, cielo, ya sabes que solo tengo ojos para ti. Para nadie más.

—¡No estoy celosa!

—Me parece que la dama protesta demasiado... —afirma, sonriente, antes de acallar mi respuesta a base de besos.

9

—¿Qué te parece si vamos a la vinoteca para tomar una copa de vino y algo de picar?

La propuesta me la hace Tom al asomar la cabeza por la puerta de mi despacho. Ha pasado buena parte de la semana en el tribunal y es ahora, cuando se acerca ya el fin de semana, cuando tenemos oportunidad de coincidir.

—No sé... —contesto, indecisa, mientras dirijo la mirada hacia los correos electrónicos que aún me quedan por abrir.

Ha sido una larga semana. El combate de los lunes se prolongó más de lo acostumbrado porque Leonard me interrogó a fondo sobre el caso McMillan, a veces da la impresión de que sigo siendo una empleada en vez de una socia que se supone que está en igualdad de condiciones. Contuve las ganas de decirle algo al respecto porque era más fácil contestar a sus preguntas que meterme en una discusión con él, ese es un error que he cometido una sola vez en mi vida y fue cuando ni siquiera trabajaba para él. Fue en mi época de estudiante en la universidad, en una ocasión en que desvié la mirada de mis objetivos y me distraje de mis estudios por centrarme en buscar a Alice. Él me ayudó un poco al principio, pero fue categórico al advertirme que no debía dejar que se resintieran mis notas.

—¡Anda, anímate, te vendrá bien tomarte un respiro y salir de aquí aunque sea por una hora! —insiste Tom—. Si lo prefieres podemos comprar un bocadillo en el puesto del parque y sentarnos en un banco, y te cuento cómo he hecho picadillo a la defensa a lo largo de la semana. —Se lleva la mano a la solapa y abrillanta una imaginaria medalla de honor.

Empiezo a ceder. Hace muy buen día, y no creo que se me presenten muchas más oportunidades para salir y disfrutar del parque cercano antes de que el tiempo cambie del todo y llegue el invierno.

—Está bien, vamos. —Me levanto de la silla y agarro el bolso—. El parque me parece una opción perfecta.

Él posa la mano entre mis omóplatos al conducirme al pasillo y susurra en tono cómplice:

—Si actuamos con sigilo podremos escabullirnos antes de que Leonard nos pille.

Yo reprimo una risita, parecemos niños huyendo del cole para no ir a clase.

Los dos optamos por lo mismo, un bocadillo de beicon y queso *brie* acompañado de un café. En el parque hay menos gente que en el fin de semana y nos sentamos en uno de los bancos que hay alrededor de la fuente, salta a la vista que hace poco que han limpiado la pileta de piedra blanca y los azulejos azules del suelo. Hojas marrones, amarillas y rojizas han empezado a caer de los árboles circundantes y flotan en el agua cual barquitos. En el centro hay una estatua de una especie de sirena con un pez de cuya boca brota un chorro de agua, Luke ha comentado lo horrible que es cuando hemos venido con las niñas y, aunque a mí no me parece que el conjunto esté tan mal, la verdad es que carezco de su ojo artístico.

—Felicidades por ganar el juicio —le digo a Tom.

—Gracias. Al principio no sabía si la testigo iba a ceder, pero por suerte yo había hecho bien mis deberes y pude dejar su credibilidad por los suelos. Una vez que el jurado se enteró de que la mujer había cometido perjurio anteriormente, el partido terminó.

—Menos mal que no tendré que enfrentarme nunca a ti en un juicio. Supongo que Leonard se sentiría complacido con tu victoria.

—Sí, pero se adjudicó el mérito, por supuesto. Dijo que he aprendido de él todo lo que sé.

—Típico en él. Bueno, dime, ¿qué tal te ha ido el fin de semana? ¿Te tocaba tener a Lottie?

—No, me toca el fin de semana que viene. La verdad es que tuve un par de días bastante tranquilos. —Se echa hacia atrás y alarga el brazo a lo largo del respaldo del banco—. ¿Y tú, qué?, ¿cómo va todo con Alice?

Sabía que iba a preguntármelo; de hecho, apuesto a que si me ha invitado a salir a comer es en buena medida para que le ponga al tanto de la situación.

—Bien, la cosa va bien.

—¿Eso es todo lo que vas a decir?, ¿que va bien?

—Es la pura verdad. Parece una chica muy agradable, mamá está en el séptimo cielo y tanto Luke como las niñas se llevan bien con ella. No sé qué más decir.

—Se te ve un poco apagada, yo esperaba que estuvieras pletórica y llena de entusiasmo. —Me tironea con suavidad de la coleta—. Venga, Clare, te conozco bien. ¿Qué es lo que pasa con Alice?

Apoyo la cabeza en su brazo y cierro los ojos por un momento. Todavía me resulta difícil procesar mis emociones y mis sentimientos en lo que a mi hermana se refiere. Abro los ojos de nuevo y le miro, suspiro al ver que él se limita a contemplarme con una comprensiva sonrisa y termino confesando la verdad.

—Vale, tú ganas. Para serte sincera, no sé cómo me siento. No, espera, no es eso exactamente... —Me enderezo y me echo un poco hacia delante—. Qué confuso es todo. Siento un montón de cosas, pero, sobre todo... Tom, te voy a decir esto en confianza, no te atrevas a contárselo a nadie... —Espero a que me lo prometa, y él lo hace con la señal que usan los lobatos de los *scouts*—. Lo que siento en mayor medida es que todo esto me ha decepcionado un poco, no está siendo tan emocionante como yo esperaba. Me siento un poco desinflada y, para serte sincera, también un poco malhumorada. No debería sentirme así, ¿verdad?

—Llevabas años esperando este momento. Durante todo este tiempo has pasado por momentos de emoción, de entusiasmo, de frustración, de tristeza y de resignación al ver que no la encontrabas. —Tom tiene razón, he vivido todo ese abanico de emociones y muchas más—. Y ahora que ha pasado realmente, ahora que has encontrado a Alice o, mejor dicho, que ella os ha encontrado a vosotras, todas esas emociones se han esfumado y lo que te queda es... ¿qué?, ¿amor? No, probablemente no. Puede que sientas amor por el recuerdo de Alice, tu hermanita pequeña, pero ahora estás frente a frente con la versión adulta, la que es real, y se trata de dos personas diametralmente distintas. Lo más probable es que en este momento ni siquiera seas capaz de comprender qué es lo que sientes. La euforia que sentiste cuando contactó con vosotras en un principio se ha esfumado hace mucho, el final de cuento de hadas se ha convertido en realidad. Ahora tienes por delante la larga y ardua tarea de intentar construir una relación desde cero, de intentar sentir amor por alguien a quien no conoces.

—¿Sabes qué?, al oírte hablar da la impresión de que sabes de lo que estás hablando.

—¡Oye! Pues resulta que sí, a veces sí. —Me da otro juguetón tirón de pelo.

—La cuestión es que yo había dado por hecho que conectaría con ella al instante, que entre nosotras existía un vínculo tan fuerte que sería como si esos veinte años que habíamos estado separadas no hubieran existido jamás. Pero ahora resulta que la realidad no es tan idílica como en las películas y en los libros, que es una situación difícil y tirante.

Agacho la cabeza y fijo la mirada en el suelo. No quiero decir en voz alta lo que estoy pensando, pero al mismo tiempo quiero contárselo a Tom. Da la impresión de que comprende lo que siento, así que al final decido sincerarme. Hablar con él no supone ningún riesgo.

—Ya sé que parezco una loca diciendo esto, pero es que el fin de semana pasado... —Me interrumpo, no sé si voy a ser capaz de articularlo en voz alta.

—Dime.

—El fin de semana pasado pensé algunas cosas no muy agradables sobre ella, y acababa de llegar. No, espera, no es eso exactamente. No es que las pensara, sino que las sentí.

—¿Qué fue lo que sentiste?

Empiezo a lamentar haber iniciado esta parte de la conversación, pero está claro que llegados a este punto Tom no va a dejar de insistir.

—Celos. Pequeños celitos, pero celos al fin y al cabo. Para empezar, por lo pendiente que mamá está de ella. Mira, te pongo un ejemplo: Alice quería mantequilla de cacahuete y jalea, pero, como no pudo conformarse con la compota que yo le ofrecí, mamá estaba dispuesta a enviar a Luke a buscar vete tú a saber a dónde lo que su hijita quería. Y después está el propio Luke. Alice subió a la i360 con él el domingo, y cuando bajaron estaba agarrada a él como si le perteneciera. Ah, y ¿sabes lo que pasó cuando Hannah no quiso que ella la tomara de la mano? ¡Pues que me sentí un poco victoriosa! —A decir verdad, en ese momento me habían dado ganas de chocar los cinco con mi hija y jalearla como una animadora americana.

Tom se echa a reír.

—Siempre hay una primera vez para todo, no hay duda de que estás celosa.

—¡Sí, eso ya lo sé! ¿Qué demonios me pasa?

—Confías en Luke, ¿verdad?

Ha adoptado un tono serio al decirlo, y yo le respondo sin vacilar.

—¡Claro que sí! Luke me ama, eso es algo que tengo claro. Nunca, ni una sola vez, ha hecho nada que pueda hacerme poner en duda su fidelidad y su honestidad.

—Ya lo sé, pero es que los hombres de cierta edad pueden dejarse influenciar si una joven empieza a interesarse por ellos. —Apura su café antes de añadir—: Me he encargado de multitud de casos de divorcio en los que un hombre maduro se ha sentido halagado cuando una mujer más joven le dedica sus atenciones.

—Luke jamás me haría algo así, ni siquiera sé a qué viene esta conversación.

—Si mal no recuerdo, has sido tú la que ha sacado el tema. En fin, tú conoces mucho mejor que yo a tu marido, ¿quién soy yo para decir lo que podría hacer o dejar de hacer? Lo más probable es que los dos estemos viendo cosas donde no las hay, es lo que pasa cuando uno es abogado. —Me quita de la mano el papel donde estaba envuelto mi bocadillo, lo estruja con el suyo mientras se pone en pie y lanza la bola a la papelera—. Todo va a salir bien, ya verás como la situación se encauza. Date un poco de margen, y también a Alice. —Echa a andar—. Venga, será mejor que volvamos antes de que Leonard nos ponga en busca y captura.

Le alcanzo y admito, mientras regresamos por el parque rumbo al bufete:

—Yo creo que es que estoy cansada emocionalmente, pero seguro que se me pasa. He reaccionado de forma un poco exagerada, eso es todo. —Tiro mi vaso vacío en la siguiente papelera que encuentro—. Por cierto, ¿cuándo te va bien venir a conocerla?

—No sé, ¿crees que es buena idea?

—Claro que sí. Ven a casa el sábado con Lottie, Hannah se alegrará mucho de verla y podrán jugar un rato en el jardín. No puede ser que no conozcas a Alice después de la lata que te he dado con el tema durante todos estos años, y de las veces en que te convencí para que me ayudaras a intentar encontrarla. Leonard va a venir.

—Bueno, a lo mejor voy.

—No me vengas con esas, tienes que venir. No creas que va a ser una intromisión ni mucho menos, de verdad que me gustaría que vinieras. Por favor, di que sí. —Por algún motivo que no sabría explicar, de repente es muy importante para mí que conozca a Alice.

—Vale, iré —lo dice sin mucho entusiasmo.

—¡Perfecto! ¡No me falles!

—¿Acaso te he fallado alguna vez?

* * *

Esa noche, mientras conduzco de vuelta a casa, tomo la decisión de intentar relajarme un poco en lo que a la presencia de Alice aquí se refiere. Tengo que recobrar el entusiasmo que sentí al principio cuando ella se puso en contacto con nosotras. El desasosiego que siento se lo atribuyo no solo a su regreso, sino también a la presión a la que estoy sometida en el trabajo por el caso McMillan.

Mi móvil emite una notificación y mascullo una imprecación al bajar la mirada hacia la pantalla y ver de qué se trata. Esta noche se celebra la dichosa reunión del consejo escolar, se me había olvidado por completo. No puedo escaquearme, porque formo parte del subcomité que ha estado supervisando la petición para implementar nuevas restricciones en el aparcamiento y proceder al estrechamiento de los carriles para que el trayecto de los niños hasta el cole sea más seguro. Sería más complicado no asistir y pasarle a alguien la información que asistir.

Miro mi reloj de pulsera y decido que no vale la pena pasar por casa, es mejor que vaya directamente a la reunión. Nosotros vivimos en Little Dray y el cole de Hannah se encuentra en Budlington, el pueblo de al lado, pero debido a todas las casas nuevas que han ido construyéndose en esta zona rural podría decirse que ambos pueblos prácticamente se han fusionado en uno solo. Un pequeño tramo de carretera de unos cien metros de largo es la tierra de nadie que queda entre ambos lugares. La escuela de primaria de Little Dray cerró hace dos años y ahora todos los niños van a la de Budlington, lo que ha ejercido una presión añadida sobre las infraestructuras del pueblo.

El tráfico a la hora de llevar a los niños al cole y de ir a recogerlos se ha incrementado considerablemente, siempre que veo los todoterrenos y monovolúmenes que entran y salen de Budlington dos veces al día me recuerdan a una bandada de estorninos. Llegan en masa, se abaten en picado y remontan en maniobras tácitamente sincronizadas mientras hacen cola para entrar en la pequeña rotonda

97

que hay delante del colegio, dejan o recogen a los niños y se marchan de nuevo.

Huelga decir que a los vecinos que viven cerca del cole no les hace ninguna gracia la situación, así que suspiro y me preparo mentalmente para la reunión mientras entro en el aparcamiento del colegio. Después de aparcar le envío un mensaje rápido a Luke para avisarle de que tengo reunión del consejo escolar y llegaré a casa en cuanto pueda, y justo cuando estoy saliendo del coche recibo su respuesta: *Vale, cielo. Nos vemos luego.* El mensaje va acompañado del *emoji* de una carita triste.

Si fuera una persona dada a rezar, elevaría una rápida plegaria de agradecimiento al cielo por tener un marido tan comprensivo, un marido que no hace nada por hacerme sentir aún más culpable de lo que ya me siento. Tan solo me falta un año más para poder renunciar a mi puesto en el consejo escolar, la verdad es que si asumí esta responsabilidad fue para hacerle un favor al colegio. Requerían asesoramiento jurídico y yo estaba dispuesta a dárselo gratis, pero antes de darme cuenta acabé involucrándome más de lo que esperaba.

Cuando estoy cruzando el aparcamiento me encuentro con una amiga, Pippa Stent.

—¡Hola! ¿Cómo te va todo? —la saludo, sonriente, mientras caminamos juntas hacia la puerta.

—Bastante bien. Esta noche tengo un millón de cosas que hacer, como de costumbre. No sé por qué estas reuniones siempre tienen que caer en el día más ajetreado de la semana, cuando Baz está fuera y mi madre tiene un novio nuevo que la distrae de sus funciones de abuela al cuidado de sus nietos.

—¡Ah, sí, es verdad! ¿Cómo va la vida amorosa de tu madre?

—¡Ni me lo preguntes! En las páginas web esas de citas tendrían que tener un límite de edad, te lo digo de verdad. Estoy convencida de que los mayores son los peores. No lo digo por experiencia propia, por supuesto, pero tú ya me entiendes. ¡Tengo la impresión de que mi madre se ha convertido en una adolescente!

—Las dos nos echamos a reír—. La verdad es que por poco me olvido de la reunión de hoy.

—Sí, yo también. La rutina de mi casa está patas arriba en este momento.

—Es verdad, ¿cómo os va con la visita? Digo... con tu hermana, perdona.

Hago un ademán con la mano para indicarle que no hace falta que se disculpe, y me limito a contestar:

—Bien. Sí, nos va bien.

Ella se detiene justo cuando estamos a punto de llegar a la entrada principal y comenta, mientras me observa con ojos penetrantes:

—No lo has dicho muy convencida.

Titubeo por un instante, pero al final decido ser sincera con ella.

—Está costándome un esfuerzo bastante grande, es una situación difícil. Es como tener a una completa desconocida en tu casa, pero al mismo tiempo tienes que comportarte como si os conocierais de toda la vida.

Al alzar la mirada veo a Michael, otro de los miembros del consejo, acercándose a nosotras, y Pippa sigue la dirección de mi mirada y se apresura a decir:

—Oye, ven a tomar un café a mi casa cuando tengas un momento libre y charlamos.

Me da una tranquilizadora palmadita en el brazo antes de volverse hacia el recién llegado, al que saludamos antes de entrar los tres juntos en el colegio.

La reunión se alarga incluso más de lo que yo esperaba, de no ser porque estoy en el subcomité encargado del aparcamiento y del control de velocidad habría salido de dicho aparcamiento como una piloto de Fórmula Uno. Me obligo a salir con sosiego, pero acelero en cuanto doblo la esquina y ya no pueden verme y conduzco de un pueblo al otro tan rápido como puedo, dentro de los límites que me marca la prudencia. El pequeño tramo de carretera que divide Budlington y Little Dray es estrecho y sinuoso, carece de arcén y transitar por él es muy difícil tanto para los conductores como para los peatones. En la oscuridad es incluso peor, y me siento aliviada cuando doblo la última curva y aparecen ante mí las luces de Little Dray. La señal de velocidad activada por radar se enciende cuando me acerco al pueblo, me avisa parpadeante de que la velocidad máxima es de treinta y debo aminorar la marcha y obedecer, sería irónico que me multaran por exceso de velocidad después de la reunión a la que acabo de asistir.

Cuando por fin llego a casa entro a toda prisa con el maletín en la mano y al cruzar la puerta principal oigo risas procedentes de la cocina. Reconozco la voz de Hannah y sonrío, me alegro de que Luke le haya permitido quedarse levantada hasta más tarde para que pueda verme.

Él sale a recibirme, baja la escalera y me da un beso antes de decir:

—Hola. Chloe acaba de dormirse, lo siento. Estaba muy cansada y no he tenido más remedio que acostarla.

El sentimiento de culpa me estruja con más fuerza que los brazos de Luke.

—Vale, no te preocupes. La reunión se ha alargado mucho más de lo habitual, la había olvidado por completo. No sabes cuántas ganas tengo de dejarlo y no tener que asistir a ninguna más.

—No te martirices, cielo. Lo importante para Chloe es que uno de los dos estemos aquí para acostarla, ella está bien. —Toma de mi mano la chaqueta que acabo de quitarme y la cuelga mientras yo dejo el maletín bajo el perchero—. Estoy convencido de que no va a tener que recibir terapia por el hecho de que hayas llegado un poco tarde.

Está intentando aliviar la culpa que siento y consigue arrancarme una sonrisa.

—¿Hannah está bien? —le pregunto.

—Sí, está en la cocina con tu madre y con Alice. Oye, ahora iba a trabajar un poco. No te importa, ¿verdad?

—No. Avanza con el encargo, pero intenta venir a acostarte y no pasar despierto toda la noche. Es una cama demasiado grandota para mí sola.

Él enmarca mi rostro entre sus manos y me dice sonriente:

—Intenta detenerme, ahí estaré.

Me besa antes de marcharse por el pasillo dejándome ahí parada, sonriendo como una bobita, y le oigo detenerse en la cocina y darle las buenas noches a Hannah antes de dirigirse hacia su estudio. Yo, por mi parte, me quito los zapatos y, después de echarle un último vistazo al móvil para ver si tengo algún mensaje, lo apago y me olvido del trabajo por hoy. Sonrío para mis adentros al oír a Hannah riendo de nuevo en la cocina, tiene una risa contagiosa.

Me dirijo hacia allí para unirme a la diversión y la sonrisa que le tenía reservada a mi hija se desvanece cuando entro y la veo sentada en la barra americana de espaldas a mí. Alice está sentada a su lado, están inclinadas la una hacia la otra y tienen las cabezas muy juntas mientras se ríen de algo que no he alcanzado a oír.

—¡Hola!

Las saludo desde la puerta con fingido entusiasmo, pero ninguna da muestras de haberme oído y siguen con la cabeza agachada, mirando algo que Hannah tiene en su regazo. En ese momento veo los pintaúñas que hay sobre la encimera y un fuerte olor a acetona me irrita la garganta. Entro en la cocina y es entonces cuando Alice alza la cabeza y me mira.

—¡Hola, Clare! ¿Qué tal estás?, ¿ha ido bien el día?

Hannah se vuelve a mirarme por encima del hombro.

—¡Alice está pintándome las uñas! —Su rostro se ilumina por un breve momento, pero su entusiasmo desaparece y me mira con aprensión—. Es que yo quería tenerlas bonitas como las suyas.

—Sabes lo que pienso sobre el maquillaje y las uñas pintadas. —No puedo evitar que las palabras broten de mis labios, pero al mismo tiempo me siento fatal por ser tan aguafiestas—. Mañana tienes cole, tendrás que limpiártelas.

—Venga, Clare, si solo es un poquito de esmalte de uñas. —Alice lo dice como si la situación le hiciera gracia, con el tono de voz que se usa para decirle a un niño que debajo de la cama no hay monstruos.

—Son las normas del colegio. —Me siento mortificada cuando me oigo hablar y me doy cuenta de que parezco la directora de la escuela—. Hannah, sabes que no puedes ir con las uñas pintadas.

Estoy descargando en mi hija mi irritación cuando en realidad es con Alice con quien estoy enfadada, pero soy consciente de que se trata de un enfado injustificado. ¿Cómo iba a saber mi hermana cuáles son las normas del colegio?

—¿Tienes quitaesmalte? —le pregunto a Alice cuando Hannah, cabizbaja, le suelta la mano—. Yo no me pinto las uñas, así que no compro.

—Sí, claro. Aquí está. —Alice me muestra una botella de plástico que yo había pasado por alto—. Oye, ¿qué te parece si me levanto temprano y le quito el esmalte por la mañana? Es una lástima y la culpa es mía al cien por cien, te aseguro que no pensé que fuera nada malo. Lo siento, Clare.

Se muerde el labio y Hannah me mira de reojillo, eludiendo mi mirada, y de repente me siento culpable y avergonzada. Por una noche no va a pasar nada y, si bien es cierto que la niña sabía que no estaba obrando bien, está claro que se ha impuesto su entusiasmo al ver que se le presentaba la oportunidad de que le pintaran las uñas. ¡Por el amor de Dios, si solo tiene siete años! Soy yo la que tendría que haber tenido más cabeza.

Sonrío y me acerco a ella para abrazarla.

—Perdona que me haya enfadado. Puedes dejártelas así por esta noche, Alice o yo te quitaremos el esmalte por la mañana antes de que vayas a la escuela. —Le doy un beso y ella me recompensa de inmediato con una enorme sonrisa.

—Lo siento.

Es Alice quien se disculpa de nuevo, y llegados a este punto es cuando me doy cuenta de que lleva puesta una camiseta rosa con el nombre *New York* estampado en blanco, una camiseta que me resulta muy familiar.

—Yo tengo una camiseta igual, qué coincidencia —comento.

Oigo una risa a mi espalda. Es mamá, que seguramente acaba de entrar en la cocina y ha oído la última parte de la conversación. Alice se ríe también e intercambia una mirada de complicidad con ella antes de preguntar:

—¿Se lo dices tú o lo hago yo?

—¿Decirme qué?

Le hago la pregunta a mamá, que contesta sonriente:

—¡Clare, qué gracia me has hecho! ¡La camiseta es igual a la tuya porque es la tuya!

—Ah.

Es lo único que logro decir mientras las tres se echan a reír, la verdad es que no le veo la gracia. Alice debe de estar pensando que soy una verdadera rancia, primero me enfado por un pintaúñas y ahora no le veo la parte graciosa a lo de la camiseta.

—Esta tarde me manché la que llevaba puesta —me explica ella—. Era la única de color rosa que tenía y estábamos a punto de salir, no me apetecía cambiarme de ropa. Necesitaba algo que combinara bien con estos vaqueros blancos y mamá me dijo que podía tomar prestada esta tuya. —La forma en que dice «mamá», como si fuera lo más natural del mundo, como si llevara toda la vida llamándola así, no me pasa desapercibida—. Mira, voy a cambiarme ahora mismo. No tendría que haberla tomado prestada sin tu permiso, perdona.

Se levanta con intención de salir de la cocina, pero mamá interviene de inmediato.

—No digas tonterías, Alice, no hace falta que te cambies. A Clare no le importa que te la hayas puesto. ¿Verdad que no, cariño?

—No, claro que no. —Me obligo a pronunciar esas palabras y añado una sonrisa de lo más falsa. Está claro que mamá y Alice cada día están más unidas, mientras que yo voy quedándome atrás. No formo parte del pequeño club que están creando entre las dos—. Es lo que se supone que tienen que hacer las hermanas, ¿no? Compartir la ropa, ese tipo de cosas.

—Sí, por supuesto. —El rostro de Alice se ilumina—. Las hermanas lo comparten todo. —Vuelve a sentarse, le toma la mano a Hannah y procede a terminar de pintarle las uñas.

10

Las niñas están durmiendo y Luke aún sigue trabajando en su estudio cuando mamá, Alice y yo nos acomodamos en la sala de estar. Voy a por una botella de vino y sirvo una copa para cada una, ya me he cambiado de ropa y llevo puestos los pantalones holgados y la camiseta de siempre.

—Se te ve cansada, es una lástima que no hayas podido tomarte nada de tiempo libre —comenta mamá.

—Sí. —No tiene sentido volver a lo mismo, así que opto por desviar la atención hacia Alice—. ¿Qué tal llevas el cambio horario?

—Bastante bien. Anoche dormí un poco mejor, aunque a las cinco ya estaba despierta. Bajé a por un vaso de agua, espero no haberos despertado.

—Yo ni me enteré, desde mi parte de la casa no se oye nada —le asegura mamá—. Alguna que otra vez oigo que la puerta del estudio de Luke se abre o se cierra cuando trabaja por la noche, pero, aparte de eso, estoy ajena al resto del mundo.

—¿Luke trabaja de noche? —me pregunta Alice.

—A veces, cuando le da por ahí. Va pasando por fases, depende de lo absorto que esté en su trabajo.

—Ahora está en una de esas fases, me pareció oírle en el estudio la otra noche —comenta mamá.

—¿A ti no te molesta que pase toda la noche metido ahí? —me pregunta Alice.

—No, la verdad es que no. Está trabajando.

—A mí no me haría ninguna gracia —afirma ella—. Yo querría tenerle junto a mí para saber dónde está.

Nos echamos a reír a pesar de que el comentario no me hace ninguna gracia, y al cabo de unos segundos le pregunto:

—¿Tienes novio?

—No. He tenido uno o dos, pero nada serio. —Parpadea con fuerza y aparta la mirada por un momento.

—¿Estás bien? —le pregunta mamá.

—Sí, muy bien. Perdón. —A pesar de sus palabras, se seca los ojos con la punta de un dedo.

—Cariño, ¿qué es lo que te pasa?

Mamá deja su copa de vino sobre la mesa y va a sentarse junto a ella en el sofá, yo me enderezo en la silla sin saber cómo reaccionar.

—Es que no he tenido nunca un novio propiamente dicho, uno al que amara de verdad. —Dirige la mirada hacia mí, y después la centra en mamá—. Papá no me lo permitía.

Mi madre se sobresalta visiblemente al oírla mencionarle. Yo sabía que se trataba de un tema espinoso del que no iba a ser fácil hablar, pero tenía la esperanza de que esta noche tuviéramos oportunidad de sacarlo a colación. Aunque mamá y yo queremos saber cómo fue la infancia de Alice, acordamos no atosigarla durante sus primeros días aquí, pero parece ser que la propia Alice está dispuesta a hablar del tema sin que haya necesidad de preguntarle al respecto.

Mamá le pasa el brazo por los hombros en un gesto tranquilizador y me lanza a mí una mirada que yo interpreto como una invitación a que tome la iniciativa, y respondo con un pequeño gesto de asentimiento antes de decir:

—Alice, querida, no quería presionarte en lo que a tu padre se refiere, pero, ya que tú misma le has mencionado, ¿quieres hablar del tema? Siempre he albergado la esperanza de que estuvieras disfrutando de una vida feliz y tu padre estuviera tratándote bien, lo siento mucho si no ha sido así.

—No, no es eso; fue un buen padre y me quería. Supongo que lo que pasa es que no quería aceptar el hecho de que su hijita creciera. Yo había dado por hecho que todos los padres eran así; apuesto a que a Luke le pasará lo mismo con Hannah y Chloe.

—Me parece que ya le pasa —admito yo—. Siempre dice en broma que Hannah no va a tener novio hasta que cumpla los treinta. —Sonrío al recordar la mueca que hizo mi hija en una ocasión en que le oyó decir eso a su padre, aunque después afirmó que le daba igual que no la dejaran tener novio, porque los chicos huelen fatal.

—No sabes cuántas cartas te escribí —dice mamá—, pero no tenía tu dirección y no podía enviártelas. Las tengo arriba, guardadas junto con regalos que he ido comprándote a lo largo de los años. Cuando tu padre te llevó a América me prometió que no eran más que unas vacaciones, que regresaría en un par de semanas. —Sus ojos reflejan dolor, un dolor teñido de un fuerte sentimiento de culpa—. Yo no tendría que haber accedido a dejar que te fueras con él, tendría que haberme dado cuenta de que estaba mintiendo y en realidad no tenía intención de regresar. —Se seca las lágrimas que le brotan de los ojos—. Lo siento muchísimo, Alice.

—No te preocupes, no pasa nada. No llores, por favor, ya sé que tú no tuviste la culpa —le contesta ella con voz suave.

—Te quiero —añade mi madre—. Siempre te he querido, nunca he dejado de hacerlo. Tu padre era un hombre muy persuasivo, y yo una mujer débil. —Posa la mano en la mejilla de su hija antes de añadir—: Por favor, cariño mío, perdóname.

Alice le cubre la mano con la suya antes de contestar.

—No hay nada que perdonar, eres mi madre.

Veo la fuerza con la que mamá la abraza y me siento aliviada al ver que Alice ha sido tan comprensiva. Es posible que mamá nunca logre librarse del todo del peso de la culpa, pero ahora que tiene el perdón de Alice la carga será al menos un poco más liviana.

Relleno los vasos. A todas nos vendrá bien un poco más de vino, sobre todo a mamá, a la que ya veo un poco más serena. Me relajo un poco y me echo de nuevo hacia atrás en la silla, ella sigue sentada junto a Alice en el sofá y dice, con una sonrisa:

—Eres muy comprensiva. Gracias, cariño.

—Esto es algo que llevaba toda mi vida esperando —contesta Alice—. No sé qué fue lo que pasó, papá no me lo contó. Él no quería hablar del tema.

—No sabes cuánto significó para mí aquella primera carta que mandaste en la que me contabas las cosas que recordabas —dice mamá—. Saber que aún conservabas en la memoria pequeños retazos del tiempo que pasaste aquí fue música para mis oídos. Me reconfortó muchísimo saber que no nos habías olvidado del todo.

Alice me lanza una breve mirada en la que detecto un atisbo de inquietud. Puede que todo esto esté empezando a desbordarla, pero al cabo de un momento se vuelve de nuevo hacia mamá y contesta con una cálida sonrisa.

—Esos recuerdos también eran muy importantes para mí.

No sé si estará siendo sincera o no y, a decir verdad, eso es algo que me trae sin cuidado. Lo único que me importa es la paz y el alivio que todo esto está dándole a mi madre, ya que sé perfectamente bien cuánto ha sufrido por su hija durante todos estos años.

—¿Cómo te trataba tu madrastra? —le pregunta mamá con voz suave.

—¿Quién, Roma? Pues... bien, supongo. —Alice baja la mirada hacia sus manos y su lenguaje corporal vuelve a cambiar.

—No lo dices muy convencida —comenta mamá, que insiste al verla encogerse de hombros—. Puedes contárnoslo, Alice. Puedes hablar con nosotras con total libertad, queremos saber la verdad. ¿A que sí, Clare?

—Eh... sí, claro, pero solo si Alice se siente capaz. —Le lanzo a mi madre una mirada con la que le pregunto si cree que esto es buena idea, pero ella no capta el mensaje u opta por ignorarlo.

—Cuéntanos la verdad, Alice. Por favor.

—Está bien. Pues es que... Roma solo estaba con papá por el dinero, lo supe desde muy niña. Me trataba bien delante de él, pero cuando estábamos las dos solas era horrible conmigo. Comíamos antes de que papá llegara a casa y Roma le llenaba el plato a su hijo, Nathaniel, pero a mí me servía lo mínimo, lo justo para alimentar a un pajarillo. Yo nunca tenía postre, Nathaniel sí.

Mamá se lleva la mano a la boca y exclama horrorizada:

—¡Dios mío! ¡No tenía ni idea, Alice!

—Cuando papá no estaba, ella me pegaba con la suela del zapato y me dejaba encerrada en mi habitación durante horas.

—¿No se lo contaste a tu padre? —le pregunto, consciente de que estoy dejando claro que no reconozco a ese hombre como padre mío.

—Lo hice una vez, pero nunca más. Le preguntó a Roma al respecto y ella lo negó todo, claro; al día siguiente, cuando papá se fue a trabajar, recibí la paliza más grande de mi vida.

—¡Dios mío! ¡Qué horror! —exclama mi madre.

—¿Tu padre no vio los moratones? —le pregunto, horrorizada ante algo tan terrible.

—Es una mujer muy lista —contesta ella, con un rictus de desprecio—. Nunca llegaba al extremo de dejarme marcas grandes, ni en zonas que no pudieran ocultarse bajo la ropa.

—Santo Dios. —Es cuanto alcanzo a decir. Las tres nos tomamos unos segundos para asimilar todo esto, tomo un trago de vino y dejo el vaso sobre la mesa—. ¿Cuánto tiempo sufriste esa situación?

—Hasta que cumplí los dieciséis. —Agacha de nuevo la cabeza, tiene las manos entrelazadas en el regazo y está jugueteando nerviosamente con los pulgares.

—¿Qué pasó?, ¿por qué cambiaron las cosas? —No puedo evitar preguntárselo, quizás sea por la abogada que hay en mí.

Alice tarda unos segundos en responder.

—Es que... perdón, no sé si puedo contarlo.

—No pasa nada, a nosotras sí que puedes contárnoslo. Somos familia. Soy tu madre, puedes contarme lo que sea.

Ella respira hondo y alza la cabeza, su mirada se desvía hacia el aparador y recorre las fotografías; al cabo de unos segundos asiente para sí misma, y da la impresión de que hace acopio de alguna fuerza interior mientras respira hondo de nuevo y se endereza en el sofá.

No puedo evitar pensar que actúa de una forma que parece bastante ensayada, parece una actriz de Hollywood.

—Nathaniel era dos años mayor que yo. Salió de fiesta una noche y llegó a casa borracho, papá y Roma habían salido a cenar y yo estaba sola. —Hace una pequeña pausa mientras su mirada pasa de mamá a mí.

No me gusta nada el rumbo que está tomando esta historia, me parece que ya sé hacia dónde se dirige, pero me preparo mentalmente tal y como suelo hacer cuando alguno de mis clientes me cuenta algún suceso terrible que le ha pasado.

—Sin entrar en detalles —sigue diciendo ella—, podría decirse que básicamente..., en fin, que abusó de mí. Era más corpulento y fuerte que yo, la resistencia que opuse no sirvió de nada. Estaba muy borracho, no pude hacer nada por evitarlo.

Me siento frente a ella en el borde de la mesita auxiliar, la tomo de las manos y le pregunto con voz suave:

—¿Te violó?, ¿tu hermanastro te violó?

Oigo a mamá soltar una exclamación ahogada, pero mantengo los ojos fijos en Alice. Quiero que sepa que puede contarnos la verdad, que puede sincerarse con nosotras, que no vamos a juzgarla. Ella me sostiene la mirada y asiente.

—Sí, pero solo un poco. Estaba demasiado borracho.

—Un poco. Da igual que sea mucho o poco, sigue siendo una violación —afirmo, manteniendo la voz serena y baja en todo momento—. ¿Se lo contaste a alguien?

—Roma y papá llegaron a casa, ella entró antes en la casa mientras él aparcaba el coche. Debió de oírme gritar, a esas alturas yo ya me había rendido y había dejado de forcejear; en fin, la cuestión es que apareció de buenas a primeras, me quitó a Nathaniel de encima y se lo llevó de la habitación. Después regresó y me advirtió que no dijera ni una sola palabra sobre lo que acababa de pasar, que si lo hacía iba a ganarme algo más que una paliza.

—¡Mi niña! ¡Qué horror!, ¡qué horror! ¡Cuánto lo siento! —Mamá se pone a llorar otra vez.

—Al día siguiente le dije a Roma que si su hijo o ella volvían a ponerme un dedo encima interpondría una denuncia en la policía.

—¿Fuiste al médico?, ¿tenías alguna prueba?

No quiero preguntarle delante de mamá si había guardado la ropa interior o la sábana por si había ADN de Nathaniel, pero Alice no parece tener tantos reparos.

—Pensé que si Monica Lewinsky había guardado lo de Bill Clinton, el esp... bueno, ya sabéis. —Frunce la nariz y se encoge de hombros—. En fin, que si ella podía guardar eso durante tanto tiempo yo podía hacer lo mismo con el de Nathaniel; al menos en teoría, claro. ¡Tendríais que haber visto la cara que puso Roma cuando se lo dije!

—¿Tenías tu ropa interior? —le pregunto.

—¡No hay duda de que eres abogada, Clare! —me dice sonriente—. No, pero eso era algo que no iba a confesarle a Roma. La cuestión es que la treta funcionó y ninguno de los dos volvió a ponerme un dedo encima. Y cuando papá murió fue ella quien me dio vuestra dirección. Me dijo que la había encontrado entre las cosas de papá, pero estoy convencida de que la tenía en su poder y me la dio al darse cuenta de que no iba a poder adueñarse del resto de dinero de la herencia.

—¡Cuánto has sufrido!, ¡qué valiente eres! —dice mamá—. Dime la verdad, ¿estás bien? ¿Lo has superado?

—Sí, no es nada que no pueda solucionarse con algo de terapia... Bueno, eso es lo que me han dicho, pero, a decir verdad, yo creo que tú, Clare y su familia sois la única terapia que necesito. Vuestro amor me basta para que se cierren todas las heridas.

Aunque sea bastante insensible por mi parte, la verdad es que todo lo que está diciendo me parece un poco exagerado y trillado, pero entonces me recuerdo a mí misma que, a todos los efectos, Alice es americana y que en su país la terapia es algo mucho más aceptado y de lo que se habla más abiertamente.

—En fin, ya basta de hablar de ese tema —dice ella—. Eso ha quedado en el pasado y este es un nuevo comienzo para mí, para las tres. —Aprieta la mano de mamá y a mí me mira con una sonrisa que le devuelvo.

Debo admitir que me admira su capacidad para superar los golpes que da la vida, es impresionante la capacidad que tiene para apartar a un lado lo negativo con tanta facilidad. Es algo que he visto en ocasiones con alguno de mis clientes; cuando, sentados en mi despacho o en la sala para víctimas de violación de una comisaría, tienen que relatar algún terrible ataque al que han sido sometidos, en ocasiones puede haber cierto distanciamiento, pero nunca lo he visto en un grado tan elevado. Es como si Alice estuviera hablando de algo mucho más trivial, y no puedo evitar pensar que si fuera una representada mía y estuviéramos ante un tribunal la instaría a exteriorizar más sus emociones.

Me gustaría hacerle más preguntas, como si estuviera preparando a una clienta antes del juicio ante las posibles estrategias que podría usar la defensa para desacreditarla, pero mamá cambia de tema con rapidez y empieza a preguntarle acerca del colegio y la educación que ha recibido. Al ver que Alice no entra en demasiados detalles me da la sensación de que no quiere hablar demasiado acerca de su pasado, pero supongo que es comprensible que no quiera hacerlo teniendo en cuenta todo lo que ha sufrido. Al final termino hablándole yo sobre mi infancia y mis amigos, le cuento cómo conocí a Luke y le hablo de mi vida en general.

—Debes de tener un montón de amigos si has vivido aquí siempre —comenta ella.

—No tantos como cabría esperar. Casi todos mis compañeros de colegio se han marchado de Little Dray para buscarse la vida. Mantengo una buena amistad con una de las madres del cole de

Hannah, Pippa Stent. Su hija, Daisy, es amiga de Hannah. Las dos somos miembros del consejo escolar. La verdad es que nunca he sido una de esas madres que se encuentran al llevar a los niños al cole y salen juntas a tomar café, principalmente porque no tengo tiempo. Entre el trabajo, una cosa y otra, Luke conoce mejor que yo a los otros padres.

—¿No echas de menos el ser madre?

Su pregunta me indigna y me pongo a la defensiva, le sostengo la mirada sin titubear al contestar.

—No, porque sigo siéndolo. No soy menos madre por el hecho de no llevar siempre a mi hija al colegio.

No sabría decir a quién quiero abofetear, a Alice por poner en duda mi labor como madre o a mí misma por enfadarme tanto por ello. Dios, lo que pasa es que ella aún es muy joven. No tiene hijos y, por lo que dice, su madrastra no era un ejemplo a seguir ni mucho menos. ¿Qué sabrá ella sobre maternidad?

—Estoy segura de que Alice no ha querido decir que seas una mala madre —interviene mamá—. Seguro que solo se refería al asunto puntual del colegio. Verdad que sí, ¿Alice?

—Sí, por supuesto. Perdón, Clare, no era mi intención ofenderte.

Se muerde el labio y tanto mamá como ella me miran expectantes, así que me veo obligada a decir:

—Tranquila, olvídalo. Estoy cansada, no era mi intención saltar a la primera de cambio.

Esbozo una sonrisa forzada. Me encantaría ir a acostarme, pero si lo hago ahora daría la impresión de que me voy por el enfado y, aunque aún sigo cabreada por lo que Alice ha dicho, no quiero alterar a mamá ni marcharme dejando este mal rollo entre nosotras. Al final seré yo la que quede como una jodida idiota.

Relleno la media hora siguiente hablándole a Alice sobre mi trabajo, y logro provocar algunas carcajadas con anécdotas sobre clientes extraños y las peregrinas razones que les llevaron a buscar asesoramiento jurídico.

—El peor caso fue el de la pareja que tenía una aventura en el trabajo y una noche se quedó hasta tarde en la oficina para..., cómo decirlo..., cimentar la relación. —Estoy sentada en el sillón, con las piernas encogidas bajo el cuerpo—. Al final mantuvieron relaciones sexuales encima del escritorio, pero en medio de la excitación acabaron cayéndose y ella se golpeó la cabeza contra el armario archivador, lo que hizo a su vez que el trofeo de golf del jefe se le cayera encima y la dejara sin sentido. Incluso tuvieron que llamar a una ambulancia, ¡pero lo mejor de todo es que vinieron a verme porque querían demandar a la empresa por accidente laboral debido a unas insuficientes medidas de salud y prevención de riesgos!

Las tres nos reímos con ganas, y una vez que tengo la certeza de que el buen ambiente ha quedado restaurado me excuso y subo a acostarme.

No sé si será por lo que Alice nos ha contado sobre lo que le pasó, porque aún tiene en su poder mi camiseta o por la complicidad que he visto antes entre Hannah y ella, pero la cuestión es que me despierto de repente en medio de la noche. Miro la pantalla del radiodespertador y al darme cuenta de que he dormido dos horas escasas alargo la mano hacia el lado de Luke, aunque lo hago más para confirmar que no está acostado que para ver dónde está.

Decido bajar a su estudio, me siento sola a pesar de estar en una casa llena de gente y se lo atribuyo a que ha sido una velada bastante traumática y a la tristeza que siento por Alice. Mamá y yo no hemos hablado nunca de esto, pero está claro que ambas esperábamos que mi hermana hubiera tenido una buena vida en América junto a nuestro padre, que hubiera crecido rodeada de amor y de cuidados.

A veces creo que esa era la única esperanza que le daba a mamá las fuerzas necesarias para seguir adelante, y no quiero ni pensar en cómo habría reaccionado de haberse enterado de la traumática experiencia por la que tuvo que pasar su hija. Yo ni siquiera puedo imaginar cómo debió de sentirse mi hermana, lo dura que tuvo que ser esa experiencia para una joven que no contaba con nadie a quien acudir cuando más lo necesitaba. Puede que sea esa la razón por la que se la veía tan deseosa de establecer un vínculo con nosotras, ahora que nuestro padre está muerto y que ya no tiene nada que ver con su madrastra tan solo cuenta con su amiga. No me extraña que quisiera venir acompañada de Martha, pero me alegra que al final lo hiciera sola. Decido dejar a un lado toda la negatividad que he estado albergando, Alice nos necesita.

Mientras me acerco al estudio de Luke por el pasillo me sorprendo al oír un suave murmullo de voces procedente del otro lado de la puerta. No alcanzo a distinguir lo que dicen, pero al oír una risita me da un súbito vuelco el corazón y siento que el pecho me va a estallar por la bocanada de aire que ha llenado de golpe mis pulmones. Suelto el aire en una larga exhalación, agarro el picaporte y abro la puerta sin pensármelo dos veces.

En un primer momento creo que estoy viendo visiones, que estoy ante mi propio reflejo. Alice está sentada en un taburete en medio del estudio y aún lleva puesta mi camiseta, pero tiene el pelo recogido en una coleta como las que yo suelo hacerme para ir a trabajar, justo como la que llevo en este momento. Luke, de espaldas a mí y de cara a ella y a un lienzo que ha colocado en el caballete, se vuelve al oírme entrar y al menos tiene la decencia de mostrarse un poco avergonzado, pero no tiene oportunidad de abrir la boca porque Alice se le adelanta.

—¡Hola, Clare! —me saluda, sonriente, con toda la naturalidad del mundo—. ¿Estás bien?, creía que te habías acostado.

—Lo he hecho, pero no podía dormir. —Me sorprende ser capaz de mantener una conversación civilizada cuando lo que en realidad quiero hacer es gritarles a pleno pulmón y exigirles que me expliquen qué cojones está pasando.

—Yo tampoco —me dice ella, antes de bajar del taburete—, supongo que será por el desfase horario. He bajado a por un vaso de agua y he visto la luz que asomaba por debajo de la puerta.

—Alice solo estaba echándole un vistazo a algunas de mis obras —afirma Luke.

—Confiésale la verdad —le pide ella con una sonrisita traviesa.

El corazón me da otro vuelco. ¿A qué verdad se refiere?, ¿qué es lo que está insinuando?

—Dime.

Es lo único que me limito a decirle a mi marido, que se aparta a un lado para dejarme ver el lienzo en el que está trabajando. No sé por qué no lo he visto al entrar, estaba tan atareada lanzándoles miradas asesinas que no me he fijado en nada más. Alice se acerca, se detiene junto a mí, me toma del brazo y contemplamos juntas los primeros esbozos de un retrato, un retrato suyo.

—Quería que fuera una sorpresa para mamá y para ti, regalaros un retrato mío.

En el lienzo se aprecia el contorno de su rostro realizado con colores abstractos que terminarán por combinarse hasta crear la composición perfecta, pero he visto suficientes obras de mi marido para saber que lo que tengo ante mis ojos no ha aparecido de la nada en esta última hora.

—¿Cuánto tiempo llevas trabajando en esta «sorpresa»? —Pongo especial énfasis en la última palabra.

—Empecé anoche y he seguido hoy —me asegura él, mientras se golpetea la palma de la mano con el pincel.

Se crea un silencio cargado de incomodidad. Yo mantengo la mirada en el lienzo, pero en realidad no estoy prestándole atención y estoy usándolo como excusa mientras lucho por sofocar el enfado que siento, por acallar al monstruo de ojos verdes que tanto me enfurece.

—¿Qué opinas? —me pregunta él al fin.

¿Que qué opino? Será mejor que no le diga lo que opino.

—Está bien. —No puedo mostrar ni el más mínimo entusiasmo, soy incapaz de hacerlo.

—Eh..., bueno, creo que será mejor que vaya a acostarme —dice Alice—. De repente me siento muy cansada. —Mira a Luke con esa típica sonrisa forzada que uno pone cuando intenta fingir que no pasa nada—. Buenas noches, Clare —titubea como si quisiera decir algo, pero cambia de opinión y se dirige hacia la puerta.

—Sí, buenas noches. —Soy incapaz de pronunciar su nombre.

La puerta se cierra y espero en silencio hasta oír el crujido de los escalones y tener la certeza de que está subiendo rumbo a su cuarto, pero Luke toma la palabra antes de que pueda hacerlo yo.

—Mira, cielo, es verdad que anoche bajó a preguntarme si podría hacerle el retrato para daros la sorpresa a tu madre y a ti.

—Eso no lo pongo en duda, pero me parece que te estás dejando influenciar al ver que una mujer joven te dedica cuatro halagos. —La semilla que Tom ha plantado en mi cabeza no solo ha echado raíces, ha crecido hasta convertirse en un árbol jodidamente enorme sin que yo me haya dado ni cuenta.

—¿Estás hablando en serio? —me pregunta él con incredulidad, antes de echarse a reír—. ¡No puede ser! Joder, sí, ya veo que sí. Venga ya, Clare, ¿se puede saber qué está pasando? La otra noche estaba tomándote el pelo con eso de los celos, pero es obvio que sí que estás celosa.

—¿Y qué esperabas? ¿A qué viene tanto secretismo por un jodido retrato?, ¡no me gusta ni un pelo!

—¿El qué?, ¿el retrato?

—¡No, que tengas secretitos con mi hermana! ¡No me gusta que actuéis a mis espaldas! —Al ver que él se limita a mirarme con una pequeña sonrisa en el rostro, añado con petulancia—: ¡Ah!, ¡y ahora que lo mencionas, tampoco me gusta nada el retrato! —Hago un puchero como si fuera una niña, y él pone una teatral cara de decepción tan adorable que cada vez me cuesta más seguir enfadada.

—¿Estás diciendo que no te gusta? —Se acerca a mí, me abraza y empieza a darme besitos en el cuello.

Yo intento apartarle, pero no pongo demasiado empeño. Quiero seguir enfadada con él, pero me lo está poniendo muy difícil.

—Exacto. No me gusta nada.

—¿Y esto tampoco? —Desliza los labios por mi cuello, aparta el hombro de mi bata y besa mi piel desnuda.

—¡Eso es trampa! —protesto, antes de zafarme de su abrazo y de ponerme bien la bata. Dirijo de nuevo la mirada hacia el lienzo y afirmo tajante—: Sigue sin gustarme.

—Estás exagerando, Clare. Mira, voy a lavarme y subo a acostarme.

Soy consciente de que estar enfurruñada es algo muy infantil, pero no puedo evitarlo. Subo a acostarme, y cuando Luke entra en la habitación diez minutos después finjo estar dormida. Estoy tumbada de lado, de espaldas a él, y oigo cómo se acerca y se mete en la cama.

—Buenas noches, cielo. Te amo, no lo olvides. —Se inclina hacia mí y me besa la cabeza antes de darse la vuelta y taparse con la manta.

Poco después oigo cómo su respiración cambia conforme va quedándose dormido, pero yo permanezco despierta mientras lucho de nuevo contra el monstruo de ojos verdes. No entiendo cómo cojones me he convertido en una persona tan irracional y celosa.

11

Es sábado por la mañana y, aunque he estado muy ocupada con el trabajo y ayudando a mamá y a Alice con los preparativos para la pequeña celebración de esta tarde, no he podido quitarme de la cabeza la confesión que nos hizo. No es tanto por lo que dijo, sino por cómo lo dijo y por su lenguaje corporal, no consigo que encajen todas las piezas. Pero cuando me asaltan las dudas me siento mal por ser tan suspicaz, está claro que Alice ha pasado por momentos muy difíciles a lo largo de su vida. Es posible que ella haya desarrollado una especie de mecanismo de defensa para sobrellevarlo todo, y que yo me haya vuelto demasiado cínica debido a mi trabajo.

También soy consciente de que mi reacción ante lo del retrato pudo ser un poquito desmesurada, pero ayer no tuve oportunidad de disculparme. Luke pasó gran parte de la velada encerrado en su estudio, así que al final terminé por subir a acostarme sola. Él se metió en la cama en algún momento de la noche, recuerdo vagamente que me acurruqué contra su cuerpo.

Al despertar le oigo ducharse, así que espero a que salga y cuando me disculpo por mi exagerada reacción su respuesta demuestra lo generoso que es.

—No te preocupes, has tenido una semana muy dura emocionalmente hablando. Fue algo de lo más inocente, te lo prometo.

—Te amo —le digo, agradecida por su comprensión, antes de detenerme en la puerta y besarle.

—Yo también te amo, señora Tennison. Bueno, hoy tienes bastante trabajo en la cocina, ¿verdad? ¡Procura que el hojaldre no quede blandengue y húmedo!

Me da una palmadita en el trasero y yo bajo la escalera sonriente, sintiendo cómo me recorre una oleada de amor por él.

Las horas siguientes las paso con mamá y Alice, preparando la comida para la celebración de esta tarde. Luke lleva a las niñas al parque para que no estorben, y para cuando vuelven todo está listo y en la casa se respira un ambiente cargado de felicidad.

Mamá solo ha invitado a un puñado de gente, le advertí que había que procurar no abrumar a Alice. Aunque es normal que los demás sientan curiosidad y quieran conocerla, no quiero que esto se convierta en un circo, y mamá me dio la razón y la lista de invitados incluye a Pippa y a su familia, a Leonard, a Tom y a Lottie, y a varias amigas de mamá del WI (Women's Institute, una asociación de mujeres).

Me pone un poco nerviosa que Tom vaya a conocer a Alice, aunque no sabría decir por qué. Supongo que es como cuando uno lleva al novio o a la novia a casa por primera vez para que conozca a la familia, nunca se sabe cómo van a ir las cosas y lo que quieres es que todo el mundo simpatice y se lleve bien.

—¡Hola! —le saludo, cuando llega al fin y le abro la puerta—. ¡Lottie! Hola, ¿cómo estás? —Le beso a él en la mejilla antes de agacharme para abrazar a su hija—. Hannah está en el jardín, saltando en la cama elástica. Vete a jugar con ella si quieres, cariño.

La niña se dirige de inmediato hacia allí, y Tom me pregunta sonriente:

—¿Cómo va todo? —Tiene un ramo de flores en una mano y una botella de vino tinto en la otra.

—Bien.

Me froto las manos contra los pantalones, consciente de que tengo las palmas húmedas de sudor, y a él no le pasa desapercibido el gesto.

—Así que no estás nada nerviosa, ¿no?

Suelto una pequeña carcajada que habla por sí sola antes de admitir:

—Es que me resulta muy raro presentarte a Alice después de todo este tiempo, no me sentí así cuando la conoció Luke.

—Respira hondo y relájate. —Él toma aire por la nariz y lo exhala poco a poco por la boca, y yo le imito—. Eso es, muy bien. No tienes por qué estar nerviosa.

Cuando entramos en la cocina, le da un beso a mamá y le entrega la botella de vino. Saluda a los hombres con un apretón de manos, a las amigas de mamá con la más encantadora de sus sonrisas, y por fin le llega el turno a Alice.

Soy yo quien se encarga de presentarles.

—Te presento a Alice. Alice, este es Tom.

—¡Vaya, estás aquí de verdad! ¡Es increíble!, ¡realmente increíble! —Se toma unos segundos para observarla, y a ella se le tiñen las mejillas de un ligero rubor—. Hola, Alice —dice al fin, con voz que rebosa sinceridad, antes de acercarse y entregarle el ramo de flores. Le da un besito en la mejilla antes de añadir—: Bienvenida a tu casa.

—Hola, Tom —contesta ella, tras aceptar las flores—. Son preciosas, muchas gracias. Es la primera vez que me regalan flores.

Me doy cuenta de que estoy contemplando la escena con una sonrisa en la cara, ha sido un bonito detalle por parte de Tom. Miro a Luke, y al ver que me mira a su vez con una pequeña sonrisa y que enarca las cejas deduzco que está pensando en que Tom está haciendo gala del encanto y el carisma tan típicos en él.

Me acerco a mi marido, alargo el brazo por detrás de él para agarrar uno de los vasos de vino que hay sobre la encimera y comento en voz baja:

—Un ramo de flores, qué gesto tan bonito.

—Yo tengo gestos mucho más románticos, después te hago una demostración —me susurra al oído.

—Me muero de ganas —le contesto, antes de regresar junto a Alice—. Me parece que mamá ha ido a buscar un jarrón para ponerlas en agua. —Indico con un ademán de la cabeza el trastero—. ¿Estás bien?

—Sí, gracias. Tom estaba contándome que fuisteis juntos a la universidad, y que ahora sois compañeros de trabajo.

—Sí, no puedo deshacerme de él —digo, en tono de broma, antes de guiñarle el ojo a Tom—. Me sigue a todas partes.

—La verdad es que a ella le encanta —afirma él.

Mamá llega en ese momento y se hace cargo de las flores. Tiene el rostro radiante de felicidad y a mí me encanta verla así, me encanta ver el brillo que ilumina sus ojos.

—Clare, ¿puedes ayudarme a sacar del horno los rollitos de salchicha?

—Te dejo al cuidado de Tom —le digo a Alice, antes de ir a echarle una mano a mamá.

La tarde transcurre sin contratiempos, entre los adultos reina un ambiente relajado y los niños disfrutan jugando en el jardín.

Cuando estoy recogiendo los vasos y los platos usados me doy cuenta de que hace bastante rato que no veo a Alice, así que la busco con la mirada por la cocina y el jardín, pero no hay ni rastro de ella; de hecho, a Tom tampoco lo veo por ninguna parte.

Salgo al jardín, avanzo por el entablado de madera hacia el lateral de la casa, doblo la esquina y los veo a los dos. Están fuera de la vista de los demás y en un principio no se percatan de mi presencia, están muy cerca el uno del otro..., pero hay algo en su lenguaje corporal que me alerta. Ninguno de los dos está sonriendo y Tom parece estar diciéndole algo en voz baja, pero no veo ni la más mínima amabilidad en su rostro, en cómo la mira.

Es Alice quien me ve primero, y entonces él levanta la mirada y los dos sonríen.

—¿Va todo bien? —les pregunto mientras me acerco a ellos.

—Sí, por supuesto —me contesta él.

—¿Alice...?

Miro a mi hermana, que titubea por un instante antes de responder.

—Estoy bien, Clare. No te preocupes. Lo que pasa es que necesitaba respirar un poco de aire fresco, a veces me abruma un poco estar rodeada de gente.

—Y yo he venido a asegurarme de que se encontraba bien —afirma Tom, con una comprensiva sonrisa.

—Ve a relajarte un poco a la sala de estar si quieres —le digo a mi hermana, un poco preocupada por ella—. Cerraré la puerta y me aseguraré de que nadie te moleste.

—No quiero causar molestias, quizás sería mejor que subiera un rato a mi habitación con disimulo.

—Lo que tú prefieras. Ven, te acompaño arriba.

Regresamos tomadas de la mano a la cocina y subimos a su habitación.

—Lo siento —se disculpa, una vez que se sienta en el borde de su cama.

—No te preocupes por nada y descansa, yo me encargo de avisar a mamá; en cualquier caso, creo que todos empezarán a marcharse dentro de poco. ¿Necesitas que te traiga algo?

—No. Gracias, Clare.

Hago ademán de ir a darle un abrazo, cambio de opinión, pero al final cambio de opinión de nuevo y se lo doy. Mientras regreso abajo me pregunto por qué me cuesta tanto sentir verdadero cariño hacia ella. Me gustaría que las cosas no fueran así y espero que ella no se haya dado cuenta de lo que me pasa, sobre todo si se siente un poco fuera de lugar.

Alice pasa el resto de la tarde metida en su cuarto, pero una vez que ya se han ido todos los invitados mamá sube a verla y logra convencerla de que baje a cenar.

—Es que estoy cansada, mamá. Me parece que voy a acostarme temprano.

—Claro, cariño, como quieras. Lo siento si la reunión ha sido demasiado para ti.

—Es lo que pasa por dejar a Tom a solas contigo. —Lo digo en tono de broma para intentar relajar el ambiente y, aunque Alice sonríe, nos da las buenas noches y regresa a su habitación.

—Seguro que por la mañana ya está recuperada —nos asegura Luke a mamá y a mí—, es mejor dejarla descansar. Aunque la verdad es que tener que aguantar a Tom durante toda una tarde es suficiente para desquiciar a cualquiera.

Es un comentario al que yo decido no hacer ni caso.

12

Es increíble cómo han volado este par de semanas que han pasado desde que Alice llegó a nuestras vidas. Mi caos emocional ha sido tal que siento cansancio físico debido a esta lucha interior constante, pero a mamá se la ve pletórica y llena de fuerzas.

Ella disfrutó mucho en la pequeña celebración de bienvenida que organizamos para Alice, y yo me alegré al ver que asistían todos los invitados. Para mamá fue un orgullo poder alardear de su hija y, aunque no sé si la propia Alice estaba demasiado entusiasmada con la situación, hay que reconocer que se mostró cortés y sonriente. Lo único que me pareció un poco extraño fue ese momento en que la encontré hablando con Tom en el jardín. Ayer le pregunté al respecto y ella le restó importancia al asunto y farfulló algo así como que él la había aburrido al ponerse a hablar de asuntos legales, pero no me trago esa explicación y he decidido que hoy hablaré del tema con Tom.

Me gustaría saber cómo está pasándolo Alice aquí. Me da la impresión de que a ella también está costándole un poco asimilar esta situación, ya que según el día se la ve más o menos animada. Puede que eso, el no saber desenredar la madeja de nuestras propias emociones, sea lo único que tenemos en común. A mamá no le cuento nada de todo esto porque no quiero echar a perder la felicidad que acaba de encontrar, la oscuridad que moraba en el fondo de sus ojos ha desaparecido e incluso da la impresión de que tiene menos pronunciadas las arruguitas de alrededor de los ojos. Me encanta verla así, ella llevaba mucho tiempo sin sentirse verdaderamente feliz.

Hoy es una jornada de formación para los profesores en el cole de Hannah y los niños tienen fiesta, así que aún no la he despertado y en la mesa del desayuno reina la paz. Luke va a tomarse el día libre para cuidarla, avisó a los de la guardería que Chloe no iba a ir hoy y se las va a llevar a las dos al acuario de Brighton.

Hannah tiene que presentar un trabajo en el cole sobre la vida bajo el mar, así que va a ir pertrechada con la cámara de fotos que él y yo le regalamos para su cumpleaños, le encanta la fotografía. Yo creo que es algo que ha heredado de Luke. Él siempre estaba haciendo fotos cuando era más joven y no iba a ningún lado sin su cámara, aunque con el paso del tiempo fue decantándose por la pintura.

Puede que Hannah salga a él en ese aspecto y sea una persona creativa; Chloe, en cambio, es más tranquila, creo que se parece más a mí. Yo era una niña muy calladita, supongo que debido a que sentía constantemente la necesidad de empequeñecerme y ocultarme entre las sombras, de no hacerme notar. Nunca me ha gustado ser el centro de atención, cuando era pequeña mi vida era más fácil si mi padre no se percataba de mi presencia, y me alegra que la relación de Luke con sus hijas no sea así; de hecho, los dos hemos trabajado duro para lograr que sea muy distinta. Quiero que mis hijas estén rodeadas de calidez y que no solo sean amadas, sino que sepan que lo son. Quiero que el sol brille para ellas cada día, aunque esté nublado.

—¿En qué estás pensando? —me pregunta Luke, antes de sentar a Chloe en la trona.

Le sirve un plátano troceado y la niña mete de inmediato sus regordetes deditos en el bol e intenta agarrar un trozo que se le resbala; cuando logra atraparlo al fin, medio aplastado, se lo lleva con el puño a la boca y, una vez que consigue comérselo, se dispone a repetir el proceso.

Yo le coloco un mantel de plástico circular debajo del bol para evitar que le resbale por la mesa, y mientras tanto respondo a la pregunta de Luke.

—En las niñas, en lo afortunados que somos por tenerlas y en que es una suerte que puedas pasar tiempo con ellas en días como el de hoy.

—Sí, ya lo sé. Es genial que al menos uno de los dos pueda estar con ellas. Le diré a Hannah que haga un montón de fotos para enseñártelas esta noche, al final te sentirás como si hubieras estado allí.

Me lo dice con una enorme sonrisa, los dos sabemos que la niña le hace fotos a todo y que va a estar un buen rato enseñándomelas una a una. Agradezco que esté intentando animarme y decido dejar de autocompadecerme y disfrutar del tiempo que pasemos juntas esta noche, ya sea viendo fotos o haciendo lo que sea.

No puedo evitar que mi ánimo decaiga un poco al ver entrar a Alice en la cocina. Me gustaría que se pusiera la bata que mamá le prestó, pero en cuanto ese pensamiento cruza mi mente me siento mal conmigo misma. Parezco una mojigata, cualquiera diría que soy una solterona de la época victoriana; además, hoy al menos se ha puesto unos pantaloncitos cortos debajo de la camiseta... y digo «pantaloncitos» porque son minúsculos.

—¡Hola a todos! —nos saluda al entrar.

Intercambiamos los buenos días y las preguntas de rigor sobre cómo ha dormido cada uno mientras ella se prepara un café y unas tostadas. Mamá no está aquí para pedirme que le prepare yo el desayuno, y huelga decir que aprovecho para no mover ni un dedo.

—¿Vas a trabajar hoy, Clare? —me pregunta cuando se sienta a la mesa.

—Sí, ya sabes lo que dicen... No hay descanso para los malvados.

Finjo que no me doy cuenta de la elocuente mirada que Luke lanza hacia el reloj de cocina. Sí, ya sé que debería irme ya. Estoy remoloneando todo lo posible con la excusa de darle el plátano a Chloe, pero en el fondo sé que es porque no quiero que Alice se quede a solas con mi marido.

—¡Ah, se me olvidaba! Anoche usé tu portátil, espero que no te moleste.

—¿Mi portátil? —le pregunto, sorprendida.

—Sí, mamá me dio permiso. —Me mira dubitativa—. Perdona, ¿te molesta que lo usara?

—Eh... no, es que me sorprende que mamá supiera utilizarlo.

—La verdad es que ella no tenía muy claro cómo funcionaba, pero yo sé cómo se maneja un ordenador y no tuve ningún problema.

—Ah, sí, claro. No estaba bloqueado, ¿verdad?

Intento recordar cuándo lo utilicé por última vez y si cerré la sesión correctamente, es un portátil que está protegido por contraseña y mamá no se la sabe. Pero entonces recuerdo que lo encendí durante el fin de semana; en la celebración, para ser más exactos. Sí, conectamos la tarjeta de memoria de la cámara de Luke para ver las fotos que había hecho, lo pusimos en modo de presentación y lo dejamos encendido para que todo el mundo pudiera verlas.

—No. Salió directamente el salvapantallas, no me pidió contraseña —me dice Alice.

—Sí, ya me acuerdo. Lo usamos durante la fiesta. ¿Encontraste lo que buscabas?

—Sí. Solo quería revisar mi correo electrónico y ese tipo de cosas.

—Supongo que tendrás Facebook y Twitter, ¿no? —le pregunta Luke, con una irónica sonrisa.

Él nunca ha sido demasiado fan de las redes sociales, aunque las utiliza para su trabajo; yo, por mi parte, no quiero que la gente sepa demasiado sobre mí debido a mi trabajo, pero tengo una cuenta en Facebook que está casi inactiva; de hecho, tan solo la abrí por si Alice intentaba contactar conmigo.

—No, no uso las redes sociales —contesta ella.

—¡Eso sí que no me lo esperaba! Hasta Clare y yo tenemos cuentas.

A ella se le borra la sonrisa de la cara.

—Es que era algo que papá no aprobaba, y yo no iba en contra de sus deseos.

—¿Tan estricto era?, ¿tan controlador? —le pregunto con voz suave—. Aunque mamá nunca lo ha admitido abiertamente, estoy convencida de que con ella se comportaba así, pero siempre pensé que a lo mejor a ti te trataría de otra forma.

—¿Por qué habría de hacerlo?

—Porque te eligió. Optó por llevarte a ti a América, no a mí.
—La cocina queda sumida en un profundo silencio.

—A lo mejor fue porque era más fácil llevarse a la más pequeña —sugiere ella—. Supongo que una niña de cuatro años tiene menos recuerdos a los que aferrarse que una de nueve.

Es una razón lógica que yo misma me he planteado alguna vez, pero siempre he tenido la impresión de que fue por algo más.

—Vas a llegar tarde, cielo. —Luke me arranca de mis pensamientos. Sabe hacia dónde está viajando mi mente y me lanza una sonrisa tranquilizadora.

Me pongo en pie muy a pesar mío. Llevo a rastras el peso de la conversación, y pensar en la jornada que tengo por delante no me anima ni mucho menos. Tengo que hablar por Skype con McMillan para valorar la posibilidad de que la parte contraria retire la demanda y pueda llegarse a un acuerdo al margen de los tribunales, pero a pesar de que Leonard está presionándome para que lo consiga (quiere evitar un revuelo mediático) yo creo que es una opción poco probable. McMillan tendría que ceder un poco y no está dispuesto a hacerlo, es un cretino testarudo que se cree que es una especie de capo de la mafia y se considera intocable.

—¿A qué hora tienes la llamada por Skype? —me pregunta Leonard asomando la cabeza por la puerta de mi despacho poco después de que Tom entre a preguntarme si quiero algo de la cafetería de enfrente.

—Después de comer.

—¿Quieres que esté presente para echarte una mano?

En parte me gustaría decirle que sí, pero mi orgullo profesional se interpone.

—No, aún no. Voy a ver qué tal me va hoy con McMillan.

—Tienes que convencerle de que ceda en algunos puntos. —Leonard fija en mí una de sus penetrantes miradas—. Recuérdale que ni a él ni a nosotros nos conviene acabar quedando como el culo por un jodido despido que ha adquirido una importancia desmedida.

—Supongo que no quieres que se lo diga con esas palabras.

Se lo digo en un intento de relajar el ambiente, pero él me lanza su famosa mirada asesina.

—Lo que tienes que hacer es ponerte manos a la obra.

Soy consciente de que Tom me ha lanzado una mirada, pero evito establecer contacto visual con él mientras Leonard sale del despacho.

—¿Cuándo te has convertido en su esbirro, Clare?

—No le hagas caso. Está de mal humor y se pone en plan mandón, tal y como le gusta hacer de vez en cuando. Le conozco desde hace tanto tiempo que he aprendido a que no me afecte.

—Últimamente no es el de siempre —comenta él.

—¿En qué sentido?

—Se le ve más estresado de lo normal. El otro día fui a comentarle algo y no sé qué estaría haciendo, pero la cuestión es que por poco se pilla los dedos con la tapa del portátil porque lo cerró de golpe al verme. Y después metió un montón de documentos en una carpeta y masculló que no quería que le interrumpieran.

—¿Ah, sí? Qué raro. La verdad es que yo no he notado ninguna diferencia en su comportamiento. Sigue siendo el mismo, tan pronto es una dulzura como puro arsénico.

—¿Cómo va todo en tu casa con Alice?

—Tiene gracia que la menciones porque llevo toda la semana deseando preguntarte acerca de la conversación que mantuvisteis durante la celebración, cuando estabais en el jardín.

—Fue una conversación de lo más normal.

—Ya, pero me preguntaba de qué estaríais hablando. Se os veía muy serios, la pobre Alice tuvo que subir a tumbarse después.

—Si te contara de qué hablamos sería un chivato. —Me guiña un ojo—. Además, mi pregunta estaba antes. ¿Estás intentando evadir el tema?

Nos miramos en silencio durante unos incómodos segundos en los que una corriente de tensión subyacente crepita entre los dos, y al final soy yo quien cede primero.

—La verdad es que no hay nada que contar... —Me rindo al ver que él se limita a enarcar las cejas en un gesto elocuente—. Vale, aún estoy adaptándome a la situación. Ni más ni menos.

—¿Cómo se llevan los demás con ella? —me pregunta, antes de sentarse en la silla.

—Bien. —¿Qué otra cosa podría decir?

—Pues Leonard parece estar muy interesado en ella.

—¿Ah, sí? ¿Por qué lo dices?

—¿No estás enterada? Mierda, lo siento. Me parece que acabo de meter la pata.

—Venga, Tom, ahora tienes que desembuchar.

—Les vi tomando café juntos en la cafetería de enfrente.

—¿Cuándo fue eso? —Me sorprende que Leonard no lo haya mencionado, pero me sorprende aún más que no lo haya hecho la propia Alice.

—Eh... pues la semana pasada. El viernes, me parece. Ellos no me vieron. Yo iba a tomar un café, pero parecían estar tan absortos hablando que preferí ir a la cafetería que hay un poco más adelante para no molestar.

—Vaya. Alice no me ha comentado nada al respecto, ¿de qué estarían hablando? —Me resulta extraño que quedaran, y más aún que no lo hicieran en el bufete.

—Puede que tuviera algo que ver con el fideicomiso. Ah, eso me recuerda que antes se me ha olvidado comentarte un detalle. Cuando entré en el despacho de Leonard y él reaccionó como si quisiera ocultar algo, estoy seguro de que entre los documentos que guardó a toda prisa en la carpeta vi un estado de cuentas donde figuraba el nombre de tu madre.

—Eso tiene fácil explicación. —Siento la necesidad de encontrar alguna explicación razonable para la actitud de Leonard—. Él es el administrador del fideicomiso, así que debía de estar revisando algunas cifras. Incluso puede que eso guarde alguna relación con su encuentro con Alice en la cafetería.

Mi voz revela cierto escepticismo. Aunque acabo de encontrar una posible explicación en la que me gustaría poder creer, no puedo evitar tener la sensación de que se me escapa algo. Lo que acabo de proponer no explica por qué la reunión no se llevó a cabo en el bufete ni el porqué de la actitud de Leonard, una actitud que Tom describe como de querer ocultar algo.

—No sé, a mí me pareció un poco raro —insiste.

Suspiro y me reclino en la silla mientras golpeteo el borde del escritorio con el bolígrafo.

—No tengo ni idea de qué estará pasando, aunque esa parece ser la tónica general de mi vida en los últimos tiempos —comento—. Es posible que sí que tenga algo que ver con el fideicomiso. Ahora que ha vuelto, Alice tiene derecho a su parte. Creo que el pago tiene que realizarse el año que viene... en marzo, si no me equivoco. Es Leonard quien está al tanto de todos los detalles.

—Vale, seguro que se trata de eso.

—Sí, sin duda.

Me parece que ninguno de los dos estamos convencidos del todo. Aún me parece extraño que Leonard y Alice hayan mantenido tan en secreto lo de la reunión y seguro que Tom, siendo el incisivo abogado que es, también tiene dudas debido a ese detalle.

—En fin, será mejor que siga trabajando. —Agarro unos documentos para indicar que la conversación ha llegado a su fin, y él capta la indirecta y se pone en pie.

—Entonces ¿no quieres nada de la cafetería?

—No, gracias. No tengo hambre. —No levanto la mirada y finjo estar revisando los documentos, pero en cuanto sale del despacho me reclino en la silla y suelto un suspiro.

Ya sé que no debería sentirme molesta y que en teoría es un asunto que no me concierne, pero me gustaría saber de qué estuvieron hablando Leonard y Alice. Si se trataba de algún asunto de negocios, no entiendo por qué no se reunieron aquí, en el bufete. Si se encontraron en otro lugar debió de ser porque no querían que nadie se enterara, no hay otra explicación, y la idea de que esos dos estén compinchados me molesta a la vez que me perturba. Tengo de nuevo la sensación de que se me mantiene al margen de algo, tal y como he sentido de vez en cuando con mamá y Alice.

Mi mirada se dirige hacia la foto de Luke y las niñas que tengo en el alféizar de la ventana, una foto que se tomó durante una merienda campestre el año pasado. Luke está sentado en el suelo con Chloe delante de él, Hannah está de pie y le abraza el cuello desde atrás mientras le da un besote en la mejilla.

Me obligo a centrarme en mi trabajo, tengo que concentrarme en mi tarea y prepararme para la dichosa conversación por Skype con McMillan de esta tarde. Paso el resto de la jornada en mi despacho, luchando cada dos por tres por evitar que mis pensamientos se desvíen hacia Luke y las niñas. La conversación con McMillan no es demasiado provechosa, el tipo es un capullo arrogante y si no estuviera defendiéndole me encantaría llevar la acusación. Sería todo un placer hacer que se le bajaran un poco esos humos.

Le echo una ojeada a mi reloj de pulsera y me pregunto si Luke y las niñas se lo habrán pasado bien en el acuario, hoy estoy echándoles mucho de menos y de repente, de forma impulsiva, decido irme temprano a casa. Quiero estar con mi familia, es lo único que necesito. Ellos me quitan el estrés, un abrazo de Luke y de mis hijas puede solucionar cualquier cosa.

* * *

Enfilo por el camino de entrada de casa tres cuartos de hora después, y me alegro al ver que el coche de Luke está en el garaje. Saludo en voz alta al entrar en el vestíbulo, pero obtengo por respuesta un completo silencio y me acerco a la puerta de la sala de estar para echar un vistazo. Al ver que no hay nadie me dirijo hacia la cocina y allí encuentro sentados alrededor de la mesa a Luke, mamá y Alice. Ni siquiera la presencia de esta última puede apagar el alivio y la felicidad que siento por estar en casa; las puertas plegables que dan al jardín están abiertas y veo a las niñas jugando en el tobogán y el columpio.

—¡Hola a todos! —les saludo al acercarme. Abrazo a Luke desde atrás y le beso la mejilla—. Hola, caballero.

—¡Hola, qué sorpresa! —Me devuelve el beso y, sin soltarme los brazos, hace que rodee la silla y que me siente en su regazo—. ¿A qué le debemos este honor?, has llegado temprano.

—Es que os echaba de menos. He tenido un día de mierda y quería estar en casa con vosotros.

—Hola, cariño —me dice mamá—. Hay té si te apetece, Alice acaba de prepararlo. Me parece que te vendría bien una buena taza.

—Gracias, mamá. —Miro sonriente a Alice, quien está sentada junto a mi marido—. Hola, ¿va todo bien?

Por un brevísimo instante tengo la impresión de que no va a devolverme la sonrisa; de hecho, me mira con cara de muy pocos amigos. No tengo tiempo de hacer ningún comentario al respecto, porque su boca esboza finalmente una sonrisa, pero está claro que es un gesto muy forzado.

—Hola, Clare. Sí, todo va muy bien, gracias. Espera, ya te sirvo un poco de té.

—¡Mami! ¡Mami!

Al ver que Chloe viene corriendo desde el jardín, me pongo en pie y la alzo en brazos.

—¡Hola, cielo mío! —La colmo de besos y le hago pedorretas debajo de la barbilla, ella ríe encantada y me abraza el cuello con fuerza. Dios, esta niña puede ponerme de buen humor en cuestión de segundos, es una verdadera bendición tenerla en mi vida—. ¿Lo has pasado bien hoy con papá?, ¿a dónde habéis ido?

—¡Al *cuario*! ¡*Bía* peces *gandotes*, y *tambén* un *pupo*!

—¿Qué...? ¡Ah, un pulpo! ¿Has visto un pulpo?, ¿tenía un montón de patas largas que se movían? —La dejo en el suelo y me siento al otro lado de la mesa, junto a mamá, antes de hacerle señas a Hannah con la mano—. ¡Hola, Hannah!

La niña viene corriendo y me da un breve abrazo y un beso. Hace relativamente poco me habría saludado con tanto entusiasmo como su hermana, pero supongo que el hecho de que me salude de forma menos efusiva es una indicación de que está creciendo.

—¿Quieres ver mis fotos? —Tras agarrar la cámara, que está encima de la mesa, presiona unos cuantos botones y me la pone delante.

—Deja que mamá se tome antes una taza de té, Hannah —le indica Luke—. Acaba de llegar del trabajo.

La cara de desilusión que pone mi hija me toca la fibra sensible, así que propongo una solución.

—¿Por qué no vemos ahora unas cuantas y después, cuando Chloe se acueste, nos sentamos a verlas todas? Las dos solas, y me las vas explicando una a una.

Da la impresión de que la idea le parece bien. A mi hija le gusta tanto como a mí que pasemos algo de tiempo las dos solas.

—¡Vale! Mira, este es el pulpo. ¡Chloe lo llama *pupo*!

—Sí, ya lo sé, acaba de decírmelo. —Nos reímos juntas mientras seguimos mirando la pantalla. Le da al botón y aparece otra imagen, en esta ocasión se trata de una especie de anguila—. ¡Uy, este no me gusta nada! ¡Parece una serpiente! —Vuelve a darle al botón y aparece una foto de Luke. Tiene a Chloe en brazos y los dos están mirando hacia el interior de un tanque de agua—. Qué foto tan bonita —comento, a pesar de que está un poco oscura y el flash se ha reflejado en el cristal del tanque. Pasa un par de fotos más sin detenerse, pero hay una que me llama la atención, una en

135

la que hay algo distinto que la hace destacar—. Retrocede un poco. —Hannah obedece—. Una vez más.

Le da al botón para volver a la foto anterior y encuentro lo que buscaba. Una punzada de dolor me atraviesa el corazón al ver los dos rostros que me miran desde la imagen. Alzo la mirada hacia Alice y veo que está regodeándose, en su rostro se refleja una ufana satisfacción de la que nadie más se percata porque todas las miradas están puestas en mí.

—Alice ha ido con vosotros —lo digo con rigidez y noto cómo se profundiza mi respiración, me indigna que ella les haya acompañado y que a nadie se le haya ocurrido decírmelo.

—Y tu madre también —afirma Luke, mientras me pide con la mirada que no pierda los estribos.

—¡Pero si a ti no te gusta nada el acuario, mamá! —exclamo, mientras me vuelvo a mirarla—. Siempre dices que es muy oscuro y lóbrego, que te provoca claustrofobia.

—No he llegado a entrar, me he tomado un café en una de las cafeterías que hay al otro lado de la calle mientras Luke y Alice estaban dentro con las niñas. Preparan unos bollitos realmente buenos.

—Mira, mamá, un tiburón —me dice Hannah, un poco titubeante.

A juzgar por cómo nos mira a Luke y a mí, está claro que la niña ha notado el cambio en el ambiente, y me pregunto si mamá lo habrá notado también o si está ignorándolo de forma deliberada y parloteando acerca de los jodidos bollitos para intentar que los ánimos se relajen. Sea como sea, me da igual. En lo único que puedo pensar es en que Luke y Alice han estado jugando a la familia feliz como si nada, en que ella ha usurpado mi lugar y mi marido se lo ha permitido.

—No te importa, ¿verdad? —me pregunta, la muy descarada—. Lo siento, no era mi intención molestarte.

—¿Podrías dejar de disculparte una y otra vez y de preguntarme si lo que haces me importa? —Echo mi silla hacia atrás con

136

brusquedad. Mi pequeño arranque de furia parece haber tomado a todo el mundo por sorpresa, pero la verdad es que yo soy la primera sorprendida.

—¡Clare! ¿Se puede saber qué es lo que te pasa?

El tono de voz de mamá es el mismo que emplearía cuando a alguna de las niñas se le olvida pedir algo por favor o dar las gracias, el mismo que usó cuando Hannah dijo «mierda» al caérsele un vaso de agua en la cocina. El tono con el que mi madre acaba de dirigirse a mí es el que usa cuando está realmente escandalizada.

Apoyo las manos sobre la mesa y cierro los ojos por un momento, todo esto se me está yendo de las manos. Estoy perdiendo el control. Abro los ojos y miro a mi familia con una sonrisa de disculpa.

—Perdón, os pido disculpas a todos. Alice, por favor, no era mi intención ser tan borde contigo.

—No pasa nada, no te preocupes.

Intercambia una mirada llena de comprensión con Luke, y yo tengo que respirar hondo para reprimir los celos que vuelven a emerger descontrolados.

—He tenido un día duro —digo, a modo de justificación. No es una explicación demasiado buena, pero es la verdad—. Me parece que voy a subir a ponerme cómoda, me cambiaré de ropa y a ver si puedo relajarme.

Miro a Luke al darme cuenta de que no ha dicho ni una sola palabra, y él enarca las cejas y niega con la cabeza de forma casi imperceptible. Se le ve realmente exasperado, le conozco lo bastante bien para saber que ahora sí que le he molestado de verdad. Mi marido es un hombre relajado y comprensivo al que es muy difícil enfadar, pero me parece que en esta ocasión he sobrepasado sus límites.

Él ya se ha encerrado en su estudio para cuando vuelvo a bajar, y lo interpreto como una prueba inequívoca de que está cabreado conmigo. Encuentro a las niñas en la sala de estar, sentadas una a cada lado de Alice en el sofá, y tengo que hacer un esfuerzo hercúleo para conseguir reprimir los celos que me inundan de nuevo.

—¿Qué estáis viendo? —les pregunto, mientras me siento en la silla que hay junto al sofá. Chloe murmura una respuesta, pero no aparta los ojos de la tele.

Algo me impulsa a dirigir la mirada hacia las fotos que tengo en el aparador, y me doy cuenta al instante de que el cristal de la del día de mi boda está resquebrajado.

—¡Oh, no! ¿Qué le ha pasado? —Me levanto de golpe, y al inspeccionarla de cerca veo que ha sufrido un impacto justo en el centro y que el cristal se ha resquebrajado alrededor como una telaraña.

—¿Qué pasa? —me pregunta Alice, antes de acercarse—. ¡Es la foto del día de tu boda, Clare!

—¿Sabes cómo se ha roto? —La miro con ojos acusadores antes de dirigir la mirada hacia las niñas—. Hannah, Chloe... ¿Alguna de vosotras sabe lo que ha pasado aquí?

—¡Foto rota! *¡Pobecita!*

Eso es todo cuanto dice Chloe antes de volver a centrarse en la tele, pero noto que Hannah no aparta los ojos de la pantalla.

—¿Me has oído, Hannah? —Cuando alza la mirada no logro leer bien su expresión, no sé si lo que veo es miedo o sentimiento de culpa—. ¿Sabes cómo se ha roto esta foto? —Me acerco a ella al verla negar con la cabeza—. Mira, lo que me molesta no es que se haya roto el cristal, sino que el culpable no asuma su culpa. Si me dices la verdad podemos olvidarnos del asunto.

—¡No he sido yo!

—¿Entonces quién?, ¿Chloe? —Ella hace un puchero y niega con la cabeza—. ¡Pues alguien tiene que saber qué es lo que ha pasado!

Salgo de la sala de estar para tirar el cristal y de camino se lo enseño a mamá, que está fregando los platos en la cocina.

—¡Vaya!, ¡qué lástima! —exclama cuando se lo muestro—. En fin, puedes comprar otro. No te enfades por nimiedades.

—No me enfado porque se haya roto, la cuestión es que me gustaría que alguien me hubiera avisado.

138

—Mira, no quería decir nada delante de las niñas, pero...

Quien habla es Alice, que acaba de entrar en la cocina. Me vuelvo a mirarla y me limito a preguntar:

—¿Pero qué?

—Las niñas ya estaban en la sala de estar cuando he llegado, y Hannah estaba cerca de las fotos. No estoy afirmando que lo hiciera ella, pero la verdad es que se la veía un poco nerviosa.

—Vale, gracias.

En el fondo no le agradezco que me lo haya contado, la verdad es que me avergüenza que Hannah pueda haberme mentido. Bajo la mirada hacia la foto sin marco, le ha quedado una marca y está ligeramente arrugada debido a la presión que se ejerció sobre ella, y no puedo evitar sospechar que es posible que no se tratara de un accidente.

13

Hannah sigue estando bastante callada un poco más tarde mientras la acuesto. He subido la cámara de la cocina.

—¿Quieres que veamos ahora las fotos? —le pregunto.

—Lo que tú quieras.

Con el pijama tan mono de gatitos que lleva puesto, el pelo cepillado, la piel bien limpita y los dientes relucientes es la viva estampa de una niña de siete años, pero tiene la actitud de una adolescente refunfuñona. No es que esté comportándose de forma grosera o malhumorada, sino que me trata con una especie de indiferencia, como si estuviera aguantándome porque no tiene más remedio que hacerlo.

Me siento junto a ella en la cama y enciendo la cámara, consciente de que no puedo reaccionar mal si veo alguna otra foto en la que Luke y Alice salgan juntos. Empiezo a pasarlas mientras voy preguntándole cosas acerca de cada una de ellas, y noto cómo va relajándose poco a poco y su entusiasmo va en aumento. Me extraño al no encontrar la foto donde sale Alice, ya que era una de las primeras, pero no hago ningún comentario al respecto para evitar que a la niña se le agríe el buen humor que tiene ahora.

Cuando llegamos a la última foto me alegro de haberme tomado tiempo para sentarme con ella y que me las muestre sin prisa. Luke ya me había advertido que había un montón, pero la verdad es que no me importa. Lo principal es que este ratito que hemos pasado juntas ha contribuido a que mi hija vuelva a estar sonriente.

La tapo hasta la barbilla con la colcha y le doy un beso en la frente.

—Buenas noches, cariño. Sabes que te quiero muchísimo, ¿verdad?

—¡Y yo te quiero de aquí a la luna! —me asegura ella.

—¡Y yo de aquí a la luna dos veces!

—¡Y yo de aquí a la luna tres veces!

Sonrío y le doy un abrazo antes de decir:

—Venga, ahora a dormir. Mañana tienes que ir al cole.

Apago la luz, y ya estoy a punto de cerrar la puerta cuando su voz, clara y cristalina, suena en medio de la oscuridad.

—Yo no he roto el cristal de la foto.

Enciendo de nuevo la luz y me siento en el borde de la cama, le acaricio el pelo y la miro a los ojos al asegurarle con voz suave:

—Ya lo sé, cariño mío. Todo está olvidado ya, no te preocupes por nada.

—Ya estaba roto. Alice dijo que no había que contártelo, que ibas a enfadarte mucho.

Mis cejas se alzan como por voluntad propia y, aunque me gustaría poder ignorar el comentario como sin duda aconsejaría el manual para poder ser la mejor de las madres, no puedo evitar sonsacarle a mi hija algo más de información.

—¿Ah, sí? ¿Qué más dijo?

—Nada, que dejara la foto ahí y me olvidara del tema.

—Vale, pues tú no te preocupes por nada. No es más que un cristal que se puede reemplazar fácilmente. —La ayudo a reclinarse contra la almohada—. ¡Ah, se me había olvidado decirte una cosa! Le pregunté a la mamá de Daisy si le daba permiso para quedarse a dormir un día aquí, y me dijo que sí.

Una enorme sonrisa ilumina el rostro de mi hija.

—¡Qué bien! ¿Podremos pintarnos las uñas?, ¿nos dejarás ver una peli?

—Pues claro que sí, compraremos palomitas.

—¡Gracias, mami! ¡Eres la mejor!

Se arrebuja bajo las mantas, y me siento aliviada al saber que se va a dormir con mucho mejor ánimo. Ojalá fuera igual de fácil levantar el mío.

Cuando Luke sube finalmente a acostarse yo estoy sentada en la cama leyendo un libro, aunque quizás sería más adecuado decir que estoy fingiendo que lo leo.

—Ahora hablamos —me dice, antes de entrar en nuestro cuarto de baño privado.

No cierra la puerta, así que veo cómo se lava los dientes y la cara; al verle pasarse los dedos por el pelo no puedo evitar que el amor que siento por este hombre me recorra como una oleada. Detesto que estemos enfadados. Luke no es un hombre dado a las discusiones explosivas, prefiere dejar que las cosas sigan su curso y hablar del tema después, cuando los ánimos se calman y todo el mundo se muestra más racional. Se desviste hasta quedarse en calzoncillos, se mete en la cama y me quita el libro de las manos.

—Bueno, ¿quieres explicarme qué está pasando aquí arriba? —Me da un suave golpecito en la frente con el índice.

—No quiero que peleemos por esto.

—Yo tampoco, cielo. Mira, yo no he tenido nada que ver con lo de hoy. Tu madre decidió por su cuenta que tanto Alice como ella iban a acompañarnos, ¿qué querías que le dijera?

Cierro los ojos por un momento.

—Ya lo sé, es que... Alice. Dios, ya sé que suena muy pueril, pero... es como si ella estuviera adueñándose de todo, de toda mi familia.

Suena muy estúpido dicho en voz alta. Aunque en mi mente parecía algo muy plausible, ahora empiezo a dudar de mí misma..., pero mi convicción se refuerza de nuevo al recordar la carita de Hannah. Alargo el brazo hacia la mesita de noche para agarrar la foto del día de nuestra boda, que ahora carece de marco, y se la muestro a Luke.

—Es la que teníamos en la sala de estar, al entrar me he dado cuenta de que el cristal estaba roto.

Él toma la foto y la observa con atención.

—Vaya, qué lástima. Y también está arrugada. Puedo imprimir otra copia, no hay ningún problema.

—Eso ya lo sé, pero la cuestión no es esa. El cristal no estaba roto como si se hubiera caído al suelo, alguien lo había aplastado. Se notaba dónde lo habían golpeado con algo, el cristal estaba hecho añicos alrededor de la zona del impacto.

—A lo mejor se cayó y golpeó contra algo.

Me incorporo hasta sentarme bien y vuelvo a agarrar la foto.

—No, ni hablar. Bueno, de ser así no me explico cómo pudo dañarse también la fotografía... No, esto lo han hecho a propósito y con malicia.

Luke exhala un suspiro y apoya la cabeza en el cabecero de la cama.

—Por favor, no me digas que sospechas de Alice.

—Ha intentado echarle la culpa a Hannah. Me ha dado a entender que la niña había estado jugando con las fotos o algo así, pero resulta que después la propia Hannah me ha confesado que el cristal ya estaba roto, que Alice ya estaba en la sala de estar cuando ella llegó, y que le advirtió de que no me dijera nada. —Lo miro triunfal, como si acabara de resolver un crimen de gran magnitud.

—No sabemos cuál de las dos está diciendo la verdad.

—¿Estás diciendo que confías en la palabra de una desconocida antes que en la de tu propia hija?

—No es ninguna desconocida, Clare. Es tu hermana.

—Si así es como se comporta, preferiría que no lo fuera. —Aparto a un lado la colcha con brusquedad, me levanto y me pongo la bata—. ¡Ah!, ¡y tampoco quiero que pintes su jodido retrato!

—Y yo que no quería discutir —murmura él, mientras salgo de la habitación hecha una furia y con la bata ondeando tras de mí como una bandera.

Resisto el impulso de cerrar de un portazo porque no quiero despertar a las niñas, así que cruzo airada el rellano y ¿con quién me encuentro? ¡Pues ni más ni menos que con Alice! Está apoyada de espaldas en la barandilla que da al vestíbulo, sus codos descansan sobre la barra superior y tiene una pierna doblada y el pie apoyado en un balaustre. Da la impresión de que está posando para una foto, una bastante cutre.

—¡Madre mía, Alice, qué susto me has dado!

—¿Va todo bien?, he oído voces.

Me ato el cinturón de la bata mientras me pregunto cuánto tiempo llevará aquí fuera.

—Sí, todo va bien. Voy a por un vaso de agua. ¿Y tú qué?, ¿cómo estás? No estarás sufriendo aún los efectos del desfase horario, ¿verdad? —No puedo evitar que mi voz se tiña de un ligero sarcasmo.

—Yo estoy bien, hermanita. De maravilla. ¿Cómo no iba a estarlo, después de pasar un día tan maravilloso en compañía de tus hijas y tu marido?

La sonrisa que acompaña sus palabras congela de golpe el ambiente.

—¡Mantente alejada de mi familia! —susurro las palabras lo más alto que puedo teniendo en cuenta que no quiero que nadie más nos oiga. En especial Luke, quien ya me toma por loca.

Ella no pierde la sonrisa mientras se aparta de la escalera, da un paso hacia mí y me dice en voz baja:

—No te olvides de que tu familia es mi familia, Clare.

—No. Me. Provoques. —Enfatizo cada palabra con un invisible punto y seguido—. Te aseguro que te arrepentirás.

No tengo ni idea de lo que quiere decir esa amenaza, ha brotado de mis labios sin más. No espero a oír su respuesta, paso de largo junto a ella y bajo la escalera de caracol que desciende hasta la planta baja. Alzo la mirada una vez que bajo el último escalón y la veo apoyada en la barandilla, mirándome con esa dichosa sonrisa condescendiente.

Voy a por un vaso de agua y voy bebiéndomelo a sorbitos mientras intento calmarme. No tengo nada claro qué es lo que acaba de pasar ahí arriba exactamente, pero tengo la impresión de que ha sido un momento crucial en el que tanto Alice como yo nos hemos quitado la careta y hemos dejado al descubierto nuestras verdaderas intenciones.

No sé por qué, pero siento el impulso de ir al estudio de Luke. En condiciones normales nunca entro allí por mi cuenta, nunca he tenido necesidad de hacerlo. Es el lugar de trabajo de mi marido. Por supuesto que voy cuando él está allí, pero nunca cuando sé que no hay nadie. Titubeo con la mano en el picaporte, pero algo me impulsa a seguir y abro la puerta. Después de entrar la cierro con suavidad a mi espalda y recorro el lugar a paso lento, contemplando los cuadros y los lienzos que tantas veces he visto con anterioridad. Hay un bote con pinceles en el escurridero, el olor a aguarrás impregna el aire y veo la botella destapada junto a los pinceles. La tapa roja está justo al lado, y de forma instintiva se la coloco y la enrosco bien antes de volver a dejar la botella en el escurridero. Junto al fregadero hay un cesto lleno de trapos sucios que me recuerdan a un caleidoscopio, los colores se entremezclan y crean formas extrañas y maravillosamente psicodélicas.

Mientras deambulo por el estudio no puedo evitar sentirme como una intrusa.

En el centro está el cuadro que el cliente de mi marido encargó para el apartamento de Londres y a mí me parece que ya está acabado y que quedaría de maravilla en cualquier pared, pero sé que para Luke aún quedará mucho por hacer. Suele decirme que la clave son los detalles.

Mi mirada se centra en un lienzo que se encuentra al fondo del estudio, apoyado sobre un caballete y tapado con un trapo blanco. Mi instinto me dice quién está plasmado en él y no puedo reprimir el impulso de acercarme, aparto a un lado el trapo y aquí está, la tengo ante mí. Mi hermana Alice. Los familiares celos me golpean con fuerza el estómago, mi mano se alarga hacia la mesa de trabajo que hay a un lado y mis dedos se cierran alrededor de un objeto metálico. Lo acerco a mí y al bajar la mirada veo que el rayado mango plateado del cúter encaja a la perfección en mi mano y que la punta triangular sobresale unos tres centímetros. Luke no se acuerda nunca de dejarla bien metida. Alzo de nuevo la mirada hacia el lienzo.

—¡Zorra! —susurro, mientras los celos estallan en mi interior.

Esa noche, cuando vuelvo a la cama, me acurruco contra la espalda de Luke y le rodeo con el brazo. Él se mueve ligeramente y farfulla algo incoherente antes de darse la vuelta hasta quedar de cara a mí. Su mano sube por mi cintura hasta posarse en un pecho, y murmura adormilado:

—Te amo, cielo.

Respira hondo, desliza la mano hasta mi cadera y me atrae hacia su cuerpo, y aunque creo por un momento que vamos a hacer el amor su respiración se vuelve profunda y se queda dormido de nuevo. Me siento un poco decepcionada, pero, teniendo en cuenta las horas que son y que mañana tengo que ir a trabajar, supongo que es mejor que duerma un poco.

A la mañana siguiente despierto antes de que suene la alarma del despertador y dé comienzo mi rutina de siempre. Todo vuelve a la normalidad en lo que al cole y la guardería se refiere, y mientras bajo a Chloe a desayunar (tras hacer una parada en la habitación de Hannah para despertarla) repaso el encontronazo que tuve anoche con Alice. No sé cómo van a ir las cosas a partir de ahora, pero me siento un poco pesarosa porque no era así como me imaginaba que iría mi relación con mi hermana.

Soy consciente de que los últimos tiempos han sido bastante traumáticos para ella. Si a la pérdida de su padre le sumamos el hecho de que nos encontrara a mamá y a mí y el que decidiera venir a vernos, no hay duda de que debe de resultarle difícil lidiar con todo. Me planteo dejar pasar su pequeña transgresión de anoche y decido ser más comprensiva y menos... paranoica, por decirlo de alguna forma. No debería sospechar de todos sus movimientos ni pensar que hay algún oscuro motivo oculto detrás de todo lo que hace.

Cualquiera diría que la he invocado con el pensamiento, porque al entrar en la cocina me encuentro con que ella ya está allí, preparando la mesa del desayuno. Está tarareando *Silbando al trabajar*, la canción de *Blancanieves y los siete enanitos*, y se vuelve a mirarme sonriente mientras yo siento a Chloe en la trona.

—Buenos días, Clare. ¡Buenos días, Chloe! Acabo de preparar el té. ¿Quieres una tostada?

Este recibimiento tan cordial me descoloca, se comporta como si anoche no hubiera pasado nada y me siento un poco aliviada al darme cuenta de que a lo mejor le di demasiada importancia al asunto.

—Alice, sobre lo de anoche...

—¿El qué?

Me mira como si no entendiera a qué me refiero, así que procuro ser más explícita.

—Lo del rellano de la escalera.

—Eh... No te sigo. —Sigue poniendo cara de no entender nada.

—Lo que pasó cuando salí de mi habitación y te encontré apoyada contra la barandilla.

Ella hace un ademán con la mano, como si estuviera espantando una mosca.

—¡Ah, eso! Olvídalo. —Se me acerca y me da un abrazo—. Las dos estábamos cansadas. Venga, deja que te prepare una taza de té. —Se gira hacia la jarra eléctrica y vierte el agua hirviendo en la tetera.

—Gracias —me limito a decir. La verdad es que a mí me dio la impresión de que la conversación de anoche tenía un tono muy siniestro.

Ella se vuelve a mirarme de nuevo y me dice con naturalidad:

—No le des más vueltas al asunto, Clare. Estás soportando mucha presión y es normal que afecte a tu comportamiento. Mira, recuerdo que una vez mi hermana estaba bajo tanto estrés intentando compaginar sus estudios universitarios con la responsabilidad de criar ella sola un bebé, que un día, cuando me pidió algo de dinero y yo le dije que no podía prestarle nada porque estaba sin blanca, se puso como una loca de buenas a primeras. Pensó que yo estaba mintiéndole y me acusó de un montón de absurdeces, tuvimos una pelea muy fuerte y fue semanas después, cuando sufrió una crisis nerviosa, cuando todos nos dimos cuenta de la gran presión que tenía encima y de cómo estaba afectándola. A partir de entonces soy mucho más tolerante. Eso es lo que pasa con las enfermedades mentales, no están a la vista y a veces uno no detecta los síntomas, pero ahora conozco mejor el tema.

Permanezco callada mientras le doy vueltas a lo que acabo de oír, hay algo que no me encaja... y de repente doy en el clavo.

—¿Tu hermana?, ¿qué hermana?

Está de espaldas a mí y no puedo verle la cara, pero noto cómo se le tensan los hombros. Al cabo de un momento se vuelve hacia mí y me dice sonriente:

—Mi hermanastra, la hija de Roma. Vivió con nosotros por un tiempo.

—Ah, vale. Es la primera vez que te oigo mencionarla.

—Es que solo vivió unos meses con nosotros y la verdad es que nunca tuve contacto alguno con ella, vivía en Georgia.

Mamá entra en la cocina en ese momento y nos saluda sonriente.

—¡Buenos días, niñas! —Le da un beso a Chloe y apoya la cabeza en mi hombro por unos segundos—. ¡Vaya, esto sí que es todo un lujazo! ¡Alice está preparando el desayuno esta mañana!

La aludida se acerca a ella y le da un beso en la mejilla.

—Es lo mínimo que podía hacer, teniendo en cuenta lo pendientes que estáis todos de mí y lo bien que me tratáis.

Dirijo la mirada hacia el calendario y repaso las fechas antes de comentar:

—Ya ha transcurrido más de la mitad de tu estancia aquí, solo te faltan un par de semanas para irte. —El alivio que siento es innegable, pero veo que mamá y ella intercambian una mirada—. ¿Qué pasa?

—Le he pedido a Alice que se quede, que no regrese a América —confiesa mamá.

—¿Ah, sí? ¿Cuándo?, no sabía nada. —Estoy desconcertada, esta noticia me ha pillado totalmente desprevenida y se supone que soy una imperturbable abogada que está preparada para cualquier eventualidad.

—Se lo pedí ayer —afirma mamá, antes de tomar a Alice del brazo—, ¡y ella me dijo que sí!

Lo dice con una sonrisa enorme y encoge un poco los hombros como si quisiera abrazarse a sí misma, me recuerda a Hannah cuando fuimos a Disneyland París y vio a Cenicienta en carne y hueso. Yo me siento como una de las hermanastras, horrible tanto por fuera como por dentro. No puedo competir con ella y los celos me corroen, pero me acerco y la abrazo de forma mecánica, como si tuviera puesto el piloto automático.

—Qué bien —me limito a decir. Me siento aliviada al ver que Hannah entra y se sienta a la mesa, ya que así puedo distraerme preparándole el desayuno—. ¿Se ha levantado ya papá? —Ya sé que Luke no es una persona madrugadora, pero siempre está presente a la hora del desayuno.

Es Alice quien se adelanta y contesta antes de que mi hija pueda hacerlo.

—Acabo de verle pasar, supongo que se dirigía a su estudio.

—Le llevaré un café —contesto yo.

En ese momento decido que por la noche haré las paces con él como Dios manda, saldremos a cenar fuera para disfrutar de algo de tiempo a solas y me disculparé por molestarme tanto por lo de Alice. Puede que ella tenga razón. Puede que el estrés y la presión estén haciendo mella en mí y no solo esté exagerando, sino que también esté viendo cosas donde no las hay.

Luke aparece de repente en la puerta de la cocina, y al ver lo enfadado que está me queda claro que lo de hacer las paces con él no va a ser tan fácil como yo pensaba.

—Clare, me gustaría hablar contigo a solas.

Lo dice con una furia contenida tan intensa que me asusta. Espera hasta que me ve levantarme de la silla, y entonces da media vuelta y se aleja de nuevo por el pasillo.

Mamá me mira con preocupación y las niñas han dejado de comer; incluso Chloe parece haber notado el mal humor de su padre. La única que parece haberse quedado tan tranquila es Alice, que me mira con una sonrisa que no alcanzo a descifrar y que, en cualquier caso, no voy a pararme a analizar. Lo único que me importa en este momento es averiguar lo que le pasa a Luke.

Cuando entro en el estudio encuentro el ambiente cargado de tensión, como si al lugar en sí estuvieran disparándole con una pistola eléctrica. Me acerco a mi marido, que está al fondo de todo de espaldas a mí, y cuando me detengo junto a él contemplo lo que tengo ante mis ojos.

El retrato de Alice está rajado. No tiene una o dos rajas, deben de ser unas doce como mínimo. El centro está hecho jirones, el rostro resulta irreconocible. Parece una de esas cortinas de cintas que se ponían en las puertas en los años ochenta, las que las abuelas colgaban para evitar que entraran moscas. Hay un cúter de mango plateado clavado en la esquina superior derecha del bastidor.

—Santo Cielo... —Es todo cuanto alcanzo a decir.

—¡Eres una jodida idiota! ¿Se puede saber por qué cojones lo has hecho?

Estoy acostumbrada a que Luke suelte un taco de vez en cuando y a mí misma se me escapa alguno que otro, pero es la primera vez que le veo así de furioso. Me agarra los hombros y hace que me gire hacia él, tengo su rostro a escasos centímetros del mío.

—¡Estás loca!, ¡has perdido un tornillo! —Se golpea su propia cabeza con un dedo—. ¡Estás comportándote como una jodida loca!

Trastabillo hacia atrás cuando me aparta con brusquedad.

—¡No lo he hecho yo! —Yo misma noto que mi voz suena poco convincente y patética.

—¡Y una mierda! ¡Eres abogada, vamos a repasar las pruebas! Anoche discutimos y me dijiste que no querías que hiciera este retrato, te largaste del cuarto y bajaste vete tú a saber para qué, y ahora me encuentro esto. Dígame, señora abogada de altos vuelos, ¿qué es lo que le sugieren las pruebas?

Reprimo el impulso de alegar que, técnicamente, todas las pruebas son circunstanciales, porque la verdad es que entiendo su postura.

—Te juro que no fui yo quien lo hizo, Luke.

Al menos eso creo, no puedo negar que la idea se me pasó por la cabeza. Me pregunto si tuve una especie de arranque de furia, si me cegó esa neblina roja de la que me han hablado algunos de mis clientes que se supone que te hace perder el control de ti mismo y hacer cosas de las que ni siquiera eres consciente. Nunca me creí del todo esa línea de defensa, pero ahora no lo tengo tan claro.

Luke agarra la botella de aguarrás que anoche cerré bien.

—Tú eres la única que haría algo así. —Está a punto de hacer saltar la tapa de un golpe.

No hace falta que añada nada más, los dos sabemos a qué se refiere. Después de lanzar la botella al fregadero se me acerca, me agarra la mano y le da la vuelta. La mancha de pintura acrílica verde que tengo en la muñeca es otra prueba acusadora más.

—Anoche estuviste aquí —afirma con sequedad.

Noto cómo se me llenan los ojos de lágrimas y parpadeo para que no me delaten, él va a creer que se deben a que me siento culpable cuando lo que tengo en realidad es miedo. ¿Y si realmente fui yo quien rajó el lienzo? Repaso mentalmente lo que hice anoche. Recuerdo que bajé al estudio y que estuve contemplando el retrato, recuerdo de forma vívida los celos que sentí y que agarré el cúter, pero no me acuerdo de haber rajado el lienzo. Al observar la destrozada tela no me cabe ninguna duda de que quien lo hiciera estaba colérico, que no fue un acto planeado. Fue alguien presa de un frenético ataque de furia, así es como lo describiría yo ante un tribunal, y si fuera la abogada defensora lo más probable es que intentara ir por el camino de la responsabilidad atenuada.

¿Seré yo la culpable?, ¿fui yo quien lo hizo? ¿Soy capaz de hacer algo así?

Luke debe de haber interpretado mi silencio y mis lágrimas como una admisión de culpabilidad, porque me conduce hacia la puerta del estudio sin miramientos.

—Lárgate de aquí, Clare. Vete a trabajar, en este momento no puedo ni verte.

Regreso trastabillante por el pasillo, y al ver que Alice está en la puerta de la cocina y lo ha presenciado todo una irrefrenable oleada de ira se alza de la nada en mi interior.

—¡Has sido tú!, ¿verdad que sí? —Se lo digo poco menos que a voz en grito mientras me dirijo hacia ella hecha una furia—. ¡Lo has hecho tú!

Un segundo antes de que la alcance, mi madre sale de la cocina y se interpone entre nosotras. Alice se aferra a sus hombros como si de un escudo humano se tratara.

—¡Ya basta, Clare! ¡No sé a qué te refieres! ¡Por favor, Clare, me estás asustando!

—¡Sabes perfectamente bien a qué me refiero!

Estoy gritándole mientras mamá me empuja hacia atrás y me grita que pare, que deje en paz a Alice, pero no puedo contenerme y sigo gritándole a mi hermana.

—¡Admítelo!, ¡admite que lo hiciste tú!

Cuando dos manos me agarran de los hombros y me obligan a retroceder, sé sin necesidad de mirar que se trata de Luke. Reconocería donde fuera la forma en que me toca, incluso en medio de esta descabellada situación. Tengo ganas de llorar, tengo ganas de darme la vuelta y cobijarme contra su pecho; necesito sentir cómo me rodean sus brazos y que me diga que no pasa nada, pero sé que se trata de un imposible.

Me doy cuenta de repente de que Chloe está llorando, mi mirada viaja más allá de mi madre y veo a Hannah parada en la cocina, claramente aterrorizada. Esto parece haberse convertido en una pelea de taberna, con la diferencia de que aquí no hay nadie borracho.

Luke me obliga a caminar hacia la puerta principal, agarra mi chaqueta, el maletín y mis llaves, y me ordena con sequedad:

—¡Lárgate de aquí, Clare! ¡Vuelve cuando te hayas calmado y estés dispuesta a pedirnos disculpas a todos! —Abre la puerta y me saca sin contemplaciones.

El frío aire matinal me golpea de lleno y logra que mi furia se desvanezca.

—Yo no he rajado tu cuadro, Luke. Jamás haría algo así.

—Pues alguien lo ha hecho y dudo mucho que haya sido Alice, teniendo en cuenta que fue ella quien me lo encargó.

Le tiembla la voz, está luchando por controlar su genio y le entiendo, entiendo que esté así de enfadado. Se entrega tanto a su arte que, para él, el hecho de que hayan mutilado así una de sus obras es como haber recibido un ataque personal con igual saña. Sus cuadros son una prolongación de su persona.

—Sería incapaz de hacer algo así, sé perfectamente bien cuánto significan tus cuadros para ti. Por favor, Luke, tienes que creerme.

Soy consciente de que estoy suplicándole, y me parece que él también lo es. Entrelaza las manos en la nuca y gira en un círculo completo, como si hubiera tenido intención de irse y hubiera cambiado de opinión. Exhala una larga y profunda bocanada de aire, se pasa una mano por la cara y deja caer los brazos a los costados. Tengo la impresión de que, aunque el estallido de furia ya ha pasado, las cenizas siguen flotando a nuestro alrededor como las de un volcán y cualquiera de ellas podría desatar una nueva explosión.

—Vete a trabajar, Clare. Pon en orden tus ideas, habla con Leonard o incluso con Tom si es necesario, pero habla con alguien para poner todo esto en perspectiva. Estoy demasiado metido en todo esto, demasiado enfadado para mantener ahora esta conversación.

—Lo siento. —Mis palabras suenan realmente patéticas, ni siquiera sé por qué estoy disculpándome.

—Ya hablaremos esta noche, cuando vuelvas y todos nos hayamos calmado. —Me sostiene la mirada por un momento antes de dar media vuelta y subir los escalones de entrada de una sola zancada.

Veo cómo entra y cierra la puerta tras de sí y me deja aquí, plantada en el camino de grava, mirando en silencio la casa donde está toda mi familia. Ellos están dentro, juntos... y yo estoy aquí fuera, sola.

14

—¡Madre mía!, ¡qué cara de funeral! —comenta Tom en tono de broma, al verme llegar al bufete.

—No estoy de humor.

Aunque quiero ir directa a mi despacho sin detenerme, parece ser que mis pies tienen otras ideas, y Tom me toma del codo y me conduce a la cocina.

—Te vendrá bien un café. Y bien cargado.

Me apoyo en la encimera con los brazos cruzados mientras él prepara dos tazas, cuando se pone a tararear me recuerda a Alice esta mañana. Una vez que me pasa la taza, le pregunto sin preámbulos:

—¿Alguna vez se me ha olvidado algo? No me refiero a cosas normales cotidianas, como el sitio donde he dejado las llaves o si me he acordado de meter el móvil en el bolso. Me refiero a algo importante, como mis propios actos. ¿Se me ha olvidado alguna vez algo así?

Él ladea ligeramente la cabeza mientras reflexiona al respecto.

—Una vez te olvidaste de comprar mi regalo de cumpleaños; si mal no recuerdo, fue cuando cumplí los veintidós.

Me gustaría poder sonreír, supongo que el comentario me haría gracia en cualquier otro momento. Tom siempre me recuerda en broma que un año no le compré nada para su cumpleaños, pero eso fue cuando me tomé unas copas que me sentaron tan mal que perdí el conocimiento y pasé unos días en cama, con lo que me perdí su cumpleaños.

—Estoy hablando en serio, Tom. Espera, hay otra posibilidad, el sonambulismo. ¿Sabes si alguna vez me pasó algo así en Oxford?

—No, al menos que yo sepa. ¿Se puede saber a qué viene todo esto?

—¿Estás seguro de que nunca caminé dormida? Acuérdate de aquella vez, poco después de que acabáramos la carrera y te conté que había tenido un sueño rarísimo... Ya sabes, ese que me sorprendió tanto...

—Ah, sí, te refieres a ese en el que creías que habías...

Hace un gesto en el aire con los dedos para evitar decirlo en voz alta, se refiere a un sueño en concreto que tuve. Al despertar estaba convencida de que había tenido relaciones sexuales la noche anterior, aunque no recordaba con quién; ah, y también estaba segura de que había participado en una especie de sesión de fotos al estilo de las de *Playboy*.

—Sí, a ese —afirmo, para que no tenga que decirlo en voz alta. Es algo que me da tanta vergüenza recordar, que casi parecería que sucedió de verdad.

—¿Te encuentras bien?, ¿crees que has estado caminando dormida? A ver, recuerda que lo del sueño te pasó aquella semana en la que no te encontrabas nada bien.

—Sí, es verdad. Dolores de cabeza, temblores, estrés... Yo creo que fue la forma en que mi cuerpo me advirtió de que estaba preocupándome demasiado; entre intentar encontrar a Alice y estar pendiente de los resultados de los exámenes tenía mucha tensión encima.

—Puede que ahora te esté pasando lo mismo, que todo esto esté sobrepasándote.

Leonard elige ese preciso momento para entrar en la cocina.

—¡Ah!, ¡os estaba buscando! —Se detiene y nos observa con atención—. Vale, contadme qué es lo que está pasando aquí.

Es un hombre muy perceptivo que siempre se da cuenta cuando algo no va bien, a veces tengo la impresión de que puede leerme la mente.

—¿Problemas en casa?

—Sí, podría decirse que sí. —Les doy una versión muy abreviada de lo sucedido con la salida al acuario y la destrucción del retrato—. Me parece que lo que más le duele a Luke es que yo haya destrozado una obra suya, lo que pueda haberme impulsado a hacerlo sería más bien secundario para él.

Leonard alza una mano para indicarme que me calle.

—A ver, espera un momento. Acabas de incriminarte a pesar de que no has hecho nada malo, o como mínimo no hay pruebas que lo demuestren.

—Vale, deja que me corrija: lo que más le duele es la posibilidad de que yo haya podido destruir una obra suya. —Miro a mis socios, que además son mis amigos y confidentes—. Creo de verdad que es posible que todo esto esté haciéndome perder la cabeza.

—Es normal que a todos os cueste lidiar con esta situación —afirma Leonard—. Estas cosas no suelen ocurrir como en las películas, la verdad es que hace falta mucho esfuerzo por ambas partes.

—¿Qué impresión os dio Alice el día de la celebración?

—A mí me pareció muy agradable —afirma Tom.

—¿Agradable? ¡Venga ya! ¿Por qué todo el mundo se empeña en describirla así?

—Puede que se deba a que es la pura verdad —me dice él—. Vale, voy a intentar darte una descripción un poco menos genérica. Me dio la impresión de que estaba un poco nerviosa, pero también se la veía muy feliz, sinceramente feliz. Cuando hablé con ella se mostró cordial, y hablaba maravillas tanto de tu madre como de ti. Y también de Luke.

—¡Exacto!, ¡ahí está! ¡Estoy segura de que él le gusta!

—¿Y el sentimiento no es recíproco?

—¡Hombre!, ¡espero que no!

Me molesta un poco que Tom pueda pensar siquiera que Luke está interesado en Alice. Yo tengo derecho a planteármelo en mi fuero interno, pero no me hace ninguna gracia que los demás puedan pensar así. Me pongo un poco a la defensiva.

—Lo que pasa es que ella es un poco lanzada, eso es todo.

Tom alza las manos en un gesto de rendición.

—Perdona, no era mi intención ofenderte. Solo estaba pensando en voz alta sobre la posibilidad de que uno se sienta halagado ante las atenciones de una mujer que no sea su esposa, pero seguro que Luke no es así; además, se juega demasiado.

No comprendo qué diantres está insinuando y le lanzo una mirada asesina, pero Leonard interviene en ese momento. Le da una palmada a Tom en el hombro y procede a darle un consejo.

—A veces es mejor disculparse y dejarlo ahí, me parece que no estás siendo de mucha ayuda.

—Perdón.

Tom parece estar sinceramente contrito, así que hago un ademán con la mano para restarle importancia al asunto y me limito a decir:

—Olvídalo.

—A mí Alice me pareció una joven muy amable que quizás estaba esforzándose demasiado por ser aceptada —afirma Leonard.

—Entonces deduzco que a ninguno de los dos os parece probable que fuera ella quien rajó el retrato, y si no fue ella eso significa que tuve que ser yo. Es oficial, Luke tiene razón. Estoy comportándome como una jodida loca. —Dejo la taza sobre la mesa—. Será mejor que me ponga a trabajar, hay unos documentos que debo presentar y tengo correspondencia pendiente en relación con el caso McMillan.

Salgo de la cocina siendo consciente de que no me he cubierto de gloria precisamente, les he pedido su opinión y ahora da la impresión de que estoy enfurruñada porque no me gustan las respuestas que he obtenido... Bueno, eso sí que es verdad, no me han gustado lo más mínimo.

Creía que mi día no podía empeorar, pero me equivocaba. Resulta que no encuentro por ninguna parte el expediente del caso McMillan. Me lo llevé a casa para revisar el domingo por la tarde algunas de las declaraciones previas, intento hacer memoria... recuerdo que lo saqué del armario archivador, y estoy bastante segura de que lo metí en el maletín. Al final no llegué a revisarlo el domingo, así que ¿dónde cojones está? ¡Tendría que estar en el maletín!

Lo busco de nuevo y empieza a entrarme el pánico. Yo no soy una persona que pierda expedientes, soy muy organizada y no he perdido ni uno solo en toda mi vida. Me estrujo el cerebro intentando recordar lo que contenía. Tendremos sin duda copia de toda la correspondencia en los archivos digitales, pero en lo que respecta a los originales no lo tengo tan claro. ¡Mierda, voy a tener que solicitar de nuevo ciertos documentos legales! Eso no va a granjearme puntos a mi favor ni mucho menos y también hay que tener en cuenta los costes, por no hablar del retraso.

Llamo a Sandy por el interfono.

—Sandy, ¿qué parte del expediente McMillan tenemos digitalizada?

—Yo diría que un ochenta por ciento, más o menos. ¿Por qué?, ¿hay algún problema?

—Es que me lo he dejado en casa —no quiero admitir que lo he perdido—, ¿dónde está almacenado el archivo digital?

—Enseguida te paso el vínculo.

—Gracias. —No me ha pasado desapercibido el hecho de que se la oye ligeramente sorprendida ante mi descuido.

Recibo el vínculo en menos de un minuto, a veces estaría perdida sin ella. Que Dios me ayude si alguna vez decide buscar otro trabajo. Hago clic sobre el vínculo y abro el icono de la carpeta amarilla, pero me encuentro con una pantalla en blanco y un mensaje que me informa de que la carpeta está vacía. Qué raro. Regreso al vínculo y repito el proceso, pero al ver que obtengo el mismo resultado vuelvo a llamar a Sandy.

—Lo único que me sale es una carpeta vacía, ¿es el vínculo correcto?

—Eh... Pues en teoría tendría que serlo, déjame comprobarlo. —La oigo teclear—. A ver, aquí tengo la carpeta..., la abro... ¡qué raro! Espera, voy a intentarlo otra vez... —Se me empieza a formar un nudo en el estómago, tengo un muy mal presentimiento—. Lo siento, Clare, no hay manera. No sé qué habrá pasado, la carpeta está vacía. No lo entiendo, yo misma la actualicé la semana pasada.

—¿Podemos consultar la copia de seguridad del bufete?

—Es una copia semanal. Lo consultaré con Nina, es ella quien se encarga de hacerla todos los viernes.

Espero sentada pacientemente, pero al ver que han pasado unos cinco minutos y que no sé nada de Sandy me levanto y salgo en su busca. Está junto al escritorio de Nina, las dos alzan la mirada al oírme llegar y me basta con verles la cara para saber que no voy a recibir buenas noticias.

—¿Cuál es el veredicto? —lo pregunto a pesar de que ya sé la respuesta.

Sandy da un paso al frente antes de decir:

—Nina tuvo que irse a casa antes de lo habitual el viernes, no se encontraba bien.

—Lo siento —se disculpa la aludida, con voz casi inaudible.

—¿Quién se supone que debe encargarse de hacer la copia semanal cuando ella no está?

Sandy agacha la mirada antes de contestar.

—Alguna de las otras secretarias o yo misma, nadie tiene asignada esa tarea.

—No puede ser, ¿se deja al azar el que alguna de las tres os acordéis? —Me sorprende que suceda algo así en este bufete, ya que somos muy organizados—. ¿Tenemos al menos la copia de seguridad de la semana anterior? Se hacen según una rotación de cuatro semanas, ¿no?

—Dios... lo siento, Clare, pero la semana anterior no actualicé la carpeta del expediente —confiesa Sandy.

—¿De cuánto tiempo estamos hablando entonces? ¿Qué copia de seguridad semanal es la que contiene la información más actualizada del expediente? —Mantengo la voz serena, pero por dentro estoy llena de enfado y de pánico—. ¡Dime, Sandy! —La impaciencia empieza a salir a la superficie.

—Tres semanas. Actualizo los archivos a principios de mes.

—¿Qué...? —Me trago el exabrupto que está a punto de salir de mi boca..., bueno, casi—. ¡No puede ser!, ¿qué cojones es esto? —No quiero una respuesta y regreso a mi despacho hecha una furia, gritando por encima del hombro—. ¡Este sistema es una mierda y hay que revisarlo! ¡Me parece que hoy tendremos que quedarnos aquí hasta tarde para ver lo que falla y organizar uno que funcione!

Tras entrar en mi despacho cierro dando un portazo, y cuando ocupo derrotada mi silla tras el escritorio me doy cuenta de que no solo he sido una hipócrita de tomo y lomo al despotricar así, sino que me he comportado de forma muy grosera. Estoy criticándolas cuando resulta que, si yo hubiera hecho bien mi trabajo en un primer momento, ahora el jodido expediente no estaría perdido.

—¡Mierda! —Le doy una patada a la papelera en un arranque de frustración.

Un instante después mi puerta se abre con tanta fuerza que rebota contra el tope de goma que evita que choche contra la pared, y me llevo un sobresalto porque la situación me trae a la mente el desagradable recuerdo de mi padre abriendo con igual brusquedad las puertas de casa. Y, aunque no me extrañaría ver aparecer por la puerta a un furibundo Patrick Kennedy, quien lo hace es Leonard, que cierra tras de sí con un sonoro portazo que hace retumbar las paredes.

—¿Se puede saber qué cojones está pasando, Clare? —Mantiene la voz baja, pero es obvio que está furioso—. Te he oído gritarles a las chicas desde mi despacho. Por suerte no estaba reunido con un cliente, aunque no sé si de Tom puede decirse lo mismo.

—El sistema de copias de seguridad ha fallado —alego en mi defensa—. Bueno, el sistema que no tiene nada de sistemático, ya que es una mera cuestión de suerte el que alguien se acuerde de hacer la copia.

—Eso no justifica que te hayas puesto a gritar y a decir palabrotas, y mucho menos que hayas tratado así al personal. Ha sido muy poco profesional por tu parte, además de una falta de respeto.

Alzo las manos en un gesto de disculpa.

—Lo siento, después les pediré perdón a Sandy y a Nina. —Suelto un suspiro al ver que me mira sin pestañear—. ¡Vale, ya puedes dejar de fulminarme con esa mirada asesina! Me disculparé ahora mismo.

—Antes de eso, ¿podrías explicarme qué está pasando realmente?

—Necesito un expediente que no tengo aquí. Iba a consultar la copia digital, pero no está actualizada. Nina se fue pronto a casa el viernes y a nadie se le ocurrió hacer una copia de seguridad del trabajo de toda la semana. Sandy llevaba tres semanas sin actualizar la carpeta del expediente, así que nadie tiene la información actualizada. Tengo una reunión esta tarde y la necesito.

—¿A qué expediente te refieres?

Esperaba que no me lo preguntara, pero no ha habido suerte.

—Al del caso McMillan.

—Dices que no lo tienes aquí. ¿Se puede saber dónde está?

Me siento como una colegiala traviesa a la que han pillado con los deberes sin hacer. Se me pasa por la cabeza echarle la culpa al perro, decir que se ha comido el expediente, pero descarto la absurda idea. Joder, si ni siquiera tengo perro.

—En casa.

—¿No puedes ir a buscarlo en un momento, si tanto lo necesitas? —Me pregunto si puedo comprar un perro esta misma tarde y cambiar la fecha de la factura para colocarlo en la escena del crimen—. Supongo que sabes dónde lo tienes, ¿verdad?

—Estaba convencida de que lo había metido en mi maletín. Bueno, sé que lo puse ahí el viernes, pero ahora no está.

—Pero dices que lo tienes en tu casa, ¿dónde estuviste leyéndolo?

—Esa es la cuestión, al final estuve muy ocupada y no lo revisé.

—El expediente se ha perdido. Eso es lo que me estás diciendo, ¿no?

—Cabe la posibilidad de que sea así, pero tengo que buscarlo en casa. Es posible que lo sacara del maletín y que después se me olvidara volver a guardarlo, o que lo dejara encima de la mesa sin darme cuenta, o que lo metiera en la cartera de Hannah.

—*¿Qué?* —Me mira con incredulidad.

—Perdona, lo último ha sido una broma. —Está claro que mi intento de desdramatizar la situación no va a funcionar—. Mira, aplazaré la reunión para otro día de esta semana, así tendré algo de tiempo para encontrarlo.

—Tenía que ser el jodido expediente del caso McMillan, cómo no. No podías perder algún mugroso e inconsecuente expediente de divorcio, ¿verdad? —Agacho la cabeza y fijo la mirada en mi escritorio cuando vuelvo a ser víctima de su mirada asesina, estoy recibiendo una buena regañina—. ¡Ah, y no te olvides de pedirles perdón a Nina y a Sandy!

Se marcha dando otro fuerte portazo.

Me planteo llamar a casa y pedirles a mamá y a Luke que echen un vistazo por la casa para ver si encuentran el expediente, pero al final opto por no hacerlo. En este momento no soy demasiado popular por esos lares; de hecho, por estos tampoco.

Me pongo en pie, agarro el bolso y me dirijo a la cafetería que hay al otro lado de la calle. Compro pastelitos y dos tazas de chocolate caliente con todos los extras habidos y por haber: nata montada, fideos de chocolate, nubes de azúcar... y les entrego a Sandy y a Nina mis ofrendas de paz junto con mis más abyectas disculpas por haberme comportado como una gilipollas. La verdad es que me viene bien practicar de cara a las disculpas que voy a tener que ofrecer cuando llegue a casa esta noche.

En un momento dado recibo un mensaje de texto en el móvil, y al mirar la pantalla veo que se trata de Pippa: *¿Te apetece tomar un café rápido o una copa de vino? Estoy en la ciudad.*

Sonrío al leerlo, la verdad es que me vendría bien ver una cara amiga. Le contesto de inmediato que en una hora nos vemos en la cafetería que hay enfrente del bufete.

Unos sesenta y cinco minutos después estoy en la cafetería, sentada en una mesa situada junto a la ventana. He podido aplazar la reunión con McMillan (que ha accedido a regañadientes), y empiezo a sentirme relajada por primera vez en lo que llevo de día.

—Tu mensaje no podría haber llegado en mejor momento —admito, mientras dibujo una línea con el pulgar en la copa húmeda por la condensación—. La verdad es que hasta ahora ha sido un asco de día. —Le cuento a Pippa lo ocurrido. No solo lo del expediente perdido, también lo del follón que se ha montado esta mañana en casa.

—¿Qué es lo que más te preocupa?, ¿el expediente o Alice?

—La verdad es que no lo sé. Lo primero puedo solucionarlo, aunque voy a pasar por un mal trago al tener que confesar que he perdido toda esa información, por no hablar de la vergüenza que me va a dar.

—¿Qué me dices de Alice?, ¿eso también lo puedes solucionar?

Tomo un sorbito de vino para ganar algo de tiempo antes de contestar.

—Me gustaría... —desvío la mirada— me gustaría que las cosas fueran más fáciles con ella. Todo se ha puesto patas arriba. No sabría decirte qué es lo que pasa exactamente, solo sé que hay algo que no encaja. Puede que mis expectativas fueran demasiado altas. No soy ingenua y sé que estas cosas requieren tiempo, pero la situación va a peor en vez de mejorar. Es como si Alice hubiera entrado en nuestra vida envuelta en un halo de gloria y todos la adoraran... todos menos yo.

—¡Vaya!, ¿detecto acaso algo de celos?

—¿Tan obvio es? Dios, de repente he descubierto la vena celosa que hay en mí, la que ni yo misma sabía que existía, pero es que... —No sé si completar la frase, porque sé que va a dar la impresión de que soy increíblemente pueril.

—Es como si ella estuviera adueñándose de tu vida.

—¡Exacto! Resulto patética, ¿verdad? —No es una pregunta, sino una afirmación.

Pippa pide un café para cada una cuando nos terminamos el vino. A mí no me habría venido nada mal otra copita, pero las dos tenemos que conducir de vuelta a casa y habrá que conformarse con el café. Permanecemos en silencio durante un largo momento, noto que ella quiere decir algo y lo hace en cuanto el camarero nos trae los cafés y se aleja de nuevo.

—Vi a Alice en el pueblo el otro día, ¿te lo comentó?

—No. Me sorprende que la reconocieras, solo habéis coincidido en una ocasión. En la celebración del domingo.

—Ahí quería yo llegar. —Deja la taza en el platito, cruza los brazos sobre la mesa y se inclina hacia delante—. En un primer momento la confundí contigo.

—¿En serio?

—Sí. Me resultó curioso verte en el pueblo siendo un día laborable, pero supuse que te habrías tomado el día libre o algo así; en fin, la cuestión es que ella estaba al otro lado de la calle, saliendo de una tienda, y yo al pie de la colina. La llamé y no me contestó, así que le grité con esa voz tan atractiva de verdulera que suelo reservar para cuando Baz está en su cobertizo del fondo del jardín y nadie más puede oírme.

—¿Por qué pensaste que se trataba de mí?

—A eso iba. Tenía el pelo recogido en una coleta, tal y como sueles llevarlo tú..., tal y como lo llevas ahora, por ejemplo. Llevaba puestos unos vaqueros azul oscuro, unas Converse y..., espera, ahora viene lo bueno..., una camiseta azul con un estampado de peces blancos y verdes.

—Una igual que la mía, la que compré estando contigo en aquella pequeña boutique del casco antiguo; la que me puse el domingo para la celebración. —Dejo la taza sobre la mesa y me inclino hacia delante—. ¿Estaba vestida como yo?

—Sí. Hasta tal punto que, como ya te he dicho, en un principio la confundí contigo.

—Y hablaste con ella.

—Sí. Le comenté que creía que eras tú y ella se echó a reír y me dijo algo así como que no debería sorprenderme porque las hermanas se parecen.

—No lo entiendo, ¿por qué se vestiría como yo?

—Mira, yo no iba a decirte nada al respecto, pero soy tu amiga y siento que no debo quedarme callada. Puedes pasar de lo que voy a decirte si quieres, al fin y al cabo no es más que mi opinión personal.

—Déjate de preámbulos, no son necesarios.

—Hay algo en ella que no me gusta. Puede que sea una corazonada, intuición femenina... Llámalo como quieras, pero esa mujer me da mala espina. Durante la celebración la pillé varias veces observándote con malicia, como si estuviera planeando algún ataque vengativo. En una ocasión se dio cuenta de que la estaba mirando y su expresión cambió con tanta rapidez que por poco consigue hacerme dudar. Me sonrió con tanta dulzura que me dieron ganas de vomitar, y ya sabes cuánto me gustan los dulces.

—Entonces no son imaginaciones mías, ¿verdad?

—No, en absoluto. Y por otra parte está la forma en que se arrimaba a Luke, la verdad es que pensé que era una suerte que no llegaras a verla. De haber sido mi Baz, habría ido a por ella y le habría dado un buen *pumbazo* en la nariz.

Me echo a reír al ver la cara beligerante que pone.

—¿Qué es un *pumbazo*?

Ella se echa a reír también antes de contestar.

—Es lo que Daisy solía decirle a Baz cuando tenía unos tres años y jugaban a pelear. «¡Papá, voy a darte un *pumbazo*!».

Sonrío al imaginarme la escena y me olvido por un momento de mis preocupaciones, pero entonces miro mi reloj y veo la hora que es.

—Tengo que volver al trabajo. Gracias por la charla, me ha venido de maravilla. —La abrazo al salir de la cafetería, pero antes de que cada una se vaya por su lado no puedo reprimir el impulso de preguntarle algo—. ¿Crees que Alice debería preocuparme?

—Si me lo estás preguntando es que ya sabes cuál la respuesta. Hay algo raro en ella, Clare, algo que me huele mal. Puede que compartáis el mismo ADN, pero está claro que no tenéis nada más en común... aunque me parece que ella tiene otras ideas en ese sentido. Antes de que te des cuenta va a presentarse en el bufete haciéndose pasar por ti. —Emite un sonido inarticulado y hace girar el dedo índice junto a la sien antes de marcharse a por su coche, y se despide con la mano al ir a doblar la esquina.

Voy dándole vueltas a la conversación mientras regreso a paso lento al bufete, y para cuando vuelvo a sentarme tras mi escritorio he decidido lo que voy a hacer. Me pongo de nuevo en pie y salgo de mi despacho.

—Me voy a casa ya, Sandy. Me duele la cabeza y tengo que encontrar ese expediente. No tengo nada más en mi agenda por hoy, si tomas algún mensaje lo revisaré mañana en cuanto llegue.

—Vale, no te preocupes. Espero que te mejores.

—Gracias. Y lamento muchísimo lo que ha pasado antes.

No me molesto en avisar a Leonard y a Tom de que me voy, estoy tan avergonzada por mi comportamiento que no me siento capaz de dar la cara ante ellos. No me cabe duda de que Tom hará algún comentario sobre la debacle de esta mañana tarde o temprano, pero prefiero no volver a repetir todas las explicaciones por ahora. Tengo cosas más importantes que hacer.

Llego a casa unos cuarenta minutos después. Había bastante tráfico y me ha costado un poco salir de la ciudad, pero una vez que me he incorporado a la carretera de Little Dray he podido circular a mis anchas. Cuando enfilo por el camino de entrada de mi casa me siento aliviada al ver que hay dos espacios vacíos en el garaje, porque eso significa que mamá y Alice han salido. Creo recordar que mamá mencionó algo ayer sobre ir al cabo Beachy. Se me ocurren un par de cosas que Alice podría hacer cuando esté en lo alto de ese elevado promontorio, pero las aparto de mi mente.

Luke debe de haber ido a por Chloe a la guardería anexa a la escuela de primaria de Burlington, así que voy a estar sola en la casa media hora como mucho.

Aunque estoy bastante segura de que el lugar está desierto, pregunto si hay alguien en voz alta y reviso con rapidez la planta baja. Cuando subo la escalera vuelvo a asegurarme de que no haya nadie, y una vez que me convenzo de que estoy sola me planto frente a la puerta de la habitación de Alice. Consciente de que existe la pequeña posibilidad de que ella esté dentro, descansando o viendo la tele o haciendo vete tú a saber qué, doy un paso al frente y llamo a la puerta.

—¿Alice? Soy yo, Clare. ¿Estás ahí?

No se oye ni un solo ruido, así que poso la mano en el picaporte de latón y lo giro poco a poco hacia la derecha; el resorte que hay en el interior chirría, lo ha hecho desde que tengo uso de razón. De niña siempre me enteraba de cuando Alice se levantaba en medio de la noche, el chirrido la delataba. La puerta de roble roza contra la gruesa alfombra cuando la abro, asomo la cabeza y veo que la cama está hecha. El edredón acolchado azul y blanco está doblado con pulcritud, las cortinas están abiertas, la ventana de guillotina está ligeramente subida, y la suave brisa agita con suavidad el visillo.

Miro hacia el otro extremo de la habitación, hacia la puerta entreabierta del cuarto de baño. Antes era un gran vestidor, pero lo convirtieron en baño siguiendo el plan de renovación de papá, que hizo que se modernizaran muchas cosas en esta vieja casa y empezó por asegurarse de que todos los dormitorios tuvieran su propio baño privado. Recuerdo vagamente que una noche mamá y él estaban discutiendo en la cocina sobre algo relacionado con dar cama y desayuno, y aunque en su momento no comprendí a qué se referían ahora estoy convencida de que papá quería albergar huéspedes en la casa y mamá se oponía a ello. Al final todo quedó en nada, porque él se esfumó un par de meses después.

Entro en la habitación mientras llamo de nuevo a Alice en voz alta para asegurarme bien de que no esté en el baño, y lo primero que hago es abrir el armario. Hay bastante ropa colgada, y me llama poderosamente la atención darme cuenta de que sigue el mismo sistema de organización que yo. Las camisetas están juntas al igual que las faldas y las chaquetas, aunque en lo que a cantidad se refiere podría decirse que su vestuario es una versión abreviada del mío. Alargo la mano hacia la sección de las camisetas, voy apartando las perchas y ahí está, la camiseta azul con un estampado de peces verdes y blancos está colgada justo en el centro. Esto confirma lo que me ha dicho Pippa. No es que haya dudado de la palabra de mi amiga, pero necesitaba verlo con mis propios ojos. Me fijo entonces en la que está colgada justo al lado, una a rayas azules y blancas con mangas ribeteadas de rojo. Yo tengo una exactamente igual. Empiezo a rebuscar entre el resto de ropa y encuentro una falda vaquera azul idéntica a la que me puse con la camiseta de peces.

Retrocedo un paso y me aparto del armario como si se tratara del borde de un precipicio. La cabeza me da vueltas, me siento totalmente desestabilizada y tengo que tomarme un momento para serenarme y recobrar la compostura. Cierro los ojos por un segundo, los abro de nuevo y contemplo la ropa de forma más serena y templada.

No hay duda de que estas prendas son idénticas a las mías, así que lo que tengo que hacer es averiguar si se trata realmente de las mías. Salgo corriendo al rellano y entro en mi habitación, que es la siguiente en el pasillo. Abro mi armario a toda prisa, empiezo a apartar las perchas mientras busco frenética las prendas que acabo de ver en el de Alice, y no encuentro ni una sola de ellas.

—¡Es mi jodida ropa!

Lo digo en voz alta, y el sonido de mi airada voz me para en seco. Noto el martilleo de mi pulso en el cuello y tengo la respiración acelerada, debo serenarme. El que mi ropa esté en la habitación de Alice no tiene por qué tener nada de raro, es posible que la haya tomado prestada tal y como ya hizo en ocasiones anteriores.

Regreso a su habitación y me dispongo a sacar mis cosas del armario, pero me detengo al darme cuenta de que puedo aprovechar esto a mi favor. Arreglo las perchas hasta que quedan tan bien ordenadas como me las he encontrado, y a continuación cierro el armario.

Recorro la habitación con la mirada y mi atención se centra de repente en el tocador, en concreto en la botella de perfume que hay a un lado. Tiene un delicado tapón y forma de reloj de arena y, aunque tengo claro que es el perfume de la marca Avon que tengo sobre mi propio tocador, lo huelo de todas formas para asegurarme. Me pregunto dónde cojones habrá conseguido Alice una botella de estas, yo guardo la mía como oro en paño porque se trata de un perfume que se dejó de fabricar hace un par de años. Aquí tengo una prueba más.

Me siento en el taburete del tocador y, aunque sé que no está bien mirar en los cajones, siento que está totalmente justificado que lo haga. No me sorprendo al ver que hasta su ropa íntima está tan ordenada y bien colocada como la mía. Tras cerrar de nuevo el cajón alzo la mirada hacia el espejo y, con la mirada puesta en mi propio reflejo, recuerdo la foto que nos envió a mamá y a mí donde salían su amiga y ella, y pienso en la alegría que sentimos por poder contactar por fin con ella.

Mi mirada se posa en el reflejo de la mesita de noche, y algo me impulsa a levantarme y acercarme a ella. Ya he estado husmeando en el tocador, no tiene sentido que me detenga; llegados a este punto, lo mejor es ir a por todas.

Abro el único cajón que tiene la mesita de noche y lo que veo me deja atónita. Un marco plateado como el que contenía la foto del día de mi boda yace boca arriba, pero, más allá del marco, lo que me deja realmente sin palabras es la foto que hay dentro. Se trata de una foto de Alice tomada en el paseo marítimo de Brighton, pero la cuestión es que sale acompañada de Luke. Él está muy cerquita de ella, se rodean el uno al otro con los brazos mientras miran con una gran sonrisa hacia la cámara.

Se me seca la boca, no puedo apartar la mirada de la foto. Me flaquean las piernas y me siento desplomada en el borde de la cama, mi corazón martillea con fuerza contra el esternón. Parpadeo lentamente y vuelvo a mirar la foto por si acaso estoy imaginándome cosas...

No, no son imaginaciones mías. Ahí siguen, mirándome sonrientes. Mi marido y mi hermana, burlándose de mí.

15

Estoy deseando que todos lleguen a casa para poder demostrarles a Luke y a mamá cómo es Alice en realidad y, aunque no puedo evitar sentirme un poco culpable porque sé que voy a causarle mucho dolor a mi madre, creo de corazón que deben saber la verdad acerca de ella. Tienen que saber que es una persona manipuladora, falsa y, a juzgar por su foto con Luke, incluso fantasiosa. Estoy impaciente por ver cómo intenta salir de esta.

Cuando mamá y ella llegan a casa me imagino la sorpresa que se habrán llevado al ver que mi coche ya está aquí; en cuanto veo que la primera entra sola en la cocina, le pregunto sin rodeos:

—¿Dónde está Alice?

Ella se detiene y me mira con ojos penetrantes, se ha dado cuenta de que pasa algo raro.

—No esperaba verte aquí, espero que te hayas calmado después de lo de esta mañana. —Deja dos bolsas de la compra sobre la encimera y se acerca a echarle un vistazo al correo, que está encima de la mesa.

—No me encontraba demasiado bien —le contesto, antes de mirar hacia el pasillo—. ¿Alice no ha entrado en casa contigo?

—Ha subido un momento al baño. Clare, me parece que aún estás muy nerviosa y no quiero que haya más problemas.

Hago caso omiso de sus palabras y pregunto, al ver que la puerta del guardarropa no está bien cerrada:

—¿Por qué no ha usado el de aquí abajo?

—No tengo ni idea, ¿acaso importa?

De repente oigo los pasos de Alice bajando la escalera, al llegar abajo gira alrededor del poste y me mira sonriente.

—¡Hola, Clare! —me saluda, al entrar en la cocina—. ¿Estás bien?, ¿no estás en el trabajo?

—Salta a la vista que no. No encontraba un expediente muy importante, así que he venido para ver si lo encuentro. Supongo que nadie lo habrá visto, ¿verdad?

—No, cariño, lo siento —me contesta mamá, en un tono de voz un poco más relajado—. ¿Has mirado en el escritorio de tu despacho?

—Sí, pero no estuve allí en todo el fin de semana; a decir verdad, ni siquiera lo saqué de mi maletín.

—Pues entonces está claro que no lo trajiste a casa —me contesta Alice con naturalidad, mientras empieza a sacar la compra de las bolsas. Guarda un bote de habichuelas como si lo hubiera hecho cientos de veces, como si esta fuera su cocina.

—No está en el bufete, así que tiene que estar aquí —lo digo con voz seca y alcanzo a vislumbrar por un instante su cara, me ha parecido ver que tenía una pequeña sonrisita en los labios al darse la vuelta y le pregunto con suspicacia—: ¿Estás segura de que no lo has visto, Alice?

Ella se ríe como si mis palabras fueran una completa estupidez.

—Clare, te prometo que no he visto ese expediente; de hecho, ni siquiera sé cómo es. ¿Has buscado por todas partes?

—¡Pues claro que sí! —le espeto con brusquedad.

—¡Clare! ¡Alice solo está intentando ayudarte! —me reprende mamá—. Anda, haz algo útil. Enciende la jarra eléctrica.

Obedezco la orden, y Luke llega a casa cuando ya tengo el té listo. Chloe me ve y corre por el pasillo hacia mí.

—¡Mami!

—¡Hola, cariño! —la saludo mientras la alzo en brazos—. ¿Lo has pasado bien en la guardería? —Salpico de besos su rostro y le doy varias vueltas antes de dejarla en el suelo—. ¿Quieres beber algo?

—Zumo, *pofavor*. —Aún no sabe decirlo del todo bien.

Miro a Luke y le sonrío para tantear el terreno y ver si sigue estando de malas conmigo.

—¿Todo bien?

Es todo cuanto se limita a decirme. En su voz se refleja cierta frialdad y no puedo evitar sentirme decepcionada al ver que pasa por mi lado sin pararse a besarme, pero decido no darme por vencida.

—¿Qué tal te ha ido el día?

—¿Tú qué crees?, ¿y a ti? —lo dice con voz carente de inflexión.

—No muy bien, la verdad. He perdido un expediente y he venido antes a casa para buscarlo. —Estoy intentando aferrarme a algún atisbo de normalidad.

—Ah, ya me extrañaba a mí que estuvieras aquí tan temprano.

—Voy a ir a buscar a Hannah y a Daisy cuando salgan de la reunión de las Brownies; Pippa me preguntó si alguno de los dos podíamos encargarnos de hacerlo. —Soy consciente de que Alice está observándonos. Le ofrezco una taza de té a Luke, y él me da las gracias de forma apenas audible al aceptarla—. Por cierto, Alice, quería comentarte que Pippa me ha contado que coincidisteis el otro día en el pueblo. —Intento aparentar naturalidad mientras me apoyo de espaldas en la encimera.

—¿Quién...? Ah, sí, tu amiga. Sí, es verdad que me la encontré.

—Pippa te confundió conmigo. Qué gracia, ¿no? —Suelto una pequeña carcajada forzada—. Me ha dicho que llevabas puesta una camiseta idéntica a una mía, una azul con peces verdes y blancos.

Da la impresión de que la he pillado desprevenida y no sabe cómo reaccionar. Lanzo una mirada hacia Luke, que al igual que mamá está escuchándonos con interés.

—Eh... Tu amiga se confundió, no era la misma camiseta.

—Pippa tiene muy buen ojo para estas cosas, dudo mucho que pudiera equivocarse; de hecho, ahora que lo pienso, llevo varios días sin ver esa camiseta en concreto. Mira, si la has tomado prestada no me molesta, solo tenías que pedírmela. Y lo mismo te digo en lo que respecta a la de rayas azules y blancas y a mi falda tejana. Pídeme las cosas en vez de llevártelas sin más, preferiría que no entraras en mi habitación cuando yo no estoy. Ya sé que mamá te prestó mi camiseta el otro día, pero si pudieras preguntarme antes te lo agradecería.

—No sé de qué me estás hablando, Clare.

Alice mira a mamá, que responde a su vez:

—Yo tampoco.

—No he tomado prestada ninguna prenda tuya.

—¿Ah, no? ¿Estás diciendo que Pippa miente? —lo digo mirándola a los ojos, y alzo una mano para indicarle a mamá que no diga nada al ver que se dispone a intervenir—. ¿Es eso lo que estás diciendo?

—No, no tanto como eso. Más bien diría que se ha equivocado.

—¿No encontraríamos mi ropa colgando en tu armario si fuéramos a echar un vistazo?

—Clare, tranquilízate —me advierte Luke—. No creo que eso sea necesario. —Le lanza una mirada de disculpa a Alice.

—Pues yo creo que sí —insisto, sin dar mi brazo a torcer.

—Adelante, sube —me dice ella—; de hecho, ¿por qué no subimos todos? Vamos.

Deja su taza de té sobre la mesa antes de dirigirse hacia la escalera, y yo la sigo de cerca. Me parece que tanto mamá como Luke se sienten obligados a subir también, me vuelvo a mirar por encima del hombro y veo que él alza a Chloe en brazos antes de seguirnos.

Estamos todos parados delante del armario, como si estuviera a punto de dar comienzo algún entretenido espectáculo, y Alice abre la puerta con cierta teatralidad antes de retroceder como si de la ayudante de un mago se tratara.

Voy directa a las perchas donde están colgadas las camisetas, pero no encuentro la mía de peces y me pongo a rebuscar entre la ropa. Tampoco hay ni rastro de mi falda ni de la otra camiseta, bajo la mirada hacia la parte inferior del armario y tan solo veo zapatos. Vuelvo a rebuscar entre la ropa, pero está claro que mis prendas no están. Me giro de golpe hacia Alice antes de exclamar:

—¡Antes estaban aquí!

—¿Has estado husmeando entre mis cosas? —contesta ella, con una actitud de lo más melodramática.

—¿Qué has hecho con ellas? —le pregunto con tono acusador.

—¡Clare!

Es Luke quien me lanza la advertencia, consciente de que estoy a punto de perder los estribos, pero yo no le hago ni caso. Me abro paso con brusquedad entre mi madre y mi hermana, y me acerco a la mesita de noche hecha una furia.

—¿Qué me dices de esto?

Abro el cajón con brusquedad, pero dentro solo encuentro un paquete de pañuelos de papel, un móvil y su cargador. Ni rastro de la foto. Miro debajo por si no la he puesto bien al devolverla a su sitio, pero es inútil.

—¡Había una foto en este cajón!, ¡una foto de Luke y Alice! ¡La he visto! —Me vuelvo de golpe y miro de nuevo al jurado que tengo frente a mí.

—Me parece que será mejor que salgas de mi habitación —me dice Alice.

—¡Lo has cambiado todo de sitio!, ¿a que sí? —Comprendo de repente lo que ha hecho—. ¡Ahora mismo, cuando has llegado! ¡Por eso has usado este baño y no el de abajo!

—No entiendo qué es lo que te pasa, hija —me dice mamá, antes de pasarle el brazo por los hombros a Alice en un gesto tranquilizador—. Lo siento, cariño, me parece que Clare está trabajando demasiado y la presión la está sobrepasando. No, cariño mío, no llores. Por favor, Alice, tranquilízate. No pasa nada. Ven, siéntate. —La ayuda a sentarse en el borde de la cama.

—¡Te prometo que mi ropa estaba aquí, mamá! ¡Y también había una foto en el cajón!, ¡lo he visto todo con mis propios ojos!

—Luke, sácala de aquí. Está alterando a su hermana.

Él alza en brazos a Chloe y me ordena con frialdad:

—No montes una escenita.

Estoy a punto de protestar, pero al final opto por no hacerlo al ver que Chloe se aferra a su padre con fuerza mientras me mira desconcertada.

—No me lo estoy inventando —afirmo, antes de salir.

Me dirijo con paso airado a nuestro dormitorio, abro de golpe mi armario y no me sorprendo tanto como cabría esperar al encontrar en él las prendas que antes estaban en el de Alice. Luke ha entrado tras de mí y se me acerca después de dejar a Chloe sobre la cama. Saca con brusquedad las dos camisetas y la falda y me dice, mientras me las lanza una a una a los brazos:

—¿Era esto lo que estabas buscando?

—¡Estaban en su armario!, ¡te lo aseguro! ¡No estoy mintiendo!, ¿por qué habría de hacerlo?

Él da otro paso más hacia mí, está a escasos centímetros de mi cara.

—Tienes que tranquilizarte de una vez por todas.

Me lo dice en voz lo bastante baja para que Chloe no lo oiga. Está entretenida con el osito de peluche que hay sobre mi cama, supongo que esta mañana se lo habrá dejado ahí.

—¿Estás diciendo que miento?, ¿por qué no me crees? —Le lanzo a él las prendas en un acto lleno de frustración.

—Tú eres la abogada, adivina por qué. Te daré una pista: piensa en las pruebas. —Deja caer la ropa al suelo y vuelve a alzar a Chloe en brazos—. Voy a prepararle la merienda a la niña, te sugiero que aclares tus ideas y vayas a pedirles perdón a tu madre y a tu hermana.

—¡Esa mujer no es una hermana para mí! —mascullo esas palabras en voz baja, y él me mira exasperado antes de dar media vuelta.

Se detiene justo antes de salir de la habitación y por un segundo creo que ha cambiado de opinión, pero entonces veo que su atención está puesta en los estantes que hay junto a la puerta. Se pasa a

Chloe al brazo derecho, alarga la mano libre hacia el estante superior, y agarra algo que hay allí antes de volverse de nuevo hacia mí.

—Ten, me parece que esto es tuyo.

Trago con dificultad al ver que se trata de una carpeta verde, no me hace falta leer lo que tiene escrito con rotulador negro para saber lo que pone. Es el expediente del caso McMillan.

—¡Antes no estaba ahí!

—Otro motivo más para disculparte. No sé qué cojones te pasa últimamente, Clare, pero no me gusta. No me gusta cómo te has vuelto.

—¡Pero si yo no estoy haciendo nada!, ¡la culpable es ella! ¿No ves lo que está haciendo? ¡Está creando problemas entre nosotros y distanciándonos!

Lo digo alzando la voz porque me da igual que Alice me oiga, pero es mamá quien aparece hecha una furia y se detiene frente a mí.

—¡Escúchame bien, jovencita!

Si no fuera por lo enfadada que está, me haría gracia oírla hablarme así. Solía llamarme «jovencita» cuando yo tenía unos diez años.

—¡Tu hermana está llorando a mares en su habitación por tu culpa! Jamás pensé que diría esto, pero ¡me avergüenzo de ti, Clare Tennison! ¡No sabes cuánto! ¿Cómo te atreves a tratar así a tu hermana? ¡Está hablando de marcharse, de regresar a América y no volver a pisar esta casa nunca más! —Se le quiebra un poco la voz, es obvio que está luchando por reprimir sus emociones—. ¡Si eso sucede no te lo perdonaré jamás! ¿Me oyes, Clare? ¡Jamás!

Ha salido de la habitación antes de que me dé tiempo a contestar. Esas últimas palabras me han atravesado el corazón como una lanza y miro a Luke, impactada y estupefacta.

En el pasado, un pasado muy cercano, él me habría abrazado y habría absorbido mi dolor, pero hoy permanece inmóvil y frío como una estatua. No logro entender cómo es posible que las cosas hayan llegado a este punto en tan poco tiempo, cómo me he convertido de la noche a la mañana en la oveja negra de la familia.

—¿Qué te está pasando? —El enfado se ha esfumado de su voz y da un paso hacia mí—. Estoy preocupado por ti. Tengo la impresión de que estás cayendo en un profundo pozo ante mis propios ojos y no me dejas ayudarte a salir.

—¿No te das cuenta de lo que pasa?, ¿no ves lo que Alice nos está haciendo?

—Está intentando reintegrarse en su familia, yo creía que eso era lo que querías. Salta a la vista que te está resultando difícil volver a compartir tu vida con ella, sobre todo teniendo en cuenta que no has tenido que compartirnos con nadie hasta ahora, pero tienes que superar estos celos. Da la impresión de que estás analizando a Alice constantemente, de que estás pendiente de todos y cada uno de sus movimientos y ves cosas donde no las hay. Tienes que ponerle fin a esto y controlarte, cielo. Que estés así nos afecta a todos.

—¡No me escuchas!, ¡nadie lo hace! ¡Os tiene encandilados a todos!

Paso junto a él como una exhalación con el expediente aún en la mano, bajo corriendo la escalera y agarro el bolso y las llaves. Al meterme en el coche lanzo el bolso y el expediente al asiento del conductor y hago saltar la grava a mi paso al alejarme de la casa a toda velocidad.

Al principio conduzco sin rumbo fijo, lo único que quiero es alejarme lo máximo posible de la casa y de mis seres queridos, que están hiriéndome. Empiezo a darle vueltas a la reacción de Luke, ni siquiera ha intentado defenderme ni ver las cosas desde mi perspectiva. La reacción de mamá la comprendo hasta cierto punto, no quiere pensar mal de su hija menor. Lleva muchos años cargando con el peso de la culpa, reprochándose a sí misma el haberla dejado marchar, y ahora que la tiene de vuelta siente la necesidad de resarcírselo. El amor que ha estado albergando en su interior durante todo este tiempo debe de haber emergido de golpe y lo entiendo, ella quiere a Alice. Lo que no entiendo es el comportamiento de Luke, parece como si estuviera pensando en ella antes que en mí.

De repente se suceden en mi mente un sinfín de imágenes: ellos dos en el paseo marítimo, tan juntitos y sonrientes; riendo encantados al salir de la i360; el retrato; los dos a solas en el estudio; ella cubierta tan solo por la camiseta holgada y él mirándole las piernas; las veces en que los he pillado intercambiando alguna que otra mirada.

Todo ello converge, colisiona y estalla como en un cegador caleidoscopio. ¡El muy hijo de puta está follándosela!

Tendría que estar llorando. Tendría que estar destrozada, con el corazón roto, pero estoy demasiado enfadada para eso. No, enfadada no, lo que estoy es furiosa. Encolerizada, llena de rabia. Mascullo todas las palabrotas habidas y por haber mientras conduzco, ¡llevo todos estos años manteniendo a mi marido y apoyando su jodida carrera artística y así me lo paga!, ¡tirándose a mi hermana! Golpeo el volante, estoy furibunda.

Yo misma me sorprendo cuando detengo el coche frente al edificio donde está el apartamento de Tom, cerca del paseo marítimo de Brighton. No tenía planeado venir a verle y, de hecho, ni siquiera sé cómo he llegado hasta aquí. No recuerdo haber tomado la decisión de forma consciente.

No sé qué demonios estoy haciendo. Me paso las manos por la cara y después por el pelo, y me sorprendo un poco al ver que aún lo llevo bien recogido en la habitual coleta. Sé que no debería estar aquí, pero ¿en qué otro sitio podría refugiarme? De repente se me ocurre que podría ir a pasear por la playa y la idea me parece buena, así que enciendo de nuevo el motor y pongo la primera marcha, pero justo cuando estoy a punto de poner rumbo hacia allí el familiar BMW azul de Tom se detiene frente a mí y me corta el paso.

Nuestras miradas se encuentran por un segundo, y entonces baja de su coche y se acerca al mío. Abre mi puerta y, después de observarme con ojos penetrantes por un largo instante, sin decir ni una sola palabra alarga la mano, apaga el motor y saca la llave del contacto. Se inclina un poco más hacia delante para desabrocharme el cinturón de seguridad y agarrar el bolso y el expediente, al que tan solo le dedica una somera mirada sin romper su silencio, y me ayuda entonces a salir del coche. Después de cerrarlo bien me conduce al suyo, me sienta en el lado del pasajero, y tras ponerse al volante se dirige al aparcamiento subterráneo del edificio.

Terminamos en su apartamento sin que ninguno de los dos haya dicho aún ni una sola palabra, él sirve dos copas de brandi y las tomamos en silencio. Cuando apuro la mía y la dejo encima de la mesa me rodea con el brazo y me abraza contra su cuerpo, y yo no opongo resistencia. Necesito consuelo y cariño, necesito amor.

En el transcurso de la hora siguiente le relato la secuencia de acontecimientos y me bebo dos copas más de brandi.

—No tenía ni idea de que las cosas hubieran llegado a ese punto —comenta—. Alice me pareció una persona tan..., en fin, tan...

—Agradable. Sí, ya lo sé. Es lo que dice todo el mundo.

—Incluyendo a Luke. La verdad es que tu marido me tiene muy sorprendido, tendría que estar apoyándote y defendiéndote y en vez de eso te hace sentir como si hubieras hecho algo malo. —Hace una pequeña pausa—. Bueno, a menos que... No, perdona, no me hagas caso.

—¿Qué ibas a decir?

—Da igual, no soy quién para hablar de esto.

—Eres uno de mis más viejos amigos, Tom. Puedes hablar con libertad.

—No, olvídalo. No quiero empeorar aún más las cosas. Dios me libre de generar problemas en un matrimonio, sé por experiencia lo que es eso.

Se refiere a su exmujer, Isabella, y a la aventura que acabó con su matrimonio.

—Tranquilo, puedes decirlo. Crees que Luke tiene una aventura con Alice.

—Yo no he dicho eso.

—No, pero es lo que estás pensando. No te preocupes, yo pienso lo mismo. Luke es un cabrón. —Empiezo a enervarme de nuevo.

—Lo siento muchísimo, ¿tan mal están las cosas?

Noto cómo me cae una lágrima, cómo la sigue otra, y en un abrir y cerrar de ojos un torrente inunda mi rostro. Tom me abraza, me acaricia el pelo, me frota la espalda; me dice que no pasa nada, que me desahogue, y yo lo hago. Lloro desconsolada durante diez minutos, y cuando la tormenta amaina él se saca un pañuelo del bolsillo y me seca con delicadeza los ojos y la cara.

—Lo siento, perdona que haya perdido el control de esa forma —le digo, un poco avergonzada.

—No te disculpes.

Me lo dice con voz suave, y de repente me doy cuenta de lo cerca que estamos el uno del otro. Tiene la cabeza prácticamente apoyada en la mía. No sabría decir quién de los dos da el primer paso, pero en un momento dado nuestros labios se encuentran y nos damos un beso que va más allá de un piquito entre amigos. Es como si estuviera de nuevo en Oxford, como si tuviéramos veintiún años y Tom estuviera consolándome cuando me desespero al ver que mi búsqueda para encontrar a Alice es infructuosa. Es irónico que la escena se repita tantos años después, pero porque la hemos encontrado; mejor dicho, porque ella nos ha encontrado a nosotros.

Estoy agotada de darle vueltas y más vueltas al tema, me duele demasiado. Todo esto es muy doloroso, pero estando aquí, rodeada por los brazos de Tom, siento que me envuelve una cálida sensación de familiaridad y bienestar. Me recuerda a aquellos días de estudiante en los que todo iba bien, en los que contemplaba llena de ilusión el futuro prometedor y lleno de oportunidades que tenía ante mí. En aquel entonces no tenía las responsabilidades de una adulta, no había expedientes perdidos ni juicios pendientes, no tenía un marido adúltero.

16

Hay algo en mi cabeza que me hace regresar de golpe a la realidad, y me pregunto horrorizada qué cojones estoy haciendo. Me aparto de Tom a toda prisa, gracias a Dios que esto no ha ido más allá de un beso. No es que esté bien que le haya besado, por supuesto, pero no quiero ni imaginar lo que habría pasado si hubiera acabado acostándome con él.

—¡No, Tom! —Me echo hacia atrás el pelo, la coleta se me ha deshecho—. No puedo, lo siento. Esto no está bien. —Al ver que se inclina hacia delante para intentar besarme de nuevo, me echo hacia atrás e insisto con firmeza—: Estoy hablando en serio, te he dicho que no.

Dios, la cabeza me da vueltas y me cuesta pensar. Las extremidades no me responden bien, las siento pesadas y aletargadas.

—¿Estás segura?

—Sí, por completo.

Por un efímero instante creo vislumbrar un rictus de enfado en su rostro, pero no sé si habrán sido imaginaciones mías.

—Pues es una lástima —me dice, con una pesarosa sonrisa.

Me incomoda que estemos tan cerca el uno del otro. Estoy sentada en el borde del sofá, y si él se me acercara más acabaría poco menos que sentado en mi regazo.

—Luke es un hombre con suerte, puede hacer lo que le dé la gana sin que haya consecuencias —comenta con sequedad.

Me masajeo las sienes con la punta de los dedos para intentar despejarme la cabeza, cada vez me cuesta más pensar con claridad.

—Dos errores no equivalen a un acierto —me limito a decir.

Ahora que la tormenta de furia ha amainado, mi lógico y analítico cerebro de abogada está empezando a funcionar, aunque el pobre no lo tiene nada fácil en medio de la espesa neblina que me embota la cabeza. No tengo ninguna prueba que demuestre que Luke se haya acostado con Alice. Antes estaba enfadada, dolida y celosa, y es increíble lo intensas que son esas emociones cuando colisionan en un caótico batiburrillo. Son como un montón de espaguetis cocidos que se entremezclan y se enredan en una maraña, yo prefiero mil veces el proceso mental que podríamos equiparar a la pasta cruda: predominan las líneas rectas, hay orden y es fácil de seguir.

—No estoy pidiéndote que hagas las maletas, dejes a Luke y te vengas a vivir conmigo —me dice Tom—. Lo único que hago es ofrecerte un lugar seguro donde puedes refugiarte todo el tiempo que quieras. —Alarga la mano hacia mi copa de brandi y me la ofrece—. Ten, acábatela y a ver si te sientes mejor.

—No. Gracias, pero prefiero no beber más. No sé qué tendrá esta cosa, pero es muy fuerte. Dios, qué cansada estoy. —Me pesan los párpados, podría quedarme dormida en este mismo momento.

—Anda, quédate aquí sentada y relájate. Voy a prepararte un café.

—Gracias, buena idea.

Él agarra una almohada mientras yo me giro y me reclino contra el respaldo del sofá, y me la coloca detrás de la cabeza. Me apoyo en ella y, al cerrar los ojos, noto cómo me acaricia la frente con la mano.

—¿Amigos? —me pregunta.

—Amigos. —Mi voz suena tan cansada como me siento.

Lo siguiente que sé es que estoy tapada hasta la barbilla con una sábana que tengo remetida bajo los hombros, y cuando abro los ojos tardo un momento en poder centrar la mirada. No sabría decir dónde estoy. La luz que ilumina el lugar es tenue, pero aún no ha anochecido. Miro alrededor y de repente sé con vívida claridad dónde estoy: en la sala de estar de Tom.

Lo siguiente que registra mi cerebro es el sonido de una pausada respiración, pero cuando intento girar la cabeza me duele tanto que me conformo con dirigir los ojos hacia mi derecha. Veo a Tom dormido en el sofá junto a mí, vestido con una camiseta y unos pantalones de deporte. Lo sucedido en las últimas horas va apareciendo poco a poco en mi mente como si se tratara de ese juego de la patata caliente, con cada minuto que pasa se va desvelando de forma gradual una nueva capa de mi memoria.

Aparto la sábana a un lado de golpe y siento un enorme alivio al ver que aún estoy completamente vestida. Lo único que me falta es la chaqueta, que se encuentra sobre el brazo del sofá, y también los zapatos; a juzgar por cómo están tirados en el suelo, está claro que no me los quité con las manos, sino que me los saqué directamente con los pies. Encima de la mesa hay dos copas de brandi, una medio llena y la otra vacía, y una taza llena hasta arriba de un café que ya está más que frío; también veo sobre la mesa una cámara, un móvil, un pañuelo de papel estrujado y el expediente del caso McMillan.

Recuerdo de repente que besé a Tom y me inunda un pánico cegador. ¡Le besé!, ¡besé a Tom! Y no fue un besito en la mejilla, sino uno de verdad.

¡Mierda!

La siguiente capa de mi memoria se despliega y recuerdo que le dije que no, que detuve las cosas antes de que pudieran ir más allá. Le doy gracias al cielo, aliviada, pero soy plenamente consciente del sentimiento de culpa que me martillea en el pecho.

Tengo que regresar a casa para intentar arreglar este despropósito en el que se ha convertido mi vida.

Me pongo los zapatos procurando no hacer ruido y me levanto. Estoy un poco tambaleante, pero me aferro al respaldo del sofá mientras recobro el equilibrio y, una vez que me siento con fuerzas, agarro mis cosas y salgo de puntillas del apartamento.

Cuando me meto en mi coche rebusco en mi bolso hasta encontrar el móvil, y el corazón me da un vuelco al ver la lista de mensajes y llamadas perdidas. Tres llamadas perdidas y un mensaje de texto de Pippa; cinco llamadas perdidas y tres mensajes de texto de Luke, y creo que tres mensajes de voz. No entiendo cómo es posible que no me haya enterado de nada... ah, el móvil está silenciado. ¿Cómo puede ser?, yo creía que tenía el volumen casi al máximo. Desbloqueo la pantalla a toda prisa, con torpeza, y me pongo frenética al ver los mensajes.

—¡Mierda! ¡Mierda, mierda, mierda!

Tengo ganas de llorar, ¿cómo ha podido pasar algo así? Me da hasta miedo escuchar los mensajes de voz. Tengo uno de Luke y otro de Pippa... ¡Dios, se me ha olvidado por completo que tenía que ir a recoger a las niñas! ¿Cómo es posible?, ¿qué cojones me pasa? ¿Acaso solo pienso en mí misma? Estaba tan atareada preocupándome por Alice y por cómo está afectándome a mí todo esto, que mi hija y la hija de mi amiga se me han olvidado, y ahora..., mierda..., ahora tengo un mensaje de voz bastante tenso de Pippa, me dice que está en el hospital con Daisy y que está furiosa conmigo y que me responsabiliza por completo de lo que ha pasado.

Coloco el teléfono en la unidad de manos libres y pulso el botón para llamar a Luke. Me tiemblan las manos mientras introduzco a toda prisa la llave de contacto y salgo a toda velocidad rumbo al hospital general de Brighton. Se me pasa por la mente el hecho de que me he tomado dos copas de brandi con el estómago vacío. Ahora me encuentro bien, tan solo tengo un incipiente dolor de cabeza. Ojalá me hubiera tomado esa taza de café. Recuerdo de repente que llevo una botella de agua en el bolso y, con una mano, logro sacarla y alzar la boquilla deportiva.

El agua está un poco caliente, pero me da igual. Estoy bebiendo con ansia cuando Luke contesta.

—¡Clare! ¿Dónde cojones estabas? ¡He estado intentando contactar contigo, y Pippa también! Se suponía que tenías que ir a recoger a las niñas, ¿has recibido alguno de mis mensajes?

Está enfadado conmigo, de eso no hay duda, pero, para ser sinceros, en los últimos tiempos eso no es ninguna novedad.

—Sí. Lo siento, tenía el móvil silenciado. ¿Qué ha pasado?

—Pues básicamente que para cuando la reunión de las Brownies ha terminado tú no te has presentado a recoger a las niñas, así que la Lechuza Marrón o comoquiera que se llame ha llamado a casa y Alice ha tenido que ir a por ellas. Las ha llevado al parque cuando venían de vuelta, y Daisy ha sufrido un accidente. Se ha caído de un trepador o algo así, la cuestión es que se ha roto un brazo y en este momento Pippa está en el hospital con ella.

—¡Dios, lo siento mucho! ¿Está bien Hannah?

—Sí.

—¿Por qué ha sido Alice quien ha ido?

—Porque era la única que podía hacerlo.

Detecto un cierto titubeo en su voz, y eso me hace insistir.

—¿Por qué?, ¿dónde estabais mamá y tú?

—Tu madre había ido a una reunión del WI, y yo..., eh..., pues me había quedado dormido, la verdad. Alice no quería despertarme, así que ha ido a Burlington a por ellas.

—¿A pie?

—No, en mi coche.

—¿Puede conducir aquí? —No creo que esté asegurada, ¿qué pasa si tiene un accidente?

—¡Por el amor de Dios, Clare! ¡No es momento de hacer de fiscal! Por cierto, ¿dónde estás?

—Necesitaba darme un respiro para pensar con claridad. Mira, no puedo hablar ahora, estoy a punto de llegar al hospital. Hablamos luego.

Cuelgo antes de que la conversación pueda ir más allá. Contarle que he pasado la tarde con Tom no va a ser tarea fácil y quiero hacerlo cara a cara para poder explicárselo bien, no a través del teléfono mientras conduzco y estoy preocupada por Pippa y Daisy.

Decir que soy *persona non grata* sería quedarse muy corta. Le pregunto a la recepcionista de la sala de urgencias dónde se encuentra Daisy Stent y avanzo junto a la hilera de cubículos, pero aún estoy a medio camino cuando Pippa poco menos que se abalanza contra mí.

—¡A buenas horas apareces! Un poco tarde, ¿no?

No se molesta en bajar la voz, y yo le lanzo una mirada de disculpa a una enfermera que se vuelve hacia nosotras. Pippa nunca ha sido de las que se callan, siempre dice lo que piensa y eso es algo que me encanta de ella y que ha dado pie a muchas anécdotas graciosas. Siempre bromeamos sobre el hecho de que carece de filtros, pero hoy no resulta tan gracioso ser víctima de su mordaz lengua.

—Lo siento muchísimo, Pippa. De verdad. Me ha surgido un imprevisto y tenía el teléfono silenciado. Lo siento. —Suena patético y soy patética.

—¿Qué cojones ha pasado?, ¿dónde estabas?

En sus ojos arde una intensa furia y los tiene enrojecidos por el llanto.

—He tenido una discusión en casa y he salido a que me diera un poco el aire para tranquilizarme. Lo siento mucho, Pip, te lo digo de corazón. ¿Cómo está Daisy?

—Tiene el brazo roto, Baz está con ella. Van a enyesárselo de un momento a otro.

—¿Hay algo que pueda hacer?

—¿Quién, tú? Lo dudo mucho. Lo único que tenías que hacer era ir a recoger a las niñas, y mira lo que ha pasado. ¿Por qué cojones ha ido Alice a por ellas?

—Era la única persona disponible.

No quiero decirle que Luke estaba durmiendo, ya es bastante malo de por sí que uno de los dos la haya cagado. Antes de que pueda disculparme de nuevo, Pippa me espeta con firmeza:

—Mira, Clare, ya sé que todos cometemos errores, pero cuando uno es responsable de un niño, del hijo de otra persona, no hay lugar para equivocación alguna. Aún no le he comentado esto a Baz, pero antes de que él llegara Daisy me ha dicho que Alice la ha empujado a propósito.

—*¿Qué?* ¡No digas tonterías!, ¡ella sería incapaz de hacer algo así!

—Piensa lo que te dé la gana, pero Daisy no es ninguna mentirosa y jamás mentiría sobre algo así. Ya sé el rollo ese de que todos los padres creen que sus hijos son unos angelitos y sé que Daisy no lo es, pero te repito que jamás mentiría sobre algo así.

—A lo mejor se ha confundido...

Lo sugiero mientras por dentro me preparo para seguir siendo el blanco de la furia de mi amiga, y me pregunto si Alice sería capaz de hacerle daño a una niña de forma intencionada. Me parece una idea bastante descabellada, ¿por qué habría de querer hacer algo así? No, no tiene sentido, pero aun así hay una vocecilla en mi interior que pone en duda mis razonamientos; al fin y al cabo, no sería la primera vez que Alice hace algo que se sale de la norma establecida.

La voz de Pippa me arranca de mis pensamientos.

—No, mi hija no se ha confundido. Le he preguntado a Hannah al respecto, y solo repite una y otra vez que no sabe lo que ha pasado.

—Bueno, es posible que no lo sepa. —La madre que hay en mí se impone de inmediato a la cerebral abogada para salir en defensa de su hija—. Estoy segura de que mi hija no está mintiendo.

—Claro, y yo estoy segura de que la mía tampoco. Ve a hablar con Hannah y después me dices si crees que está diciendo la verdad.

—Estás siendo injusta, Pippa. Hannah jamás mentiría. —Cruzo los dedos, consciente de que todos los niños dicen alguna que otra mentira—. Al menos en algo como esto.

—Depende de quién esté aplicando la presión.

—Ahora que lo pienso, ¿dónde están Alice y ella?

—Se han ido. Yo no quería tener a Alice cerca, y Hannah estaba muy afectada.

—¿Puedo ver a Daisy?

—¿Para qué?, ¿para someterla a un interrogatorio sobre el accidente? ¿Vas a exigirle que jure decir la verdad, toda la verdad y nada más que la verdad?

—¡Venga ya!

—Mira, ahora no es momento para ponerse a discutir. Tengo que regresar junto a Daisy, y tú a tu casa para solucionar lo que sea que le esté pasando a tu familia.

No tengo más remedio que aceptar su decisión.

—Está bien. Sabes que siento mucho lo que ha pasado, ¿verdad?

—Tengo que irme.

—Sí, vale. Como Daisy viene a casa a pasar el fin de semana, podré resarcirlas a las dos. Bueno, si tiene el brazo lo bastante bien para venir, claro. Si no, podría venir aunque fuera a merendar... ¿Qué opinas?

Ella me mira en silencio por un largo momento antes de afirmar con sequedad:

—No creo que eso sea buena idea en este momento.

—Hannah se va a llevar un disgusto.

Mi hija está deseando que llegue el fin de semana, lo tiene todo planeado: una minisesión de belleza, una merienda al aire libre, una película con palomitas, y que su amiga se quede a dormir en casa. Lleva semanas planeándolo.

—No me sentiría tranquila sabiendo que Alice está cerca de mi hija, y después de lo sucedido ni siquiera sé si Daisy querría ir a tu casa. No te lo tomes como algo personal, Clare. El problema no eres tú, sino tu hermana.

—¡Estás castigando a Hannah por un error mío!

—¿Y no crees que Daisy también ha recibido un castigo? ¡Tiene un brazo roto! Por el amor de Dios, Clare, ¡deja de pensar siempre en ti misma! Daisy no va a pasar el fin de semana en tu casa. ¡No quiero que esté cerca de la loca de tu hermana, y punto!

17

Cuando llego a casa me encuentro con un recibimiento tan gélido como el que he tenido en el hospital. La única que se alegra de verme es Hannah, que corre hacia mí y me abraza. Me siento muy culpable por no haber ido a recogerla, he fallado a las dos niñas. Si no hubiera ido a casa de Tom y no me hubiera tomado esas copas de brandi, no me habría quedado dormida. Sigo sin saber cómo es posible que mi móvil acabara silenciado.

Le devuelvo el abrazo con fuerza y me impregno de su amor. Es el único consuelo que voy a tener esta noche, ya que Luke me informa de que ya ha acostado a Chloe y está dormida.

La hora siguiente la paso con Hannah mientras la baño, le lavo el pelo y la preparo para ir a dormir. No le pregunto nada sobre el incidente en el parque, pero cuando estamos acurrucadas juntas en el sofá, a solas las dos mientras se toma un vaso de leche y una galleta antes de acostarse, es ella quien saca el tema.

—¿Se va a poner bien Daisy?

Bajo la mirada hacia la carita llena de preocupación de mi hija y la emoción que me invade es tan fuerte que podría echarme a llorar.

—Sí. Se ha roto el brazo y los médicos le han puesto una escayola, una como la que le pusieron a la abuela el año pasado cuando se cayó.

—¿De qué color es?

—No lo sé, no la he visto. Solo he hablado con su mamá. No te preocupes, Daisy va a ponerse bien.

No quiero alterarla aún más diciéndole que su amiga no va a venir a casa este fin de semana, puede que Pippa ya se haya calmado para entonces y cambie de opinión. Yo, por mi parte, ya he decidido esperar un par de días antes de llamarla para ver si podemos arreglar las cosas. No tengo demasiadas amigas y, aunque eso nunca ha sido un problema para mí en el pasado, en este momento me vendría bien poder contar con una aliada, sobre todo teniendo en cuenta que Luke parece haberse pasado al bando enemigo.

—¿Has visto lo que ha pasado en el parque?

Intento decirlo con naturalidad, con un tono de voz relajado, y ella desliza la punta del dedo por el borde de la taza al contestar:

—No.

—¿No has visto nada de nada?

—No. Daisy se ha caído, no sé lo que le habrá pasado.

—Sabes que puedes contarme lo que sea, ¿verdad? ¿Te acuerdas de cuando me explicaste lo que le había pasado al cristal de la foto aunque Alice te había dicho que no lo hicieras? Puedes contármelo, da igual lo que ella te diga.

—¿Por qué me pregunta todo el mundo lo mismo? ¡Yo no sé nada!

Decido no intentarlo de nuevo al verla hacer un puchero, no quiero que se altere más.

—Vale, cariño, no te preocupes. Es hora de acostarse, vamos arriba y yo te arropo. Puedes leer cinco minutos.

Tengo la impresión de que Alice está evitándome, lleva un buen rato en la sala de estar de mamá. Soy consciente de que tengo que disculparme por mi comportamiento de hoy, pero va a costarme hacerlo porque puede que lamente mi reacción, pero no lo que ha sucedido. Pippa tiene razón al decir que hay algo raro en ella. Me parece que se trae algún jueguecito entre manos, pero la cuestión es que no sé ni de qué se trata ni lo que la motiva.

Cuando entro en la cocina para prepararme una taza de té encuentro a Luke esperándome allí, apoyado en la encimera y con los brazos cruzados. Tiene el rostro ceñudo, pero a pesar de eso no puedo evitar pensar en lo guapo que está. Ese pelo revuelto, esa camiseta negra y esos vaqueros le dan un aspecto muy informal, pero que resulta de lo más sexy. No me extraña que a Alice le parezca atractivo... De repente pienso en mí, me pregunto si él sentirá lo mismo hacia mí o si habrá cambiado algo. ¿Habré perdido algo?, ¿se habrá aburrido de mí?, ¿soy aburrida? A ver, cada día voy a trabajar, regreso a casa y me pongo ropa cómoda, a lo mejor me he convertido en una mujer demasiado rutinaria. Comprendo que Alice pueda parecerle mucho más atractiva, pero me duele. Me duele en lo más hondo.

Al sacar la leche veo que en la puerta de la nevera han colgado la foto donde salen Alice y su amiga Martha, está sujeta con un imán que contiene un sentimental poema sobre madres e hijas. Debe de haberlo comprado Alice. Me quedo mirando la fotografía mientras recuerdo la felicidad que sentimos mamá y yo al recibirla, y al cabo de unos segundos la saco de debajo del imán. Hay algo que no me cuadra, pero no sabría decir de qué se trata. La observo con atención...

—¿No piensas explicarme lo que ha pasado esta tarde?

Doy un respingo al oír la voz de Luke, estaba tan distraída con la foto que prácticamente me había olvidado de su presencia.

—Necesitaba salir de aquí —le contesto, mientras vuelvo a colocar la foto en su sitio—. No tenía un rumbo fijo, pero al final he terminado en casa de Tom.

Se le tensan los músculos del cuello, pero su rostro permanece impasible.

—¿Qué Tom?, ¿Tom Eggar?

—Sí, ese. Es el único que conozco. —Desearía poder tragarme mis palabras, no he podido reprimir la irritación que se ha colado en mi respuesta.

—¿Por qué?

—¿Que por qué he ido a su casa? No lo sé. Estaba alterada y, como ya te he dicho, al final he terminado allí.

—Así que te vas a ver a tu exnovio cuando has tenido una pelea con tu marido, ¿no? ¿Por qué?, ¿es una especie de revancha?

—Para que hubiera una revancha tendría que haber pasado algo previamente, así que deduzco que habrá pasado algo entre Alice y tú; de no ser así, no habrías dicho eso.

—¡Solo es una forma de hablar! Estoy explicando lo que te estará pasando por la cabeza. —Se da unos golpecitos en la sien—. A la que le falta un tornillo, por cierto.

—¡Mira quién fue a hablar! Tom es un viejo amigo y un compañero de trabajo, nada más. —Dadas las circunstancias, ahora no puedo confesarle lo del beso por nada del mundo.

Dirijo la mirada de nuevo hacia la foto de Alice y Martha, más a modo de distracción que por cualquier otra cosa, y es entonces cuando me doy cuenta de lo que me resultaba raro. Observo sus caras con atención y, aunque está tomada desde cierta distancia y no se pueden apreciar los detalles, lo que sí que veo con claridad es el reloj que hay al fondo, y no hay duda de que los números están invertidos.

Agarro la foto sin pensármelo dos veces y salgo a toda prisa de la cocina; oigo que Luke me llama y el sonido de sus pies descalzos tras de mí mientras me dirijo hacia la sala de estar de mamá.

—¡Clare! ¡No sé qué será lo que te propones, pero párate a pensar por un momento!

Lo tengo justo detrás de mí, pero ya es demasiado tarde, ya estoy abriendo la puerta y en un abrir y cerrar de ojos me planto frente a mamá y Alice; tras la sorpresa inicial, la primera frunce ligeramente el ceño y la segunda se endereza en el sillón y cruza los brazos bajo el pecho, pero su mirada se posa por un momento en la foto y da la impresión de que se pone un poco nerviosa. No sé qué es lo que revela el detalle que he notado en la foto, pero estoy convencida de que se trata de algo importante y quiero ver qué dice ella al respecto.

—¿Qué pasa?, espero que hayas venido a disculparte —me dice mamá.

—No, he venido a preguntarle algo a Alice. —Centro la mirada en mi hermana—. Cuando nos enviaste esta foto dijiste que eras la de la izquierda.

—¿Y qué? —Sus ojos se posan por un momento en la foto, después se desvían hacia mí y por último se posan en mamá.

Alargo el brazo para que ambas puedan ver bien la imagen.

—Aquí, a la izquierda, estás tú. Eres la de la izquierda.

—Exacto.

—Así que no hay duda de que esta eres tú, ¿verdad? —Golpeteo con el dedo la imagen de Alice.

—¿A qué viene todo esto? —Mamá está cada vez más desconcertada.

—Clare, ¿estás segura de lo que estás haciendo? —me pregunta Luke en voz baja.

Yo no le hago ni caso y digo, con exagerado entusiasmo:

—¡Vale, todos tenemos claro que esta de aquí es Alice! Pero ¿se puede saber entonces por qué está invertido el reloj que hay al fondo?

Mantengo la mirada fija en Alice, así que noto tanto el tenue rubor que le sube por el cuello como el hecho de que traga con dificultad antes de sonreír y soltar una carcajada.

—¡Qué graciosa eres, Clare! Ya sabes por qué, ¡porque invertí la foto al escanearla! ¡Qué torpe soy!

—Pero en tu mensaje nos dijiste que eras la de la izquierda, cuando en realidad eres la de la derecha si la foto está invertida.

—No entiendo a dónde quieres llegar —dice mamá—, ¿qué importancia tiene si está en un lado o en el otro?

Alice agacha la mirada, y al cabo de un momento le agarra la mano y dice cabizbaja:

—Me da un poco de vergüenza admitir esto. Si no os lo he contado antes es porque no es un tema del que me guste hablar.

Mamá le aprieta la mano en un gesto de apoyo y le pregunta con voz tranquilizadora:

—¿De qué se trata, cariño?

—Soy disléxica. Altero el orden de las cosas, de las letras en especial, pero también tengo problemas con las secuencias: los días de la semana, los meses del año... y me confundo con la derecha y la izquierda.

—No hay nada de lo que avergonzarse, no tenía ni idea de lo que te pasaba —le dice mamá.

Yo siento como si los pulmones se me acabaran de desinflar de golpe como un par de globos pinchados; oigo a mi espalda que Luke, en voz baja, me felicita con ironía por lo que acabo de hacer.

Alice mira a mamá con carita afligida y ojos llenos de tristeza.

—No quería contároslo. Es que Clare es una mujer con una carrera profesional tan exitosa que me sentía..., no sé..., inferior, supongo. No quería que pensarais que soy estúpida; papá siempre me decía que a lo único a lo que podía aspirar en la vida era a servir mesas porque no era capaz de sacar buenas notas.

—¿No eras profesora? —Estoy convencida de que eso era lo que ponía en uno de sus correos electrónicos.

—Sí, así es. Les demostré que se equivocaban, que el hecho de que sea disléxica y no lea libros no significa que sea estúpida.

—Ya, pero confundes la izquierda con la derecha.

No me trago sus lágrimas, yo creo que son lágrimas de coco-drilo. Tiene razón en cuanto a lo de la dislexia y la inteligencia, y en condiciones normales ni se me ocurriría insinuar algo tan insul-tante, pero Alice parece tener el don de sacar lo peor de mí.

—¡Quería demostrarles a todos que se equivocaban, ya te lo he dicho! ¡Sobre todo a papá! —Suelta un lastimero sollozo y se tapa la cara con las manos.

—¡Pobrecita mía! —Mamá la estrecha entre sus brazos y alza la mirada hacia mí—. ¡Me parece que ya has causado bastante daño por hoy!

Dolor, eso es lo que me parece ver en el rostro de mi madre. Le he hecho daño a Alice y, por lo tanto, también a ella. Es como si me hubieran hundido una daga en el corazón.

—Lo... lo siento. Mamá. Alice.

Es todo cuanto alcanzo a decir. Estoy deshaciéndome por dentro como la malvada bruja del oeste, pero algo me insta a no ceder, a seguir insistiendo. No sé si será tenacidad, terquedad o algún rasgo que he desarrollado en el ejercicio de mi profesión, pero no puedo evitarlo. La búsqueda de la verdad me impulsa, me consume por completo.

—Pippa no me dirige la palabra. —Hago caso omiso de la mirada de advertencia cada vez más insistente de mamá e intento bloquear el daño que esto me está causando; al fin y al cabo, me las he ingeniado para bloquear por completo el dolor causado por el abandono de mi padre—. A partir de ahora no va a dejar que Daisy venga a casa, dice que la niña no está a salvo aquí. ¿Qué es lo que ha pasado hoy, Alice?

Es Luke quien interviene.

—¡Por el amor de Dios, Clare! ¿Podrías dejarlo de una vez por todas? Marion, Alice, lo lamento muchísimo. No sé qué le pasa últimamente.

—¡No te disculpes por mí! No estoy acusando a nadie, me he limitado a hacer una pregunta.

—Sí, claro —se limita a decir exasperado—. Vamos.

Me zafo de un tirón cuando me agarra del brazo, y en esa ocasión es mamá quien interviene.

—Te pido que salgas de aquí, Clare. Si fueras pequeña te mandaría castigada a tu cuarto, pero eres una mujer adulta y tienes que empezar a actuar como tal. Vete y déjanos tranquilas, por favor.

Obedezco sintiéndome tan humillada como indignada. Una vez que Luke y yo llegamos a la cocina, él se sienta a la mesa y, tras girar su silla, coloca otra de forma que quede mirando hacia él y me hace un gesto con la cabeza para indicarme que la ocupe. Parece un hombre sometido a una gran presión. Apoya los codos en las rodillas, junta las manos en posición de rezo, agacha la cabeza por un momento como si estuviera haciendo acopio de fuerzas y me toma de las manos.

El contacto físico con él genera en mí una pequeña descarga eléctrica que me recorre de pies a cabeza. Le he echado de menos en estos últimos días, he echado de menos el contacto con él y su amor.

—Estoy preocupado por ti, últimamente no eres la misma de siempre. Estás..., no, mejor dicho, da la impresión de que estás muy irritable, casi paranoica.

—¿*Qué?* —Estoy atónita, no me puedo creer lo que acabo de oír; intento liberar mis manos, pero él no me las suelta.

—Te comportas como si Alice estuviera tramando una conspiración o algo así.

Doy un firme tirón y logro que me suelte las manos.

—¡No me puedo creer que estés diciéndome esto!

—Te lo digo porque me importas, Clare. Creo que en este momento tienes mucha presión encima, quizás sería buena idea que pidieras unos días libres en el trabajo. ¿Te has planteado hablar con alguien? No me refiero a un amigo, sino a un profesional.

—¿Quieres que vaya al médico? —le pregunto burlona.

—Me parece que no estás asimilando bien todo esto.

Mi silla roza contra las baldosas del suelo cuando la echo hacia atrás al ponerme en pie con brusquedad.

—¡No me hace falta ir al médico!, ¡estoy perfectamente bien!

Salgo de la cocina hecha una furia. La cabeza me está matando y tengo las extremidades pesadas y débiles, a lo mejor he pillado algún virus. La verdad es que no me encuentro nada bien, lo que necesito es una buena noche de sueño. Me meto en la cama, alargo la mano hacia la mesita de noche, rebusco hasta que encuentro una caja de Paracetamol y saco dos pastillas del blíster. Espero que cuando me despierte por la mañana se me haya despejado la cabeza y pueda empezar el día con fuerzas renovadas.

Tengo la impresión de que apenas he dormido una o dos horas, pero el zumbido de la alarma del despertador me despierta cual enjambre de abejas transmitiendo un mensaje en código morse. Por regla general suelo levantarme mucho antes de que salte. Alargo la mano y la paro, parece ser que Luke no vino a dormir anoche y suspiro mientras recuerdo lo que sucedió ayer. Me pregunto por enésima vez cómo habrán llegado las cosas a estos extremos, tengo la impresión de que mi vida está desmoronándose y no hay nada que pueda hacer para impedirlo.

Tras ducharme y vestirme bajo a la cocina y los encuentro a todos allí, desde mamá y Alice hasta Luke y las niñas. Los adultos intercambiamos los buenos días sin demasiado entusiasmo, pero cuando me siento a la mesa miro a Hannah con una sonrisa e intento mostrarme alegre.

—Hoy tienes natación en el cole.

—Ya he preparado todas sus cosas —afirma Luke, con un tono de voz que me advierte que no interfiera ni intente entablar una conversación con él.

El timbre de la puerta principal y el golpeteo de la aldaba rompen el tenso silencio que se ha creado.

—¿Quién será a esta hora de la mañana? —La pregunta de mamá no está dirigida a nadie en particular.

Es Luke quien va a ver quién es, y oímos el sonido de voces mientras habla con quienquiera que sea. Poco después la puerta principal se cierra y él aparece en la cocina seguido de dos agentes de policía, una mujer y un hombre.

Es ella quien toma la palabra.

—¿Es usted la señora Tennison?, ¿Clare Tennison?

—Sí.

Se me pasan por la cabeza un centenar de posibles explicaciones para el hecho de que dos agentes de policía se hayan presentado en casa, pero hay algo que está claro: si han venido tan temprano es porque se trata de malas noticias. Miro a Luke, y me parece que nunca antes había visto en sus ojos una decepción tan grande.

18

La llegada de la policía me tiene desconcertada, pero he visto a suficientes agentes a lo largo de mi vida para saber que esta no es una visita de cortesía. Les lanzo una mirada a las niñas, Chloe está sonriendo tan feliz.

—¡Hola, poli chico y poli chica! ¡Niinoo, niinoo...!

La agente le responde con una pequeña sonrisa.

Miro a Hannah, y al ver que tiene los ojos llenos de miedo y que se encoge en la silla siento el instintivo impulso de protegerla. Es obvio que la pobre cree que ha hecho algo malo, seguramente estará pensando en lo de ayer y en lo que le pasó a Daisy.

—¿Podemos ir a la sala de estar, por favor? —Me pongo en pie y les indico a Hannah con un sutil ademán de la cabeza; por suerte, ambos agentes captan el mensaje. Le paso la mano por el pelo a mi hija y le beso la coronilla—. No te preocupes, cariño, mamá tiene que hablar con estos agentes de un asunto de trabajo.

—Me parece que no la he convencido del todo.

Los conduzco hacia la sala de estar, y al ver que Luke nos sigue me pregunto si su intención es darme apoyo moral o si quiere regodearse con lo que está pasando, sea lo que sea. Tiene los ojos oscurecidos, y se queda parado a mi lado frente al ventanal. Nadie toma asiento.

—¿En qué puedo ayudarles? —Mi voz de abogada hace acto de presencia—. ¿Cómo han dicho que se llaman?

—Soy la agente Evans y él es mi compañero, el agente Doyle. —La mujer se vuelve hacia Luke—. Disculpe, ¿usted quién es?

—Luke Tennison, el marido de Clare.

Evans asiente antes de volver a centrar en mí su atención.

—¿Podría decirnos dónde estaba anoche, entre las once y media y las siete menos cuarto de la mañana?

—¿Puedo saber por qué me lo pregunta?

Voy ya un paso por delante. No me harían esa pregunta si creyeran que soy una testigo inocente de lo que sea que haya pasado, así que está claro que se me considera sospechosa.

—Se ha recibido una denuncia por daños a un vehículo —me contesta Evans.

—¿Por qué me preguntan a mí al respecto?

—Clare es abogada —les explica Luke.

Los dos agentes intercambian una mirada antes de que Evans prosiga.

—Tengo entendido que conoce a la señora Pippa Stent. Vive en Mulberry House, en la calle Church Lane de Little Dray.

—Sí, sí que la conozco.

Empiezo a alarmarme un poco. Me pregunto si Pippa habrá presentado una denuncia oficial por el incidente del parque, pero descarto de inmediato la idea porque eso no justificaría el que la policía se haya presentado aquí tan temprano; además, no se me puede arrestar por olvidarme de pasar a recoger a las niñas.

—El coche de la señora Stent ha sufrido algunos daños esta noche, daños intencionados.

—¿Y creen que he sido yo? —Suelto un bufido burlón—. ¿Por qué habría de querer hacer algo así?

—Tenemos entendido que la señora Stent y usted discutieron ayer.

—¿Me ha denunciado?, ¿ella cree que yo soy la autora de lo que sea que haya pasado?

—En este momento hay varias líneas de investigación, esta tan solo es una de ellas —me asegura Evans.

—¿Qué es lo que le ha pasado al coche? —le pregunta Luke.

—Tiene la parte posterior dañada, todo indica que otro vehículo ha dado marcha atrás y le ha golpeado con la barra de remolque. También le han hecho una pintada.

La mirada que Evans me lanza es la que yo usaría con las niñas si creyera que tienen algo que confesar.

—¿Qué tipo de pintada? —pregunta Luke.

Evans repasa su libretita, aunque está claro que es innecesario y que tan solo lo hace para ceñirse a su papel.

—«Traidora. Desleal. Hipócrita».

Alza la mirada hacia mí, y me doy cuenta de que está esperando a que yo responda.

—Es algo muy específico, eso está claro, pero les aseguro que yo no soy la responsable.

—Tanto el parabrisas como las manillas de las puertas estaban embadurnados con heces de perro. ¿Tienen ustedes perro, señora Tennison?

—No.

—Qué curioso. En el umbral de la puerta de entrada hemos visto unos zapatos, y la suela de uno de ellos estaba manchada de heces de perro.

Miro a Luke, que parece estar igual de desconcertado que yo.

—No sé de qué está usted hablando, la verdad.

—En fin, volviendo a la pregunta inicial respecto a su paradero anoche...

—He pasado toda la noche en casa. Me acosté a eso de las diez y me he levantado a las seis, cuando ha sonado el despertador.

—¿No salió en ningún momento?, ¿tiene algún testigo? Señor Tennison, ¿puede confirmarlo?

Él titubea un pelín más de la cuenta antes de contestar.

—Sí, Clare ha pasado la noche en casa.

—¿Toda la noche?, ¿puede usted afirmarlo con total seguridad? ¿A qué hora se acostó, señor Tennison?

—A eso de las once.

—¿Su esposa estaba en la cama cuando usted se acostó?

No hay duda de que Evans es persistente y va a llegar lejos; por desgracia para mí, está llegando al meollo del asunto.

—La verdad es que opté por dormir aquí abajo —confiesa Luke. Al ver que Evans enarca las cejas en un claro gesto interrogante, se ve obligado a añadir—: Estuve atareado trabajando y no quise despertar a mi mujer, suelo dormir aquí abajo. No tiene nada de inusual.

Agradezco que no haya mencionado la discusión que tuvimos, no quiero que piensen que me paso el día discutiendo con todo el mundo... aunque la verdad es que eso resume bastante bien cómo es mi vida en este momento.

—¿Podemos echarle un vistazo a su coche, señora Tennison?

Es el agente Doyle, quien había permanecido en silencio hasta ahora, el que me lo pregunta.

—Sí, por supuesto —contesto, consciente de que no puedo negarme—. Voy a por mis llaves. —Salimos al vestíbulo y me extraño al ver que no están colgadas en el correspondiente gancho del pequeño armario para llaves—. Qué raro, no están aquí.

Recorro con la mirada el resto de los ganchos en busca del llaverito de plástico que contiene una foto tomada este verano pasado en un parque de atracciones al que fuimos y en la que Luke, las niñas y yo salimos metidos en un tronco de una montaña rusa acuática. No hay ni rastro de él.

—¿No las tendrás en tu bolso? —me dice Luke.

—Sabes que nunca las guardo ahí.

—Solo era una sugerencia.

Agarro mi bolso, empiezo a rebuscar y me sorprendo al encontrarlas en el bolsillito lateral, que estaba cerrado.

—No lo entiendo...

Me estrujo el cerebro intentando recordar lo que hice anoche con ellas, ¿las metería en el bolso sin darme cuenta? ¿Estaba tan distraída que no las colgué como hago siempre? Suelo caracterizarme por tener la mente despejada y las ideas claras, pero nadie lo diría. No logro recordar qué fue lo que hice exactamente.

Evans me mira con escepticismo y se limita a decir, con la paciencia de una profesora cansada un viernes por la tarde:

—¿Procedemos a ver el coche?

Al salir de la casa veo los dichosos zapatos que Evans ha mencionado. Son los negros de tacón bajo que suelo ponerme para ir a trabajar y, tal y como ella ha afirmado, uno de ellos tiene la suela manchada de caca perruna.

—Ni siquiera sé por qué están aquí fuera; en cualquier caso, si hubiera pisado una caca me habría dado cuenta.

A Evans no parece convencerle demasiado nada de lo que digo, y la verdad es que no me extraña. Da la impresión de que soy una testigo bastante poco fiable y, de hecho, ni siquiera sé si yo misma me creo.

Nos dirigimos hacia el garaje y veo que mi coche está como siempre lo aparco, mirando hacia afuera. Le entrego las llaves a Evans, que se acerca al vehículo junto con su compañero. Lo revisan por fuera mientras van rodeándolo y, cuando llegan a la parte trasera, comentan entre ellos algo que no alcanzo a oír y tras unos segundos me indican que me acerque.

La barra de remolque de mi coche tiene restos de pintura roja, y hay una pequeña abolladura en el parachoques. El coche de Pippa es rojo.

—¿Podría explicarnos cómo le ha pasado esto a su coche? —me pregunta Evans.

—No, no tengo ni idea —le contesto, mientras mi vacío estómago se revuelve.

—¿Podemos revisar el interior?

Evans pulsa el botón de abertura, abre el maletero e ilumina con su linterna el oscuro interior, que está vacío. Ahí no me he llevado ninguna sorpresa, no soy una persona dada a tener el maletero lleno de cosas..., pero Evans se inclina hacia delante de repente, dirige el haz de luz hacia la esquina e ilumina un bote de espray plateado con tapón blanco. Procede a sacarlo procurando tocarlo lo menos posible después de ponerse un guante de plástico que llevaba en el bolsillo, y veo que se trata de uno de esos botes de pintura que se utilizan para decorar las carrocerías de los coches y que pueden comprarse en cualquier gasolinera.

—No sé de dónde ha salido ese espray, es la primera vez que lo veo en toda mi vida. —Soy vagamente consciente de que mi voz no suena convincente del todo.

—Hay algo más —afirma Doyle, antes de que Evans saque del maletero un tique de compra.

—Es un tique por la compra de este bote de pintura —dice ella—. Parece ser que se compró ayer en el taller mecánico de la carretera principal que lleva a Brighton, se pagó en efectivo a las siete de la tarde. —Alza la mirada hacia mí—. ¿Podría decirnos dónde se encontraba usted a esa hora?

Se me seca un poco la boca, la cosa no pinta demasiado bien para mí.

—Venía camino a casa desde el hospital después de hablar con Pippa.

—Ah, ya veo. Y eso fue después de que ustedes dos discutieran por el accidente de la hija de la señora Stent, ¿verdad?

Me limito a asentir. Llegados a este punto, mi consejo como abogada sería pedir asesoramiento jurídico, está claro que las pruebas contra mí van sumándose. No es que sean demoledoras, aunque debo admitir que van encaminándose hacia el territorio de «sin duda razonable alguna». No hay nada sólido que me sitúe en la escena, ni que demuestre que fui yo quien compró el bote de pintura y fue después a casa de Pippa. Los restos de pintura que hay en la barra de remolque de mi coche no hablan en mi favor, pero no demuestran que la culpable sea yo.

—Nos gustaría que nos acompañara a comisaría para contestar algunas preguntas más y presentar una declaración formal —me dice Evans.

—¿Están arrestándome?

—No, por el momento tan solo estamos reuniendo pruebas. Usted tiene derecho a negarse a venir, por supuesto, pero en ese caso quizás podríamos plantearnos arrestarla por considerarla sospechosa de un delito de daños contra la propiedad. Usted es abogada, sabe cómo funciona esto.

—Es que tengo trabajo pendiente. —Leonard va a ponerse hecho una furia si no aparezco, sobre todo teniendo en cuenta que ayer me tomé la tarde libre—. ¿Puedo ir al mediodía, a la hora de comer?

—Lo lamento, señora Tennison, pero no va a poder ser. Nos gustaría que nos acompañara ahora mismo, y de forma voluntaria.

Decido no oponer resistencia. Cuanto antes lidie con esta situación, antes podré ir a trabajar.

—Yo me encargo de llamar a Leonard —me dice Luke.

—Ah, y que nadie toque el coche, por favor —nos indica Evans—. Vamos a mandar a alguien para que saque fotos y muestras, por si los del laboratorio tienen que comparar las pinturas para ver si coinciden.

Lo que en realidad quiere decir con eso es que va a mandar a alguien por si, en vez de confesar que he sido yo quien ha golpeado el coche de Pippa y lo ha cubierto de pintadas, me invento alguna historia para intentar explicar por qué han encontrado pintura roja en la barra de remolque de mi coche, una abolladura en el parachoques y un bote de pintura en el maletero.

Sigo a los dos agentes hasta el coche patrulla y me vuelvo hacia Luke, que sacude la cabeza antes de dar media vuelta y entrar en la casa. Me vuelvo a mirar hacia la casa mientras me alejo en el coche, y al ver a Alice observando desde la ventana de la sala de estar me viene de golpe a la cabeza el recuerdo de estar viéndola marcharse con mi padre desde esa misma ventana.

Vuelvo la vista al frente y me concentro en reprimir las ganas de llorar.

Paso tres horas en comisaría antes de que me digan por fin que puedo marcharme. He presentado mi declaración, y durante todo el interrogatorio al que me han sometido Evans y Doyle me he mantenido firme en mi postura; me he negado a admitir la autoría de los daños causados al coche de Pippa, y he señalado que todas las pruebas que han obtenido hasta el momento son puramente circunstanciales. Evans dice que revisarán las grabaciones de la cámara de seguridad del taller mecánico antes de presentar cargos.

Luke pasa a recogerme a comisaría y le hago un resumen de estas tres últimas horas.

—Básicamente revisarán las grabaciones de la cámara de seguridad, buscarán huellas dactilares en el bote de pintura y tomarán muestras de la pintura que hay en la barra de remolque, por si tienen que llevarlas al laboratorio para ver si la pintura coincide con la del coche de Pippa. Ah, y no nos olvidemos de la muestra que van a tomar de la caca que hay en mi zapato, van a analizarla para ver si el ADN coincide con el de la que usaron para embadurnarle el coche.

—¿Lo dices en serio?

—Sí. Bueno, lo del ADN me lo he inventado, pero no me sorprendería teniendo en cuenta el plan en el que estaba la dichosa agente Evans. ¡Ni que fuera un asesinato!

Mi humor negro no parece hacerle demasiada gracia, porque se limita a preguntar con sequedad:

—¿No han presentado cargos en tu contra?

—No, de momento no.

Ninguno añade nada más y el silencio se alarga. No sabemos qué decir, es como si ya no tuviéramos nada que decirnos el uno al otro. Al final llamo a Leonard, que nunca ha sido dado a andarse con rodeos y va directo al grano.

—¿Se puede saber qué cojones está pasando? He tenido que lidiar con McMillan de buenas a primeras, resulta que hoy tenías una cita con él y he tenido que convencerle de que somos un bufete serio y no una panda de incompetentes.

—¡Pero si la cita con él no era hoy!, ¡estoy segura de que era mañana!

—Parece ser que la cambiaste de fecha.

—Sí, pero quedó acordada para mañana. Mañana, no hoy.

Me paso la mano por la cara. Siento que estoy perdiendo la cabeza con todas estas cosas que al final resulta que no sé si he hecho o no... ¡Nada de todo esto tiene sentido!

—Me parece que en este momento no estás en condiciones de manejar el caso, así que voy a hacerme cargo yo mismo. Quiero que te tomes una temporada de descanso para que puedas solucionar los problemas que tengas en tu casa.

—¿Estoy fuera del bufete? —Estoy indignada. Somos socios en igualdad de condiciones, pero está tratándome como a una empleada—. ¡Me parece que esa decisión no está en tus manos!

—Sí, sí que lo está cuando considero que no estás en condiciones de tomar decisiones racionales. No quiero que la imagen del bufete quede dañada, me juego mucho con el caso McMillan. Te lo di a ti pensando que te hacía un favor, pero esa decisión ha resultado ser un error de juicio por mi parte.

—¡A mi capacidad para la toma de decisiones no le pasa nada! —protesto, dolida por sus palabras.

—Clare, sabes perfectamente bien cuánto cariño te tengo —me dice con voz más suave—. Estoy haciendo esto por tu propio bien. Para mí no ha sido nada fácil tomar esta decisión, pero tengo que pensar en el bien del bufete.

—Por favor, Leonard... —Estoy suplicando como una niña a la que han castigado sin salir al jardín.

—Confía en mí, nunca te he fallado. Esto es lo mejor para ti, te lo aseguro.

Cuelga sin más y me quedo mirando el móvil con incredulidad, tengo la impresión de que otra parte más de mi vida está empezando a desmoronarse.

—Deberías hacer caso a los consejos de la gente que te quiere —afirma Luke, cuando llegamos a casa; después de apagar el motor, se gira hacia mí en el asiento y añade con ademán serio—: Mira, ya sé que todo este asunto de Alice ha sido difícil para ti. No, espera, déjame hablar. El recuerdo de Alice, el legado que dejó tras de sí... la cicatriz que dejó tanto en tu madre como en ti ha sido inmensa, eso lo sé, como también sé cuánto ansiabas encontrarla. Cuánto anhelabas encontrar a tu hermana y no solo por tu madre, sino también por ti. Así que el hecho de que ella haya regresado y no encaje del todo en ese puesto en el que la colocaste ha sido... difícil de asimilar. —Me aparta con delicadeza un mechón de pelo de los ojos.

Dios, cuánto me gustaría poder abrazarle y acurrucarme contra él. Ese pequeño gesto de ternura amenaza con hacer que quede reducida a una sollozante plañidera, y lucho por reprimir la emoción que me embarga. Trago con dificultad y me duele la garganta, tan grande es el nudo que me la constriñe. Mantengo la vista al frente porque no me atrevo a mirarle, sé que en cuanto lo haga me derrumbaré por completo.

—Me cuesta tratar con ella, tengo la sensación de que estoy vislumbrando apenas la superficie de su verdadera personalidad. No sé por qué, pero no consigo congeniar con ella.

Él exhala un pequeño suspiro de exasperación y aparta la mano.

—Que sea tu hermana no quiere decir que vayas a sentir afecto hacia ella automáticamente, a estas cosas hay que darles tiempo.

Contemplo la casa que ha sido mi hogar durante toda mi vida, y pienso en el amor y el dolor que han coexistido durante todo este tiempo. Antes creía que mamá y yo estábamos a salvo aquí, que podíamos cerrar las puertas y dejar al resto del mundo fuera, pero ahora me doy cuenta de que no es así. No me siento a salvo. No me siento querida ni siento amor. Es un lugar frío, oscuro y peligroso.

En un momento de súbita lucidez me doy cuenta de qué es lo que tengo que hacer.

Mamá y Alice están comiendo en la cocina cuando entro, y la primera se detiene a medio bocado al verme y baja lentamente el bocadillo hasta dejarlo en el plato. Un trocito de pepinillo se escurre entre las dos rebanadas de pan integral y cae; Alice, por su parte, toma un trago de café y se endereza en la silla.

—Mamá, siento muchísimo todo lo que ha pasado y quiero pedirte disculpas por mi comportamiento. Y a ti también, Alice. Ha sido realmente inaceptable, no sé qué es lo que me pasa últimamente. —Agacho la cabeza y hago una pequeña pausa—. ¿Me perdonáis?

—¡Clare, cariño, claro que sí! —exclama mamá, antes de levantarse y darme un abrazo. Me toma de la mano y me conduce alrededor de la mesa—. ¿Verdad que sí, Alice?

—¿Qué...? ¡Ah, sí, por supuesto! —Se pone en pie y me abraza también—. Claro que te perdonamos.

Asiento y la miro con una humilde sonrisa.

—Creo que tenías razón al decir que la presión del trabajo está afectándome, Alice. No estoy lidiando bien con la situación.

—Luke, prepárale una taza de té —le indica mi madre, mientras aparta una silla y me insta a tomar asiento.

Yo no miro a mi marido. No me hace falta, noto el peso de su mirada. Al cabo de un segundo procede a prepararme el té mientras mamá me dice lo agotada que debo de estar, que no tengo demasiado buen aspecto y que debo cuidarme más. Añade que Alice y ella han estado muy preocupadas por mí en estos días, y que ahora mismo estaban comentando lo tensa que estoy y que quizás debería ir al médico.

Reprimir las ganas de contestar a esa última parte requiere de un esfuerzo considerable por mi parte. Todo el mundo parece creer que estoy enloqueciendo y, aunque no es así, no puedo protestar porque no quiero avivar las llamas.

—De hecho, estaba pensando que la verdad es que siento que todo esto me ha sobrepasado un poco. Ya he hablado con Leonard, y voy a tomarme unos días de descanso en el trabajo. —Ahora sí que busco la mirada de Luke, pero él no contradice mi versión de la historia—. Necesito algo de espacio para reflexionar y aclarar mis ideas, y he pensado que podría ir a pasar unos días con Nadine.

¿Te acuerdas de ella, mamá? Nadine Horricks, fuimos juntas al cole. Ahora vive en Cambridgeshire y me ha dicho muchas veces que vaya a visitarla cuando quiera.

Es Luke quien comenta:

—¿Nadine Horricks? Hacía siglos que no oía hablar de ella, no sabía que aún conservarais vuestra amistad.

—Nos mantenemos en contacto, ya lo sabes.

Él emite un sonido inarticulado que supongo que podría interpretarse como un asentimiento, pero no hace ningún otro comentario.

—Me acuerdo de ella —afirma mamá—. Era una buena chica, creo recordar que se hizo enfermera.

—Sí, así es. En fin, he pensado en ir a verla.

—Me parece una idea excelente, hija —asiente, mientras me da unas palmaditas en la mano—. Y a tu regreso todo habrá vuelto a su cauce.

Apuro mi taza de té antes de decir:

—De hecho, voy a enviarle un correo electrónico ahora mismo.

Voy a la sala de estar y estoy encendiendo el portátil cuando Luke aparece en la puerta y se apoya en el marco.

—¿Qué estás tramando? —me pregunta, sin andarse con rodeos.

—¿Quién, yo? Nada. Voy a mandarle un mensaje a Nadine, tal y como acabo de decir.

—Estamos hablando de la misma Nadine con la que ni siquiera has intercambiado una simple postal navideña en los últimos dos años, ¿verdad?

—Eso es lo de menos, sigue siendo mi amiga.

—No cometas ninguna estupidez, Clare.

—¡Claro que no! Tan solo voy a tomarme unos días de descanso, ni más ni menos. Todos habéis estado insistiendo en que lo haga, ¿no? Creía que te alegrarías. —Entro en mi cuenta y alzo la mirada hacia él, no se ha movido de la puerta—. No te preocupes, no hay ningún problema.

—Ya —es todo cuanto dice antes de marcharse.

En cuanto se va abro una nueva pestaña en el navegador y tecleo la dirección de la página de British Airways.

La idea que ha estado tomando forma en mi mente (de forma consciente desde que los agentes de policía han venido a casa y me han llevado a comisaría, pero creo que de forma inconsciente ya llevaba un par de días gestándose), se ha convertido en un plan. Debo averiguar algunas cosas sobre Alice.

19

Lo primero que noto cuando salgo del avión en Jacksonville el fin de semana siguiente es que hace más calor del que me esperaba. Estamos a primeros de noviembre, pero el sol de Florida sigue dando fuerte y los veintidós grados centígrados que hay durante el día mantienen un ambiente agradable al atardecer.

Ya tengo reservada una habitación en un motel de la zona que está a escasa distancia de aquí. Miro mi reloj y tras hacer cálculos deduzco que en el Reino Unido debe de ser la hora del té más o menos, así que decido que primero voy a ir a registrarme en el motel y después llamaré a casa para hablar con las niñas antes de que se acuesten. Detesto la idea de estar lejos de ellas, pero esto es algo que tengo que hacer. No puedo permanecer en casa y dejar que las cosas sigan así. No puedo confiar en nadie, todos piensan que estoy perdiendo la cabeza y que no puedo aguantar el tener que compartir mi vida con Alice, pero hay pequeños detalles que me escaman.

Durante el vuelo he elaborado una lista de todas las cosas que no me encajan desde la llegada de Alice. Se trata de cosas que han despertado mis sospechas, cosas que me han hecho desconfiar de ella y/o de sus motivos y que me han llevado a poner en tela de juicio mi propia cordura.

    1. La fotografía invertida.
    2. Su flirteo con Luke.

3. El cristal roto de la foto del día de mi boda.

4. Que Alice me dijera que había sido Hannah quien había roto el cristal.

5. El cuadro de Luke que apareció rajado.

6. Que Alice se ponga mi ropa.

7. La foto donde salen Luke y ella.

8. El accidente de Daisy.

9. Lo que nos contó sobre Roma y Nathaniel.

10. ¿Su reunión con Leonard en la cafetería???

11. La desaparición del expediente del caso McMillan, el cambio de fecha de la cita - ¿Cuenta de correo electrónico pirateada???

¿POR QUÉ?

¿Dinero? - ¿Herencia?, ¿fideicomiso?

¿Amor? - ¿Mamá?, ¿familia?

¿Venganza? - ¿Porque se la llevaron a América?, ¿porque mamá la dejó marchar?

¡¿Quiere adueñarse de mi vida?!

Sí, soy consciente de la cantidad de signos de interrogación que aparecen en la hoja de papel.

La habitación de motel es básica; es todo cuanto necesito y efectúo el pago con mi Visa; después de dejar la mochila encima de la cama, saco mi teléfono y llamo a casa.

Es mamá quien contesta.

—Hola, mamá, soy yo.

—¡Hola! —titubea por un instante—. ¿Estás bien, cariño? —su voz está teñida de preocupación.

—Sí, de verdad que sí. No te preocupes, por favor. Oye, ¿están Hannah y Chloe por ahí? Quería darles las buenas noches.

—¿Tan pronto?, aún es la hora del té.

Tengo que tener cuidado con lo que digo, mamá no tiene ni idea de que estoy al otro lado del Atlántico y en una zona horaria completamente distinta.

—No quería llamar demasiado tarde, ni arriesgarme a pillar a Chloe dormida.

La explicación ha debido de convencerla, porque no me pregunta nada más al respecto y la oigo llamar a Hannah.

—¡Hola, cariño!

—¡Mami!

Su voz dibuja una sonrisa en mi rostro. Tenemos una pequeña charla sobre cómo ha ido el día. Me cuenta que Chloe y ella han estado pintando con papi en la mesa de la cocina, lo que genera una cálida dicha... y entonces me cuenta que Alice y ella han preparado pasteles esta tarde y cuánto le han gustado a papi, lo que genera en mí el efecto contrario.

La imagen de Alice disfrutando de una doméstica armonía con Luke y las niñas me sienta como una patada en el estómago.

—Qué bien —digo, haciendo un esfuerzo titánico—. ¿Me pasas a Chloe para que la salude? —Oigo sus risitas de fondo, y en este momento me vendrá bien algo que me distraiga de lo que acaba de contarme Hannah.

—¡Dile hola a mami, Chloe!

Es la voz de Alice, y me dan ganas de gritar. ¿Por qué está con mis hijas?, ¿dónde cojones está Luke?

—¡Hola, Chloe, soy mamá!

—¡Mami!, ¡mami! ¡Alice *tá cendo coquillas*! ¡Hemos comido *pateles*! ¡*Pateles* de *mantilla* con nata!

—¡Qué bien! ¿Estaban ricos?, ¿me guardarás uno? —Me esfuerzo por mantener un tono de voz alegre.

Oigo a mamá de fondo diciéndole a Chloe que me diga «adiós» y «te quiero», y le agradezco para mis adentros el pequeño detalle mientras oigo cómo mi hija me dice esas palabras.

Le da las mismas indicaciones a Hannah, que se pone de nuevo al teléfono.

—Te quiero, mamá.

—Yo también te quiero a ti, te quiero muchísimo. —Es el turno de mamá de ponerse de nuevo—. ¿Luke está ahí? —A pesar

215

de que me encantaría hablar con él, no lo hago por miedo a que me haga preguntas incómodas sobre Nadine, ya que en ese caso tendría que decirle más mentiras.

—Está en su estudio. Hoy estaba bastante cabizbajo, así que le he aconsejado que hiciera algo creativo para animarse. Esta atmósfera tan tensa que reina en la casa no es buena para las niñas.

—Sí, ya lo sé. Estaré de vuelta a mediados de semana y entonces hablaremos y solucionaremos todo esto, te lo prometo.

Esta discordia y este mal rollo tienen que terminar, sea como sea. O acepto a Alice en mi vida o no lo hago. No sé qué consecuencias tendría esa segunda opción en mí, en mi matrimonio y en mi familia, pero en algún momento voy a tener que tomar una decisión. No podemos seguir así.

A la mañana siguiente me despierto temprano. El viaje me dejó bastante cansada, pero no lo suficiente como para que me acople por completo a la hora de aquí. Creo que he logrado dormir unas cinco horas.

Me dirijo al restaurante que hay al otro lado de la calle y pido tortitas con sirope de arce y café. Este desayuno me recuerda aquella vez en que Luke y yo hablamos de la posibilidad de viajar a América algún día. Fue en una lluviosa tarde de domingo y llevábamos poco tiempo casados, Hannah era un bebé y estábamos intentando planear nuestras primeras vacaciones en familia. Venir a América con una niña de seis meses nos parecía una idea poco práctica, pero mientras tomábamos una copa de vino acurrucaditos el uno junto al otro hicimos una lista imaginaria de todo lo que íbamos a hacer cuando viajáramos a América, y prometimos que algún día llegaríamos a hacer realidad todos esos planes. A él le hizo mucha gracia que las tortitas con sirope fueran una de mis prioridades, y pasado el tiempo todavía seguía haciéndome comentarios jocosos al respecto.

Sonrío al recordarlo, pero una oleada de tristeza apaga el alegre recuerdo y al bajar la mirada hacia las tortitas descubro que ya no me apetecen tanto. No quiero comérmelas estando sola, sin Luke ni las niñas. Así que aparto el plato a un lado, pago la cuenta y me voy.

Una vez que estoy sentada en el interior del coche que he alquilado, saco el móvil del bolso, busco en las notas guardadas la dirección de Alice Kendrick y la introduzco en el navegador, que me indica que el lugar se encuentra a tres cuartos de hora de distancia. Me tomo mi tiempo al conducir por primera vez por la autovía y permanezco muy atenta a los indicadores, al tráfico que tengo delante y a las señales de tráfico, y procuro tener presente que puedo saltarme un semáforo en rojo si giro a la derecha y no me viene nada de cara. Es un poco desconcertante, pero me las arreglo bien y poco después estoy cruzando el puente que enlaza la península con la isla Amelia, una islita de poco más de veinte kilómetros de largo y una población que no llega a los doce mil habitantes. Es un destino turístico muy popular, pero, por lo que he leído antes en la página web de la delegación de turismo, conserva el cálido ambiente de un lugar pequeño y lleno de encanto.

En breve me encuentro saliendo de Jasmine Street y sigo instrucciones hasta llegar a un pequeño callejón sin salida. El navegador me informa de que he llegado a mi destino, que resulta ser una casa independiente unifamiliar de una sola planta situada en una calle poblada de viviendas similares, algunas adosadas y otras no. Son modestas y están bien conservadas, no hay nada llamativo ni ostentoso. Altos árboles ofrecen sombra más que de sobra para proteger del intenso sol que salpica la calle de doradas motitas de luz, y las largas barbas de musgo español que cuelgan de ellos parecen mustias serpentinas a la mañana siguiente de las celebraciones de Nochevieja.

Desde fuera es difícil saber si hay alguien en la casa, es una calle muy tranquila y no veo a nadie en ninguna de las viviendas.

Subo los escalones del porche y, tras llamar a la puerta, aguzo el oído para ver si detecto señales de vida, pero no se oye nada. No he venido hasta aquí para rendirme ante una casa vacía. Me giro hacia la calle, miro a izquierda y derecha, pero sigo sin ver a nadie y decido rodear la casa para inspeccionar. Hay una puerta en la valla, intento abrirla por probar y resulta que no está cerrada y se abre hacia dentro. Entro en el jardín trasero, da la impresión de que en el pasado estuvo bien cuidado y me pregunto si sería cosa de Patrick Kennedy, si le gustaría la jardinería.

Me asomo a mirar por el cristal de la puerta trasera y veo la cocina, que está impecable. Todo está en su sitio. No hay tazas ni platos por lavar en el fregadero, ni un paño sobre la encimera, el frutero está vacío... parece una casa de muestra. Intento abrir la puerta y no me sorprendo al ver que está cerrada, pero insisto para asegurarme bien. Las persianas de las ventanas están bajadas, así que no puedo ver el interior de ninguna otra habitación.

Hay dos cubos de basura junto a la puerta lateral y, sintiéndome como una especie de investigadora aficionada, me acerco para ver lo que hay dentro. Puede que me dé alguna pista que me permita saber cuándo fue la última vez que alguien estuvo aquí. El primero parece ser el cubo de reciclaje, ya que dentro hay algunos envases de comida y de bebida vacíos, pero al abrir el segundo me golpea de lleno un hedor tan fuerte que por poco me dan ganas de vomitar, y el zumbido de moscas que salen volando me arranca un gritito y hace que suelte a toda prisa la tapa y retroceda de un salto.

Agarro un trozo de vara de bambú que veo apoyada contra la valla y, manteniéndome a una distancia prudencial del cubo, levanto la tapa. En esta ocasión estoy más preparada para el zumbido de las moscas y el pestazo a podrido, así que me cubro la nariz y la boca con la mano y avanzo un paso. Me asomo a ver lo que hay dentro desde la máxima distancia posible. Debe de haber varias bolsas de basura apiladas la una encima de la otra, la última que tiraron está arriba del todo; larvas de un blanco que contrasta vívidamente con el color negro de las bolsas se retuercen por el plástico. Le doy a la bolsa con la punta de la vara, y como no estaba bien cerrada consigo abrirla.

No sabría decir lo que esperaba encontrar; puede que mi imaginación se haya desbocado, pero me siento aliviada al ver comida y envases de bebidas. Arriba del todo veo lo que parece ser un pedazo de carne podrida, lo que explicaría la presencia de las moscas. Vuelvo a cerrar el cubo, aliviada al ver que no se trataba de algo más siniestro, y me siento como una tonta por imaginar vete tú a saber qué. ¿Qué esperaba encontrar?, ¿un cadáver?

Una cara aparece de repente por encima de la valla. Se trata de una mujer de unos setenta años con el rostro enmarcado por una melena bien peinada y los labios pintados de rojo.

—¿Eres de salud ambiental? ¡Ya era hora de que viniera alguien, llevaba días llamando! Ese cubo lleva semanas sin vaciarse, ¡es una vergüenza! Estando el señor Kendrick con vida jamás habría pasado algo así, ¡esto es un peligro para la salud! —Me mira con atención, saca unas gafas de no sé dónde, y una vez que se las coloca sobre su huesuda nariz vuelve a recorrerme con la mirada—. Tú no eres de salud ambiental, ¿verdad?

—Eh... No, lo siento. —Me preparé una explicación de antemano por si hablaba con algún vecino—. Soy familiar de Alice Kendrick, vivo en Inglaterra y no nos hemos visto en años. No le avisé de que venía, es una sorpresa. —La miro con una gran sonrisa. Mi explicación se acerca bastante a la verdad.

—¿Eres familiar de Ali Kendrick? Que yo recuerde, ni su padre ni ella mencionaron nunca que tuvieran familia en Inglaterra.

—Es que nuestras familias perdieron el contacto hace mucho, y no me enteré de que tenía una prima hasta hace poco.

—Pues lamento decirte que tu viaje puede haber sido en vano. Siento decepcionarte, pero Ali Kendrick no está aquí; de hecho, hace semanas que no la veo. Supongo que se sintió abrumada por todo lo que sucedió y decidió marcharse por un tiempo.

—¡Vaya! ¿Sabe dónde puedo encontrarla? —Mi decepción y mi esperanza son sinceras. Supongo que con lo de «por todo lo que sucedió» se refiere a la muerte de Patrick.

—Dejó una nota diciendo que iba a viajar por Europa. Qué raro que no haya ido a Inglaterra a visitarte, si sois dos primas que llevabais tanto tiempo separadas.

Noto la desconfianza que se refleja en su voz.

—Como ya le he dicho, nuestras respectivas familias perdieron el contacto. No sabrá dónde puedo encontrar a su madrastra, ¿verdad?

—Qué curioso que sepas que tiene una madrastra, teniendo en cuenta que las familias no han estado en contacto durante todo este tiempo.

Puede que sea una señora mayor, pero no hay duda de que tiene un cerebro joven y ágil; por suerte, el mío no se queda a la zaga y reacciona con rapidez.

—Supimos de la muerte de Patrick por la familia de su esposa, la hija de ella me mandó un mensaje por Facebook..., ya sabe, a través de Internet.

—Sé lo que es todo eso, no soy estúpida.

—No, por supuesto que no.

—Así que te avisó la hija, ¿no? Pues me extraña mucho, porque Roma solo tiene un hijo.

Mierda. Estoy segura de que Alice mencionó en una ocasión a una hermanastra, e intento recordar a toda prisa cómo se llamaba el hermanastro.

—Nathaniel, Nathaniel fue quien me mandó el mensaje. Perdón, es que he tenido un día muy largo. Han sido muchas horas de viaje y no puedo pensar con claridad.

La mujer me observa con ojos penetrantes.

—Sí, el chico se llamaba así. ¿Por qué no le mandas un mensaje por Facebook si estás intentando localizarles?

Joder, está resultando ser una contrincante de armas tomar. Intento encontrar una respuesta plausible y se me ocurre de pronto.

—No éramos amigos en Facebook y no logro encontrarle de nuevo, supongo que será por cómo tiene configurada la privacidad.

Usted no tendrá por casualidad la dirección o un número de teléfono, ¿verdad?

Me observa de nuevo durante un largo momento y por fin toma una decisión.

—Espera aquí. —Desaparece y, cuando regresa al cabo de varios minutos, me muestra un trozo de papel por encima de la valla—. Aquí están apuntados la dirección y el teléfono. Roma vive en Jacksonville, así que te aconsejo que llames antes de ir.

—Vale, muchas gracias.

Alargo la mano hacia el papel, pero ella lo pone fuera de mi alcance y me dice con firmeza:

—Pero antes puedes hacerme el favor de sacar esos cubos.

Supongo que no me puedo quejar, es un intercambio justo; además, tengo que conseguir esa dirección y ese teléfono.

La vecina me observa en silencio mientras saco los dos cubos de basura (menos mal que tienen ruedas, eso me facilita las cosas), y una vez que he completado la tarea y considera que he cumplido con mi parte del trato me entrega el trozo de papel.

Tras regresar al coche, salgo del callejón y regreso a Jasmine Street. Supongo que no debería pararme a un lado de la carretera, pero lo hago de todas formas. Si la policía aparece interpretaré el papel de turista despistada y, con mi mejor acento inglés y batiendo las pestañas, ofreceré mis más sinceras disculpas.

Llamo al número de teléfono que aparece en el papel y contestan al cuarto tono.

—¿Diga?

Es una voz de mujer, pero eso es todo cuanto puedo decir a partir de tan escueta respuesta.

—Hola. Podría ponerme con Roma Kendrick, ¿por favor?

—Soy yo.

—Hola, perdone que la moleste, pero estoy intentando contactar con Alice Kendrick y me han facilitado su número. No sabrá usted dónde está, ¿verdad?

—Eh... Perdón, ¿con quién hablo?

—Soy Clare Tennison.

Espero a ver si reconoce el nombre y al ver que se queda callada lamento no estar hablando con ella cara a cara, porque al menos de esa forma no podría colgarme. Cuanto más se alarga el silencio, más me temo que la mujer vaya a poner fin a la llamada de un momento a otro.

—Perdone, ¿la conozco? —me dice al fin—. ¿Por qué quiere contactar con Alice?

—No, usted no me conoce. Antes de ser Clare Tennison era Clare Kennedy. Mi padre era Patrick Kennedy, aunque supongo que usted lo conocería como Patrick Kendrick. Estoy intentando contactar con Alice porque... porque es... mi hermana.

Ella inhala de golpe de forma audible y me pregunta sorprendida:

—¿Su hermana?

—Sí. Me crie en Inglaterra con mi madre, pasamos muchos años sin tener ningún contacto con Alice.

—Sí, eso ya lo sé. Bueno, sé que Patrick se vino a vivir aquí con su hija, pero no estaba enterada de lo del cambio de apellido. ¿Está segura de lo que está diciendo?

—Sí, por completo.

—Perdone, es que me ha tomado completamente por sorpresa.

—Lo imagino, discúlpeme.

—No se preocupe. Por cierto, ¿cómo ha conseguido mi teléfono?

—Me lo ha dado la vecina de Alice. Una señora mayor, vive en el número veinticinco.

—La señora Karvowski, esa mujer es todo un personaje. ¿Qué le ha dicho ella acerca de Ali?

Me parece una pregunta un poco extraña, pero contesto de todas formas.

—La verdad es que nada, solo que llevaba semanas sin verla —titubeo porque no sé si es conveniente añadir una explicación más extensa, y al final decido que no serviría de nada callarme esto—.

La vecina, la señora Karvowski, me ha comentado que Alice decidió irse a viajar por Europa.

—¿Ah, sí? ¿Se fue así, sin más?

—Por lo que la vecina me ha dicho, me ha dado la impresión de que Alice estaba un poco agobiada últimamente. ¿Ella no le dijo a usted nada al respecto?

—No.

—¿La ha visto recientemente?, ¿ha hablado con ella?

No sé si es porque titubea o por el tono de su voz al contestar, pero se la oye distante y apagada.

—No, hace algún tiempo que no sé nada de ella.

—Señora Kendrick, ¿sería posible que habláramos en persona, cara a cara? Podríamos tomar un café, si le parece bien. —Estoy convencida de que podría hacerme una mejor idea de cómo es la madrastra de Alice si pudiera verla cara a cara.

—No sé si eso sería buena idea...

—Por favor, señora Kendrick, se lo agradecería de verdad. No le voy a robar mucho tiempo y no tiene que desplazarse, puedo ir yo hasta ahí. —Miro mi reloj por un momento antes de añadir—: Podría estar con usted en menos de una hora. —Sé que estoy presionándola mucho, pero estoy desesperada. Estoy convencida de que podré sonsacarle más información una vez que la tenga como mi cautiva audiencia, por decirlo de alguna forma—. Por favor...

—Bueno, supongo que podríamos quedar. Pero hoy no, ¿le va bien mañana?

—Gracias, me va perfecto.

—Nos vemos en Jacksonville, en la cafetería que hay en Village Walk, a la una y media.

Cuando la llamada finaliza permanezco así, sentada en el coche, dándole vueltas a la conversación. Saco la foto donde aparecen Alice y Martha, que seguramente se tomó en la casa en la que acabo de estar... Ojalá pudiera entrar allí, seguro que averiguaría más cosas acerca de Alice; en fin, esperemos que Roma pueda darme más datos mañana.

Y por otro lado está Martha, la amiga de Alice, que seguro que podría contarme más cosas acerca de mi hermana; al fin y al cabo, seguro que su relación con Alice era completamente distinta a la que esta tenía con Roma, y lo que ella pueda contarme me serviría para construir en mi mente una imagen más clara de mi hermana. De la verdadera Alice Kennedy, la que hay debajo de esa fachada tan dulce y agradable que en este momento se encuentra en mi casa junto a mi familia. Esa intensa emoción que ahora sé que son celos da un vuelco en mi interior, como recordándome esa cualidad (una cualidad digamos que no muy admirable) que hasta hace poco no sabía que poseía.

Intento recordar aquella conversación que mantuve con Alice en la que ella comentó que Martha trabajaba de camarera. Estoy segura de que mencionó el restaurante Beach House, se me quedó grabado en la mente porque me recordó al lugar donde conseguí mi primer trabajo de fin de semana: la cafetería Beach House de Brighton.

Debo dar gracias al cielo por mi habilidad para recordar pequeños detalles, supongo que es algo de lo más útil dedicándome a lo que me dedico. Y también doy gracias al cielo por mi *smartphone*, ya que introduzco en el buscador *restaurante Beach House, isla Amelia* y en cuestión de segundos he localizado el establecimiento y tengo el código postal.

Programo el navegador y me pongo en marcha. La isla es pequeña y al cabo de unos minutos estoy aparcando delante del restaurante, que está pintado de azul y amarillo y tiene unas grandes ventanas abiertas. Se encuentra en la esquina de la que parece ser una de las carreteras principales del lugar; grandes camiones cargados de troncos pasan a intervalos de unos dos o tres minutos. Supongo que se dirigen hacia el aserradero sobre el que he leído durante el vuelo, cuando estaba informándome acerca de la zona.

Al entrar en el restaurante busco a Martha con la mirada. Estoy buscando a alguien que se parece bastante a Alice, una mujer joven de largo cabello oscuro que tiene una altura y un peso parecidos a los míos; ahora que lo pienso, podría estar buscando a Alice, a Martha o a mí misma.

Una menudita joven hispana de cabello oscuro se me acerca de inmediato.

—¡Hola, bienvenida al Beach House! ¿Mesa para una?

—Sí, gracias —le contesto con una cálida sonrisa.

—Me llamo Angelina y hoy seré su camarera. ¿Desea sentarse junto a la ventana?

—Perfecto, gracias.

Recorro el restaurante con la mirada mientras la sigo. Es un lugar grande que debe de tener cabida para unos setenta comensales como mínimo, las paredes son blancas y, sumadas a las grandes ventanas, contribuyen a crear una sensación de claridad y amplitud.

Una vez que llegamos a la mesa, Angelina me pasa un menú y me dice cuáles son los especiales del día; cuando le pido un zumo se marcha para darme tiempo a decidir lo que quiero y regresa minutos después con una bandeja que contiene un vaso y una botella de zumo.

—¿Ha venido de vacaciones? —me pregunta, mientras se saca el abridor del bolsillo y abre el zumo.

Fantástico, acaba de presentárseme sin esfuerzo alguno la oportunidad que buscaba.

—Más o menos, en realidad estoy buscando a la amiga de una amiga. Lo último que supe de ella era que estaba trabajando aquí. —Sonrío y ella me mira expectante—. Martha Munroe, ¿aún trabaja aquí?

—No, se marchó hará cosa de un mes más o menos.

—¡Vaya, qué lástima! —Intento poner cara de decepción—. No sabrás cómo puedo contactar con ella, ¿verdad?

—No hay forma de contactar con ella, se fue de viaje con una amiga.

—¿Ah, sí? ¿Qué amiga? —Al ver que me mira con desconfianza, me apresuro a añadir—: Es que podría tratarse de alguien a quien conozco.

—Alice Kendrick, ¿la conoce?

—¿No es la chica con la que vivía Martha?

—Sí, la misma. —Vuelve a bajar la guardia de forma casi visible—. Aunque me sorprende mucho que Martha decidiera irse de viaje con esa chica, después de lo que pasó entre ellas.

—¿Qué pasó? —la presiono, cuando da la impresión de que no va a añadir nada más.

—No sé si debería estar hablando de ellas, no está bien hablar de alguien a sus espaldas.

—Pero yo soy amiga de Martha. ¿Tuvieron algún desacuerdo? —Estoy apostando sobre seguro, siento que no puedo dejar escapar esta oportunidad.

—Algo así.

20

Miro expectante a Angelina, estoy impaciente por saber más. Ella se sienta frente a mí y se inclina un poco hacia delante con las manos entrelazadas.

—Martha siempre se ha portado de maravilla con Alice, ha sido una buena amiga para ella desde la primera vez que la vio entrar en este restaurante. Alice tenía algo que dejaba entrever lo triste y sola que se sentía, y Martha se dio cuenta al instante. ¿Sabe por qué?

—No, ¿por qué?

—Porque ella misma también se había sentido así en el pasado, triste y sola. Martha no compartía esto con casi nadie, pero a mí me confesó las cosas que había tenido que soportar en su casa. Su madre no la trataba nada bien y no tenía padre, nadie la quería. Era una carga para su familia.

—¿Y vio eso mismo en Alice?

—Sí, así es. A Martha le dio mucha lástima y fue a hablar con ella. Cada vez que venía, Martha encontraba algo de tiempo para hablar con ella, y no tardaron en hacerse muy buenas amigas.

—¿Qué pasó entre ellas?

—Que la madrastra se interpuso. Martha le cayó mal desde el principio, la consideraba una mala influencia para Alice. No le gustaba que su hijastra tuviera por fin una vida propia, que saliera con gente de su misma edad y ese tipo de cosas. —Lanza una furtiva mirada alrededor—. No puedo quedarme mucho tiempo aquí parada, no quiero tener problemas con el encargado.

—Vale, entonces cuéntame rápido qué fue lo que pasó. ¿Por qué acabaron yéndose juntas de viaje si habían tenido un desencuentro?

—Alice era una chica bastante callada, su padre y su madrastra la tenían dominada por completo y Martha solía animarla a que se independizara. Cuando su padre murió, Alice le pidió que se fuera a vivir con ella. A Martha la iban a echar de su casa y no tenía a dónde ir, Alice se sentía sola y su amistad con Martha era un gran apoyo para ella, así que parecía la solución perfecta. Huelga decir que a Roma no le hizo ninguna gracia. Resumiendo: Martha y Roma discutieron por cómo influía Martha sobre Alice, y eso afectó a su vez a la amistad que había entre Martha y Alice.

—¿Discutieron por ese tema?

—Sí. Martha estaba decidida a mudarse a otra parte, decía que no podía convivir con Roma. —Es obvio que está disfrutando de lo lindo mientras me cuenta todo esto.

—¿Qué pasó? —Teniendo en cuenta que le preocupa su encargado, no está dándose demasiada prisa por avanzar.

—Que se pelearon. Alice le rogó a Martha que no se fuera y discutió con su madrastra, pero, como la casa era suya, al final la madrastra malvada no tuvo alternativa. Resulta que tuvo que regresar a Jacksonville, y que a fin de cuentas no quería a Alice.

—Y ahora las chicas se han ido de viaje, ¿no?

—Exacto. Martha dejó una nota en el escritorio del encargado para avisarle de que dejaba el trabajo, a mí me mandó un mensaje para decirme que Alice y ella estaban viajando por Europa, y ahí terminó la cosa. No he vuelto a saber nada de ella desde entonces, ni siquiera ha contestado a mis mensajes.

—Eso es un poco raro, ¿no?

—Sí, puede que sí, pero la verdad es que Martha era así. Estaba lista para cambiar de aires; además, aquí nunca llegó a echar raíces.

—Se levanta del banco antes de añadir—: Tengo que irme ya. Si logra contactar con Martha, dígale que he preguntado por ella.

—De acuerdo. Gracias por atenderme.

Cuando me termino el zumo y salgo del restaurante pongo rumbo a la casa de los Kendrick de nuevo, pero en esta ocasión aparco el coche un poco más lejos de la casa para intentar evitar que la vecina se percate de mi presencia y camino a paso lento hacia allí. No sé qué es lo que me ha impulsado a regresar, pero algo en mi interior me dice que las respuestas que busco están dentro de esa casa. Tengo que lograr entrar como sea.

Paso junto a los cubos de basura mientras voy directa hacia la puerta trasera y cuando rodeo la vivienda dirijo de nuevo la mirada hacia las ventanas, pero ninguna de ellas está entreabierta para dejar circular el aire. Si esta fuera mi casa y la compartiera con otra persona, lo más probable es que escondiera una llave en algún lugar por si alguna de las dos se quedara fuera sin poder entrar en un momento dado. Es posible que Alice lo hiciera, y decido que vale la pena echar un vistazo.

Al llegar a la puerta trasera deslizo la mano por el marco, pero no encuentro nada. A lo mejor era un escondrijo demasiado obvio. Levanto el felpudo y también la maceta que hay a un lado. El tallo marchito y las hojas secas no me permiten distinguir de qué planta se trataba, hace mucho que se quedó sin vida. Recorro el porche con la mirada buscando posibles escondrijos.

Esta zona suburbana de la isla es muy tranquila. Se oye algún que otro coche pasando por la carretera que hay detrás de la vivienda, pero poca cosa más. Capto un movimiento por el rabillo del ojo, y un lagarto verde que debe de medir unos doce centímetros desde la cabeza hasta la cola cruza el jardín y se detiene junto a una maceta. Al ver que su cuello rosado se hincha como una burbuja me acuerdo de aquella vez en que mamá le compró a Hannah unos chicles de los de toda la vida. La niña se puso a soplar para intentar hacer un globo gigante, pero su entusiasmo se cortó en seco cuando el globo en cuestión estalló y se le pegó en el pelo. Al lagarto se le da mucho mejor la tarea y su cuello se hincha varias veces mientras me observa con sus grandes ojos saltones, preguntándose sin duda qué estoy haciendo aquí.

Debo admitir que yo también empiezo a preguntármelo. ¿Qué esperaba sacar de este descabellado viaje? Averiguar más cosas sobre Alice, sobre cómo era su vida aquí. Quizás tendría que haberme limitado a dedicarle más tiempo a ella, haber procurado conocerla mejor en persona…, pero, como de costumbre, en cuanto esa idea se me pasa por la mente mi corazón me dice que eso sería imposible. Entre las dos hay una especie de barrera, algo que nos impide conectar y estrechar lazos y, por alguna razón que ni yo misma sabría explicar, siento en lo más hondo una certeza instintiva de que la respuesta está aquí, en América, y más en concreto en la casa que tengo ante mí.

Miro alrededor con mayor atención. Junto al pequeño columpio que hay al final del porche, volcado sobre su correspondiente plato, veo un tiesto de terracota que ha sido blanqueado y decorado con varias conchas. Al levantarlo dejo al descubierto un montoncito de cenizas grises y varias colillas, el olor a nicotina rancia y a ceniza se eleva en el aire; cuando sacudo un poco el plato, la montañita de ceniza se derrumba y sale a la luz el brillante metal de una llave plateada.

—Qué asco —murmuro, antes de vaciar la ceniza del plato en un arriate cercano.

La llave encaja en la cerradura de la puerta trasera. Oigo el suave chasquido al girarla, noto cómo desaparece la resistencia cuando los engranajes giran y la puerta se abre. Entro sin vacilar. Sigo sin saber qué es lo que espero encontrar en esta casa, lo único que tengo claro es que tengo que entrar y echar un vistazo. Cierro la puerta con suavidad tras de mí, y me meto la llave en el bolsillo de los pantalones.

En la cocina hay una barra americana que la separa de la sala de estar y me sorprendo al ver lo espaciosa que es la vivienda en general, los techos elevados y la ausencia de paredes centrales contribuyen a la sensación de amplitud. Me estremezco al adentrarme en el lugar. El olor a comida podrida me da de lleno al abrir la nevera, giro la cabeza hacia un lado y respiro hondo antes de echar un vistazo al interior. Hay dos trozos de pollo con los bordes reverdecidos, agarro el paquete de leche que veo en el botellero de la puerta y al agitarlo noto que el líquido está denso y grumoso. No me hace falta oler la leche para saber que está pasada. Abro uno de los cajones y encuentro una lechuga que se ha convertido en una gelatinosa masa en descomposición que ha soltado un montón de líquido. Todo es bastante repugnante, y una clara indicación de que este lugar lleva algún tiempo vacío. Alguien se marchó a toda prisa, o con intención de regresar y al final no lo hizo.

Me sobresalto al oír uno de esos crujidos típicos de las casas vacías, y me quedo muy quieta mientras aguzo el oído para asegurarme de que realmente estoy sola. Exhalo un suspiro cuando mi corazón empieza a recuperar su ritmo normal y cierro la nevera, no hay duda de que merodear a hurtadillas por una casa ajena me tiene un poco tensa.

La verdad es que lo que me gustaría es largarme de este lugar, pero no puedo hacerlo hasta que encuentre lo que estoy buscando, sea lo que sea.

En cuanto entro en la sala de estar veo el reloj que hay colgado en la pared, el que sale en la foto que Alice le envió a mamá. Martha y ella debieron de tomársela estando sentadas en el sofá que tengo ante mis propios ojos.

Se supone que Alice estaba a la izquierda y Martha a la derecha, ¿no? ¿Sería realmente así?, ¿se invirtió la foto por accidente?, ¿será verdad que Alice es disléxica?

Recorro la sala con la mirada. Hay varios cuadros colgados en la pared, uno de una playa (supongo que será alguna de por aquí) y la otra es una versión más bonita de los girasoles de Van Gogh. Me acerco a leer la firma que figura en la esquina inferior derecha del cuadro, y veo que la autora es Alice Kendrick.

Estoy ante un cuadro que pintó Alice Kennedy, ante un cuadro de mi hermana. Toco el lienzo, mis dedos acarician la firma y, por primera vez desde que tuve en mis manos la primera carta que envió siento una conexión con ella. Mi hermana hizo esto, mi hermana pintó este cuadro. Mi preciosa hermanita pequeña tocó esto, extendió las pinturas por el lienzo, firmó con su nombre en la esquina. Una oleada de amor me inunda el corazón y estoy a punto de echarme a llorar, pero parpadeo para contener las lágrimas y aparto la mano. No puedo darme el lujo de derrumbarme ahora, después de todo lo que ha pasado.

Encima de la repisa hay una foto que capta mi atención. Me giro para verla bien y me inunda otra oleada de emoción, pero en esta ocasión no se trata de amor, sino de miedo.

Un hombre de unos cincuenta años me mira desde la imagen, su pelo rubio está peinado hacia atrás y viste una camiseta de *rugby* a rayas blancas y azul claro y unos pantalones cortos de color beis. Se encuentra en la cubierta de un barco, tiene una mano apoyada en las jarcias, el sol brilla en un cielo despejado y se le ve relajado y feliz, como si estuviera bromeando con la persona que hay al otro lado de la cámara.

Me acerco más y tomo la foto entre mis manos. Me acuerdo perfectamente bien de él, este hombre es mi padre. Este es Patrick Kennedy. No le he visto en unos veinte años y jamás creí volver a verle, esperaba no tener que hacerlo, pero aquí está, mirándome sonriente. Siento náuseas y respiro hondo, aparto la mirada y vuelvo a posarla de nuevo en la foto una vez que logro recobrar la compostura. Analizo de forma consciente lo que siento en busca del más mínimo atisbo de amor, de la más mínima conexión, de algún vínculo invisible que nunca pudiera romperse entre un padre y su hija. El miedo inicial ha ido desvaneciéndose, y no me sorprendo al darme cuenta de que no siento nada hacia este hombre. Donde debería haber amor tan solo hay un hueco vacío.

Miro alrededor para ver si hay más fotos, pero no encuentro ninguna. Lo mismo pasa en el pasillo. Veo cuatro puertas y deduzco que deben de ser las de los dormitorios y el cuarto de baño. Abro la primera a la izquierda y veo una cama de matrimonio despojada de sábanas. No hay ningún artículo personal a la vista, es como si alguien hubiera desocupado una casa vacacional y la habitación estuviera a la espera de que el personal de limpieza viniera a poner sábanas limpias.

Cierro la puerta y abro la siguiente a la izquierda. La cama individual no está hecha, la colcha está echada hacia atrás, el armario tiene la puerta abierta y veo que hay varias prendas colgadas: una camiseta azul, una chaqueta de punto, una blusa blanca... En el estante superior hay un par de jerséis y uno de ellos tiene una manga colgando como si los hubieran metido ahí a toda prisa, en el suelo del armario hay varias perchas tiradas y un par de zapatillas.

Me acerco a la cama, me siento en el borde y al abrir el cajón de la mesita de noche tengo un *déjà vu*. Hace poco estaba sentada en la cama de Alice en casa, en el Reino Unido, abriendo el cajón de su mesita de noche. En esa ocasión encontré la foto donde salían Luke y ella, siento curiosidad por ver qué es lo que encuentro ahora.

Al ver que no contiene nada del otro mundo (medio paquete de pañuelos de papel, una horquilla para el pelo, un bote de pintaúñas y un boli) procedo a abrir el otro, y en él encuentro una pequeña libreta blanca de espiral. La abro y veo la palabra *TRABAJO* escrita así, en mayúscula, en la parte superior de la hoja y subrayada varias veces. Debajo hay una lista de fechas y horas, y deduzco que es el horario de trabajo en el restaurante. Empiezo a pasar las páginas una a una y el patrón se repite en casi todas, aunque encuentro unas cuantas donde han anotado cosas por hacer o nombres de personas. Doblo un poco el lomo de la libreta para que el resto de las hojas pasen rápidamente, pero todas parecen estar en blanco. No encuentro nada interesante ni incriminador. Cuando estoy a punto de meterla de nuevo en el cajón veo un sobre de aspecto oficial, y como está abierto aprovecho para echar un vistazo y veo que contiene una hoja de nómina a nombre de Martha

Munroe con fecha de varios meses atrás. Dirijo la mirada de nuevo hacia el cajón tras dejar el sobre a un lado, y veo una hoja de papel que me llama la atención porque parece estar fuera de lugar tanto en el cajón como en la habitación en sí. Se trata de una hoja de tamaño A5 de buena calidad, de esas que vienen en los sets tradicionales para escribir cartas. Noto un pequeño relieve al sostenerla entre el índice y el pulgar, la alzo hacia la ventana para que le dé el fino haz de luz que se cuela por una rendija de las persianas, y alcanzo a ver la sutil marca de agua que revela que es un papel de un fabricante bastante caro. También veo un número de móvil escrito con pluma estilográfica.

Es un número que empieza por 07 y tardo un momento en darme cuenta de que es del Reino Unido, pero no lo reconozco.

Abro aún más el cajón y veo otro papel, uno más ligero y a rayas que parece haber sido arrancado de la libreta que acabo de revisar. También hay una fina caja negra de cartón del tamaño aproximado de la de un dentífrico, y al ver la imagen impresa de un ojo azul me doy cuenta de que son lentillas desechables. Le doy una pequeña sacudida, pero está vacía. Agarro la hoja de papel y al darle la vuelta veo que se trata de una lista a la que le echo un rápido vistazo.

Pasaporte, billetes de avión, lentillas, móvil, adaptador... No hay duda de que se trata de una lista para viajar al extranjero. Si, tal y como creo, esta es la habitación de Martha, está claro que tenía pensado viajar. A lo mejor era el viaje que había planeado hacer con Alice.

Me pregunto dónde estarán sus pertenencias, a lo mejor entró alguien en la casa y se las llevó. Esta habitación me recuerda a mi época de estudiante. Es un lugar donde vives sin que llegue a ser tu casa, un lugar al que llevas algunas de tus cosas, no todas. Es un lugar donde te alojas, donde duermes, pero que no consideras tu hogar.

Recojo todo lo que he sacado del cajón, pero algo me impulsa a meterlo en mi bolso en vez de guardarlo de nuevo en su sitio antes de salir de la habitación.

Respiro hondo antes de entrar en la última habitación, y tengo claro de inmediato que debe de ser la de Alice. A pesar de estar vacía, reina en ella un ambiente cálido y acogedor. Tres de las paredes son blancas, y la cuarta está pintada en un suave tono rosado. Las persianas están bajadas, y la parte superior de la ventana está decorada con una cenefa de tela rosa artísticamente colocada. Sobre la cama de armazón blanco reposa un bonito edredón de color rosa y blanco. Todo está muy limpio y ordenado.

Me sobresalto cuando el sonido de mi móvil rompe de repente el silencio, me apresuro a sacármelo del bolsillo y al mirar la pantalla veo que se trata de Luke. Miro mi reloj, hago un rápido cálculo mental y concluyo que en el Reino Unido deben de ser las seis. Es muy inusual que mi marido esté despierto a esa hora, es algo que nunca sucede, así que lo primero que pienso es que ha pasado algo malo, que a mamá o a las niñas les ha ocurrido algo. Deslizo el dedo por la pantalla para aceptar la llamada.

—¡Dime!

—Hola.

—¿Ha pasado algo?

—Relájate, Clare. No ha pasado nada, todo va bien.

Respiro aliviada.

—¿Qué haces despierto?

—No podía dormir, no me he acostado.

Su voz suena apagada, como si estuviera agotado.

—¿Has estado trabajando?

—Lo he intentado, pero no logro inspirarme.

No hay duda de que a mi marido le pasa algo. Tratándose de él, el hecho de no dormir suele ir asociado a estar trabajando.

—¿Te pasa algo? —le pregunto, con voz suave.

—Joder, Clare, a veces haces unas preguntas de lo más absurdas. —Le oigo exhalar una larga bocanada de aire—. ¡Pues claro que me pasa algo!, ¡me preocupa lo que le está pasando a nuestra relación! Ni siquiera sé cómo hemos llegado a este punto en tan poco tiempo. ¿Qué cojones ha pasado?, ¿cuál es el problema?

—No lo sé. —Me corrijo de inmediato—. No, no es cierto, tengo muy claro cuál es el problema: Alice. —Sé que mis palabras no van a gustarle, y que a mí no va a gustarme su respuesta.

—La estás juzgando mal.

—No, de eso nada. Luke, te pido que confíes en mí.

—¿Ah, sí? ¡Pues lo mismo te digo! —Puedo imaginarme la cara de indignación que estará poniendo en este momento—. ¡Nunca he hecho nada, absolutamente nada, que pueda darte motivos para desconfiar de mí! ¡Yo pensaba que éramos una pareja sólida, de verdad que sí! Tengo muy claro lo que siento por ti, ¡lo tengo claro al cien por cien! El problema es que no sé si tú tienes claros tus sentimientos hacia mí.

—Luke, te aseguro que las cosas no son así.

—¡Sí, sí que lo son! Prácticamente me has acusado de tirarme a tu hermana y, por si fuera poco, has creado un mal rollo impresionante en casa y le has dado un montón de problemas a tu madre. ¡Hasta te han arrestado por causarle destrozos al coche de tu mejor amiga!

—Yo no le hice nada al coche de Pippa; además, no me arrestaron. Fui a comisaría para colaborar con la investigación. —Me arrepiento de haber pronunciado esas palabras en cuanto salen de mi boca, no se puede ser más pedante.

—Estás agarrándote a un clavo ardiendo y lo sabes. Por el amor de Dios, Clare, ¿se puede saber qué cojones te pasa?

—Mira, admito que pude haber insinuado que había algo entre Alice y tú, y me disculpo por eso. Pero sigo sin confiar en ella.

—¿Acaso hay alguien en quien confíes?

—¿Podemos dejar esta conversación para cuando vuelva a casa? —le digo, para intentar evitar que esto vaya a más. Lo que ha empezado siendo una tierna conversación ha terminado convirtiéndose en una pelea—. No quiero discutir contigo por teléfono. Me he alejado de casa para aclararme las ideas, no para calentarme la cabeza. No es productivo.

Él guarda silencio unos segundos antes de contestar.

—Yo tampoco quiero discutir. Lo siento, no tendría que haberte llamado.

—No, me alegra que lo hayas hecho —lo digo con total sinceridad. Oír su voz es lo más parecido a un abrazo en este momento en que lo tengo tan lejos.

—Te echo de menos. Llevo días echándote de menos, a pesar de que estuvieras aquí. Me siento fatal con este distanciamiento que hay entre nosotros, es una verdadera tortura.

—Sí, a mí me pasa lo mismo. Tan solo te pido que me des un par de días.

—Está bien. —Suelta un pequeño suspiro—. Bueno, dime, ¿qué tal está Nadine? Supongo que pasaríais buena parte de la noche poniéndoos al día, hablando de lo que ha hecho cada una en estos veinte años. —Se nota que hace un esfuerzo por mostrarse animado.

—Ella está bien. —Cierro los ojos y le pido perdón en silencio por mis mentiras.

Le he hablado en un tono de voz cortante para dar por zanjada la conversación y eso hace que conteste a su vez con voz alicaída.

—Bueno, te dejo por ahora. Ya hablaremos.

—Nos vemos en unos días —le contesto. A pesar de cuánto ansío hablar con él, sé que es mejor no hacerlo; cuantas más preguntas me haga sobre Nadine, más mentiras tendré que inventarme.

—Saluda a Nadine de mi parte —me dice—. Adiós.

—Sí, de acuerdo. Adiós. —Hago una pequeña pausa antes de añadir a toda prisa, con voz que es apenas un susurro—: Te amo.

La llamada se corta, ni siquiera sé si me habrá oído. Me aparto el móvil de la oreja, lo aprieto contra mi frente y cierro los ojos mientras me recupero de esta conversación tan dolorosa, y me hago la misma pregunta a la que Luke acaba de dar voz. ¿Cómo cojones hemos llegado a este punto?

21

Recorro de nuevo la casa varias veces, reviso las habitaciones y la sala de estar mientras intento hacerme una idea de cómo es Alice, de la vida que tenía aquí. Mis pasos me llevan de nuevo a su habitación, donde hay una estantería llena de libros a la que antes no presté demasiada atención. Deslizo el dedo por los lomos, interesada en ver qué clase de libros le gustan... Interesada en cualquier cosa que pueda hacerme sentir cerca de ella. En uno de los estantes predominan los manuales sobre cuidado infantil y educación, y deduzco que estarán relacionados con su trabajo de maestra. El resto de los estantes están repletos de libros de bolsillo, saco uno y veo que se trata de una novela de suspense; de hecho, el estante entero está dedicado a ese tipo de obras. En los siguientes la temática cambia, hay obras de narrativa contemporánea femenina y novelas románticas. No hay duda de que a Alice le encanta leer, y eso me hace recordar la conversación que mantuvimos hace poco en la sala de estar de mamá, aquella en la que nos dijo que había superado su dislexia para demostrar a todos que se equivocaban. Estoy segura de que comentó que no leía libros.

Hay algo que no me cuadra en esta habitación, sobre todo en lo que a la estantería se refiere. Golpeteo contra uno de los estantes con una uña mientras intento relajarme y dejar que la idea se abra paso entre todas las que se agolpan en mi cabeza; miro alrededor... y de repente me doy cuenta de que lo que me extraña es que no haya ni una sola fotografía a la vista. Mi mirada recorre la estantería en busca de algún álbum de fotos, pero no encuentro ninguno. Resulta extraño que, aparte de la de Patrick Kennedy que he visto encima de la repisa, no haya ninguna otra foto.

Un súbito sonido me sobresalta, me doy la vuelta de golpe y no puedo reprimir un gritito de sorpresa al ver a la vecina, la tal señora Karvowski, parada en la puerta.

—¿Has encontrado lo que buscas? —me pregunta, con toda la tranquilidad del mundo.

—Eh... estaba... he entrado a... —No sé qué decir, la verdad.

—Podría llamar a la policía.

Yo asiento, pero tengo la impresión de que no lo dice en serio y decido que lo mejor es dejarme de mentiras y hablar sin rodeos.

—Tan solo quería sentirme cerca de Alice, no he sido del todo sincera con usted al decirle que soy su prima.

—Me lo he imaginado.

—La verdad es que soy su hermana. Nos separamos de niñas, cuando ella tenía cuatro años, y no había vuelto a verla desde entonces.

—Supuse que no erais primas. —Ladea ligeramente la cabeza y me observa con detenimiento.

—He hablado con Roma Kendrick, vamos a vernos mañana.

—Es una buena mujer. Trataba a Alice como a una hija, nadie diría que en realidad era su madrastra. Y se portó muy bien con la amiga de Alice, aunque no se lo mereciera.

—¿Se refiere a Martha?

No obtengo respuesta, porque la señora Karvowski ya ha dado media vuelta y se dirige hacia la cocina; al cabo de un momento, la oigo decir:

—¡No te olvides de cerrar la puerta con llave cuando te vayas, y de volver a guardar la llave donde la has encontrado!

Cuando salgo de la casa no tengo ningún destino concreto en mente, pero una vez que me meto en el coche pongo rumbo a la playa y me meto en un pequeño aparcamiento. Sin tomar la decisión de forma consciente, subo los escalones de madera que tengo frente a mí y emerjo en la playa.

La brisa del Atlántico me azota el cabello y rebusco en mi bolso hasta que encuentro una de las gomas de pelo de Hannah. Después de hacerme una coleta y de quitarme los zapatos, camino hacia el agua mientras noto cómo se me mete la arena entre los dedos, y me detengo cuando las olas que rompen ante mí me cubren los pies antes de retroceder.

Me tomo unos minutos para permitir que mi mente se libere de la maraña de pensamientos que se agolpan en ella, siento la necesidad de dejar de pensar por un rato. Respiro hondo mientras saboreo el aire fresco que me llena los pulmones. Este lugar es realmente precioso, y el rítmico susurro de las olas ejerce en mí un efecto relajante.

La risa de una niña me trae de regreso a la realidad. Al girarme la veo correr por la playa persiguiendo a la mascota de la familia, con sus padres caminando tras ella de la mano, y la escena me trae a la mente a Hannah y a Chloe. Me invade de repente una profunda añoranza mezclada con el anhelo de regresar no solo al Reino Unido, sino al punto donde nos encontrábamos como familia antes de la llegada de Alice. Tengo miedo de que, al margen de lo que pueda encontrar aquí, las cosas jamás vuelvan a ser como antes.

Estoy cansada, lo único que quiero es regresar al motel y dormir un poco, así que, muy a mi pesar, camino de regreso al coche y dejo tras de mí el santuario de la playa.

Pero mi cerebro se niega a cooperar a pesar de que mi cuerpo me dice lo cansada que estoy, y tan solo logro dormir unas cuantas horas seguidas antes de despertar. Intento conciliar el sueño de nuevo, pero no puedo dejar de pensar en cómo irá mi inminente encuentro con Roma.

Para mí es un alivio cuando la noche termina y llega la mañana.

* * *

Cuando llego a Jacksonville localizo sin problemas la cafetería que busco entre la multitud de tiendas que pueblan la zona y aparco justo enfrente, debajo de un árbol.

De repente me doy cuenta de que no tengo ni idea de cómo es Roma. Me quedo parada en la puerta mientras busco con la mirada a una mujer que esté sola, y una bien vestida y alta ataviada con una blusa azul y pantalones blancos se pone en pie, establece contacto visual conmigo y me indica con un gesto que me acerque.

Me abro paso entre las mesas y me detengo al llegar a la suya.

—Hola, ¿es usted Roma Kendrick?

—Tutéame, por favor. Supongo que tú eres Clare. —Me ofrece su mano, y me sonríe con calidez cuando se la estrecho—. Toma asiento. ¿Qué prefieres?, ¿té o café?

—Café, por favor.

Ella le hace un gesto a la camarera, que se acerca en cuestión de segundos con una jarra de café y me sirve una taza. Yo añado un poco de leche caliente de la jarra que hay en la mesa, tomo un sorbito y me reclino en la silla mirando a Roma.

—Gracias por acceder a verme.

—Debo admitir que no me siento del todo cómoda con este encuentro, tengo la sensación de que estoy actuando a espaldas de Alice. Preferiría que ella también estuviera presente.

—Sí, yo también. ¿Cuándo la viste por última vez?

—Hace unos cuantos meses; de hecho, quedamos para tomar un café aquí. Le di la dirección de su madre en Inglaterra.

—¿Se la veía bien?

—Sí, estaba contentísima por haber conseguido esa dirección. Yo no había podido dársela antes, estando su padre con vida, porque a él no le habría gustado que lo hiciera. No me malinterpretes, por favor... Patrick era un buen hombre y adoraba a Alice, pero se negaba a hablar de Inglaterra y de la madre de Alice, que supongo que también es la tuya.

—Marion. Sí, así es.

Roma guarda silencio, pensativa, mientras remueve el café con la cucharilla, y tarda unos segundos en tomar de nuevo la palabra.

—Dime una cosa, ¿por qué tu madre no contactó nunca con Alice? Es algo que siempre me he preguntado. No me entra en la cabeza que una madre se desentienda así de su propia hija.

—Intentó contactar con ella, pero no teníamos la dirección de mi padre. Él nunca se la dio. Llamaba de vez en cuando, pero las llamadas fueron espaciándose cada vez más. Mi madre creyó durante mucho tiempo que los dos iban a regresar, pensó realmente que eran unas vacaciones que se habían alargado.

—Ya veo. ¿En qué crees que puedo ayudarte? Hace bastante que no sé nada de Alice.

—¿Por qué?

Soy consciente de que estoy presionándola un poco y, en condiciones normales, procuraría tener más tacto, pero estoy intentando encarar esto como si de un caso judicial se tratara y eso requiere a veces hablar sin rodeos.

—Mi madre enfermó poco después de la muerte de Patrick y tuve que irme a vivir de nuevo a Jacksonville para cuidarla.

—¿A Alice no le importó quedarse aquí sola?

—No. Era su casa, quería quedarse aquí. Debo admitir que yo no lo tenía nada claro, la idea de irme y dejarla aquí sin más no me parecía bien. Antes estábamos muy unidas. —Empieza a juguetear de forma inconsciente con el borde de su servilleta—. Recuerdo la primera vez que la vi..., era tan pequeña, parecía una ratoncita tímida y callada y me miraba con esos ojazos azules. Se la veía tan triste, tan perdida, que se me derritió el corazón. Yo sabía que iba a ser un largo camino hasta lograr que su corazón sanara y creo que lo logré hasta cierto punto, pero Alice era una niña tan callada que nunca se sabía lo que podría estar pensando. La envolvía un aura de profunda tristeza, nunca tuvo demasiadas amistades. Y ya de mayor conoció a Martha. —Su voz se endurece.

—Da la impresión de que esa tal Martha no te cae demasiado bien. —Quiero que siga hablando y contándome cosas, aún me queda mucho por averiguar.

—Era una joven que tenía un bagaje considerable a sus espaldas, uno nada bueno.

—¿Qué quieres decir?

—Tuvo una infancia difícil. Eso no tiene nada de inusual, hay muchos niños a los que les toca una vida dura, pero después unos toman mejor camino que otros. Martha había optado por tomar un mal camino, yo me di cuenta de inmediato e intenté advertir a Patrick, hacerle ver que no era de fiar. No me gustó nada cómo se las ingenió para entrar a formar parte de la familia, lo hizo con una rapidez y una facilidad pasmosas. También intenté hablar del tema con Alice, pero ni su padre ni ella eran capaces de ver lo que estaba pasando. Martha era una persona muy manipuladora, yo diría que incluso peligrosa. Se pegó a Alice como una lapa y se convirtió poco menos que en su doble, era algo realmente inquietante.

—Se queda callada y sacude la cabeza.

—Tienes un hijo, ¿verdad?, Nathaniel.

—¿Cómo lo sabes?

—Alice se lo contó a mamá en una carta. ¿Él no ha sabido nada de ella? —No sé si estoy adentrándome en terreno peligroso, pero tengo que preguntárselo.

—No. Él intentó contactar a través de las redes sociales, pero ella ha cerrado todas sus cuentas.

—¿Alice usaba las redes sociales?, ¿tenía Facebook o Twitter?

—Facebook sí, estoy casi segura... No, espera, no hay duda. Recuerdo que Nathaniel me enseñó unas fotos que ella había publicado.

—¿Sabes si ella tuvo esa cuenta durante mucho tiempo?

—No. Supongo que la tendría durante un par de años, cuando estaba en la universidad. Dudo mucho que la abriera antes. Como ya te he dicho, siempre ha sido muy tímida, sobre todo cuando era más joven y no tenía demasiados amigos.

—Pero si no la abrió antes no fue porque se lo prohibieran, es decir... ¿Su padre no le dijo nunca que no quería que tuviera cuenta en Facebook? Ya sabes cómo son los padres —añado lo último para quitarle hierro al asunto y que no sospeche.

—No, en casa nunca se prohibió el uso de las redes sociales. Como ya te he dicho, Nathaniel tenía una cuenta, y Patrick y yo tratábamos a los niños por igual. No nos considerábamos dos familias distintas unidas, sino una sola. —Alarga la mano por encima de la mesa y aprieta la mía—. Perdona si te han molestado mis palabras, soy consciente de que Alice también forma parte de tu familia.

—No pasa nada, no te preocupes. —Sonrío para disimular la punzada de dolor que me ha atravesado el corazón. No entiendo por qué mi padre decidió dividir así la familia—. ¿Patrick te habló alguna vez de mí? —Me cuesta mucho hacerle esta pregunta, pero siento la necesidad de saberlo. Tengo que saber si lo que siento (mejor dicho, lo que no siento) hacia él está justificado.

Su cara me lo dice todo, no hace falta que diga ni una sola palabra. La expresión de su rostro es una mezcla de incomodidad y compasión cuando me dice con voz suave, sin soltar mi mano:

—Apenas hablaba de Inglaterra, cuando le conocí me dijo que se había separado de su mujer.

—¿No te contó que había dejado en Inglaterra a su otra hija?

Se la ve incómoda y esquiva mi mirada. Frunce los labios mientras se vuelve hacia la ventana, respira hondo y se gira de nuevo hacia mí antes de posar su otra mano sobre la mía.

—Dime la verdad, por favor. Necesito saberla —le pido.

—No quiero hacerte daño, Clare. Me pareces una buena persona.

—No te preocupes por mí, soy una mujer fuerte. Puedo soportarlo, sea lo que sea. —Bueno, al menos eso espero.

Ella me mira indecisa, pero al final asiente como si acabara de tomar una decisión.

—Está bien. Patrick me dijo que dejó en Inglaterra a su esposa y a la hija de esta.

La miro desconcertada.

—¿Qué quiere decir eso?, ¿no me reconocía como hija suya?

—¿Estás diciendo que lo eres? —Parece estar tan desconcertada como yo.

—Sí, claro que sí. Patrick Kendrick era mi padre, mi padre biológico.

—¡Cielos, no tenía ni idea! Deduje por lo que me dijo que eras su hijastra. —Se echa hacia atrás en la silla, se la ve realmente impactada—. Pensé que por eso se trajo solo a Alice, no tiene sentido que trajera a una hija y no a la otra.

Nos miramos en silencio, está claro que las dos estamos pensando lo mismo. Tardo unos segundos en ser capaz de articular las palabras.

—Es posible que yo no sea su hija. —Ahora soy yo la que se echa hacia atrás en la silla, no sabría decir cómo me siento—. Siempre me he preguntado por qué me dejó allí, cómo fue capaz de elegir entre dos hijas que eran sangre de su sangre, pero ahora todo tiene sentido y me parece muy obvio. No soy hija suya.

Me paso las manos por la cara y me cubro la boca con los dedos mientras asimilo este descubrimiento, un descubrimiento que significa también que Alice no es mi hermana de padre y madre como siempre creí, sino mi hermanastra. Analizo esa revelación (es más fácil que pensar en Patrick), y descubro que mis sentimientos hacia Alice siguen siendo los mismos. Es mi hermana, y punto. Siempre ha sido mi hermanita pequeña.

—¿Te encuentras bien? —me pregunta Roma—, ¿quieres tomar algo más fuerte?

—No, estoy bien. No pasa nada, el que Patrick no fuera mi padre hace que todo cobre más sentido y explica muchas cosas. Es algo que no me afecta, te lo digo de verdad. Aunque eso significa que no sé quién es mi verdadero padre, no entiendo por qué me habrá ocultado todo esto mamá. Ni siquiera estoy segura de querer saber de quién se trata. Dios, esto da respuesta a muchas preguntas, pero al mismo tiempo genera un montón más.

—Se mire como se mire, la verdad es que es una noticia impactante, tómate tu tiempo para asimilar la idea. Lo siento si te has llevado un disgusto por mi culpa, es posible que no me diera cuenta de cómo eran las cosas en realidad... En fin, creo que será mejor que me vaya. —Saca un poco de dinero del bolso y lo deja sobre la mesa—. Invito yo.

—Gracias por venir, Roma. ¡Espera, se me olvidaba preguntarte algo! ¿Cómo conseguiste la dirección de mi madre?, la que le diste a Alice tras la muerte de mi padre.

—Fue por pura casualidad. Un día nos llegó una carta mientras él estaba fuera por asuntos de negocios. El matasellos era de Londres, Inglaterra, y permaneció tres días sobre su escritorio hasta que la curiosidad me pudo y usé vapor para abrir el sobre. Era una carta de un detective privado, le preguntaba si era el Patrick Kennedy que había vivido en tal dirección de Inglaterra. Recuerdo que pensé que le habían confundido con otra persona, ten en cuenta que para mí era Patrick Kendrick. Pero por alguna razón tomé nota de la dirección que ponía en la carta... No me preguntes por qué lo hice, porque no lo sé. En fin, cuando Patrick regresó a casa me dijo que se habían equivocado al escribir el nombre y que no me preocupara, que el error estaba aclarado.

—¿Guardaste la dirección durante todo ese tiempo?

—Sí. No sé, puede que fuera porque no sabía casi nada acerca de la vida de Patrick en el Reino Unido y esa dirección era el único vínculo que existía con ella. No sé por qué, pero me pareció importante guardarla; a decir verdad, con el tiempo se me olvidó que la tenía en mi poder y la encontré tras la muerte de Patrick, mientras organizaba todas nuestras cosas. Fue entonces cuando se la di a Alice. Le advertí que no sabía si estaba lanzándola a una búsqueda infructuosa, pero no me parecía correcto ocultarle su existencia. —Se pone en pie antes de añadir—: Bueno, ahora sí que tengo que irme. Por favor, si consigues encontrar a Alice dile que he preguntado por ella y que me encantaría que contactara conmigo.

Su sonrisa está teñida de tristeza, y estoy convencida de que sus sentimientos son sinceros. En el desempeño de mi trabajo encuentro a un montón de mentirosos y puede que sea por mero instinto, pero creo de verdad que Roma quiere mucho a mi hermana.

—¡Ah, se me olvidaba! —me dice, antes de sacar un sobre marrón de su bolso—, aquí tienes algunas fotos de Alice. Pensé que te gustaría tenerlas. —Lo deja encima de la mesa, frente a mí—. Adiós, Clare.

—¿Puedo hacerte una última pregunta antes de que te vayas? —Ella asiente a pesar de que ya está de pie y se disponía a marcharse—. ¿Tienes más hijos?, ¿alguna hija?

—Exceptuando a Alice, no tengo ninguna hija. Solo tengo un hijo varón, Nathaniel. ¿Por qué?

—Por nada, mera curiosidad.

—Ah. En fin, adiós de nuevo. —Se aleja hacia la puerta, erguida y elegante, y al salir se detiene en la ventana y me mira por un breve segundo antes de ponerse las gafas de sol y alejarse.

Agarro el sobre y aún estoy haciendo acopio de valor para abrirlo cuando mi móvil empieza a sonar. Lo silencio mientras le echo un vistazo a la pantalla y me extraño al ver que se trata de Luke. Dos veces en una misma mañana, qué raro. Tengo que contestar, la vocecilla interior que me advierte que podría tratarse de alguna emergencia en casa no me permite ignorar la llamada.

—Hola —me limito a decir.

—¡Clare! ¿Dónde cojones estás?

—Eh... He salido a tomar un café, ¿por qué?

—¿Dónde...? ¿Tomando café? ¿Dónde, exactamente? —Está hablando en voz baja y contenida, pero se nota que está furioso—. ¡Y no me digas que en casa de Nadine!

—¿Qué...? —Me da un vuelco el corazón al darme cuenta de que me ha pillado.

—¡Ya sé que no estás allí! Tengo a la jodida policía en casa, quieren que vayas a comisaría para hablar más detenidamente contigo. He encontrado tu agenda y he buscado el teléfono de Nadine porque me dijiste que estabas con ella y, ¿sabes qué? ¡Que resulta que no es verdad! Ella se ha sorprendido incluso más que yo, ¡me ha dicho que hacía meses que no sabía nada de ti!

Ha ido alzando la voz de forma gradual y ahora está hablando a voz en grito, él nunca se pone así. La última vez que se puso tan furioso fue... ah, sí, cuando su retrato de Alice apareció destrozado.

—¡Clare! ¿Sigues ahí?, ¿me escuchas?

—Sí.

—¿Serías tan amable de decirme dónde cojones estás?

Hago caso omiso de la pregunta, la verdad es que no quiero dar explicaciones. Aún no, antes quiero tener claro qué fue lo que pasó a este lado del Atlántico.

—¿De qué quiere hablar conmigo la policía?

—De los daños causados al coche de Pippa.

—¡Venga ya! ¿Otra vez están con eso?

—Los agentes han revisado las imágenes de la cámara de seguridad, y te tienen grabada entrando en el taller mecánico y saliendo unos minutos después con el bote de pintura en la mano.

—¡Eso es imposible! ¡Te he dicho no sé cuántas veces que yo no lo hice!

—Tienen pruebas, Clare, ¿no has oído lo que acabo de decirte? La cámara de seguridad te grabó. —Su tono refleja una mezcla de enfado y exasperación—. ¡Mueve el culo y regresa ya! —Se oyen voces de fondo, y añade al cabo de unos segundos—: Los agentes quieren saber dónde estás y cuánto tiempo vas a tardar en llegar.

—Llegaré el miércoles —le digo, mientras mis dedos tamborilean sobre la mesa en un gesto de nerviosismo.

—No creo que quieran esperar tanto, te aconsejo que estés aquí esta misma tarde.

—Eso no puede ser.

Oigo que le pasa el teléfono a alguien y reconozco la voz que me habla a continuación, es la de la agente del otro día.

—¿Señora Tennison? Soy la agente Evans, hablamos el otro día sobre los daños causados al vehículo de Pippa Stent.

—Sí, hola.

—Tal y como acaba de explicarle su marido, tenemos más pruebas que la señalan como culpable de dicho delito, y nos gustaría que viniera a comisaría para hacerle algunas preguntas más. Quizás recuerde que le aconsejamos que se mantuviera localizable por si tenía que acudir de nuevo a comisaría, y una abogada como usted debería saber lo que eso significa.

—El problema es que no podré llegar antes del miércoles. —Ha llegado el momento de confesar, no me queda otra alternativa—. No me encuentro en el país y mi vuelo de regreso sale el martes por la noche. Podría estar con ustedes el miércoles a media mañana.

—Señora Tennison, es inaceptable que salga del país.

La interrumpo de inmediato.

—Es perfectamente aceptable. No me han arrestado, no se han presentado cargos contra mí, no he recibido apercibimiento alguno, y ustedes no me advirtieron en ningún momento de que no podía salir del país. Técnicamente, no he hecho nada malo.

—Déjeme decirle que todo esto no me hace ninguna gracia.

—La entiendo, pero en cuanto llegue al Reino Unido se lo haré saber. Y ahora páseme de nuevo a mi marido, por favor.

—¿Qué cojones está pasando?, ¿dónde estás? —me pregunta Luke.

—En América. —Se queda tan atónito que empieza a balbucir palabras inconexas, y yo me apresuro a añadir—: Estaré de vuelta el miércoles, entonces hablamos. —Cuelgo sin más, vaya pesadilla. Y, por si fuera poco, está lo de esas supuestas grabaciones de la cámara de seguridad. ¿Cómo es posible que haya imágenes mías entrando en el taller mecánico?

Bajo la mirada hacia el sobre que Roma me ha dado, que sigue encima de la mesa, y decido que ya me preocuparé más adelante por esas imágenes. Ahora estoy deseando ver las fotografías. Vacío el sobre ante mí y son seis las que caen sobre la mesa. Las extiendo con la punta de los dedos y en un primer momento no comprendo lo que estoy viendo, tardo un momento en procesar la información.

Son fotos de Martha Munroe, la amiga de Alice. La misma chica que salía con ella en aquella primera foto que le mandó a mamá.

Tengo la impresión de que mi cerebro está tardando una eternidad en racionalizar y ordenar todas estas ideas, pero en realidad tan solo tarda un segundo.

La verdad me golpea de lleno, la sospecha que me rondaba por la mente ha dejado de ser una persistente duda y se ha convertido en un peligro más que real. Tengo náuseas, y por un momento siento cómo mi fría mente de abogada se hunde en una ciénaga de pánico y miedo.

22

No tengo ni idea de cómo me las arreglo para llegar al motel y a mi habitación, supongo que tengo puesto el piloto automático. No puedo pensar con claridad, mi mente no ve más allá de toda esta confusa maraña. Me cuesta asimilar lo que he descubierto.

Lanzo el bolso sobre la cama, me siento desplomada sobre el flácido colchón, vuelco el bolso hasta vaciarlo y vuelvo a examinar con atención los objetos que tengo esparcidos ante mí.

Las fotografías que me ha dado Roma; la copia de la foto donde salen Alice y Martha; lista para viajar al extranjero; recibo; tarjeta de visita; caja de lentes de contacto.

Extiendo las fotografías ante mí y escojo un retrato donde está mirando sonriente a la cámara; alzo con la otra mano la que mamá recibió donde salen Alice y Martha juntas.

Las dos se parecen mucho y, si uno no las conoce, sería fácil confundirse. El pelo es parecido, nada que un bote de tinte o una visita a la peluquería no pueda solucionar. Las dos tienen unos pómulos elevados y, a juzgar por las fotos que Roma me ha dado, tienen una constitución y una altura similares. La única diferencia reveladora son los ojos.

Alice Kennedy tiene unos espectaculares ojos azules, eso es algo que recuerdo de forma muy vívida. Todos cuantos la veían comentaban lo grandes que eran, lo intenso que era su tono azul.

Los ojos azules son un rasgo común tanto en la familia de mi madre como en la de mi padre, y aquí los tengo, mirándome fijamente.

Dirijo la mirada hacia la caja de lentillas y me doy cuenta de que la imagen de un ojo azul que tiene impresa no es algo genérico, sino que indica ese color en concreto. Examino la caja con mayor detenimiento y veo tres casillitas impresas, cada una de ellas tiene una palabra debajo: azul, marrón, verde. La casillita que está encima de la palabra «azul» está marcada. No se trata de lentillas normales, sino de las que se usan para tener otro color de ojos.

Unas súbitas náuseas se abren paso en mi interior y por un momento estoy a punto de ir corriendo al lavabo, pero me aprieto el estómago con fuerza y, sentada erguida para que pueda entrarme en los pulmones todo el oxígeno posible, respiro hondo varias veces inhalando por la nariz y soltando el aire lentamente por la boca. La sensación se desvanece, pero en mi mente reina el caos.

Me llevo las manos a la cabeza y las hundo en mi pelo, no sé qué hacer; me levanto de la cama, me estiro el pelo, me acerco a la ventana en tres zancadas, regreso de nuevo a la cama; quiero sentarme, quiero permanecer de pie. Agarro de nuevo las fotografías y repaso mentalmente los hechos lenta, muy lentamente, para asegurarme de que no he cometido ningún error. Suelo ser muy minuciosa en este tipo de cosas, por regla general no suelo cometer errores, ¡cuánto desearía haber cometido uno en esta ocasión! Quiero estar equivocada.

No lo estoy.

La sangre se me hiela en las venas y un escalofrío me baja por la espalda, se me eriza el vello de los brazos y me envuelve por un fugaz momento una gélida sensación. Me estremezco y encorvo los hombros, la aterradora idea se materializa del todo en mi cerebro. La joven que está en mi casa, con mi familia, no es quien dice ser. No es Alice, sino Martha, y ha suplantado la identidad de mi hermana.

Me derrumbo en la cama y hundo la cabeza entre las fotografías, mis brazos las arrastran hacia mí. No tengo noción del tiempo ni del espacio, tan solo puedo pensar en mi hermanita pequeña y en lo que puede haberle sucedido.

No sé cuánto tiempo llevo tumbada en la cama entre las fotografías, pero en un momento dado el dolor se ha transformado en furia. Tengo que averiguar qué ha sido de Alice y hay una única persona que tiene la respuesta: la impostora que está en mi casa.

Llamo a Luke, mis dedos manejan con torpeza el móvil mientras un torrente de adrenalina me recorre. Si Martha es capaz de suplantar la identidad de Alice, si es tan despiadada y deleznable como para engañarnos no solo a Luke y a mí, sino también a mamá, entonces es capaz de cualquier cosa y en este momento está junto a mi familia. Me destroza pensar en lo que todo esto va a suponer para mamá.

Espero a que se efectúe la conexión y a que Luke conteste el jodido teléfono, consciente de que debo mantener mi mente apartada del que creo que puede ser el peor de los casos. Para poder lidiar con esto y averiguar la verdad tengo que mantener la cabeza fría.

Me salta el buzón de voz de Luke, así que cuelgo sin dejarle ningún mensaje. Aquí en Florida estamos a primera hora de la tarde y eso significa que, teniendo en cuenta las cinco horas que hay de diferencia, en el Reino Unido debe de ser media tarde. Lo más probable es que mi marido haya ido a buscar a Hannah al cole.

Espero una hora antes de intentarlo de nuevo, pero al ver que sigue sin contestar me desespero y llamo al teléfono de casa. Es mamá quien contesta.

—Hola, mamá. Soy yo, Clare.

—Hola. —Su gélido saludo revela que no está nada complacida con mi viaje transatlántico—. Espero que estés llamando para decir que ya vienes de camino.

—Mamá, por favor... —Aún conserva la capacidad de hacerme sentir como una adolescente traviesa que llega tarde a casa después de una fiesta—. Llegaré a casa el miércoles a primera hora.

—¿Se puede saber por qué estás en América?

—Porque tenía que venir, hay muchas cosas que no encajan.

—Estás creando problemas donde no los hay, eso es lo que estás haciendo. ¿Tienes idea del disgusto que me he llevado?, ¿del que se ha llevado tu hermana? En América no hay nada por lo que debas preocuparte.

—Me he visto con Roma Kendrick —le digo, con mucho tacto.

—¿Por qué?

—Quería preguntarle algunas cosas. Sobre papá.

—De verdad te digo que no sé qué es lo que esperas demostrar con toda esta... esta... esta insistencia. ¡Es absurdo!

—¿No quieres saber lo que me ha dicho Roma? —Estoy cansada y no debería estar manteniendo esta conversación con ella en este momento, pero soy incapaz de contenerme. Estoy harta de que evite hablar del pasado.

—No, la verdad es que no.

—Que Patrick siempre le dio a entender que él no era mi padre. —Las palabras han salido de mi boca y no puedo borrarlas, la oigo soltar una exclamación ahogada.

—Con que eso te ha dicho, ¿no? ¡Qué sabrá ella! Y aun suponiendo que tu padre dijera eso, sería por justificarse a sí mismo.

—En ese caso, ¿por qué no me trajo a América a mí también? ¿Por qué trajo solo a Alice?

—¡Ya basta! No pienso hablar más de esa idea tan absurda. Bueno, ¿has llamado para algo en concreto o solo para discutir?

Me doy cuenta de que por esta noche no vamos a avanzar más en lo que a Patrick se refiere, así que me limito a contestar:

—Quería hablar con Luke.

—Ha llevado a las niñas a clase de natación, si estuvieras en casa lo sabrías. Espera, Alice está diciendo algo... —Al oír el sonido de voces apagadas deduzco que ha tapado el auricular con la mano, y se dirige de nuevo a mí al cabo de un momento—. Quiere hablar contigo, te la paso.

Intento protestar y decirle que Alice..., mejor dicho, Martha... es la última persona sobre la faz de la Tierra con la que quiero hablar, pero el auricular cambia de manos antes de que pueda articular palabra y oigo la voz de Martha.

—Hola, Clare. ¿Qué tal estás?

—Bien. Mira, estoy bastante ocupada, ¿quieres decirme algo importante? —La piel me hormiguea como si miles de insectos estuvieran recorriendo mi cuerpo. Cierro los ojos y me centro, intento no pensar en mi hermana para no delatarme.

—Mamá dice que estás en América.

Noto cierto cambio en la acústica y deduzco que está alejándose de la cocina o de dondequiera que estuviera en busca de un lugar más privado, lejos de mamá. El sonido de una puerta que se cierra confirma mi teoría.

—Sí, así es.

Puedo encauzar esta conversación de dos maneras y opto por seguir fingiendo por el momento. No quiero que allí salga a la luz todo y se precipiten los acontecimientos mientras yo estoy aquí sin poder hacer nada al respecto.

—Tenía intención de ir a ver a una amiga mía que vive en Cambridgeshire, pero cambié de opinión en el último momento. —Procuro decir lo menos posible.

—Qué bien. ¿Dónde estás exactamente?, ¿cerca de donde yo vivo?

Aunque lo dice con aparente naturalidad, a mí no me engaña. Está nerviosa.

—No, qué va. En Nueva York. —Cierro los ojos, espero que no se dé cuenta del silencio que reina aquí. Para contrarrestar la ausencia del ruido de fondo que cabría esperar en una gran ciudad, añado por si acaso—: En este momento estoy en el hotel, en mi habitación.

—¿Ah, sí? En fin, si estuvieras en Florida me preguntaría con quién habrás estado hablando y si habrás ido a alguno de los lugares que yo solía frecuentar, si habrás visto a alguna de mis amigas.

Suelta una pequeña carcajada (digo pequeña por no decir minúscula) que yo le devuelvo antes de decir:

—Sí, es verdad que podría hacer todo eso, ¿verdad? Y no sería nada recomendable.

—No, en absoluto. Pero, en cualquier caso, no hay que creerse todo lo que le cuentan a una, eso es algo que tú sabes mejor que nadie. —Se crea un incómodo silencio, la tensión crepita entre las dos—. Saber demasiado puede ser peligroso.

—El saber es poder —contraataco yo.

—Pues yo creo en eso de que «Ojos que no ven, corazón que no siente». —Su voz baja una octava, vocaliza cada palabra con mayor lentitud para darles énfasis—. Así no sale nadie lastimado.

—Sí, eso es cierto. En fin, tengo que colgar ya, debo revisar unos documentos del trabajo que tengo pendientes.

—Claro, no quiero entretenerte.

—Nos vemos el miércoles.

—Perfecto, así podrás contarme tu viaje al detalle.

—Sí, claro.

Cuelgo y cierro los ojos por un momento mientras repaso la conversación y todo su trasfondo, lo que no contribuye a calmar mis ya de por sí alterados nervios. Tengo que regresar a casa, tengo que proteger a mi familia... aunque no estoy completamente segura de cuál es el peligro concreto. No podría señalar una cosa específica ni una palabra, lo único que sé es que están rodeados de mentiras y engaños.

Cuando mi teléfono suena una hora después creo que se trata de Luke, pero el nombre que veo en la pantalla es el de Leonard.

—Hola, Leonard. ¿Va todo bien? —No sé cuántas veces he hecho esa pregunta o alguna similar últimamente. Cada vez que suena el teléfono me aterra que haya pasado algo malo, estoy hecha un manojo de nervios.

—No, la verdad es que no. Cuando te dije que te tomaras algo de tiempo libre me refería a que te quedaras en casa con tu familia, llegaras a conocer mejor a tu hermana y solucionaras tus problemas de pareja, no a que tomaras un avión y te largaras a América.

—Hola a ti también. Sí, estoy bien, gracias por preguntar. ¡Ah!, ¿querías comentarme algo?

No puedo reprimirme, hay veces en que Leonard tiene tanta sutileza como un tanque de guerra y cree que puede arrollarme. De verdad que a veces se le olvida que soy una mujer hecha y derecha, una adulta, una socia del bufete.

—No sabía que contigo tuviera que perder el tiempo hablando de naderías, Clare —me dice, con voz un pelín contrita.

—Y ya que estamos, ¿desde cuándo tengo que darte explicaciones sobre lo que hago o dejo de hacer en mi tiempo libre? Tiempo libre que yo no quería, debo añadir. O estoy trabajando y debo acatar unos horarios o libro y puedo hacer lo que me dé la gana. —Me siento bastante orgullosa de mí misma por plantarle cara.

—Vale, creo que me ha quedado claro. —Me lo imagino mirando sorprendido el teléfono por un momento—. Bueno, dime, ¿estás bien?

—Sí, gracias. —Mi indignación se esfuma y me siento sinceramente conmovida por la obvia preocupación que se refleja en su voz.

—¿Qué estás haciendo en América, exactamente?

—Tenía que aclarar un par de cosas. No te preocupes, por favor. Regreso mañana por la noche. Por cierto, ¿cómo te has enterado de que estoy aquí?

—Me lo ha dicho tu madre. Y también me ha contado lo de las nuevas pruebas en tu contra, lo de la cámara de seguridad.

—No fui yo.

—¿Necesitas que te ayude en algo?

—No, no hace falta, puedo solucionar esto por mí misma. Pero gracias de todos modos.

—Que te declararan culpable de algo así no beneficiaría en nada al bufete —afirma él, empleando un enfoque más profesional.

—Eso no va a suceder, soy inocente. No te preocupes, no voy a empañar la reputación del bufete. —Me doy cuenta de inmediato de que estoy demasiado irritable—. Perdona, es que estoy un poco cansada y nerviosa.

—Últimamente estás muy rara. La verdad es que te he llamado por eso —afirma, con voz suave—, tu madre me ha pedido que lo haga. Ella desea con desesperación que todo salga bien con Alice.

—Sí, ya lo sé. Durante todos estos años se ha limitado a dejar pasar los días, a vivir con el piloto automático puesto mientras esperaba a que su hija regresara, pero la cuestión es que... —Me interrumpo de golpe porque no quiero revelar mis temores, aún no.

—No la juzgues antes de tiempo, lo que pasa es que para Alice esto es tan duro como para ti. No sé lo que esperas encontrar husmeando en América, pero estoy seguro de que sea lo que sea solo va a servir para causar mucho dolor.

—¿Mamá ha cambiado su testamento o alguno de los términos del fideicomiso?

—Sabes perfectamente bien que no puedo divulgar información sobre las finanzas de tu madre, hay que respetar la confidencialidad del cliente.

—Pero soy tu socia, así que podrías decírmelo. Porque supongo que aún sigo siendo tu socia, ¿no?

—Sí, por supuesto que sí, pero sigue existiendo un conflicto de intereses. Las conversaciones que mantengo con mi cliente, al margen de que sea tu madre y de cómo puedan afectarte, son estrictamente confidenciales. Ni siquiera tú puedes ser partícipe de ellas.

—¿Y Alice qué?, ¿te ha comentado algo?

—No, ¿por qué habría de hacerlo?

—No solo me refiero desde un punto de vista profesional, sino también personal. ¿No te ha pedido consejo sobre ningún asunto? —Cierro los ojos mientras recuerdo lo que Tom me contó acerca de haberle visto con Martha en la cafetería, me duele en el alma el hecho de que Leonard pueda estar mintiéndome—. ¿Ni siquiera en alguna ocasión puntual?

—¿A qué viene todo esto?

—Solo te lo pregunto.

—Me estás preocupando, Clare. Deja de ser tan jodidamente paranoica sobre todos y todo. Mira, voy a poner fin a esta llamada para evitar que acabemos discutiendo. Te sugiero que disfrutes de una buena noche de sueño, te subas mañana a ese avión, vuelvas aquí y endereces de nuevo tu vida. —Cuelga sin más.

Paso los minutos siguientes mirando el teléfono, intentando decidir si es buena idea llamar otra vez a casa para intentar hablar con Luke, y al final opto por no hacerlo.

Voy al restaurante que hay frente al motel. Es una noche en la que parece haber poco movimiento, y estoy rodeada de un ambiente tranquilo mientras me como una hamburguesa y unas patatas fritas que en realidad no me apetecen y me bebo una cerveza que sí.

Cuando llegué a la isla Amelia, dos días atrás, no sabía lo que iba a encontrar. Tenía claro que Alice escondía algo, pero lo que ignoraba era la enormidad de lo que pasaba. Ahora ya estoy enterada.

Tengo que hacer de nuevo un esfuerzo por no pensar en lo que pueda haberle pasado a Alice Kennedy, a mi hermana. No puedo permitir aún que mi mente vaya en esa dirección.

Cuando regreso a mi habitación reviso mi mochila para asegurarme de que tengo el pasaporte, el billete de avión y la tarjeta de crédito listos para el viaje de mañana. Me pregunto si Luke va a devolverme la llamada; lo más probable es que ni siquiera haya mirado su móvil. Debo reconocer que mi marido no es de esos que se pasan el día entero visitando las redes sociales, subiendo fotos de los actos más cotidianos o de sus hijos. Para él, un teléfono es un instrumento necesario para comunicarse verbalmente o a través de mensajes de texto, nada más.

Aun así, tardo un poco más en acostarme por si al final llama, y al ver que no lo hace lo atribuyo a que debe de estar atareado preparando a las niñas para ir a la cama. No quiero admitir la posibilidad de que pueda estar eludiéndome.

Cuando mi móvil suena justo después de la medianoche, lo primero que pienso es que se trata de Luke y el corazón me da un brinquito de alivio. Por fin tengo a alguien con quien hablar, alguien en quien confío. Titubeo por un instante... Confío en él, ¿verdad? Esta pequeña duda es algo que me tengo que quitar de la cabeza, pues claro que confío en él. Mi reacción por lo de Alice.... o Martha, o como se llame..., fue desproporcionada.

Enciendo a tientas la lamparilla de noche, logro agarrar mi móvil y me extraño al ver en la pantalla que me llama desde el teléfono de casa. ¿Por qué no ha usado su móvil?

—Luke, ¿eres tú?

—No, soy yo.

Por un segundo me planteo quién podrá ser, la voz es apenas un susurro; en cualquier caso, está claro que no se trata de mi marido. Paso a la siguiente persona que me dicta la lógica, aunque algo me dice que la lógica no es aplicable en este caso.

—¿Mamá?

—No, tampoco soy tu madre.

—¿Alice?

—¿Quién más podría ser?

—¿Qué quieres?

—Mira, Clare, escúchame con atención. —Detecto una dureza que no había oído nunca antes en su voz y que me pone alerta, espero a que continúe—. No sé qué estarás haciendo en América ni lo que crees que has encontrado o que has dejado de encontrar, pero te advierto una cosa: será mejor que no le cuentes a nadie lo que crees que sabes, sea lo que sea.

—No sé de qué estás hablando.

—Lo sabes perfectamente bien.

—Y, suponiendo que sepa algo, ¿por qué habría de querer callármelo?

—No te metas en esto, Clare. Te arrepentirás.

—¿Estás amenazándome?

—Las cosas han ido demasiado lejos, ya no están en mis manos. Tienes que olvidarte de este asunto.

—¿Crees por un segundo siquiera que te tengo miedo? —Busco frenética la grabadora de voz que descargué en mi móvil. En el trabajo suelo grabar conversaciones para poder repasarlas y revisar los principales puntos, y tengo la sensación de que tener esta guardada me será útil.

—No es a mí a quien tienes que tener miedo.

—¿Qué quieres decir? —Le he dado al botón de grabar, pero ya es demasiado tarde. Ha colgado—. ¡Mierda!

Intento llamarla, pero al ver que no hay forma de que se establezca la conexión sospecho que a lo mejor ha desconectado el cable. Pongo la grabación, y resulta que lo único que he logrado grabar es esa última pregunta mía.

Apoyo la cabeza en las manos e intento pensar con sensatez. No serviría de nada intentar contactar con Luke o con mamá, ¿qué iba a decirles? No me creerán, se limitarán a preguntarle a Martha y huelga decir que ella lo negará todo y le echará la culpa a mis celos o a la supuesta paranoia que todos creen que sufro.

Agarro mi libreta y mi boli y procedo a transcribir la conversación palabra por palabra o, como mínimo, con tanta exactitud como me resulta posible. Sus últimas palabras son las que más me asustan, y las subrayo tres veces con tanta fuerza que el boli deja profundos surcos en el papel.

NO ES A MÍ A QUIEN TIENES QUE TENER MIEDO.

23

Debo de haberme quedado dormida en algún momento de la noche, pero no ha sido un sueño nada plácido. Me he despertado en varias ocasiones y he comprobado en el móvil si Luke había llamado, pero ni rastro de él.

A las seis de la mañana ya estoy levantada y lista. Tengo que estar en el aeropuerto a las once y devolver el coche de alquiler, tengo por delante un largo día que incluye una escala de tres horas en Atlanta antes del vuelo transatlántico rumbo al Reino Unido.

Le echo un vistazo a mi móvil cada dos por tres, pero para cuando abordo el vuelo internacional he perdido toda esperanza de que Luke me llame.

Ni siquiera logro conciliar el sueño mientras el avión surca el cielo en medio de la noche, así que saco papel y boli de nuevo para intentar esclarecer todo esto.

—*Martha es Alice.*

—*¿Motivos de Martha?: ¿dinero?, ¿trastorno de la personalidad? Quiere ser otra persona: Alice. Ya no se da por satisfecha con eso, quiere todo lo que yo tengo: Mamá, Luke, las niñas. Intenta apartarme de mi propia vida, tal y como hizo con Alice.*

—*Planeado con antelación, no fue algo improvisado.*

—*Está compinchada con alguien, de ahí la amenaza.*

—¿Qué ha sido de la verdadera Alice?, ¿estuvo involucrada Martha?

Me duele escribir esa última línea, pero estoy logrando (no sé cómo, la verdad) disociarme de la emoción que va unida a esa realidad. Ya lidiaré con ella más adelante, lo que me impulsa por el momento es la necesidad de proteger a mi familia.

Me centro en Martha, y en quién podría ser su compinche. ¿Quién es la persona a la que se supone que tengo que tener miedo? No puede tratarse de ningún conocido mío, ¿por qué me haría alguno de ellos algo así? ¿Quién nos odia tanto a mamá y a mí como para hacernos esto?

Avanzo en círculos, las mismas preguntas se repiten una y otra vez y sigo sin encontrar las respuestas. Es necesario que Martha confiese, tiene que contarlo todo. No puedo desentrañar todo esto yo sola.

Me siento aliviada cuando el avión aterriza en Heathrow y salgo por fin del avión. Tras pasar por el control de pasaportes y la aduana me dirijo hacia la salida y, sentada en un banco de piedra, intento contactar de nuevo con mi casa.

Son las siete de la mañana y todos deberían estar levantados y preparándose para la jornada que tienen por delante, pero cuando intento llamar no me contesta nadie; de hecho, ni siquiera salta el contestador automático.

Pruebo con el móvil de Luke. Oigo que la conexión se realiza y después voces de fondo por un segundo, pero entonces se oye un ruido sordo y el sonido queda amortiguado.

—¿Luke? ¡Luke! ¿Estás ahí?, ¿me oyes?

Tengo ganas de llorar. Al ver que la llamada se corta, estampo el móvil con fuerza contra el banco de piedra y oigo el inconfundible sonido de la pantalla al romperse.

—¡Mierda!

Lo reviso y veo que en un extremo tiene una raja bastante grande que se extiende prácticamente hasta el extremo opuesto, y que he abollado además el borde de la funda; por suerte, da la impresión de que aún funciona.

Una persona que está sentada en uno de los bancos que tengo enfrente me mira como diciendo que cómo se me ocurre hacer algo así. Agarro mi mochila con brusquedad y me dirijo hacia el aparcamiento, donde dejé mi BMW unos días atrás.

Justo cuando acabo de entrar en el coche y de dejar la mochila en el asiento del pasajero, mi móvil me notifica que he recibido un mensaje de texto, y doy gracias al cielo por no haber roto el dichoso trasto. Doy por hecho que se trata de Luke, así que me sorprendo al ver que me lo han enviado desde un número que no reconozco y que está claro que no está en mi lista de contactos. Lo abro y aparece en la pantalla una foto de Hannah. Está tomada desde cierta distancia, a través de la portalada de la vieja rectoría, y se la ve saliendo por la puerta principal vestida con su uniforme del colegio de la mano de Luke, rumbo al garaje.

Me llega otro mensaje desde el mismo número: *No cometas ninguna estupidez. No querrás que alguien sufra un accidente, ¿verdad?*

Un gélido río de pánico me recorre las venas. Me tiemblan las manos y estoy tan nerviosa que apenas puedo sostener el teléfono, pero logro darle al botón de llamada para contactar con ese número desconocido. Oigo cómo suena una sola vez, y después un silencio total.

—¿Quién es? —pregunto con voz trémula—, ¿quién eres?

Se oye el sonido amortiguado de una risa, pero no se distingue bien y es imposible saber si se trata de un hombre o de una mujer.

—¡Deja en paz a mi familia! ¡No te atrevas a tocarlos, hijo de puta! ¿Me has oído? ¡Déjalos. En. Paz!

Soy consciente de que me pongo más histérica con cada palabra que sale de mi boca, pero no puedo evitarlo. Tardo un momento en darme cuenta de que han colgado, y casi inmediatamente después recibo otro mensaje: *Hablo muy en serio. No involucres a la policía en esto, sería un error MORTAL del que acabarías arrepintiéndote.*

Abro frenética la puerta y saco la cabeza del coche, creo que voy a vomitar pero solo tengo arcadas y lo único que sale es bilis. La escupo al suelo de asfalto y me tomo un momento para dejar que la sangre me vaya a la cabeza y se me pase el mareo, una vez que me repongo lo suficiente me siento bien de nuevo y me centro otra vez en el móvil.

Me tiemblan las manos mientras reviso los mensajes. Me gustaría que todo esto hubieran sido imaginaciones mías, pero no es así. Es una realidad y la tengo aquí, delante de mis ojos. Me detengo en la foto de Hannah y Luke, uso el *zoom* para verla mejor, pero no logro determinar cuándo habrá sido tomada. Podría ser por la mañana, pero no veo nada que revele si ha sido hoy, ayer o la semana pasada.

Lanzo el móvil al asiento, meto la llave de contacto a toda prisa, el motor cobra vida con un rugido y, con los pies pesados y torpes, salgo a toda velocidad del aparcamiento. Voy a tardar una hora larga en llegar a Little Dray, pero si piso fuerte el acelerador conseguiré llegar antes de que los niños entren en la escuela.

Por suerte, voy en dirección contraria al grueso del tráfico de la hora punta y no me encuentro atascos mientras circulo a toda velocidad por la A23 rumbo a casa. La campiña por la que paso no tarda en convertirse en el familiar paisaje de campos abiertos y ondulantes colinas que asocio con Sussex; miro el reloj al ver el poste indicador de *Bienvenidos a Little Dray* e ignoro la parte donde se pide a los conductores que circulen con prudencia. Giro a la izquierda para tomar la carretera que conduce a la casa, los setos se desdibujan en una amalgama de verdes mientras piso más a fondo aún el acelerador. Lanzo una mirada hacia el reloj del salpicadero y veo que son las ocho y veintitrés, en dos minutos Luke saldrá de casa con Hannah.

Acelero aún más y estoy a punto de salirme de la carretera en la siguiente curva, la parte trasera del BMW se me va un poco, logro controlar el vehículo y evito derrapar y acabar en la cuneta, piso el freno y eso hace que el motor se me cale.

—¡Venga ya! —le grito frenética al coche, mientras giro la llave de ignición.

El motor se pone en marcha de inmediato y, ajena a todo lo que me rodea, arranco de nuevo con un estridente chirrido de ruedas haciendo saltar una nube de polvo y arena a mi paso.

Ya casi estoy allí, ya alcanzo a ver el muro de piedra que rodea el terreno de la propiedad. Soy vagamente consciente de que hay un sedán oscuro aparcado en la cuneta y, con un volantazo, logro esquivarlo en el último segundo. Oigo un golpe y al lanzar una mirada hacia la izquierda veo que tengo el espejo retrovisor de mi lado colgando, pero me da igual.

Veo la portalada negra y maniobro como uno de esos especialistas de las escenas de acción de las películas, logro cruzarla sin rozar siquiera los pilares que la flanquean.

Ella sale de la nada, no la veo venir.

Tenía el camino despejado ante mí y, antes de que me dé cuenta, ella se ha lanzado frente al coche. Piso el freno con tanto ímpetu que estoy prácticamente de pie, nuestras miradas se encuentran y por una fracción de segundo creo que ella está ahí parada sin más, esperando a que la atropelle, pero me doy cuenta de repente de que está moviéndose, tiene los brazos extendidos y está intentando apartar algo de mi camino. Me mira y veo reflejado en su rostro el mismo abyecto terror que yo siento; el tiempo se detiene hasta que me doy cuenta de qué es lo que está intentado apartar del camino de la tonelada de metal que se precipita hacia ellas..., mejor dicho, a quién está intentando apartar.

Doy un volantazo hacia la izquierda para intentar esquivarlas.

Alguien grita, pero no sé de quién se trata ni dónde está. Puede que hayamos gritado todas, pero entonces se produce el horrible impacto y el resto de los sonidos quedan silenciados. Veo cómo golpea su cabeza contra el parabrisas, cómo se forma una telaraña en el cristal mientras este se raja al mismo tiempo que se abomba hacia mí. Otro golpe, esta vez contra el techo.

El coche patina, pero la velocidad a la que voy no puede contrarrestarse con los frenos y choca contra una de las rocas que salpican el borde de la isleta alfombrada de césped. El volante se me escapa de las manos y siento una repentina sensación de ingravidez cuando el coche vuela brevemente por los aires, entonces vuelca y colisiona de lado contra un árbol y al rebotar se vuelve a enderezar. El *airbag* se ha desplegado en algún momento y mi rostro se hunde en él antes de que la inercia me lance hacia atrás de golpe y el lateral de mi cabeza golpee contra la ventanilla.

Soy vagamente consciente de que hay gritos y voces, voces que me resultan familiares pero que suenan muy distantes, como si estuvieran llamándome desde muy lejos. Intento moverme al ver siluetas borrosas corriendo hacia mí, pero no puedo hacerlo porque estoy atrapada, una especie de correa me tiene sujeta. Se abre ante mí un negro túnel que va cerrándose a mi alrededor...

—¡Clare! ¡Clare!

El túnel palpita de golpe y se desvanece, miro hacia un lado y veo a Luke intentando abrir frenético la puerta del lado del conductor.

—¡Tranquila, cielo! ¡Vamos a sacarte de aquí!

Antes de que la puerta se abra, algo capta su atención y mira hacia el otro lado del camino. Es entonces cuando le oigo soltar un visceral grito de dolor, cuando echa a correr y le pierdo de vista. Oigo más gritos, pero no logro descifrar lo que dicen. El volumen y la claridad de las voces vienen y van.

De repente veo a Leonard junto a mí, está diciéndome algo con voz severa y rostro adusto. Está tocándome la cara y le oigo como si estuviera borracho y articulando mal las palabras, mi cerebro no logra entender lo que está diciéndome. Tengo la vista borrosa, entorno los ojos mientras me esfuerzo por centrarme en su voz, sus palabras se vuelven más inteligibles.

—Clare. Desabróchate el cinturón, Clare. El cinturón. Desabróchatelo.

Está buscando a tientas en el interior del coche y yo muevo la mano hacia un lado del asiento, encuentro la hebilla y, al segundo intento, oigo un chasquido. La presión que tenía alrededor del estómago y del hombro cede de repente y me desplomo hacia un lado, el túnel negro está cerrándose de nuevo a mi alrededor y las voces se vuelven distantes, me parece oír también la de Luke.

Me resisto contra la abrumadora sensación de cansancio, consigo abrir los ojos y veo el semblante tenso y lleno de preocupación de Leonard. Está hablándome ceñudo en voz tan baja que apenas alcanzo a oírle, sus palabras suenan ásperas y no logro entenderlas, es algo así como «¿Qué has hecho...?», «Qué estupidez...», «Te lo advertí...». Nada de lo que dice tiene sentido.

Mi cabeza se inclina hacia un lado, laxa como la de una muñeca de trapo, y a través de mis entrecerrados ojos veo el humo que sale del capó del coche.

Miro a Leonard e intento hablar, pero no soy capaz de articular bien las palabras.

—Mar... —digo jadeante. Me duele respirar. Lo intento de nuevo—. Marth...

—Shhh... No hables, no digas nada. —En esta ocasión su voz suena con claridad, y me recorre una nueva oleada de miedo.

Oigo el llanto de una niña y mi instinto maternal emerge de golpe. Es ese instinto capaz de silenciar todo el caos que me rodea, de enmudecer el resto de los pensamientos y sentimientos, tanto físicos como mentales, y que se centra por completo en ese único sonido, un sonido que reconozco al instante. Es Chloe. La oigo, pero no la veo.

—¡Mierda!

Leonard se endereza y se marcha a toda prisa en dirección al sonido. El impacto contra el árbol ha dejado el coche en un ángulo de noventa grados con respecto al camino, y ahora que Leonard no me obstruye la vista puedo ver con claridad el horror que tengo ante mí. Mi cerebro le da prioridad a aquello que requiere con más urgencia mi atención.

Hannah está tirada inmóvil en el suelo, una roja mancha de sangre le tiñe la frente. Luke está arrodillado junto a ella. Se está quitando a toda prisa el jersey azul marino que mamá le compró por su cumpleaños, uno con cuello de pico de la marca M&S, y cubre con él su cuerpecito. Está hablando, veo cómo mueve la boca mientras se inclina sobre nuestra hija, pero no oigo lo que dice. Lo único que oigo son mis propios gritos.

—¡Nooooooo! ¡No, por favor! ¡Dios mío, no!

No sabría decir cuántas ambulancias y coches patrulla llegan a casa. Tan solo soy consciente del sonido de las sirenas, del crujido de la grava del camino bajo los neumáticos, de las comunicaciones por radio, de los sonidos quebrados y fracturados de gente hablando con voz firme y profesional antes de pasar a un tono más suave. Pregunto una y otra vez por Hannah, pero me dicen que están atendiéndola, que no me preocupe y que hay que llevarme al hospital. En un momento dado oigo el zumbido de unas aspas de rotor y percibo un revuelo de actividad más allá de la portalada, pero no es a mí a quien van a transportar en helicóptero.

Colocan tres almohadillas acolchadas de color naranja alrededor de mi cabeza y una correa cruzándome la frente, varios pares de manos me alzan en una camilla naranja. Las correas que sujetan mi cuerpo están tan apretadas que no puedo moverme. Me parece que tengo un gotero en el brazo, no podría asegurarlo con certeza porque no siento nada, pero junto a mí veo una bolsa de fluido colgando de un gancho. Me hacen preguntas para las que creo que no tengo las respuestas.

—¿Chloe? —le pregunto a Leonard, que ha regresado junto a mí en un momento dado, mientras la camilla se alza.

—Está bien. Tu madre está llevándola en este momento a casa de Pippa. —Baja la cabeza y me dice al oído—: No le digas nada a nadie, no respondas a ninguna pregunta hasta que yo haya hablado contigo.

No me da tiempo a preguntarle por qué, ya que meten la camilla en la ambulancia. Cierro los ojos, oigo cómo se cierran las puertas del vehículo y ponemos rumbo al hospital de Brighton. Me tranquiliza un poco saber que Chloe va a estar bien cuidada...

Me viene a la mente el accidente de Daisy. Pippa también creyó que su hija iba a estar a salvo, creyó que yo iba a cuidarla. ¿Cómo es posible que se me olvidara ir a recoger a las niñas?, ¿cómo pude cometer semejante estupidez? Pippa tiene razón al decir que la responsabilidad es mía. Soy la responsable de lo que pasó, y lo mismo puede decirse de lo que acaba de suceder.

Aún siento como si la cabeza estuviera a punto de estallarme, estoy muy cansada. Intento preguntar otra vez por Hannah, pero lo único que recibo es una nueva respuesta elusiva.

Nos encontramos un bache en el camino y la sacudida me arranca un grito de dolor. El brazo izquierdo me está matando, oigo mis propios gemidos.

—¿Qué es lo que te duele, Clare? —me pregunta la paramédica que está sentada conmigo en la parte trasera de la ambulancia—. ¿El brazo? —Al ver que tan solo alcanzo a emitir un inarticulado gemido, añade con voz tranquilizadora—: Vale, entonces voy a administrarte un poco más de morfina. ¿Estás de acuerdo?

Yo suelto otro gemido. Su voz suena cada vez más lejana, y no me veo capaz de seguir luchando contra este cansancio. Lo único que quiero es dormirme..., pero Hannah me viene a la mente y despierto de golpe.

—¡Hannah!, ¿dónde está Hannah? ¿Dónde está mi hija?

Me pongo más frenética con cada palabra que sale de mis labios y con cada segundo que pasa, intento moverme y no puedo hacerlo, la paramédica me pide que me calme. ¿Que me calme? ¿Cómo cojones voy a calmarme si no sé lo que le ha pasado a mi hija? Grito su nombre y me asaltan terribles pensamientos e imágenes de mi niña yaciendo inmóvil sobre el camino de grava, y de repente me hundo en una negra oscuridad.

24

Creo que el personal médico debe de haberme administrado un sedante, porque cuando despierto veo que fuera ya ha oscurecido y que la habitación está bañada por el tenue resplandor de la iluminación nocturna. La quietud de la noche reina en el ambiente, esa quietud que tan solo existe a esas horas, cuando casi todo el mundo está durmiendo. En esta ocasión no se oyen pasos caminando por el pasillo, ni puertas correderas abriéndose junto con el posterior golpecito apagado de cuando se cierran contra el arquitrabe, ni el runrún de conversaciones.

Noto que no estoy sola y, al girar la cabeza hacia la derecha, veo a Luke sentado en una butaca. Tiene los hombros tapados por una sábana que le cubre hasta la barbilla, y la cabeza se le ha echado hacia delante.

Siento un cúmulo de emociones encontradas. Quiero alargar la mano hacia él y que me abrace, pero al mismo tiempo quiero abofetear su rostro sin afeitar y preguntarle por qué no me cree.

Entonces empieza a despertarse, sus ojos van entreabriéndose y se endereza de golpe en la butaca cuando nuestras miradas se encuentran.

—¡Clare! Hola, cielo. —Libera el brazo de debajo de la constrictora sábana y me aprieta la mano—. Es de noche, intenta dormirte otra vez. Necesitas descanso.

—Hannah, ¿cómo está Hannah? —Me da igual cómo esté yo y lo que mi cuerpo necesite o deje de necesitar, lo único que me importa en este momento es saber si mi hija está bien.

—Está bien, la tienen en el ala de pediatría.

—¿En pediatría? —Estoy segura de que ha dicho que está ahí, no en la uci.

—Sí. Solo tiene cortes y magulladuras, y se ha golpeado la cabeza. Han decidido mantenerla en observación esta noche. Aparte de eso, está perfectamente bien.

—¿No tiene nada roto?, ¿no ha sufrido ninguna herida de gravedad?

—No, de verdad que no. Algunos cortes y magulladuras, ya está.

—¡Gracias a Dios! —Un sollozo de alivio me inunda la garganta y aunque trago no logro contenerlo. Lo dejo salir y me doy el lujo de dar rienda suelta a las lágrimas—. ¡Pensaba que la había matado! ¡Nadie me decía nada, y el hecho de que después la policía quisiera hablar conmigo...!

Los mocos y las lágrimas se han entremezclado. Luke saca un puñado de pañuelos de papel del ajado paquete que hay sobre la mesita, me pone uno en la mano y me limpia la cara con el resto.

—Eran meras preguntas de rutina.

Me mira con una expresión que conozco a la perfección, como si estuviera debatiendo consigo mismo si debería decirme algo.

—¿Qué pasa?

—Alice no ha salido tan bien librada. —Baja la mirada por un momento antes de añadir—: Está en la uci. Un pulmón perforado, varios huesos rotos y una herida en la cabeza bastante grave. Tu madre está con ella.

—¡Mierda! —Me siento avergonzada por el hecho de que lo primero que se me pasa por la cabeza es que quizás no pueda interrogarla sobre lo que pasó en América, pero la vergüenza se esfuma de golpe cuando me acuerdo de lo que he descubierto—. Ella no es

Alice. —Al ver que Luke frunce el ceño y me mira con cara de confusión, intento hablar con más claridad—. La mujer que está en la uci no es mi hermana.

—No te entiendo.

—La mujer que está haciéndose pasar por Alice es en realidad su amiga, Martha Munroe.

—¡Venga ya, Clare! Me parece que el golpe que te has dado en la cabeza ha sido más fuerte de lo que yo pensaba.

—Ya sé que parece una locura, pero estoy segura casi al cien por cien. —Me lanza la típica mirada de cuando alguien no te cree—. ¿Dónde está mi bolso?

—No lo sé. Supongo que aún estará en el coche.

—Tráelo, lo necesito. Cuando vayas después a casa, recógelo y me lo traes. Se trata de algo importante, muy importante. Así podré mostrarte las pruebas que he encontrado, y no te quedará más remedio que creerme.

—Mira, Leonard me ha dicho que te advierta que no debes responder a nada de lo que te pregunte la policía —me dice, en un claro intento de cambiar de tema—. Me parece que quiere hablar antes contigo. ¿Qué ha pasado?, ¿por qué conducías como una loca? ¿Acaso no las has visto?

Suelto un bufido de incredulidad.

—¡No, claro que en un primer momento no las he visto! ¡Qué pregunta tan absurda!

—¿Por qué ibas a tanta velocidad?

—Porque tenía miedo.

—¿De qué?

—De Martha, Alice... como quieras llamarla. Me daba miedo lo que pudiera hacer.

La conversación se interrumpe cuando la puerta se abre y una enfermera entra en la habitación.

—Me parecía haber oído voces. ¿Cómo se encuentra? —Se acerca y descuelga el tensiómetro de algún punto por encima de mi cabeza—. Voy a examinarla.

—Voy a ver a Hannah —dice Luke, antes de ponerse en pie—. No quiero que despierte estando sola, me he quedado con ella hasta que se ha quedado dormida.

—Vale. —Me parece bien que se vaya, Hannah es la prioridad—. Dile que la quiero. Puede que me dejen ir a verla.

—En el estado en que estás, lo dudo mucho —lo dice con aspereza, pero su expresión se suaviza al cabo de un instante—. Ya veremos lo que dicen los médicos cuando hagan la ronda de la mañana, están hablando de darle el alta si no surge ningún problema. Pero no sé si a ti te la van a dar tan pronto.

Mira a la enfermera, que se limita a contestar:

—Eso es decisión del médico, lo siento.

—Vendré a verte cuando sepa algo —me dice él. Se detiene y creo que va a besarme, pero cambia de idea y se limita a apretarme la mano—. Nos vemos luego.

—¡No te olvides de traerme el bolso! —Se lo recuerdo mientras se dirige hacia la puerta, y él alza una mano a modo de asentimiento antes de salir.

No puedo evitar preguntarme si de camino a la habitación de Hannah va a pararse a ver a Martha. Me pregunto si esa mujer significará algo para él, si yo le importo menos que ella. No tengo las respuestas a esas preguntas, pero lo que es innegable es que existe un vacío entre nosotros, un vacío que ninguno de los dos sabe cómo llenar. Algo ha desaparecido, pero no sabría decir de qué se trata.

Paso las horas siguientes sumida en una duermevela. Cuando me traen la bandeja del desayuno apenas tengo apetito, así que jugueteo desganada con el bol de cereales y me como medio plátano. Agradezco mucho más la taza de té que me traen a continuación. Enciendo la tele y me pregunto cuándo vendrá a verme Luke, estoy deseando tener noticias de Hannah y me muero de ganas de verla, aunque, por otra parte, soy consciente de que podría asustarse al verme vendada en la cama de un hospital.

Si tuviera mi móvil, al menos podría hacer algunas llamadas. Pippa sería la primera de mi lista, para preguntarle en primer lugar cómo está Chloe y para intentar convencerla después de que no fui yo quien le causó aquellos daños a su coche.

Seguro que la policía regresa después para preguntarme sobre lo del coche de Pippa y el accidente. No sé cómo voy a poder justificar la velocidad a la que iba cuando crucé la portalada de casa, si hubiera aminorado la marcha no habría pasado nada de todo esto.

Al repasar lo sucedido me pregunto qué estaría haciendo Leonard allí a esas horas de la mañana; más aún, ¿qué hacían Martha y Hannah junto a la portalada? Recuerdo esos mensajes de texto que me enviaron a modo de amenaza... Dios, ¿será posible que Martha llevara allí a la niña con el propósito de cumplir con dicha amenaza? Pero, de ser así, ¿por qué se interpondría en el camino del coche? Por lo que recuerdo, ella estaba intentando apartar a Hannah del camino. Recuerdo de repente la conversación telefónica que tuvimos, cuando me advirtió que no era a ella a quien tenía que tener miedo.

Contengo el aliento cuando se me ocurre una hipótesis. Puede que tanto a Martha como a Hannah las empujaran, pero ¿quién haría algo así? ¿Quién sería capaz de poner en peligro deliberadamente la vida de una niña?

Tengo que hablar con Martha.

—¡Hola, cariño, qué bien que te encuentro despierta! —Mi madre cruza la puerta y me abraza sin darme tiempo siquiera a saludarla—. ¿Cómo estás? Anoche bajé a verte, pero estabas durmiendo. La enfermera me dijo que ibas a recuperarte sin problema.

—Sí, estoy bien, exceptuando esto. —Indico con un ademán de la cabeza mi brazo escayolado, y la miro a los ojos al añadir—: No lo hice a propósito, mamá. Fue un accidente. Me crees, ¿verdad?

—Sí, claro que sí —me asegura, con ojos llenos de dolor—. Lo que no entiendo es por qué conducías así.

Me planteo si debería contarle que temía por la seguridad de todos, que me daba miedo lo que Martha pudiera llegar a hacer, pero decido no hacerlo. Si Luke no me cree, es muy improbable que lo haga ella.

—No lo sé —me limito a decir—. ¿Cómo está Alice?

Ella se sienta en el borde de la cama y toma mi mano antes de contestar.

—No muy bien. De momento está sedada con morfina.

—Pero no está inconsciente, ¿verdad?

—El médico dice que va entrando y saliendo de un profundo sueño. Ella no ha dicho ni una palabra, aunque cuando abre los ojos da la impresión de que solo está medio despierta. No sé... —su voz se quiebra ligeramente— no sé si comprende lo que le decimos, se limita a mirarnos antes de apartar la mirada.

—Seguro que será por la morfina —le digo, para intentar darle algo de ánimo—. ¿Qué han dicho los médicos?, ¿cuál es el diagnóstico a largo plazo?

—El cerebro es algo maravilloso, lo único que necesita a veces es un poco de tiempo para recuperarse. La tienen bajo un estrecho control. —Se le llenan los ojos de lágrimas y se los seca con un pañuelo que se saca de la manga.

—¿Qué estaban haciendo Hannah y ella junto a la portalada?

—No lo sé, yo creía que Alice estaba hablando con Leonard en la sala de estar.

—¿Qué hacía él en casa tan temprano?

—Había pasado a traerme unos documentos que yo tenía que firmar —se limita a contestar, sin entrar en detalles—. Me parece que quería hablar contigo cuanto antes.

—Pues podría haberse limitado a llamarme. ¿Y por qué no me pidió a mí que te llevara esos documentos? ¿No crees que todo eso resulta un poco raro?

—No, en absoluto. Leonard puede venir a casa cuando le plazca, no requiere una autorización tuya. Además, ¿por qué no se lo preguntas tú misma cuando venga a verte? Empiezo a plantearme si realmente estás bien de la cabeza. —Se pone en pie y se acerca a la ventana, respira hondo mientras lucha por reprimir su enfado.

—Mamá, tengo que preguntarte algo.

Ella se vuelve a mirarme.

—¡No! No me preguntes nada, no estoy de humor.

—Mamá, por favor...

—Ahora no es momento para eso. —Mira hacia la puerta, y añade con alivio—: ¡Ah!, ahí está Leonard. Quiere hablar contigo.

Se acerca sin más a la puerta y le indica a Leonard que entre.

—Hola, Clare. Me alegra verte despierta y sentada.

Reprimo el impulso de apartarme cuando él se inclina hacia mí para besarme la mejilla. Una vocecilla interior me recuerda que, cuando yo llegué a casa, Leonard estaba con Martha y con Hannah. No sé lo que pueda significar eso, pero es algo que me inquieta.

—Tom te manda un beso, dice que vendrá pronto a verte.

—Gracias —me limito a contestar con voz apagada.

—En fin, he hablado tanto con tu médico como con los inspectores que están investigando el accidente y, básicamente, he logrado que accedan a esperar veinticuatro horas más antes de interrogarte. Si por cualquier razón aparecieran antes, conoces tus derechos. No estás obligada a decir nada sin estar presente tu representante legal.

—Sí, ya lo sé, pero resulta que voy a representarme a mí misma.

—No, de eso me voy a encargar yo. —Acalla con un ademán de la mano mis protestas—. Tú no estás en condiciones de hacerlo, has sufrido una herida en la cabeza.

—Hazle caso, sabe de lo que habla —interviene mamá.

Los dos intercambian una mirada que no logro descifrar, y cuando ella se levanta él le retira la silla y le toca el codo por un segundo cuando ella pasa por su lado. Es en ese segundo cuando tengo una súbita revelación. No sé por qué no me habré dado cuenta antes, pero está claro que los dos son más que amigos.

Esa realidad hace que se me ocurra de golpe una posibilidad que me deja atónita.

Permanezco en silencio mientras mi madre sale de la habitación y él la sigue con la mirada. Se vuelve de nuevo hacia mí, pero, al ver que dirige la mirada hacia la puerta mientras esta se cierra, le pregunto con calma:

—¿Desde cuándo?

Él no intenta negarlo ni fingir que no sabe a qué me refiero, y eso es un punto a su favor. Se sienta en la butaca y se limita a decir:

—Desde hace mucho tiempo.

—Y nunca se os ocurrió decírmelo.

—Tu madre no quería.

—¿Por qué no?

Él me observa con ojos penetrantes antes de contestar.

—Eso ya lo sabes.

Intento sacudir la cabeza, pero me duele y me contento con cerrar los ojos mientras lucho por ordenar mis ideas.

—Él no me llevó a América porque yo no era su hija —afirmo finalmente. Le miro y él confirma mi teoría con un pequeño gesto de asentimiento—. Creyó que lo era durante mucho tiempo, porque siguió junto a mamá y tuvieron a Alice. Así que no se dio cuenta de la verdad hasta después de que mi hermana naciera.

—La verdad es que tendrías que estar hablando de esto con tu madre.

—Ella se niega a hacerlo, así que por lo que parece va a ser contigo con quien lo hable... con mi padre. —Ya está, lo he dicho en voz alta.

Me siento como si estuviera teniendo una especie de experiencia extracorpórea, esta situación es surrealista. Aunque la verdad es que los últimos días y semanas han sido muy extraños. Leonard baja la mirada hacia sus manos y veo por primera vez a un hombre inseguro de sí mismo, es un rasgo que nunca antes había visto en él.

—¿No me querías?, ¿es esa la razón de que mamá siguiera casada con Patrick?

—¡No! ¡Ni se te ocurra pensar que yo no te quería, Clare! —lo dice con tanto énfasis que me sobresalto—. Fue tu madre quien no quiso que se lo contáramos a Patrick, era una situación complicada tanto para ella como para mí. —Se pasa las manos por el pelo—. Tendría que ser tu madre y no yo quien estuviera contándote esto.

—¿Estabas casado en esa época? —le pregunto, mientras hago cálculos mentalmente.

—Sí, con mi primera esposa. Bueno, técnicamente hablando, porque estábamos a las puertas del divorcio.

—Estoy flipando con todo esto.

—Me lo imagino.

—No, ni te lo imaginas. ¡No tienes ni idea de cómo me siento! —Yo misma me sorprendo al hablar con tanto enfado, de repente estoy llena de una furia que ha aparecido de la nada—. ¡Tú lo supiste siempre!, ¡no te ha tomado por sorpresa! Aunque lo de «sorpresa» se queda muy corto.

—Lo siento, no era así como quería que te enteraras.

—No querías que me enterara, y punto. Y mamá tampoco. —No puedo ni mirarle a la cara en este momento—. Me gustaría que te fueras, por favor.

Él no protesta, pero se detiene al llegar a la puerta y se vuelve a mirarme.

—Siempre te he protegido. Haya hecho lo que haya hecho, siempre ha sido pensando en tu bien.

Mis ojos permanecen fijos en las grises nubes que encapotan el cielo y espero a oírle salir de la habitación antes de dejar brotar las lágrimas.

25

Luke tarda una eternidad en regresar, o eso al menos me parece a mí. He estado intentando asimilar la última verdad que me ha sido revelada, mi mundo se ha puesto patas arriba en cuestión de semanas y estoy descubriendo que vivía engañada.

—Te he traído tu móvil, y también el cargador —me dice mi marido, cuando hace por fin acto de aparición, antes de dejar mi bolso a los pies de la cama.

—Gracias —le digo, sinceramente agradecida por el detalle—. ¿Cómo está Hannah?

—Bien. Me la voy a llevar a casa en breve, el médico ya ha pasado y le ha dado el alta.

—¡Gracias a Dios!

—¿Y tú qué?, ¿cómo te encuentras?

—Quieren que permanezca ingresada una noche más, pero, para serte sincera, yo creo que estoy bien. No sé de qué va a servirme pasar una noche más aquí.

—Siempre tienes que protestar.

Me parece un comentario bastante injusto, pero lo dejo pasar.

—Llamaré después a Hannah para hablar con ella, la verdad es que no quiero que me vea así. La enfermera me ha dicho que me pondrán un vendaje menos aparatoso en la cabeza cuando llegue el momento de irme. —Me toco el vendaje antes de añadir—: Parezco un ama de casa de los años cuarenta con esto puesto.

—¿Qué tienen de malo las amas de casa de los cuarenta?, esas medias con costura trasera que usaban no estaban nada mal.

Esboza una pequeña sonrisa y por un segundo veo al Luke al que conocía y amaba antes de que empezara todo este... este asunto con Alice.

—Luke... —No doy voz a lo que iba a decir. Quiero que me asegure que esto no es más que un bache, pero opto por cambiar de tema—. ¿Qué le has dicho a Hannah acerca del accidente? Supongo que ella sabe que no lo hice a propósito, ¿verdad?

—¡Pues claro que sí! —El momento tierno ha pasado y vuelve a aparecer la expresión ceñuda que tanto usa últimamente.

—¿Te ha contado lo que pasó?, ¿te ha dicho por qué Ma..., es decir, Alice y ella estaban en la portalada?

—Dice que fue a buscar a Alice para enseñarle un dibujo que había hecho, o algo así. La vio alejándose por el camino de entrada desde la ventana de arriba, así que fue tras ella.

—¿Y qué pasó después?

—La verdad es que no lo tiene demasiado claro, se puso muy nerviosa cuando intenté hablar más a fondo del tema. Supongo que debió de alcanzar a Alice justo cuando tú cruzaste la portalada.

—¿En serio lo crees? Es decir, ¿no crees que es posible que tenga miedo de contar lo que pasó realmente?

—Clare, cielo, ya estás otra vez con lo mismo. Siempre estás viendo cosas donde no las hay. No, no creo que tenga miedo, sino que está en estado de *shock*. Vivir algo así debe de haber sido traumático para ella.

—Yo no puedo quitármelo de la cabeza. Veo una y otra vez la cara de Alice, oigo el sonido del impacto, y ahora que sé que Hannah también estaba allí, cuando pienso en lo que podría haber pasado... ¡Dios, Luke, no quiero ni pensarlo!

Él me toma de la mano y me dice con voz tranquilizadora:

—Sí, ya lo sé, pero Hannah va a ponerse bien. No puedes martirizarte por lo que ha pasado. —Guarda silencio por unos segundos antes de añadir—: La policía quiere hablar con ella.

—¡No!, ¡ni hablar! —Aparto la mano de golpe y la ternura que había entre los dos se esfuma de nuevo—. ¡No quiero que la asusten!

—Tranquilízate. Sabes perfectamente bien cómo funcionan estas cosas, no van a asustarla; en cualquier caso, ya me he puesto de acuerdo con el inspector y Leonard va a estar presente cuando hablen con ella.

Me tenso al escuchar esto último, no sé si me gusta que Leonard esté cerca de mi hija. Me niego a tener en cuenta el nuevo puesto que él ocupa ahora en lo que a la niña se refiere. Qué situación tan complicada; en este momento no puedo lidiar con el hecho de que él sea mi padre. Eso va a repercutir de forma directa en mis hijas, pero aún no me siento con fuerzas para tratar el tema con Luke. Antes tengo que asimilar la idea.

La voz de mi marido me arranca de mis pensamientos.

—Supongo que la policía querrá hablar contigo hoy mismo.

—No, Leonard ha conseguido que acepten esperar veinticuatro horas.

—El bueno de Leonard siempre está en todo. —Detecto una nota de sarcasmo en su voz, pero decido ignorarla—. ¿Por qué no quieres hablar con la policía?, ¿de qué tienes miedo?

Poso la mirada en mi bolso mientras intento decidir cuánta información darle.

—No es tanto por mí como por Hannah. —Alargo la mano hacia la correa y él me lo pasa—. No quiero que esté involucrada en todo esto, no quiero ponerla en peligro.

—¿Peligro?, ¿qué peligro? ¿De qué estás hablando?

Saco mi móvil del bolso antes de contestar.

—De algo que está pasando. Ya sé que no me crees en lo que a Alice se refiere, pero he recibido unos mensajes de texto bastante comprometedores. Espera, que te los enseño. —Hago caso omiso de la mirada de exasperación que me lanza y centro mi atención en los mensajes que tengo en el móvil—. Qué raro... no los encuentro.

—Lo compruebo de nuevo, busco entre los mensajes la foto de Luke y Hannah y las amenazas, pero han desaparecido.

—¿Qué buscas?

—¿Lo has usado?, ¿has borrado algún mensaje o alguna foto?

—¿Estás hablando en serio?

Voy al apartado de llamadas, donde hay un registro tanto de las entrantes como de las salientes. Busco la que Martha me hizo la otra noche, pero no hay ni rastro de ella y tampoco de las que hice yo.

—No lo entiendo, he recibido una llamada y varios mensajes de texto en los que se me amenazaba, y ahora han desaparecido. ¿Ha tenido acceso alguien a mi móvil?

—Primero crees que Alice no es tu hermana, después que me la estoy tirando, y ahora resulta que han estado enviándote mensajes y fotos y, como no aparecen por ninguna parte, pues alguien ha tenido que estar toqueteando tu teléfono. Y déjame añadir que no tienes ni una sola prueba que demuestre todo eso. —Va de un lado a otro de la habitación con las manos detrás de la cabeza—. Estás enloqueciendo, cada vez lo tengo más claro.

—¡Eso no es verdad!

Él da media vuelta de golpe y se acerca a la cama con la mandíbula apretada y una vena sobresaliéndole en la sien, tal y como suele pasar cuando está cabreado de verdad. Apoya los puños apretados sobre el colchón mientras se cierne sobre mí hasta que su rostro queda a escasos centímetros del mío, y yo me hundo aún más contra la almohada al echarme hacia atrás. Entorna los ojos y oigo el aire que suelta por la nariz mientras lucha por no perder el control.

—Tienes que salir del pozo en el que estás —me dice con voz gélida—. En este momento no te quiero cerca de las niñas, no es sano para ellas.

Me enderezo de forma tan súbita que estoy a punto de darle un cabezazo, pero él ni se inmuta.

—¿Qué quieres decir con eso?

—Que voy a llevármelas a pasar unos días fuera, para que estén lejos de toda esta tensión y de tus ideas descabelladas.

—¡No puedes hacer eso!

—Sí, sí que puedo. Soy el padre y tú no estás en tus cabales en este momento. Es algo que no quisiera tener que hacer, pero no me dejas otra alternativa. —Se pone en pie y me mira—. Solo será por unos días.

—¡No! ¡No te lo voy a permitir! —Estoy llena de pánico y desesperada, me siento impotente—. ¿A dónde piensas ir? ¿Lo teníais planeado desde el principio Alice y tú?, ¿habías planeado dejarme? Pues supongo que el que ella haya terminado en el hospital habrá echado a perder tus planes, ¿verdad?

El torrente de palabras brota de mis labios como por voluntad propia, pero la cara que pone Luke logra callarme de golpe y las palabras se me secan en la boca. Me mira por un largo segundo y en ese fugaz momento veo tantas cosas en su rostro... Veo furia, tristeza, exasperación y desprecio. Me odia, estoy segura.

—Voy a decirte lo que vamos a hacer —me dice con voz teñida de tristeza—. Voy a llevarme a las niñas a pasar unos días a casa de mis padres, y tú vas a poner en orden tus ideas y a arreglar las cosas con tu madre y espero que también con tu hermana. Ya sabes, la que está en la uci en este mismo momento.

—No me abandones... por favor. —Suena patético y me odio a mí misma por ello, pero no soporto la idea de estar separada de Luke y de las niñas. Los recuerdos de cuando Patrick se llevó a Alice me inundan la mente—. ¡Por favor, no te lleves a las niñas!

El semblante de mi marido se suaviza y veo compasión en sus ojos.

—No estoy abandonándote ni llevándome a las niñas, al menos como tú crees. Yo no soy tu padre. Estaré de vuelta en unos días, te lo prometo, y entonces tú y yo nos sentaremos a hablar para intentar buscar la forma de salvar lo que queda de nuestro matrimonio.

Le veo marchar, consciente de que estoy de nuevo al borde de las lágrimas.

Mi vida se está desmoronando y yo soy la única que puede poner fin a esta pesadilla. Bajo la mirada hacia mi móvil. Tengo claro que lo de los mensajes no son imaginaciones mías, por muy estresada y afectada que pudiera estar por el cambio horario. Alguien está conspirando en mi contra, alguien ha estado toqueteando mi móvil y, por una vez, no puedo culpar a Martha.

Vuelco el contenido del bolso sobre la cama para comprobar si me falta algo. Si alguien se ha tomado la molestia de borrar los mensajes de mi móvil es posible que se haya deshecho también de otras pruebas.

Mi cama parece un parque después de un festival con todo esparcido sobre la sábana... tiques de compra, que en algún momento estuvieron pulcramente guardados en mi monedero y que son en su mayoría de la comida y la bebida que compré en América; el recibo del coche de alquiler; mi monedero; un pintalabios (mi preferido, uno rosa que me recuerda al color que suele ponerse mamá); el pasaporte; un paquete de pañuelos de papel; el pequeño neceser de plástico transparente que llevé en mi equipaje de mano; un par de bolis y un mapa de la isla Amelia, así como también mi libreta.

Paso las páginas y veo que han arrancado todas en las que había escrito algo sobre Alice. Tampoco está la caja de lentillas y la copia de la foto de Alice y Martha, que antes estaba cuidadosamente doblada, ahora está arrugada y ajada. Pero nada de todo eso importa realmente, comparado con el hecho de que el sobre marrón que contenía las fotos que Roma me dio de Alice ha desaparecido junto con ellas.

—¡Mierda!

Ya sé que puedo pedirle más fotos a Roma, pero estas eran copias impresas y en cierta forma parecían más reales que una copia digital; en cualquier caso, no puedo perder el tiempo lamentándome por su pérdida, tengo que mantenerme centrada y decidir cuál va a ser mi siguiente paso. Empiezo a meterlo todo de nuevo en el bolso. Recojo los tiques y los organizo de forma que todos estén mirando hacia arriba y del mismo lado antes de meterlos en uno de los bolsillos del monedero, repaso mis tarjetas bancarias para confirmar que están todas y es entonces cuando veo el borde de la página que encontré en casa de Alice, la que tiene lo que parece ser el número de teléfono de un móvil del Reino Unido, asomando entre mi permiso de conducir y el carné de la biblioteca de Hannah.

Se me había olvidado que la tenía.

Impulsada por una nueva oleada de determinación, marco el número sin pensármelo dos veces y al otro lado de la línea descuelgan, pero guardan silencio.

—Hola, ¿con quién hablo? —Me hormiguea el cuero cabelludo al oír el sonido de su respiración, me recorre un torrente de adrenalina—. ¡Eres tú!, ¿verdad? —lo digo con una valentía que en realidad no siento—. ¡Habla!, ¡dime algo! ¡Deja de ser tan cobarde!

Oigo un chasquido de la lengua seguido de una especie de bufido burlón y me cuelgan sin más.

—¡Hijo de puta! —le grito al móvil, antes de lanzarlo sobre la cama en un arranque de frustración.

No hay ninguna duda de que la persona que me mandó los mensajes amenazantes es la misma a la que acabo de llamar, y ahora tengo su número. Me siento exultante por un momento porque estoy convencida de que, si logro rastrear este número de teléfono, averiguaré la identidad de la persona que está detrás de todo esto. Y Martha puede decirme de quién se trata.

26

Camino por el pasillo vestida con la ropa limpia que Luke me trajo antes al hospital junto con mi bolso. Por suerte pensó en traerme una camiseta holgada que he podido ponerme sin demasiadas complicaciones a pesar del brazo escayolado, y también me ha resultado bastante fácil ponerme tanto los pantalones flojos de deporte que compró como las sandalias. Puede que esté molesto y decepcionado, pero ha procurado elegir una ropa con la que me sienta cómoda.

La enfermera de la uci alza la cabeza al oírme llegar y no parece sorprenderse al verme.

—Vengo a ver a mi hermana. —Las palabras quedan ligeramente atoradas en mi garganta—, Alice Kennedy.

—Me han llamado desde la planta donde está usted para informarme de que venía —me contesta con una cálida sonrisa.

—¿Cómo está?

—Va mejorando. Ha ido volviendo en sí de forma intermitente, pero no hay duda de que está mejorando y creemos que saldrá pronto de la uci.

—Qué buena noticia. —Lo digo con sinceridad, ya que puede que obtenga algunas respuestas si está despierta.

—No puede permanecer mucho tiempo con ella. En circunstancias normales no se recomienda que otros pacientes visiten a alguien que está en la uci, pero dado que usted es su hermana...

La sigo hasta una habitación privada que no se encuentra en el pasillo principal, seguro que se la han asignado porque mamá se ha encargado de ello. Es muy parecida a la mía, con la excepción de que hay más máquinas e instrumental. Martha está conectada a un monitor cardíaco que pita rítmicamente de fondo, tiene una cánula en el dorso de la mano y una vía intravenosa que conecta con una bolsa transparente que contiene un fluido.

—La vía intravenosa es para hidratarla —me explica la enfermera—, y para poder administrarle calmantes de forma rápida y directa. No hay nada de qué preocuparse. Han aplicado un vendaje especial de vaselina para sellar el agujero del pulmón que ha sido perforado por la costilla; tiene una costilla rota y otra con una fisura. Va a ser doloroso, pero su vida no corre peligro.

—Gracias, me alegra saberlo.

—Bueno, las dejo solas unos minutos.

—¡Ah, por cierto, antes de que se vaya...! ¿Sabe si le han quitado las lentillas?

Ella me mira sorprendida.

—No sabía que Alice llevara lentillas, permítame revisar las notas. —Consulta la tablilla que hay a los pies de la cama—. Aquí no pone nada al respecto y yo no se las he visto al hacer las revisiones rutinarias, en las que se incluye comprobar la reacción de las pupilas a la luz.

—¿Le ha revisado los ojos?, ¿de qué color los tiene? —Al verla titubear, me apresuro a añadir—: Es que las lentillas que suele ponerse son de color, por eso lo pregunto.

—Verdes, estoy casi segura de que los tiene verdes.

—¿Seguro que no son azules?

—Yo diría que no.

—No de un azul normal. Se acordaría si fueran de un tono azul muy intenso, ¿verdad? Aunque podría echar un vistazo rápido ahora mismo, así se ahorra el tener que preguntárselo a alguna compañera.

—Esto se sale del procedimiento habitual, pero supongo que no pasa nada por comprobarlo. —Se saca una linternita del bolsillo—. ¿Está segura de que las lleva?

—Por completo.

Le alza el párpado derecho y después el izquierdo. Yo intento asomarme por encima de su hombro, pero no alcanzo a ver gran cosa, y poco después emite su veredicto:

—Los tiene verdes, tal y como yo pensaba, así que está claro que no lleva lentillas; en cualquier caso, de haberlas llevado me habría dado cuenta.

—Gracias, solo quería asegurarme para quedarme tranquila.

—Está bien. Bueno, como ya le he dicho, dispone de unos minutos.

Acerco la silla a la cama y, tras esperar a que la enfermera se vaya y cierre la puerta, me inclino hacia delante apoyándome en el brazo derecho y le susurro a Martha al oído:

—Ya sé que no eres Alice, tienes que contarme qué es lo que está pasando. ¿Quién está involucrado en esto contigo? —Al ver que sus párpados se agitan por un instante tengo la esperanza de que me haya oído y procedo a intentarlo de nuevo—. Por favor, Martha, tengo que saberlo.

Su brazo da una pequeña sacudida y su cabeza se mueve hacia un lado, sus párpados vuelven a agitarse. Me acerco aún más y la llamo por su nombre.

—Martha, despiértate.

Sus ojos se abren de golpe y la confusión que se refleja en un primer momento en su mirada da paso al miedo. Intenta apartarse de mí y el movimiento le arranca un gemido de dolor.

—¡Vete! —dice con voz entrecortada y saliva sellando las comisuras de su boca—. ¡Vete! —Gira la cabeza hacia el otro lado y cierra los ojos.

—No pienso hacerlo hasta que obtenga algunas respuestas. —Abre los ojos cuando le agarro el brazo con mi mano derecha; intenta zafarse, pero carece de las fuerzas necesarias para ello—. ¿Quién mató a Alice? —Una súbita sensación de apremio se apodera de mí, no sé de cuánto tiempo dispongo antes de que entre alguien.

—¡Déjame en paz! —me dice, sin arrastrar tanto las palabras.

—Si no me lo dices, llamaré a la policía y les diré quién eres en realidad. —Requiero de todo mi autocontrol para reprimir el abrumador impulso de subirme a la cama y zarandear a esta mujer hasta que confiese, me da igual tener un brazo roto—. ¡Por el amor de Dios, Martha! —Doy un puñetazo contra la cama llevada por la frustración.

Ella me mira con desprecio y dice, con voz burlona y llena de desdén:

—Eres igualita que ella, todo tiene que ser como tú quieres. Da pena, es patético.

—¿Qué quieres decir?

—Siempre conseguiste todo lo que querías, ¿verdad? —Tiene la respiración cada vez más agitada, el pitido del monitor cardíaco empieza a acelerarse.

—¿Todo esto es por dinero?

Ella yace completamente inmóvil con los ojos cerrados por unos segundos y finalmente respira hondo y abre los ojos de nuevo.

—Además de tener todo lo que querías, siempre recibiste amor. No tienes ni idea de lo que es que te rechacen, que no te quieran, no tener nada.

—Y tú no tienes ni idea de lo que yo pueda sentir o dejar de sentir, pero no estamos hablando de mí, sino de Alice. —Me pongo de pie y me inclino sobre ella hasta que nuestros rostros quedan a escasos centímetros de distancia el uno del otro, le agarro el hombro con mi mano sana y la empujo contra el colchón—. ¿Qué fue lo que pasó?, ¿dónde está Alice?

Soy vagamente consciente de que la puerta de la habitación se abre, pero no soy capaz de contenerme y la empujo contra el colchón con más fuerza aún mientras acerco mi cara hasta dejarla a milímetros de la suya.

—¡Eh! ¡Qué está pasando aquí? —grita una voz a mi espalda, un momento antes de que un par de manos me aparten de Martha.

27

—¡Clare! ¡Detente, ya basta! —exclama Tom, que me empuja hacia un rincón de la habitación antes de volverse a mirar por encima del hombro a Martha, a quien no le he quitado los ojos de encima.

Ella me devuelve a su vez la mirada mientras echa mano de sus dotes de actriz; cualquiera diría que está asustada de verdad.

—¡Aléjala de mí! —exclama, resollando, mientras pulsa frenética el timbre para llamar a la enfermera. La aguja del electrocardiograma sube y baja de forma errática, empiezan a sonar no sé cuántas alarmas y una enfermera entra corriendo.

Tom me suelta, pero me agarra la mano para asegurarse de que me quede quieta.

—¿Qué ha pasado? —La enfermera intenta calmar a Martha, que se resiste frenética con la respiración entrecortada y los ojos fuera de las órbitas.

Otra enfermera irrumpe en la habitación, observa la escena con ojo experto y se pone manos a la obra cuando la otra, sin cesar en sus esfuerzos por calmar a Martha, le indica que la paciente necesita oxígeno.

Tom y yo permanecemos en el rincón, viéndolas trabajar sin poder hacer nada por ayudarlas. Él me lanza una mirada interrogante que yo ignoro, pero a la que no puedo ignorar con tanta facilidad es a la vengativa vocecilla que está susurrándome al oído. Si

Martha muriera ahora se habría hecho justicia en cierto modo en lo que a Alice se refiere, ya que estoy convencida de que a mi hermana le ha sucedido algo terrible. Sería una cuestión de karma, de recoger lo que se siembra, el típico ojo por ojo... todos esos clichés me pasan por la mente y, durante unos segundos, me permito el lujo de saborear la idea.

—¿Estás bien?

La voz de Tom me saca de mis oscuros pensamientos y me devuelve al presente. Le miro por un momento antes de volverme de nuevo hacia Martha y me limito a contestar:

—Sí.

Las enfermeras le han colocado una mascarilla de oxígeno a Martha, cuya respiración va calmándose poco a poco. No sé qué habrán hecho, si le habrán administrado algún sedante para bajarle el ritmo cardíaco, pero la cuestión es que parece estar quedándose dormida.

—¿Ha pasado algo? —me pregunta una de las enfermeras.

—No. Estaba hablándome acerca del accidente y se ha alterado. —No sabría decir si me cree o no.

—Será mejor que nos vayamos —afirma Tom, antes de tomarme del codo.

—Sí, buena idea —asiente la enfermera, que salta a la vista que no está demasiado complacida conmigo.

Tom me conduce hacia la puerta y comenta, una vez que salimos de la habitación:

—Por un momento he pensado que íbamos a perder a Alice. —Me toma de nuevo del brazo mientras me conduce por el pasillo—. Vamos, te vendrá bien un café.

Nos dirigimos a la cafetería de la última planta, que cuenta con una terraza. Es un día bastante ventoso y ominosos nubarrones encapotan el cielo, así que optamos por sentarnos dentro junto a una ventana. Estoy harta de estar metida en este edificio y necesito disfrutar de algo de luz natural, aunque sea la de un día tormentoso.

—Hoy no hace muy buen tiempo —comenta Tom, antes de dejar sobre la mesa su café americano y mi capuchino—. Me parece que han anunciado lluvias para esta noche.

Guardamos silencio mientras miramos por la ventana y saboreamos nuestros respectivos cafés, y soy yo quien toma finalmente la palabra.

—Tom...

—Dime.

—¿Confías en mi buen juicio?

—Sí, claro que sí.

—¿Me consideras una persona cuerda y cabal? ¿Te parezco alguien que no se precipita a la hora de tomar decisiones ni de llegar a conclusiones?

—Una persona responsable y de fiar. Sí, sin duda.

—Gracias por no decir «aburrida».

—Ese es un adjetivo que jamás usaría para describirte —me asegura, con una pequeña sonrisa—. Bueno, ¿quieres contarme qué es lo que pasa?

Me tomo unos segundos para organizar mis ideas y escoger bien mis palabras.

—¿Sabes cuando alguien suplanta la identidad de una persona y averigua sus datos bancarios, la dirección de su casa y todo ese tipo de cosas?

—Sí, y lo que suele pasar es que le roba hasta el último penique.

—Sí, es verdad. Pero ¿qué pasa cuando esa suplantación de identidad se lleva al extremo? Supongamos que va más allá de adueñarse desde la distancia de la identidad financiera de alguien y el suplantador se hace pasar por esa persona en la vida real, ante los demás. Supongamos que va por ahí afirmando ser esa otra persona, que se adueña de su pasado, que llega al caso extremo de creerse que es la persona a la que suplanta.

—Como dices, eso sería un caso extremo.

—Pero posible.

—Sí, supongo que sí. Pero solo sería posible si el suplantador no interactuara con nadie que conociera a la víctima.

—Exacto, tendría que ser gente que no conociera de antemano a la víctima.

Él tamborilea con los dedos sobre la mesa y frunce los labios mientras me mira pensativo.

—¿A dónde quieres llegar, Clare?

—A que la que está en la uci no es Alice. Quien está ahí dentro es la amiga de mi hermana, Martha Munroe. —Él se remueve ligeramente en el asiento y su mirada recorre la cafetería. Está claro que está evitando mirarme a los ojos y que no me cree; acabo de quedar de nuevo como una tonta—. Perdona, no tendría que haber dicho nada. Ignórame.

—No, espera un momento. —Se le ve muy serio y me mira a los ojos al añadir—: Me alegra que lo hayas hecho. Alice me dijo algo, y desde entonces he estado en la tesitura de no saber si debía contártelo o no.

—¿Qué fue lo que te dijo? Cuéntamelo, Tom. Sabes que ella no es Alice, ¿verdad?

—Vino a mi casa la otra noche y sí, ya sé que no es Alice.

—¿Y no me lo contaste? —Estoy indignada, no entiendo cómo es posible que me haya ocultado algo así.

—Me hizo prometerle que no lo haría. Estaba asustada y no sabía qué hacer, me dijo que se había metido en algo que se le había escapado de las manos y que no sabía cómo enderezar la situación.

—¿En qué se había metido exactamente?

—No sé cómo decirte esto...

—¡Dímelo sin más, sea lo que sea! —Me preparo para lo peor. Estoy convencida de que va a decirme que Luke también está enterado, que mi marido tiene una aventura con ella y en realidad no piensa traer a las niñas de vuelta—. ¡Dímelo de una vez!

—Hace un tiempo estuve auditando en el bufete algunas de las cuentas, era algo puramente rutinario que todos hacemos de vez en cuando; de hecho, puedo decirte cuándo fue exactamente: justo antes de que Leonard viajara a América para asistir a la reunión de negocios aquella.

—La reunión que al final no sirvió para nada.

—Exacto. En fin, no tengo ni idea de lo que estuvo haciendo por aquellos lares, pero estoy bastante seguro de que no tuvo nada que ver con una reunión de negocios. Estoy convencido de que fue a América por una razón muy distinta.

—¿Para encontrarse con Martha?

—Es posible, y tendría sentido.

—No te sigo.

—Vale, vamos por partes. Hace unas semanas estaba llevando a cabo una miniauditoría de las cuentas internas y tu fideicomiso estaba entre ellas. Fue seleccionado al azar, y al echarle un vistazo encontré varias irregularidades, cosas que no cuadraban. Y tampoco pude hacerlas encajar con las anotaciones de Leonard.

—¿Qué clase de irregularidades?

—Dinero sin contabilizar.

—¡Pero si se supone que él está encargándose de supervisar todo eso, mamá lo dejó en sus manos!

Si Tom me hubiera contado esto ayer, me habría echado a reír y me habría negado a creerle, pero, después de enterarme de cómo me ha engañado Leonard durante todos estos años en lo que a Patrick Kennedy y a la verdadera identidad de mi padre se refiere, la verdad es que no me cuesta nada creer que haya estado haciendo algo turbio con el dinero.

—El bufete no va demasiado bien —me dice Tom—. ¿Recuerdas que tanto tú como yo tuvimos que desembolsar una suma bastante grande de dinero cuando nos convertimos en socios?

—Sí, pero eso es algo normal, ¿no?

—Leonard ha estado ocultándonos las verdaderas cifras. Nos ha tenido engañados, y no sabes hasta qué punto. Tengo toda la información en mi casa.

—Vale, Leonard ha estado sustrayendo dinero del fideicomiso, pero me gustaría saber qué tiene que ver eso con la mujer que está haciéndose pasar por mi hermana. Has dicho que acudió a ti porque estaba asustada.

—Sí, así es. Llamémosla por su verdadero nombre. Martha me dijo que Leonard la había involucrado en todo este engaño, y que todo guardaba relación con el fideicomiso y la casa de tu madre. Ella no estaba al tanto de todos los detalles y, para serte sincero, yo mismo no sé cómo encajan las piezas. He estado intentando investigar por mi cuenta... a escondidas, por supuesto..., pero Leonard es un zorro astuto además de inteligente.

Me paso la mano por la cara, esto es una pesadilla. Estoy intentando dilucidar qué propósito podría tener Leonard, para qué querría que Martha se hiciera pasar por Alice. A lo mejor tenía pensado compensarla con parte del dinero del fideicomiso, puede que hubieran acordado repartirse el botín. Si el bufete está en apuros o Leonard le debe dinero a alguien...; al fin y al cabo, se ha divorciado tres veces, así que a saber si tendrá alguna deuda. Puede que necesitara dinero con desesperación y obtenerlo del fideicomiso le pareciera una solución fácil, ya que nadie iba a enterarse.

—No podemos hablar aquí —me dice Tom.

Me indica con los ojos una mesa cercana, y al ver que sus ocupantes nos están lanzando miradas llenas de curiosidad me inclino hacia delante y bajo la voz al hablar.

—Tienes que contárselo a la policía.

—No, aún no. No tenemos pruebas. Antes de poder hacerlo tengo que ponerte al tanto de todos los detalles y encajar mentalmente las piezas.

—Has dicho que tienes pruebas en tu casa.

—Sí, en una memoria USB.

—Vale, espérame aquí. Vuelvo en diez minutos.

—¿A dónde vas?

—A por mi bolso, lo tengo en mi habitación. Y después vamos a tu casa a aclarar todo esto. Martha no va a moverse de donde está, así que tenemos tiempo.

—Voy contigo a por el bolso, será más rápido. Además, no te quiero recorriendo sola el hospital con una herida en la cabeza.

Nos dirigimos al ala privada del hospital donde se encuentra mi habitación, pero aminoramos el paso al llegar al pasillo para no levantar sospechas. La enfermera del puesto de control alza la mirada por un momento antes de proseguir con el papeleo que tiene sobre la mesa. Una vez que llegamos a mi habitación, agarro mi bolso y salgo de nuevo junto a Tom; por suerte, el puesto de control está vacío en este momento, lo que nos permite marcharnos sin que nadie se entere.

Él pulsa el botón de llamada del ascensor cuando llegamos al final del pasillo, y mientras esperamos miro hacia la ventana y veo por pura casualidad a Leonard, que camina rumbo al hospital con paso decidido junto a mamá.

—¡Mierda, mamá y Leonard! Me parece que vienen hacia aquí.

—Bajaremos por la escalera —dice, antes de tomarme de la mano.

Buscamos los letreros indicadores de salida y abrimos la puerta doble que conduce a la escalera, pero cuando empezamos a bajar admito, con una mueca de dolor:

—No puedo ir demasiado rápido, me duele el brazo al bajar cada escalón.

—No te preocupes, tómate tu tiempo.

A pesar de sus palabras, noto cierto apremio en su voz. Tan solo tenemos que bajar un tramo de escaleras para llegar a la planta baja y, una vez allí, puedo acelerar el paso. Tom introduce el tique del aparcamiento en la máquina, paga el importe y me conduce a su coche.

—¿Qué le ha pasado al retrovisor? —le pregunto, al sentarme en el lado del pasajero, al ver que al retrovisor en cuestión le falta el espejo y que tiene un arañazo muy grande en la carcasa.

—Le he dado a la dichosa barrera al entrar en el aparcamiento —me dice al sentarse al volante—. Estaba preocupado por ti y me he distraído.

En cuestión de minutos estamos saliendo del aparcamiento. Alzo la mirada hacia la ventana de mi habitación y veo a Leonard parado allí, mirando hacia nosotros. Tom pisa el acelerador y nos vamos en un visto y no visto, pero siento el peso de la mirada de Leonard como una ominosa amenaza que impregna el coche.

—¿Qué va a decir Luke cuando descubra que te has esfumado?

—Ha ido a casa de sus padres, se ha llevado a las niñas.

Apoyo la cabeza contra el asiento mientras me pregunto cómo se lo habrá explicado a Hannah, y tomo nota mental de llamar luego. Las plomizas nubes parecen estar asentándose y las copas de los árboles se cimbrean bajo el envite del fuerte viento, que arrecia y golpea el lateral del coche conforme nos dirigimos hacia la costa.

Bajo la visera y pregunto, mientras me miro en el espejito:

—¿Podríamos hacer una parada en una tienda?

—Sí, sin problema. ¿Qué es lo que necesitas?

—Algunas vendas.

Empiezo a tirar con cuidado del borde del esparadrapo que sujeta la venda de gasa que me han colocado cual turbante, y cuando logro agarrarlo bien con el índice y el pulgar procedo a arrancarlo con suavidad; entonces, sin pensármelo dos veces, deshago el vendaje, que va cayendo como un largo espagueti sobre mi regazo hasta dejar al descubierto una venda rectangular, de unos cinco centímetros de ancho por siete de largo, en cuyo centro hay una mancha seca de sangre.

—¿Estás segura de que es recomendable que te quites eso?

—No te preocupes, no pasa nada.

Tom aparca frente a un pequeño supermercado. Lo miro sorprendida cuando regresa varios minutos después con un botiquín entero de primeros auxilios, y él se encoge de hombros.

—He querido asegurarme de tener todo lo necesario, no sabía qué era lo que necesitabas exactamente.

—Gracias, seguro que encuentro algo que me sirva —le digo con una sonrisa. Nos ponemos en marcha de nuevo, y mi móvil empieza a sonar cuando ya casi hemos llegado a su apartamento—. Es Leonard —le digo, mostrándole la pantalla.

Justo cuando estoy a punto de contestar, me cubre la mano para detenerme.

—No le digas nada que pueda darle una pista de dónde estás ni de lo que has averiguado, tú y yo tenemos que analizar la información de la que disponemos y tener claro lo que pasa antes de hablar con él. Ya sabes cómo es, antes de que nos demos cuenta nos habrá convencido de que somos nosotros los que estamos chalados.

—Sí, tienes razón. —Silencio el móvil—. Quizás sería mejor que me limitara a enviarle un mensaje de texto asegurándole que estoy bien, no quiero que llamen a la policía ni nada parecido.

—Tú decides.

En el mensaje que escribo le digo a Leonard que solo he salido con Tom a respirar un poco de aire fresco, y le aseguro que hablaré con él más tarde.

—Me dijo que iba a estar presente cuando la policía hablara hoy con Hannah sobre el accidente, a lo mejor debería hablar con él por si acaso —comento pensativa.

—¡No! —lo dice con tanto énfasis que me sobresalta un poco—. Ya hablarás luego con él.

Tom mantiene los ojos fijos en la carretera y yo guardo silencio, consciente de que todo esto lo tiene más nervioso de lo que quiere aparentar. Tiene el labio superior perlado de sudor. Entramos en el aparcamiento subterráneo y, cuando apaga el motor, se vuelve a mirarme. El tenue resplandor amarillo de la luminaria de la pared me permite ver a duras penas su rostro.

—Perdona que haya sido tan brusco, es que estoy un poco nervioso por lo de Leonard. Venga, subamos a mi apartamento. Allí podremos hablar con tranquilidad.

Salgo del coche y le sigo rumbo al ascensor. Le conozco desde hace mucho tiempo y sé que tiene unos nervios de acero, así que verle nervioso me causa una profunda inquietud.

Entramos en el ascensor y justo cuando acabo de posar la mano en su hombro noto la vibración que indica que he recibido un mensaje de texto, pero, por algún motivo que no sabría explicar, no quiero que él lo sepa.

En cuanto llegamos a su apartamento me disculpo y voy al cuarto de baño pertrechada con mi bolso y con el botiquín.

—Ya que estoy, aprovecharé para cubrir el corte con un vendaje limpio —le digo por encima del hombro.

Al entrar en el cuarto de baño me aseguro de echar el pestillo y, tras abrir el grifo y dejar el agua corriendo, saco mi móvil del bolso. No me sorprendo al ver que es Leonard quien me ha enviado el mensaje, que dice lo siguiente: *No te fíes de él. Llámame. Tengo que contarte algo importante.*

28

—¡Clare! ¿Va todo bien ahí dentro?

La voz de Tom me toma por sorpresa, me sobresalto tanto que por poco se me cae el móvil.

—¡Sí! ¡Enseguida salgo! —Borro el mensaje a toda prisa y guardo el móvil en el bolso.

Minutos después estamos sentados en la sala de estar y él está dándome una copa de vino.

—He pensado que te vendría bien algo más fuerte que una taza de té.

—Gracias. —La verdad es que no me apetece demasiado, así que me limito a tomar un sorbito por pura cortesía y dejo la copa sobre la mesa auxiliar que tengo al lado—. ¿Dónde está tu portátil? —le pregunto, mientras lanzo una mirada alrededor.

—En el cuarto donde tengo el escritorio, en un momento lo tengo preparado. —Se sienta junto a mí en el sofá—. ¿Estás bien? Vamos, sé sincera.

—Sí, más o menos. Todo es un poco surrealista, no sabría decirte cómo estoy. —Suelto una carcajada forzada—. No puedo dejar de pensar en el accidente, lo revivo una y otra vez y no me quito de la cabeza que pude haber hecho algo para impedirlo.

—No te culpes por lo que pasó, no hiciste nada malo.

—Es que todo pasó tan rápido...

—Mira, yo también he estado dándole vueltas a lo del accidente y lamento tener que ser yo quien plantee esta posibilidad, pero ¿crees que Leonard pudo tener algo que ver?

—No, él jamás haría nada que pudiera causarle algún daño a Hannah. La culpa la tuve yo por ir a tanta velocidad.

—Analicémoslo desde otro ángulo. —Me mira como si su teoría tuviera una base firme, y sigue hablando al ver que yo me limito a encogerme de hombros—. ¿Qué estaba haciendo él en tu casa? No suele presentarse allí a la hora del desayuno, ¿verdad?

—No, en eso tienes razón. Mamá me ha comentado que quería que ella le firmara unos documentos, pero creo que a lo mejor fue para poder hablar conmigo antes de que lo hiciera la policía.

—¿Y si se olió que tú habías descubierto que Martha estaba haciéndose pasar por Alice? A lo mejor no quería que esa información saliera a la luz y fue a la casa para alertarla, puede que quisiera hablar en privado con ella y que quedaran en verse junto a la portalada...

—Sabiendo que yo iba de camino —finalizo la frase por él. La posibilidad de que Leonard pueda haber provocado el accidente hace que se me revuelva el estómago—. Pero ¿cómo es posible que midiera tan bien los tiempos?

—Puede que fuera cuestión de suerte. Tú ya habías dicho el vuelo que ibas a tomar, y no hace falta ser un genio para calcular cuánto dura más o menos el trayecto desde el aeropuerto hasta tu casa.

—Esto son puras conjeturas, no tenemos pruebas. Me cuesta mucho creer que fuera él quien lo orquestó todo. —Me pregunto si será porque no quiero creerlo—. No, ni hablar. Él jamás le haría daño a Hannah.

—Eso no lo pongo en duda, a lo mejor la presencia de la niña fue una lamentable casualidad.

Pienso en el accidente que nunca se me va del todo de la cabeza, aunque llamarlo así ya no me parece adecuado.

—Estoy convencida de que Martha empujó a Hannah para apartarla de en medio. No quiero ni pensar en lo que podría haber pasado de no ser por ella. —La mera idea hace que empiecen a temblarme las piernas y él posa una mano en mi muslo para aquietarlas.

—Perdona, no era mi intención alterarte, pero la verdad es que creo que Leonard está atando los cabos sueltos. Es posible que Martha ya se haya deshecho de Alice por orden suya.

—¡Mi hermana no es una bolsa de basura! —No me gusta nada la forma en que habla de Alice, como si fuera obvio que en lo que a ella se refiere ya no hay ninguna esperanza. Aún no estoy preparada para plantearme esa posibilidad.

—Perdona, me he expresado mal.

—No te preocupes, olvídalo. Tenemos que hablar de nuevo con Martha, es ella quien posee toda la información y puede contarnos qué fue lo que pasó exactamente.

—Dudo mucho que seas bien recibida, déjalo en mis manos. Yo me encargo de hablar con ella.

—Vale, gracias.

Tomo un sorbo de vino y noto el calorcito que me baja por la garganta y un ligero ardor en el estómago vacío. Me cuesta aceptar la teoría de Tom sobre la culpabilidad de Leonard, pero mi mente racional no me permite descartarla. La cabeza siempre se impone al corazón; aun así, hay una vocecilla en el fondo de mi mente que me advierte de que estoy pasando algo por alto, pero no sabría decir de qué se trata.

—Ya sabes que Leonard siempre ha tenido un lado despiadado, en el pasado me amenazó —afirma Tom—. No pongas esa cara de sorprendida.

—Es que tengo la sensación de que estamos hablando de dos personas distintas. Ya sé que a veces puede ser bastante duro, pero jamás le habría descrito como una persona despiadada.

—En tu caso es diferente porque tiene amistad con tu familia y todo eso, pero existe una vertiente de su personalidad que desconoces. ¿Por qué crees que se ha divorciado tres veces? —Se inclina hacia delante y apoya los brazos en las rodillas—. Una vez le vi en acción cuando salimos a tomar unas copas. Fue poco después de mi ruptura con Isabella, fuimos a un club privado.

—¿El Vanilla Paradise?

—Sí, ¿lo conoces?

—Es el de McMillan, donde trabajaba el chico al que despidió y que le ha demandado por despido improcedente.

—Ah, ya voy atando cabos. En fin, la cuestión es que Leonard trató fatal al personal y se pasó mucho de la raya con una de las chicas que hicieron un baile privado para él. Tuvimos que sobornarla para evitar que llamara a la policía. Te ahorraré los detalles, pero él se comportó como un cerdo.

Supongo que al oír todo eso debería sentirme sorprendida o impactada, puede que ambas cosas, pero ya nada me sorprende después de los acontecimientos de estas últimas semanas.

—Si él ha tenido algo que ver con la muerte de mi hermana, hay que detenerle. No podemos dejar que se salga con la suya. Muéstrame los documentos antes de que beba demasiado vino y no pueda concentrarme.

Nos dirigimos al que en teoría debería ser el cuarto de huéspedes, pero que en realidad es tan pequeño que ni siquiera sé si cabría en él una cama individual. El espacio es el justo para albergar un escritorio y un archivador.

Después de encender el portátil, Tom saca del cajón una cajita que contiene varias memorias USB.

—No guardo nada importante en el disco duro del ordenador, no quiero arriesgarme a que se borre o le pase cualquier cosa —me explica.

En cuestión de un par de minutos ya ha conectado una de las memorias USB al portátil y la está abriendo para ver los archivos. Hay varias carpetas que a su vez contienen otras, y él selecciona finalmente la que busca.

—Bueno, vamos allá. En esta lista tenemos las transacciones, las fechas, la descripción y la cantidad, y en esta otra figura a dónde han ido a parar los pagos según mis averiguaciones. Pasan por numerosas cuentas y están ocultos dentro de otras transacciones, pero si te fijas en este diagrama de flujo que elaboré verás que el dinero termina finalmente en una cuenta extranjera que está vinculada a Leonard. Adelante, échale un vistazo.

Sigo el diagrama y leo por encima algunos de los documentos que Tom ha copiado y guardado para tener pruebas fehacientes. Es como una telaraña de transacciones y la verdad es que el derecho corporativo no es mi especialidad, así que al final acabo por perderme y tengo que confiar en el diagrama de Tom como si de un dogma de fe se tratara.

—Acabo de encajar todas las piezas del rompecabezas —me dice—, pero aún me queda por obtener alguna prueba que demuestre que el dinero termina en manos de Leonard. Una vez que la tenga y que haya hablado con Martha, no habrá nada que pueda detenernos a ti y a mí.

—¿Crees que ella podrá incriminarle? Ten en cuenta que intentó advertirme de que había alguien más implicado. Me llamó cuando regresé al Reino Unido y recibí unos mensajes amenazantes que debió de enviarme Leonard, ¿crees que podremos convencerla para que aporte pruebas que demuestren que él es culpable?

—No lo sé, supongo que dependerá de hasta dónde esté involucrada ella misma.

—Martha es el eslabón débil, si logramos que ceda tendremos un caso bien fundamentado. —Me echo hacia atrás en la silla y suelto un suspiro—. Mamá y Luke se darán cuenta al fin de que la desconfianza que me inspiraba esa mujer estaba justificada, que no eran imaginaciones mías. —Le miro y veo que no está sonriendo; de hecho, se le ve un poco apesadumbrado—. ¿Qué pasa?

—Nada.

—Estás callándote algo, conozco esa mirada. Venga, desembucha.

Él niega con la cabeza, baja la mirada hacia sus manos y entonces se endereza en la silla y, tras salir de la carpeta donde estaba, hace clic sobre otra que tiene por nombre *fotos.*

—No quería verme obligado a contarte esto, pero somos amigos desde hace muchos años y sabes bien el cariño que te tengo. —Hace clic sobre una carpeta que está dentro de la anterior.

—¿De qué se trata? —Me embarga un súbito nerviosismo. Está claro que Tom va a mostrarme algo que no me va a gustar lo más mínimo y tan solo puede tratarse de una cosa, así que intento prepararme para el golpe que sé que voy a recibir.

Él abre una imagen, y la pantalla parpadea por un segundo antes de mostrar a Luke y a Martha abrazados. Y no abrazados sin más, están besándose con abandono. Se trata de una foto que ha sido tomada desde cierta distancia, pero es inapelable. Martha lleva el pelo recogido en una coleta, y viste unos vaqueros y una camiseta rosa que sospecho que me pertenecen; Luke, por su parte, lleva puestos unos vaqueros y su camiseta surfista. Están en el paseo marítimo de Brighton, el muelle se ve en la distancia y tienen la playa de guijarros justo detrás.

—¿De dónde has sacado esto? —Una oleada de furia va abriéndose paso en mi interior, va ganando cada vez más fuerza hasta que creo que mi pecho va a estallar de la presión.

—La hice yo mismo. Seguí a Martha un par de días, fue después de que me confesaras que no te fiabas de ella. Pensé que podría demostrarte que no tenías motivos para preocuparte, pero al final resulta que... —Indica la pantalla con un ademán de la cabeza.

—¡Es increíble!, ¡no me lo puedo creer! Después de todo lo que ha pasado... Luke me hacía sentir como si fuera una celosa irracional, como si estuviera chalada y exagerando.

Contemplo de nuevo la imagen y me dan ganas de destrozar la pantalla de un puñetazo. Me levanto de golpe de la silla y me dirijo con paso airado a la sala de estar, busco mi bolso con la mirada y cuando lo encuentro lo agarro y saco mi móvil, pero Tom me lo quita de la mano antes de que pueda llamar a Luke.

—No le llames ahora, tómate un tiempo para serenarte. Estás enfadada y muy alterada.

—¡Pues claro que lo estoy!

—Y por eso no es conveniente que le pidas explicaciones ahora. Ven, siéntate y toma un poco más de vino. —Me conduce hacia el sofá y me pone la copa en la mano—. Siento que hayas tenido que enterarte así, pero he pensado que sería mejor que lo supieras por mí.

Yo asiento mientras al mismo tiempo sacudo la cabeza en un intento de quitarme de la mente la imagen de Luke y Martha besándose, ¿cómo ha podido hacerme esto mi marido?

—¡Dios, Tom, qué jodido desastre! —Mis hombros se encorvan y siento que se me van las fuerzas—. Estoy cansada de todo esto, no sé si voy a poder soportar mucho más.

Él me pasa un brazo por los hombros con cuidado de no aplastar mi escayola.

—No te preocupes. Yo estoy aquí para apoyarte, siempre lo he estado y siempre lo estaré. —Apoyo la cabeza en su hombro, incluso mi cuello parece haber perdido la capacidad de mantener erguida mi cabeza—. Eso es, relájate.

Permanecemos así varios minutos, la calidez de su abrazo me reconforta.

—Eres un buen amigo —murmuro aletargada contra su jersey.

—¿Te has preguntado alguna vez cómo habría sido nuestra vida si hubiéramos seguido siendo pareja?, ¿te has planteado cómo habrían sido las cosas si no hubieras roto conmigo?

—Por favor, Tom, no tiene sentido hablar de eso —le digo con voz suave—. Ha pasado mucho tiempo desde entonces, es algo que quedó en el pasado.

—Pero ¿nunca te lo has preguntado?

Yo me incorporo hasta sentarme bien antes de contestar.

—Puede que muy al principio, pero hace mucho tiempo que dejé atrás ese tema.

Él asiente pensativo, y al cabo de un momento se inclina hacia delante para agarrar la botella de vino.

—Está vacía. —Se pone en pie—. Voy a comprar otra a la licorería que hay al otro lado de la calle, no tardo nada.

—¡No, no hace falta! La verdad es que no debería beber más y tendría que volver al hospital, ha sido una tontería por mi parte marcharme de buenas a primeras. Tengo que enfrentar de cara esta situación, mañana vendrá la policía a interrogarme.

Pero él no me hace ni caso y sale por la puerta incluso antes de que yo haya terminado de hablar. Agarro mi copa y me recuesto con laxitud en el sofá, pero un latigazo de dolor sacude mi brazo herido y doy un respingo que hace que me manche de vino la camiseta.

—¡Madre mía, qué torpe soy!

Voy a la cocina y me limpio lo mejor que puedo con un trapo húmedo, pero no tengo más remedio que admitir resignada que lo más probable es que la camiseta no tenga salvación. Al salir me llama la atención el salvapantallas del portátil, que sigue encendido en el cuarto, y al ver a James Bond andando y girándose para disparar su arma sonrío para mis adentros. Típico de Tom, le encantan los ordenadores y a veces puede ser un verdadero friki en esto de la informática. Apuesto a que sería un gran espía.

Entro en la habitación y hago clic en la pantalla para echar otro vistazo a las cifras y las hojas de cálculo que me ha mostrado antes, aunque sé que no me va a servir de nada y que no voy a entender lo que pone. Tengo la cabeza un poco espesa y trastabillo un poco. Mi muslo golpea la silla giratoria y el brazo de esta tira al suelo la caja de memorias USB, que quedan esparcidas sobre la alfombra.

—¡Mierda! —Me arrodillo para recogerlas, y al agarrar la última me llama la atención ver que en la etiqueta pone *Llamada teléf. Martha 2.0.*

Reviso las otras y veo que están etiquetadas como *Fotos 0.1, Fotos 0.2* y *Fotos 0.3*; *Archivos trabajo A-L, Archivos trabajo M-Z*; *Personal 0.1* y *Personal 0.2*.

Las dejo todas en la caja menos la que tiene el nombre de Martha en la etiqueta y la conecto al puerto USB que está libre. Me tiembla la mano y no sabría decir si es por nervios o a causa del vino. El portátil lee la memoria, y en cuanto aparece en la pantalla el icono de la unidad de disco F hago clic sobre ella y me sorprendo al ver que contiene un único archivo. Es un clip de audio, lo reconozco porque el icono es el mismo que el de las grabaciones de las conversaciones telefónicas que tengo archivadas en el trabajo.

Empiezo a marearme de nuevo justo cuando estoy haciendo clic para reproducirlo y tengo que sentarme.

La primera voz que se oye es la de Tom.

—*¿Qué cojones estás haciendo?*

La voz que contesta es inconfundible, se trata de Martha.

—*Vaya, qué manera tan bonita de saludar a alguien.*

—*A la mierda con los saludos, Martha. Cuando te dije que tenías que aislar a Clare de todo el mundo no me refería a que empujaras a la hija de Pippa, ¡la jodida niña tiene un brazo roto gracias a ti!*

—*Admito que lo del brazo no formaba parte del plan, pero deberías darme las gracias. La zorra esa de Pippa está tan cabreada con Clare que no quiere ni dirigirle la palabra.*

—*Aun así, deja en paz a las crías.*

—*Vale, de acuerdo. ¿Eso es todo?*

—*No, no es todo. ¿Puedes hablar ahora, o tienes que colgar?*

—*Dispongo de algo de tiempo, pero no mucho. Marion ha ido a desayunar fuera, pero no tardará en volver. He logrado escaquearme alegando que tengo migraña.*

—*¿Dónde está Luke?*

—*En su estudio, yo estoy en el jardín.*

—*¿Cómo te llevas con él?*

—*Bastante bien, es un buen tipo.*

—*Necesito que me hagas un favor.*

Martha titubea por unos segundos antes de contestar con voz cauta.

—*¿De qué se trata?*

—*Quiero que te acerques un poco más a él, que causes problemas en su matrimonio.*

—*Creía que eso era lo que estaba haciendo.*

—*Tienes que esforzarte más. Clare sospecha de ti, y no nos conviene que los demás empiecen a hacerle caso.*

En la voz de Tom se refleja una impaciencia y una frialdad que suele reservar para su exmujer.

—*Pero sería más probable que ella me creyera si intento ganarme su confianza.*

—*Déjame a Clare a mí.*

Martha suelta una carcajada y dice en tono burlón:

—*¡Ah, ya lo entiendo! ¡Lo que quieres es que ella se apoye en ti! Ya sé que estuvisteis juntos en el pasado, pero yo creía que había sido un mero amor de juventud.*

—*Ese es un asunto que tengo pendiente, y que a ti no te incumbe.*

—*Si tengo que esforzarme más también quiero ganar más.*

En la voz de Martha ya no queda ni rastro de burla ni diversión, su tono se ha vuelto acerado.

—*No intentes presionarme, Martha. Recuerda que sé lo que hiciste. Me basta con hacer una llamada a la policía americana para poner fin a tu juego.*

—*En eso te equivocas, estoy segura de que a las autoridades les interesaría mucho saber que has estado robando dinero del fideicomiso. Me parece que a eso se le llama desfalco.*

—*¡Pero no es un jodido asesinato!*

Inhalo aire de golpe y me incorporo como un resorte en la silla al oír esas palabras que confirman mis peores temores, y mientras intento asimilarlo permanezco ajena a cómo sigue la conversación. Consciente de que Tom puede regresar de un momento a otro, me obligo a mí misma a prestar de nuevo atención a la grabación, y retrocedo unos segundos con el ratón para poder escuchar la parte de la conversación que me he perdido.

—*¡Pero no es un jodido asesinato!*

—*¡Fue un accidente!*

La voz de Martha está llena de indignación y enfado, pero yo me he quedado entumecida. Me martillea la cabeza y la sensación de mareo no se me quita, pero Tom está hablando de nuevo y me esfuerzo por prestarle atención.

—*La empujaste; se dio un golpe en la cabeza, un golpe mortal; no llamaste a los servicios de emergencia.*

Tom está enfatizando cada punto tal y como le he visto hacer en multitud de ocasiones ante un tribunal. Me lo imagino caminando de acá para allá delante del estrado, marcando con los dedos cada punto que enumera.

—*Ocultaste el cuerpo; te fuiste a casa a dormir; a la mañana siguiente tampoco hiciste nada.*

—*¡Cállate! ¡Cierra el pico!*

—*Te condenarían por homicidio premeditado, como mucho podrías aspirar a que lo dejaran en involuntario. Por no hablar del encubrimiento de un delito y/o de pruebas, de la ocultación de pruebas, de obstrucción a la justicia... ¿Hace falta que siga?*

—*Si yo caigo, tú también.*

—*Pero tú te quedarás en la cárcel de por vida, mientras que yo podría quedar libre en cuestión de un par de años. Incluso puede que me concedieran la libertad condicional. Mi vida seguirá adelante, pero en tu caso las cosas no pintan nada bien.*

—*¡Vas de farol!*

—*No, te aseguro que no. Hasta sé dónde tienen que buscar las autoridades el cadáver: en la zona arbolada que hay cerca del puente de la isla Talbot. No tardarán en encontrarlo. ¿Has oído alguna vez esa expresión que dice que en boca cerrada no entran moscas? Pues piensa que tengo grabada esta conversación, y también la anterior.*

Tom se muestra firme, seguro de sí mismo.

—*¡Eres un cabrón!*

—*Me han llamado cosas peores.*

Se crea un silencio cargado de tensión y oigo cómo la respiración de Martha se vuelve profunda mientras lucha por controlarla, de forma parecida a lo que estoy haciendo yo misma en este momento. Ella habla de nuevo después de varios segundos.

—A ver, lo que quieres es que cause problemas entre Clare y Luke. ¿Es eso?

—Exacto.

—¿Y qué pasa si él no está interesado?

—Eres una chica muy atractiva, seguro que te las ingenias para lograr atraerle.

—No sé por qué, pero tengo la impresión de que no estás haciendo esto porque estés interesado en Clare.

—Eres muy perspicaz, debo felicitarte. Digamos que del amor al odio tan solo hay un pasito. No pasa nada si esta pequeña parte del plan no funciona, tengo un plan B.

—Eres un hijo de puta desquiciado.

—Lo que pasa es que me gusta ganar.

—Tengo que colgar, el coche de Marion acaba de enfilar por el camino de entrada.

—No me falles, Martha. Si cumples muy bien con tu tarea es posible que me lo replantee y te dé un aumento.

Oigo que la llamada se corta, pero Tom no ha dejado de grabar y le oigo murmurar *Estúpida zorra de mierda* antes de que finalice la grabación.

Me llevo la mano sana a la cabeza, me cuesta creer lo que acabo de oír. Si alguien me hubiera contado todo esto le habría dicho que está chalado, que confío por completo en Tom, que somos amigos desde hace años y él sería incapaz de traicionarme.

El súbito sonido de un claxon y de un coche pasando por la calle me devuelve a la realidad, y me doy cuenta de repente de que Tom debe de estar a punto de entrar por la puerta.

Tengo el corazón a mil por hora mientras saco a toda prisa la memoria del puerto USB, y cuando estoy a punto de dejarla de nuevo en la caja cambio de opinión. Se trata de una prueba importantísima. Me la meto en el bolsillo del pantalón, y me acuerdo de repente de que Tom ha mencionado haber grabado también una conversación previa con Martha. Esta memoria contenía un único archivo, lo que significa que debe de haber otra. Rebusco rápidamente en la caja, pero no veo ninguna con una etiqueta similar.

Estoy a punto de dejar caer la caja al oír que la puerta principal se abre y Tom entra silbando, la dejo sobre el escritorio a toda prisa y me pongo en pie.

—¡Clare! ¿Estás bien?, ¡traigo el vino!

Salgo frenética del cuartito y entro en el baño, que está justo al lado; me tiembla tanto la mano que a duras penas logro echar el pestillo.

Su voz cada vez se oye más cerca, ha cruzado la sala de estar y ha entrado en el pasillo.

—¡Enseguida salgo! —exclamo, antes de tirar de la cadena para disimular.

Me miro en el espejo para asegurarme de que no se me ve demasiado alterada, respiro hondo para intentar serenarme, descorro el pestillo, abro la puerta y consigo dibujar una sonrisa en mi rostro a base de fuerza de voluntad.

—Me han entrado ganas de hacer pis —le digo con un pequeño temblor en la voz.

—Pensaba que me habías dejado plantado. —Me guiña un ojo y me muestra las dos botellas de vino tinto que ha traído—. Tenían una oferta de dos por una, habría sido muy grosero por mi parte no aceptarla.

—Claro —me limito a contestar, mientras le sigo de vuelta a la sala de estar.

—¿Dónde está tu copa? —me pregunta, mientras abre una de las botellas.

Me acuerdo de repente de que me la he dejado en el cuartito después de escuchar la grabación.

—Eh... en el cuarto, creo. La tenía en la mano cuando he ido al cuarto de baño, la he dejado sobre el escritorio al pasar. —Soy consciente de que estoy hablando atropelladamente. Me pongo en pie antes de añadir—: Voy a por ella.

—No, tranquila, ya voy yo. Tú quédate aquí sentada.

Regresa al cabo de unos segundos con dos copas colgando entre los dedos, y afirma sonriente:

—Como yo siempre digo: si abres otra botella, usa otra copa con ella.

Que yo recuerde, nunca antes le había oído decir tal cosa, pero no protesto y me limito a decir, mientras él deja las copas sobre la mesa y termina de abrir la botella:

—No me eches mucho, en realidad no tendría que estar bebiendo.

Él hace caso omiso de mis palabras y me llena la copa antes de pasármela.

—¿Les has echado otro vistazo a los archivos que te he enseñado antes?

La pregunta me pilla desprevenida, y él no levanta la mirada de su copa mientras la llena.

—Me he planteado hacerlo, pero al final me he dado cuenta de que sería una pérdida de tiempo porque no entendería nada. Es a ti al que se le dan bien los números.

Noto una tensión subyacente entre los dos, una que antes no existía. Tomo un sorbito de vino mientras los dos fingimos que no pasa nada, lo único que quiero es salir de aquí cuanto antes.

—¡Chinchín! —dice él, alzando su copa.

—¡Chinchín! —respondo yo, con una sonrisa que no podría ser más falsa.

—Me parece que voy a quitarme la corbata y a cambiarme de camisa. —Se desanuda la primera y empieza a desabrocharse el cuello de la segunda antes de salir de la sala de estar. Regresa varios minutos después ataviado con una camiseta gris, y por el olor que me llega deduzco que se ha aplicado un poco de loción para después del afeitado—. Así estoy mucho más cómodo, ¿no te bebes el vino?

—No, la verdad es que me duele un poco la cabeza.

—Venga, tómatelo. Te sentará bien. —Desliza hacia mí la copa que yo he dejado sobre la mesa.

—No, de verdad que no me apetece.

Y de repente, de buenas a primeras, comprendo por qué tenía la sensación de que estaba pasando algo por alto antes, cuando Tom y yo estábamos hablando del accidente. En su momento parecía un dato irrelevante, tan irrelevante que debió de olvidárseme por completo, pero la idea se ha abierto paso hacia la superficie de mi mente y ha emergido con tanta fuerza como el puñetazo de un boxeador de peso pesado. El impacto es tan fuerte que logra desestabilizarme, y cierro los ojos por un segundo mientras noto cómo mi cuerpo se tambalea hacia la izquierda antes de volver a enderezarse.

—¿Estás bien? Cualquiera diría que acabas de ver un fantasma —me dice Tom.

29

—Tú estabas presente cuando ocurrió el accidente, ¿verdad?

Tom deja su copa sobre la mesa antes de contestar.

—¿Qué te hace pensar eso? —lo dice en voz baja, y noto en el ambiente una súbita y amenazante tensión.

—Vi tu coche aparcado en la cuneta, con todo este caos se me había olvidado. Tenía la sensación de que estaba pasando por alto algo importante y acabo de acordarme de repente. Como cuando tienes el nombre de alguien en la punta de la lengua, pero no te acuerdas por mucho que te estrujes el cerebro y, de repente, cuando te acuestas esa noche o estás comprando en el supermercado varios días después, te viene a la cabeza como por arte de magia. —Le miro unos segundos en silencio antes de seguir—. Algo así es lo que acaba de pasarme a mí, me he acordado de que rompí tu retrovisor al llegar a casa. Tu coche estaba allí, pero no lo has mencionado en ningún momento. Lo has mantenido en secreto, ¿se puede saber por qué? —Mi voz va tiñéndose de un sarcasmo que se entremezcla con la creciente furia que siento.

—Déjalo ya, Clare. No sabes ni lo que dices.

Es una advertencia que no nace de ninguna preocupación por mí, sino del temor a lo que pueda pasarle a él mismo, y a la que yo no le hago ningún caso.

—No querías que nadie supiera que habías estado allí, y para eso hay una única explicación posible: tienes algo que esconder.

—Intento ponerme en pie, pero las piernas me fallan y estoy a punto de caerme—. En aquella celebración que organizamos porque creíamos que Alice había regresado a casa, cuando Martha y tú estabais hablando en el jardín... fue entonces cuando te enteraste, ¿verdad? Cuando supiste que en realidad era Martha. ¿De qué estabais hablando cuando os pillé?

—Siéntate, has bebido demasiado.

Consigo levantarme al segundo intento, pero me da vueltas la cabeza.

—¿Qué has puesto en mi copa?

—No tengo ni idea de a qué te refieres.

Mis piernas no cooperan con mi cerebro, pero logro llegar a la cocina como buenamente puedo; agarro una de las tazas del soporte con forma de árbol y abro el grifo con tanta fuerza que el agua salpica contra el fregadero y moja la encimera, pero consigo llenarla; voy abriendo desesperada las puertas de los armarios hasta que encuentro el que contiene comida, mi mano sana rebusca con torpeza entre los botes y los paquetes, varios de ellos se vuelcan y un bote de alubias cae sobre la encimera; logro encontrar al fin el salero, abro la tapa y echo un montón de sal en la taza de agua. Tengo que vomitar. Sea lo que sea lo que he ingerido, tengo que expulsarlo cuanto antes.

Me llevo la taza a la boca, pero me la arrebatan de las manos.

—No hace falta que te bebas esto —me dice Tom, antes de vaciar la taza en el fregadero—. Las cosas no tienen por qué ser así, Clare.

—¿Qué quieres decir? —Me aferro a la encimera para evitar desplomarme.

—Tú y yo podríamos formar un gran equipo, supongo que sabes lo que siento por ti.

Yo frunzo el ceño desconcertada.

—Somos amigos, Tom, viejos amigos. Lo somos desde que estudiábamos juntos.

—Pero fuimos algo más que eso, y podemos volver a serlo.

—¿De qué hablas? Eso fue en la universidad, no fue nada serio y los dos lo sabemos. Siempre lo hemos dicho.

Él deja la taza sobre la encimera con tanta fuerza que el impacto hace que se rompa el asa. La tira al fregadero antes de afirmar con firmeza:

—Eso lo dijiste tú, no yo.

—¡Pero si cada uno siguió con su vida como si nada!, ¡nos casamos con otras personas! Tú con Isabella y yo con Luke. Lo que hubo entre nosotros, entre tú y yo, no fue más que una aventurilla de estudiantes. —Me froto la cara con la mano, no hay quien entienda todo esto.

—Cada vez que coincidía con vosotros se os veía más y más enamorados, y eso solo contribuía a recordarme que yo no sentía ni el más mínimo amor por Isabella.

—¿Qué esperas conseguir con todo esto?

—¿Tienes idea de la fortuna que tengo que pagar para mantener a Isabella? Tengo que hacerme cargo de los gastos de esa jodida mansión en la que vive. No puede ser una más pequeña y modesta, ¿no? ¡No, claro que no! ¡Tiene que ser un casoplón situado en la zona más cara de Brighton! Y después está todo lo que me pide para Lottie: las clases privadas de equitación, las de natación con un instructor para ella sola, la escuela de teatro los sábados, las clases de francés con un profesor particular... y la lista sigue y sigue. Y por si fuera poco tengo que pensar en mis propios gastos... Tengo que pagar por este apartamento, además de lo que me cuesta mi coche y mantener mi estilo de vida.

—No lo entiendo, ¿qué tiene que ver todo eso conmigo?

—Luke te ha puesto los cuernos con Martha, te he enseñado la foto que lo demuestra. Déjale, y tú y yo podremos estar juntos.

Yo me echo a reír al oír semejante absurdez.

—Las cosas no son así, no es tan fácil como tú lo pintas. ¿Qué pasa con Martha? ¿Y con Alice?, ¿qué me dices de mi hermana?

—¿Qué pasa con ellas?

Lo miro a los ojos y lo único que veo en ellos es un gran vacío, están totalmente huecos. Está disociado por completo de sus propias acciones, no siente empatía alguna por lo que me ha pasado, y eso es lo que me da más miedo.

Tengo que salir de aquí, no confío en Tom y no sé de lo que puede ser capaz. Mis ojos me delatan al desviarse hacia la puerta por un instante, un instante que basta para que él adivine mis intenciones y se interponga en mi camino para bloquear mi escapatoria. No sé qué se propone hacer a continuación y no pienso quedarme a averiguarlo. Agarro el bote de alubias que se me ha caído antes sobre la encimera y se lo estrello contra la cabeza con todas mis fuerzas.

Él se queda mirándome, completamente inmóvil, y de la nariz le brota un hilo de sangre. Se lleva una mano al labio y palpa la sangre antes de contemplar sus dedos teñidos de rojo. Yo estoy atrapada contra la encimera, no sabría decir quién de los dos es el que está tambaleándose... Él se desploma de repente, y al grito que escapa de mi boca le sigue un profundo silencio.

¡Santo Dios, le he matado!

La acuciante necesidad de marcharme, de alejarme todo lo posible de él, es poco menos que arrolladora, pero soy consciente de que mi cuerpo está a punto de llegar a su límite. No sé qué me habrá echado Tom en el vino, pero me está pasando factura. Agarro la taza del asa rota, vuelvo a llenarla de agua y sal y me obligo a mí misma a tomármela, a bebérmela de golpe. Está asquerosa y mi garganta intenta cerrarse, echarla de nuevo hacia afuera, pero yo no se lo permito y al cabo de un momento mi estómago se convulsiona y estoy vomitando. Parece que estoy arrojando sangre mientras el vómito, teñido del rojo del vino, salpica el fregadero, y entonces repito el proceso. Me tomo otra taza de agua y sal, el estómago me arde y arrojo por segunda vez.

Recuerdo que, cuando las niñas eran pequeñas, se me aconsejó que en caso de que ingirieran lejía o algún producto parecido les diera leche para crear una especie de barrera en la pared del estómago, y evitar así que el tóxico se absorbiera y pasara a la sangre. No tengo ni idea de si será cierto o no, pero abro la nevera de golpe, agarro una botella de leche que hay en el botellero de la puerta, una de esas de plástico que tienen el tapón verde, y me bebo frenética toda la que puedo con cuidado de no pasarme, ya que no quiero vomitar de nuevo.

Paso por encima de Tom al dirigirme hacia la puerta, pero en ese preciso momento él gime, alza una mano y consigue rozarme el tobillo. Suelto un grito y salgo a trompicones al pasillo, me vuelvo a mirar hacia la cocina y veo que está incorporándose, que ya ha conseguido ponerse a cuatro patas. Alza la cabeza y nuestras miradas se encuentran, me quedo paralizada por un momento. No puedo pensar, no puedo moverme.

Él sacude la cabeza como un perro que tiene un juguete entre los dientes, apoya una mano en el taburete de la barra americana, se pone en pie con dificultad y se frota la cabeza.

—Eso no ha sido demasiado amable por tu parte.

El sonido de su voz me despierta de golpe del trance en el que estoy sumida, mi instinto de supervivencia toma el control y antes de que me dé cuenta estoy corriendo por el pasillo y cruzando la sala de estar, y salgo al descansillo. Pulso desesperada el botón de llamada del ascensor, pero al alzar la mirada hacia el indicador de posición descubro que se encuentra en la planta baja.

—¡Espera, Clare! —Tom ha salido al descansillo, tiene una mano en la cabeza y con la otra se agarra al marco de la puerta—. ¡No te vayas! Tenemos que hablar, podemos solucionar todo esto.

—¡No, Tom, ya es demasiado tarde!

Estoy tan asustada que no puedo ni llorar, pero se me está rompiendo el corazón. Me vuelvo y abro de un fuerte empellón la puerta de la salida de emergencia, pongo tanto ímpetu en ello que trastabillo hacia afuera y voy a parar a una pequeña escalera de incendios metálica situada en el exterior del edificio, choco contra la barandilla y mi cuerpo se inclina peligrosamente hacia delante, grito creyendo que voy a precipitarme al vacío, pero logro agarrarme con fuerza con la mano sana y me echo hacia atrás hasta tener los pies bien apoyados en el suelo.

La lluvia azota mi cara, reforzada por el fuerte viento de la tormenta. Mi mano surca el agua que moja la barandilla mientras bajo como una exhalación y el aire fresco va despejando mi mente. Mis pies bajan volando los escalones, estoy desesperada por poner la máxima distancia posible entre Tom y yo. Estoy en la segunda planta cuando oigo el fuerte golpe de la puerta de la salida de emergencia que tengo justo por encima de mí, oigo que Tom me llama, pero el viento se lleva sus palabras y de repente noto la vibración que sacude la escalera cuando sus pies pisan el metal y oigo el sordo golpeteo de sus pasos bajando a toda velocidad hacia mí.

Cuando llego por fin abajo del todo me quedo parada por un momento sin saber hacia dónde ir. Me encuentro en el callejón que hay detrás del edificio, estoy desorientada. A mi izquierda tan solo hay oscuridad, a mi derecha veo al fondo el atrayente resplandor de unas farolas. Echo a correr hacia allí intentando mantener el brazo escayolado tan pegado al cuerpo como me es posible, para evitar que sufra demasiadas sacudidas. Un intenso dolor me sube por el antebrazo y me atraviesa el hombro, pero no le presto ninguna atención. En lo único que puedo pensar es en huir.

Cuando llego al final del callejón y salgo como una tromba a la calle no pierdo tiempo mirando hacia atrás. La calle está desierta, todo el mundo ha optado por estar a resguardo de la tormenta. No creo que pueda dejar atrás a Tom, es un fanático del ejercicio físico y le encanta correr. Tengo que esconderme donde no pueda encontrarme. Corro hacia el final de la calle, me detengo apenas un segundo para lanzar una mirada tras de mí y veo su oscura silueta a escasa distancia.

Tengo el paseo marítimo justo enfrente y me dirijo hacia allí, el pelo que se me ha soltado de la coleta me azota la cara y la fuerza del viento procedente del mar está a punto de derribarme. Corro como un rayo, uno de mis pies resbala al pisar la tapa mojada de una alcantarilla y estoy a punto de caerme de bruces. Un coche me pita al pasar de largo, y yo agito frenética el brazo para hacerle señas.

—¡Alto! ¡Pare! —El vehículo prosigue su marcha y las rojas luces traseras acaban por perderse de vista.

Una mano se cierra de repente sobre mi hombro, me giro de golpe y el dolor que me atraviesa el brazo roto me arranca un grito. Cruzo la calle sin mirar, oigo el claxon de un coche y un frenazo, pero logro llegar al otro lado y en un abrir y cerrar de ojos estoy corriendo a toda velocidad por el paseo.

Las brillantes luces del muelle, las tengo enfrente... Si consigo llegar hasta allí, seguro que alguien me ayuda. Sigo corriendo sin parar, sujetándome el brazo roto con el otro, y noto cómo voy perdiendo velocidad conforme el cansancio empieza a ganar terreno. El muelle va alzándose ante mí como un faro de esperanza, consigo llegar no sé cómo, cruzo uno de los arcos de entrada y mis pies corren por las tablas de madera.

El lugar está desierto. No sé qué hora será, pero está oscuro y supongo que algunas de las atracciones ya están cerradas. Las que hay al final de todo del muelle aún siguen abiertas, hay luz y se oye música.

Estoy a medio camino de allí cuando oigo a mi espalda el sonido de pasos que se acercan a la carrera, me vuelvo a mirar y veo a Tom a escasos metros de mí, veo la determinación que se refleja en su rostro. Miro frenética alrededor en busca de alguien, pero no hay nadie. Oigo mis propios sollozos, sé que no voy a poder escapar... y de repente me atrapa.

Grito de dolor cuando sus manos me aferran cual garras el brazo, me aprisiona contra la blanca baranda del muelle.

—¡Apártate de mí! —Forcejeo con él, lucho por liberarme, pero es demasiado fuerte—. ¡Dios mío, Tom! ¡Detente, por favor! —No me importa implorar, lo único que quiero es que toda esta pesadilla se termine. Mis fuerzas se esfuman y me suelta el brazo.

—No tendrías que haberte puesto a husmear. No quiero hacerte daño, y aún hay una forma de salir de todo esto.

—Si lo que querías era dinero, ¿por qué no me lo pediste? Yo podría haberte ayudado.

—¡Sí, claro, ese habría sido un gesto precioso por tu parte! ¡Clare Tennison dando limosna no solo a su marido, sino también a su exnovio! —Se ha puesto furioso de repente—. ¿Por quién me tomas? ¡Yo tengo mi orgullo!

Sus súbitos cambios de humor me aterran.

—Así que Martha y tú ideasteis un plan para conseguir el dinero del fideicomiso y repartíroslo, ¿no?

—Esto de las deducciones se te da bastante bien. No me extraña, por eso eres una abogada tan buena. —Da un paso hacia mí.

—¿Cómo averiguaste que no era Alice, sino Martha?

—Fue durante la celebración en tu casa. Subí al cuarto de baño de arriba porque el de abajo estaba ocupado, y la puerta de su habitación estaba abierta. Ella estaba a cuatro patas en el suelo, buscando algo, y yo entré a ayudarla pensando que se trataría de un pendiente, pero me exigió de forma bastante brusca y grosera que saliera de la habitación. Evitaba mirarme, y entonces vi la caja de lentillas. Cometió el error de lanzar una mirada hacia la caja y de mirarme entonces a mí, y yo me di cuenta de inmediato.

—¿Del color de sus ojos?

—Sí. Mejor dicho, de uno de ellos. Se le había caído una lentilla y estaba buscándola, cuando me miró y vi que tenía un ojo verde y otro azul se le acabó el juego.

—¿Era de eso de lo que estabais hablando después, en el jardín?

—Exacto. Me costó un poco convencerla, pero ella sabía que no tenía alternativa. ¿Qué crees que pasó después de eso?

Dios, salta a la vista que está disfrutando a más no poder. Tiene esa sonrisita en la cara, la que aflora a su rostro cuando cree que ha sido especialmente inteligente. Decido probar la táctica de la adulación.

—No tengo ni idea, no soy tan inteligente como tú.

Él suspira y alza la mirada hacia el oscuro cielo mientras pone una cara de desesperación muy exagerada.

—Tenía que saldar varias deudas. No me refiero tan solo al tema del dinero, también tenía que saldarlas contigo.

—No te entiendo.

—Por nuestra época de Oxford; por enamorarte de Luke; por tener con él la vida que yo quería tener contigo.

—No tenía ni idea de que te sintieras así. —Estoy sinceramente atónita ante la intensidad de sus palabras y sus emociones.

—¡Pues claro, porque nunca te molestaste en preguntarme lo que sentía! ¡Intenté decírtelo, pero tú siempre me rechazaste y me hiciste sentir así de pequeñito! —Sostiene el índice y el pulgar a milímetros de distancia el uno del otro—. ¡Incluso ahora, cuando no tienes a nadie a quien recurrir, insistes en darme la espalda!

Apoya las manos en la baranda y dirige la mirada hacia el agua.

—Leonard podría acabar cargando con la culpa de todo; al fin y al cabo, ha estado falsificando los libros de cuentas del fideicomiso y robando dinero.

—Pero no ha sido él quien ha hecho todo eso, ¿verdad? —Me siento como una tonta por haberme dejado engañar por todas las mentiras que me ha contado Tom—. Los archivos que me has enseñado son pura ficción, puras invenciones tuyas. Sabías que yo no iba a entenderlos dándoles un somero vistazo, sabías que me fiaría de tu palabra.

—Voy a ser sincero contigo, Clare. La verdad es que el dinero y tú erais dos cuestiones completamente separadas, pero al final tuve la suerte de que se estableciera una conexión.

—¿Y de verdad crees que quiero tener algo que ver contigo después de todo esto? ¡No vas a poder salirte con la tuya!

—Pues voy a intentarlo y ya veremos lo que pasa. He preparado mi plan a conciencia, y lo tengo todo atado y bien atado —Se aparta de repente de la baranda y da un paso hacia mí.

—¡No te me acerques!, ¡déjame en paz!

—Eres consciente de que podemos formar una gran pareja, ¿verdad?

—¡Por encima de mi cadáver!

—Clare, Clare..., ten cuidado, no deberías decir ese tipo de cosas.

Intento marcharme, convencida de que lo que dice es pura palabrería, pero suelto un grito de dolor cuando me agarra con fuerza el brazo roto por encima de la escayola.

—¡Me estás haciendo daño!

—¡No tanto como el que tú me has hecho a mí! —Afloja la mano un poco—. ¡No entiendo por qué sigues con Luke! Es un vago que vive a tu costa mientras se pasa el día haciendo dibujitos. ¿Qué clase de trabajo es ese? ¡Te mereces a alguien mucho mejor que él! No es de fiar, te he enseñado esa foto en la que sale con Martha. ¿Qué más tengo que hacer?

—¡Me da igual! ¡Le amo! ¡Estoy enamorada de él, no de ti!

Es la pura verdad. Lo que sea que haya pasado entre Martha y él es una insignificancia después de todo lo que ha sucedido. Amo a mi marido, y tenemos la fuerza necesaria para arreglar las cosas.

—No voy a permitir que destrocen mi familia, lucharé con uñas y dientes por impedirlo.

—No entiendo cómo puedes decir eso, ¡Luke te ha tratado últimamente como si fueras una basura!

—Es mi esposo y el padre de mis hijas, le amo.

Él echa la cabeza hacia atrás mientras se ríe como un loco. El sonido de sus carcajadas es arrastrado por el viento y resuena entre los quioscos y los puestos que tenemos a nuestra espalda; cuando su hilaridad cesa al fin, me mira con una sonrisa por completo carente de calidez.

—Como él es el padre de tus hijas, todo lo que ha hecho está bien. ¿Es eso lo que estás diciendo?

—¡Exacto! —le espeto desafiante.

—Pues lo siento, Clare, pero me parece que al final vamos a tener que decantarnos por el plan B. —Ladea ligeramente la cabeza y me mira con conmiseración—. ¿Te acuerdas de aquel día que fui a verte, poco después de que acabáramos la carrera? Tu madre me dijo que estabas muy decaída por no haber sido capaz de encontrar a Alice.

—Solo me acuerdo vagamente —admito mientras intento recordarlo mejor.

—Fuimos a tomar una copa al Crow's Nest.

Ahora sí que me acuerdo. La verdad es que al final me pasé de copas y tardé un par de días en recuperarme, yo creo que estuve al borde de la intoxicación etílica. Mamá se enfureció al verme en ese estado. Poco después, esa misma semana, aún tenía algo de resaca cuando fui al *pub* con un grupo de amigos para celebrar el cumpleaños de Nadine, y esa fue la noche en que Luke y yo coincidimos. Era la primera vez que le veía en años. En esa ocasión no bebí nada de alcohol en toda la noche y él había convenido con sus amigos que iba a ser el encargado de conducir, así que pasamos la noche charlando y consolándonos mutuamente por tener que mantenernos sobrios entre un montón de amigos borrachos.

—Sí, ya me acuerdo —le digo a Tom.

—Y ¿te acuerdas del sueño ese sobre el que siempre bromeamos?, ¿el sueño en que participabas en una sesión de fotos para *Playboy*?

El mundo se detiene de golpe a mi alrededor, las luces se apagan casi por completo, la música procedente de las atracciones poco menos que desaparece.

—Sí —me limito a decir.

Él se saca el móvil del bolsillo, toca la pantalla y cuando aparece una imagen en ella la gira hacia mí para que yo pueda verla bien.

30

Se me escapa una exclamación ahogada al ver la imagen que llena la pantalla. Intento arrebatarle el teléfono de las manos a Tom, pero él lo aparta con rapidez para impedírmelo. Por encima de su hombro veo que alguien viene apresuradamente hacia nosotros y, aunque no alcanzo a verle con claridad, la silueta me resulta familiar... me parece que es Leonard, ¡no puedo permitir que vea lo que Tom tiene en el móvil!

Tom se gira a ver qué es lo que ha captado mi atención, y yo no dejo pasar la oportunidad. En un fluido movimiento, doy un paso hacia él y le propino un rodillazo en las pelotas. Él grita de dolor y se dobla hacia delante aferrándose la entrepierna, y yo aprovecho para agarrar su móvil con mi mano buena y arrebatárselo.

Retrocedo trastabillante mientras me lo guardo en el bolsillo, pero él no se rinde ante mi ataque y, espoleado por todo lo que está en juego, se abalanza hacia mí y me empuja contra la baranda. Tengo la barra apretada contra la espalda y me cuesta respirar con el peso de Tom presionándome. Intento alzar la rodilla para golpearle de nuevo en la entrepierna, pero es inútil. Él me empuja aún más hacia atrás y noto cómo mis pies se alzan del suelo.

Me está gritando que le devuelva el teléfono, está sujetándome el brazo derecho con una mano mientras con la otra intenta encontrar el bolsillo donde lo he metido. Al notar que su peso se desvía ligeramente hacia la derecha intento moverme hacia la izquierda, pero él me endereza de golpe. Mis pies se alzan por completo del suelo y me inclino aún más hacia atrás por encima de la baranda, oigo el sonido de pasos que se acercan a la carrera y a Leonard gritando mientras la inclemente lluvia golpea mi cara; noto cómo voy resbalando contra el metal, mi centro de gravedad se mueve y el cielo nocturno que veía sobre mí desaparece.

Aún tengo a Tom encima, presionándome con su peso, y noto cómo mi cuerpo pasa por encima de la baranda; veo el oscuro mar bajo mi cabeza, las blancas crestas de las olas se alzan y rompen rugientes contra las embravecidas aguas que tengo justo debajo. Tardo una eternidad en caer. En un momento dado pierdo todo contacto con Tom, su mano se escurre de mi muñeca.

En un primer momento creo que no he caído en el agua, sino en la orilla, debido a la enorme magnitud de la fuerza y la presión que se alzan contra mí; entonces sigo cayendo, aunque más despacio, mientras el agua me penetra en la nariz y los oídos. Mantengo la boca cerrada. Bajo el agua reina un silencio absoluto y noto cómo me hundo más y más, hay marea alta y la profundidad es mayor que de costumbre. Este es un lugar lleno de quietud y de paz, quiero quedarme aquí... lejos de la locura en la que se ha convertido el mundo que tengo encima. Nada puede lastimarme aquí abajo.

Una imagen de Luke y de las niñas irrumpe en mi mente, y en ese instante me doy cuenta de que debo sobrevivir. No puedo entregarme al canal de la Mancha así, sin oponer ni la más mínima resistencia. Empiezo a batir las piernas con todas mis fuerzas mientras me impulso con el brazo sano, pero la escayola del otro es un estorbo que me dificulta los movimientos. No tengo ni idea de hacia dónde se supone que debo ir, ¿en qué dirección está la superficie? Entreabro los ojos y me sorprendo al notar que veo más de lo que esperaba, esto no está tan oscuro y negro como creía. Mi instinto me impulsa a mirar hacia arriba y veo las luces del muelle brillando a una distancia considerable, parecen las lucecitas de un árbol navideño.

Me impulso hacia arriba, me arden los pulmones y mi cuerpo me pide a gritos que tome una bocanada de aire, pero mi mente sabe que eso no es posible. Aquí no, estoy rodeada de agua, pero tan solo me faltan unos cuantos metros... el impulso de respirar es abrumador, tengo los pulmones al rojo vivo, ya casi he llegado...

Emerjo de golpe del agua y boqueo frenética intentando respirar, pero una ola rompiente se precipita contra mí y vuelve a hundirme. Lucho por ascender de nuevo a la superficie, y en esta ocasión estoy más preparada para el envite de la siguiente ola y logro contener el aliento. Oigo gritos procedentes de arriba seguidos de un súbito chapoteo, miro más allá de la cresta de la siguiente ola y veo algo flotando en el agua... ¡es un salvavidas! Avanzo con torpes brazadas del brazo derecho, el izquierdo me pesa bastante debido a la escayola empapada de agua. La corriente me arrastra hacia el salvavidas y con la punta de los dedos logro agarrar la cuerda, tiro para atraerlo hacia mí. Dios, estoy sin apenas aliento, respiro jadeante mientras intento introducir aire a bordo y llenar de nuevo mis pulmones. No consigo pasar la cabeza por el orificio del salvavidas, el brazo enyesado me lo impide, así que me aferro a él y noto cómo la ola me acerca un poco más a la orilla. Si consigo permanecer agarrada a él alguien vendrá a rescatarme, tan solo tengo que aferrarme a él, tengo que aguantar un poco más...

Noto que se me va resbalando, me pesan los párpados y tengo el brazo tan, pero tan cansado... De hecho, mi cuerpo entero y mi mente están cansados y helados, las profundidades me llaman seductoras. Podría dejarme arrastrar sin más, hundirme en ellas y dejar que la quietud y la calma me envuelvan... Me recuerdo a mí misma todos los motivos que tengo para seguir viva y mi cuerpo lucha de nuevo.

La orilla va acercándose más y más con cada ola que me lanza hacia delante. De repente veo gente adentrándose en el agua, oigo el chapoteo de las piernas mientras intentan acercarse a mí todo lo posible. Bajo los pies y al ver que logro tocar el fondo con la punta de los dedos me doy cuenta de que estoy a salvo, de que no voy a morir.

Dos pares de brazos me arrastran hacia la orilla; unas luces azules intermitentes brillan allí arriba, en el paseo marítimo. Los agentes uniformados me dejan sobre la arena de la playa y, mientras uno de ellos habla con rapidez por su radio pidiendo refuerzos y que venga una ambulancia, el otro se sienta junto a mí sobre los guijarros, agarra la chaqueta que debe de haberse quitado antes de meterse en el agua y me la coloca sobre los hombros.

—¿Está bien, señora? ¿Qué ha pasado? —Alzo la mirada hacia el muelle, fuertes temblores sacuden mi cuerpo debido al frío y a la conmoción—. Se ha caído del muelle, ¿verdad? ¿Había alguien más con usted?

¿Había alguien más conmigo? Dirijo la mirada hacia el mar, mis ojos recorren las olas que rompen contra la orilla. Miro hacia atrás y veo a Leonard, que se acerca corriendo como un poseso.

—¡Clare! ¡Santo Dios, Clare! ¿Estás bien?

—¿Conoce a esta señora?

—¡Sí! —Al llegar se sienta a mi lado de inmediato y me rodea con sus brazos—. Es mi hija.

Yo alzo la mirada hacia él, pero no digo nada. Me resulta raro oírle llamarme así, pero dejo el tema para más adelante.

—¿Estaba con ella cuando se ha caído?, ¿hay alguien más en el agua?

—Yo también estaba en el muelle, pero a cierta distancia, y no he visto lo que ha pasado —le contesta Leonard—. Solo sé que ha desaparecido de la vista de repente. Le he lanzado el salvavidas.

—¿Cómo se llama? —me pregunta el agente.

—Clare Tennison.

—De acuerdo, Clare, esto es muy importante. ¿Estaba acompañada de alguien?, ¿ha caído alguien más al agua?

Mi mirada pasa del agente a Leonard, y al cabo de un segundo vuelve a posarse en el primero. Tom no sabe nadar. Tendría que estar advirtiéndoles de que está ahí metido, ahogándose. Si lo hago y le rescatan, él podría arruinarlo todo; si no lo hago, todos sus secretos se hundirán en las profundidades del mar junto con él. Me pregunto si sería capaz de hacer algo así, de dejar que otro ser humano se ahogue.

—Estaba sola —afirma Leonard, antes de que yo pueda articular palabra.

—De acuerdo, ¿está seguro? —pregunta el agente.

—Sí, por completo.

—¡No! ¡No, no estaba sola! —exclamo de repente—. ¡Tom está en el agua y no sabe nadar!

No me extraña que el agente ponga cara de sorpresa.

—Usted acaba de decir que estaba sola —le dice a Leonard.

—No he visto a nadie más —alega él.

El agente avisa a su compañero y se meten juntos en el agua mientras iluminan las olas con sus linternas. Uno de ellos habla con apremio por la radio, pero no alcanzo a oír lo que dice.

—Tom no sabe nadar —repito, sin apartar la mirada de ellos.

—Probablemente sea mejor así —afirma Leonard.

Me dan la noticia a la mañana siguiente: han recuperado el cadáver de Tom al amanecer. Las condiciones meteorológicas eran demasiado adversas durante la noche como para llevar a cabo una operación de búsqueda y salvamento exhaustiva; me dicen que lo más probable es que se ahogara en cuestión de un par de minutos tras caer al agua.

Lloro por Tom, que fue mi amigo durante tanto tiempo; lloro por los años que compartimos y por los buenos ratos que pasamos juntos. Estudiamos juntos en la universidad y después fuimos compañeros de trabajo, era uno de mis mejores amigos. No lloro por el

Tom que me engañó, el que ha robado dinero del fideicomiso, el que intentó echarle la culpa a Leonard.

—Llevaba un tiempo sospechando de él —admite Leonard.

Está sentado junto a mí en la habitación del hospital, que es la misma que tenía antes. Luke viene de regreso con las niñas de casa de sus padres, aunque le he pedido que no las traiga aquí.

—Si sospechabas que se traía algo entre manos, ¿por qué no hiciste nada al respecto? Puede que las cosas no hubieran llegado a este punto.

—Porque no tenía pruebas de nada. Sabes tan bien como yo que Tom es un genio de la informática, lo ha organizado todo de modo que parezca que soy yo el culpable. ¡Después de todo lo que hice por ese muchacho! Jamás pensé que pudiera volverse así en mi contra.

—Debió de tener sus razones.

—Deudas de juego, un divorcio complicado, la pensión alimenticia. Lo típico.

—Ojalá hubiera acudido a mí y me hubiera explicado la situación, yo le habría ayudado. Le habría dado ese jodido dinero, no tenía por qué robarlo.

—Su problema era que se creía muy listo y estaba convencido de que no iban a descubrirle.

—Necesitaba ayuda, y no solo financiera.

—Clare, hay algo que debo preguntarte.

Sospecho de qué se trata y supongo que le debo el contarle la verdad, pero, por otra parte, está la lealtad que le debo a Luke. Nadie tiene por qué enterarse de lo que pasó anoche en el muelle entre Tom y yo, así que cambio rápidamente de tema.

—Espero que Luke no tarde en llegar, le pidió a la enfermera que me dijera que iba a dejar a las niñas en casa de Pippa antes de venir directamente hacia aquí. No quiero que ellas me vean en un hospital, quiero verlas en casa esta noche. Si es que me dejan salir de este dichoso lugar, claro. Por cierto, ¿dónde está mamá? ¿No sería mejor que fueras a hacerle compañía?

—Su amiga del WI está con ella, el médico le ha administrado un sedante.

—Yo tendría que estar junto a ella en este momento. Me iría a casa de no ser porque la dichosa policía va a venir a tomarme declaración, no quiero que se presenten allí teniendo en cuenta todo lo que ha pasado. Sería demasiado estrés para mamá.

—¿Estás segura de que no quieres que yo esté presente mientras contestas a sus preguntas? Tienen que tratar muchos temas contigo.

—Tranquilo, no hace falta. Aunque en realidad es con Martha con quien deberían hablar, ¿sigue sin abrir la boca?

—Se niega a hablar, ni siquiera lo ha hecho cuando le he dicho que Tom ha muerto. Se ha limitado a darse la vuelta en la cama y quedarse mirando la pared.

—¿Qué va a pasar con ella ahora?

—Tendrán que encargarse de este asunto en América, aquí no ha cometido ningún delito aparte de entrar en el país con documentación falsa. Así que supongo que la deportarán a Estados Unidos, donde será arrestada por el asesinato de Alice y se enfrentará a un juicio. La conversación guardada en la memoria USB que encontraste en el apartamento de Tom será una prueba crucial.

—En Florida aún tienen la pena de muerte —comento mientras jugueteo con el borde de la nueva escayola que me han puesto en el brazo.

—Si se consigue un buen abogado defensor, creo que lo más probable es que se declare culpable de homicidio involuntario. No creo que se enfrente a la pena de muerte por eso.

—A pesar de todo lo que ha hecho, no le deseo la pena capital —afirmo, antes de alzar la mirada hacia él—. Lo único que quiero es averiguar dónde enterró a Alice.

Me permito llorar por primera vez mientras una arrolladora sensación de pérdida me envuelve. Acepto el abrazo de consuelo de Leonard y sollozo sin apenas hacer ruido contra su hombro. Soy consciente de que este pequeño acto es el comienzo de un nuevo vínculo entre nosotros, pero no puedo pensar aún en el futuro. No cuando aún me queda por lidiar con tantas cosas del pasado.

Leonard se ha ido hace unos veinte minutos escasos cuando la policía y Luke llegan prácticamente a la vez.

—Hola —me saluda él—. Mira a quién me he encontrado en el pasillo, perdona que haya entrado con ellos en vez de con el ramo de flores que se supone que un marido debe regalarle a su esposa.

El corazón me da un brinquito de alegría. Me basta con oír esas palabras para saber que todo se va a arreglar entre nosotros.

—No te preocupes, todo queda perdonado.

Se lo digo con una sonrisa que él me devuelve antes de acercarse; después de besarme la coronilla, se sienta junto a mí en el borde de la cama, me toma de la mano y se vuelve hacia la agente Evans.

—¿De qué querían hablar con mi esposa?

—De varias cosas —contesta ella—. En primer lugar, debo informarles que la señora Pippa Stent tiene intención de retirar la denuncia por los daños que sufrió su vehículo.

—Está bien, gracias. Es una buena noticia —afirmo yo.

—Las grabaciones de la cámara de seguridad no nos han permitido identificar con claridad a la persona que compró el bote de pintura, llevaba puesta una gorra de baloncesto y la señora Stent está convencida de que no se trata de usted. Comentó que podría tratarse de su..., eh..., de la señorita Munroe, pero dadas las circunstancias vamos a dar por zanjado el asunto.

—Pippa comprende la situación y ya no está enfadada contigo, he hablado con ella hoy —me dice Luke—. Me ha dicho que vendrá a casa dentro de un par de días para verte.

—Señora Tennison, habrá que hacerle algunas preguntas acerca del accidente ocurrido en su casa, pero, según tengo entendido, eso va a formar parte de una nueva investigación, así que nuestros compañeros de la policía judicial hablarán con usted al respecto más adelante.

—¿Eso es todo?

—Sí. Contactaremos con usted en breve, pero, si pudiera permanecer en el Reino Unido mientras tanto, nuestros compañeros de la policía judicial le estarían sumamente agradecidos.

—Por supuesto.

—Gracias. Que tengan un buen día.

Evans y Doyle se marchan, y Luke y yo nos quedamos a solas.

—No sabes cuánto me alegro de verte. —El alivio de tenerle aquí me envuelve por completo.

—Me puse en marcha en cuanto Leonard me llamó, me lo ha contado todo. No sabes cuánto lamento no haberte creído acerca de Alice..., es decir, Martha.

—¿Cómo se lo ha tomado mamá?, estoy convencida de que Leonard me ha contado las cosas a medias para no preocuparme.

—Para serte sincero, la verdad es que no muy bien.

—Tengo que ir a casa para verla, y también a las niñas. ¿Están bien?

—Esta noche se quedan a dormir en casa de Pippa. Ya sé que estás desesperada por verlas, pero como tu madre está tan alterada no creo que sea buena idea que estén allí en este momento.

No me queda por menos que darle la razón en eso.

—Está bien, pero mañana las veré pase lo que pase. —Bajo la mirada hacia nuestras manos, que siguen entrelazadas—. Luke, hay algo que tengo que preguntarte.

Él suelta un sonoro suspiro antes de comentar:

—Eso suena bastante ominoso.

—Te creo cuando dices que no te has acostado con Martha, y siento haberte acusado de ello.

—No sé por qué, pero veo venir un «pero».

—Pero Tom me enseñó una foto donde salíais Martha y tú. Estabais en el paseo marítimo, abrazados. Besándoos.

Él me mira con un desconcierto que parece totalmente sincero.

—Te prometo que yo no he besado nunca a Martha, Clare. Te lo prometo de verdad. Ni siquiera sé de dónde pudo haber sacado Tom una foto así.

—Está bien, te creo. Es que necesitaba asegurarme.

—¿Dónde está esa foto?, la verdad es que me gustaría verla.

—Está en el portátil de Tom, lo más probable es que la editara con algún programa informático. Lo único que yo quería era oírlo de tus labios.

—Me parece que has acertado con tu teoría, a él siempre le gustó juguetear con ordenadores y cámaras. ¿Por qué le dio por mostrarte esa imagen?

—Porque quería causarnos problemas, por nada más. Olvida el tema, él ya no puede hacernos más daño. —No sé a quién estoy intentando convencer, si a él o a mí. Le beso y saboreo su respuesta, hacía mucho tiempo que no nos besábamos así.

—Vaya, me parece que habría que llevarla cuanto antes a casa, señora Tennison —me dice con una pícara sonrisa.

¡Dios, cuánto le he echado de menos!, ¡cuánto me alegro de que haya regresado!

Me ayuda a ponerme la ropa que me ha traído y, después de esperar a que me den el alta durante lo que me parece una eternidad, por fin enfilamos el pasillo rumbo al ascensor.

—Quiero pasar a ver a Martha antes de que nos vayamos —le digo.

—No sé si eso será una buena idea, ¿por qué no esperas unos días para que las cosas se calmen?

—No, tengo que verla cuanto antes. Quiero saber dónde está exactamente Alice. —Soy incapaz de decir «el cuerpo de Alice», aunque soy consciente de que esa es la realidad—. Tenemos que encontrarla lo antes posible.

Luke me acaricia el pelo y me mira a los ojos.

—La policía puede encargarse de averiguar esa información, no tienes por qué hacerlo tú.

Yo le cubro la mano con la mía y le ofrezco una pequeña sonrisa de gratitud por su preocupación por mí.

—Ya lo sé, pero necesito centrarme en algo, mantenerme positiva. Tengo miedo de derrumbarme si echo el freno ahora, no podré parar hasta que Alice descanse en paz.

Subimos en el ascensor a la siguiente planta y nos dirigimos hacia la sección a la que han trasladado a Martha, que salió anoche de la uci. Al doblar la esquina y enfilar el pasillo nos encontramos con un ambiente claramente cargado de tensión y alarma. Una enfermera está entrando a toda prisa en una habitación situada a la izquierda, y mientras la puerta se cierra alcanzo a ver que varios miembros más del personal médico ya estaban dentro. Se oyen voces firmes, pero al mismo tiempo cargadas de apremio, procedentes de la habitación. Otra enfermera sale apresuradamente y agarra un carrito que contiene lo que parece ser un desfibrilador.

Dirijo mi atención hacia la pizarra que hay detrás del escritorio del puesto de control, en la que aparece una lista de pacientes junto con sus correspondientes habitaciones, y recorro los nombres con la mirada hasta que encuentro a Alice Kendrick, que está en la habitación número tres. Dirijo entonces la mirada hacia el número que figura junto a cada una de las puertas y mis pies avanzan un paso, pero Luke me agarra con suavidad del brazo sano para detenerme. La emergencia está ocurriendo en la habitación número tres.

Me zafo de su mano de un tirón y en un instante estoy abriendo la puerta. Un enfermero le está haciendo una reanimación a Martha, que yace en el suelo junto a una sábana de algodón que se ha anudado para crear una soga.

Grito su nombre y otro enfermero se vuelve hacia mí de golpe y me saca de la habitación.

—¡No puede entrar!, ¡permanezca aquí fuera! —me ordena, antes de cerrar la puerta.

Luke me alza en brazos cuando me fallan las piernas, me lleva a una pequeña zona de descanso situada junto al puesto de control y me sienta en una silla.

—¡Ha intentado ahorcarse! —exclamo atónita—. ¿Por qué?, ¿por qué lo ha hecho?

La creía capaz de hacer muchas cosas, pero el suicidio no estaba entre ellas. Creía que Martha era de esa clase de personas que solo miran por sí mismas y a las que no les importa nadie más, que carecen de compasión y no sienten remordimientos, pero, por lo que parece, está claro que me equivoqué.

31

Las autoridades americanas tardaron cerca de una semana en encontrar a Alice, y cuatro días más en confirmar su identidad mediante un análisis de ADN. La tumba (así llamó el agente a la zanja poco profunda donde la encontraron) se encontraba en medio de una parte especialmente densa de la zona arbolada, a varios metros del camino. Caminantes, turistas, jinetes a caballo y bañistas han pasado a un tiro de piedra de Alice, pero nadie se ha percatado de su presencia. Me siento triste y a la vez culpable por haber estado tan cerca de ella sin saberlo.

Así que ahora estoy de vuelta en Florida con Luke, mamá y Leonard para darle a mi hermana un entierro apropiado.

Nos planteamos la posibilidad de trasladar su cuerpo al Reino Unido, pero al final llegamos a la conclusión de que, por mucho que nos doliera, América era su hogar y que, al margen de la opinión que nos mereciera Patrick Kennedy, era el padre de Alice y resultaba apropiado que estuviera sepultada junto a él.

La relación que existe entre Leonard y mamá se ha hecho pública. No sé por qué me la ocultaron, no me habría molestado. Voy asimilando gradualmente el hecho de que él es mi padre y me resulta bastante surrealista cuando pienso demasiado detenidamente en ello, así que dejo que la idea me pase por la mente de vez en cuando e intento no cuestionarla demasiado. No es una tarea fácil para mí, porque no soy una persona dada a dejar pasar las cosas sin más, pero estoy intentando ver la vida desde otra perspectiva, desde una más parecida a la que tiene mi marido. Es difícil dejar atrás viejos hábitos, pero estoy empezando a relajarme y a procurar ser menos controladora; de hecho, incluso he rebajado el tiempo que paso trabajando y ahora solo voy al bufete tres días a la semana.

Leonard ha contratado a una nueva asistente y el negocio ha pasado a ser el bufete de abogados Carr & Tennison, sin más.

Luke también está haciendo algunos cambios. Cuando dé comienzo el próximo curso académico va a empezar a dar clases nocturnas... de arte, por supuesto. Dice que quiere contribuir de forma más regular a la economía de la familia. Me gusta este nuevo equilibrio que hemos conseguido y las niñas, en especial Hannah, se ponen contentísimas cuando me toca a mí ir a buscarlas al colegio y a la guardería. No me cabe duda de que el entusiasmo por la novedad no tardará en decaer, pero por ahora estoy aprovechando al máximo la situación. Hasta quedé para tomar un café con otra de las madres; fue Pippa quien me la presentó y, en lo que a esta última se refiere, nuestra amistad ha vuelto a la normalidad después del pequeño bache que tuvimos y ahora valoro más que nunca su compañía.

Hoy hace más frío de lo habitual en Florida. Bajo la mirada hacia el ataúd mientras el párroco pronuncia unas palabras de consuelo. Mamá está junto a mí y la oigo llorar quedamente, desearía poder quitarle el dolor que siente.

Roma y Nathaniel han venido a presentar sus respetos. Me preocupaba la reacción que pudieran tener mi madre y ella al conocerse, pero mis temores eran infundados. Las ha unido el dolor por la pérdida de una joven que fue una hija para ambas. Ayer pasaron algo de tiempo juntas hablando de Alice; Roma tuvo la generosidad de compartir con mamá los recuerdos que tiene de ella y, aunque sé que a mi madre le dolió a veces, estoy segura de que le ha dado cierto consuelo y seguirá dándoselo en el futuro. Roma le entregó unos vídeos caseros de Alice grabados a lo largo de los años y también un sobre que contenía algunas fotografías para reemplazar las que perdí; ahora estoy convencida de que Tom las sacó de mi coche inmediatamente después del accidente.

—Te agradezco muchísimo que hayas venido —le digo a Roma, antes de que se vaya—, y también que ayer tuvieras el detalle de hablar con mamá. Significa mucho para nosotras.

Ella me da un abrazo, y entonces me mira durante unos segundos antes de decir:

—Me recuerdas a Alice. No solo por el aspecto, sino también por la forma de ser. Alice se habría sentido tan orgullosa de tenerte como hermana..., ella te quería muchísimo.

Me trago a duras penas las lágrimas.

—Gracias. Yo también la quise siempre.

Dejo que mamá y Leonard se tomen su tiempo y yo regreso al coche con Luke, que me rodea con un brazo y me pregunta con voz suave:

—¿Estás bien?

Yo apoyo la cabeza en su hombro antes de contestar.

—Sí, lo estaré.

Miro por la ventanilla del coche hacia la tumba recién abierta donde Alice está enterrada. Cuánto me gustaría que las cosas hubieran podido ser distintas. Me acuerdo de cuando ella se puso en contacto con nosotras y me pregunté si realmente la había echado de menos. Aún no sabría contestar a esa pregunta, pero sé sin ningún género de duda que ahora sí que la echo de menos, y que seguiré echándola de menos el resto de mi vida.

Me vuelvo al oír que la puerta del coche se abre y veo entrar a mamá y a Leonard. Luke le pide al conductor que nos lleve de regreso al hotel.

—Logramos encontrarte al final, mi querida Alice —dice mamá, mirando hacia la tumba, mientras el coche se pone en marcha y se aleja.

* * *

Creo que nunca antes me había alegrado tanto de ver nuestra casa como al llegar allí esta mañana. He podido dormir durante el vuelo, pero mamá está cansada y va directa a su habitación.

—Me voy al bufete —dice Leonard—. Seguro que nos vemos este fin de semana.

Me acerco a abrazarle.

—Gracias por todo, por cuidar de mamá. Significa mucho para mí.

—No tienes que darme las gracias. A eso me dedico, a cuidar a los demás. —Esboza una sonrisa—. Incluyéndote a ti.

Yo asiento y en mi rostro se dibuja una media sonrisa.

—Gracias.

—Ya sabes que mañana se celebra el funeral de Tom.

—Sí, pero no voy a ir. Una parte de mí se siente mal. Tengo la impresión de que estoy llorando la pérdida de la persona a la que creía conocer, pero cuando pienso en la persona que era en realidad no se despiertan en mí los mismos sentimientos.

—Aún está todo muy reciente, pero con el tiempo irás asimilándolo. Te dejará una cicatriz, pero una con la que podrás vivir.

—Sí, ya lo sé. —Le tomo del brazo mientras salimos de la casa y añado, para intentar aligerar un poco el momento—: De hecho, ya tengo unas cuantas, así que será una más que añadir a la colección.

—Clare, hay algo que quería preguntarte —me dice, cuando nos detenemos junto a su coche.

—Está bien, dime.

—Aquella noche, cuando estabas en el muelle con Tom... ¿qué fue lo que te dijo?

—Nada —lo digo con firmeza.

—¿No te mostró algo que tenía en el móvil?

—No, en absoluto.

Él me observa con ojos penetrantes antes de decir:

—Supongo que, de hallarse su móvil a estas alturas, el agua marina lo habría dejado inutilizado.

—Sí, supongo que sí.

Se crea un breve silencio mientras parece estar debatiéndose entre decir algo o callárselo, y al final supongo que opta por la segunda opción.

—Está bien. En fin, me voy ya.

—Adiós, Leonard.

En cuanto su coche cruza la portalada y oigo cómo va alejándose, entro de inmediato en casa y subo directa a mi habitación. Echo el pestillo antes de acercarme al armario. Guardo en la parte inferior todos mis zapatos, los tengo pulcramente colocados en anaqueles y al fondo de todo están mis botas altas de charol negro, unas que no me decido a desechar a pesar de que ya no me las pongo casi nunca. Meto la mano en una de ellas y saco de la puntera un *smartphone* negro. Es el de Tom, el que me metí en el bolsillo justo antes de que nos cayéramos al agua.

El comentario que ha hecho Leonard sobre este móvil me ha puesto nerviosa, ¿y si el agua marina no lo ha inutilizado del todo y la foto que me mostró aún sigue ahí dentro? Saco la tarjeta SIM, la corto en tres con unas tijeras, envuelvo cada trozo por separado en un poco de papel higiénico y luego los echo al retrete y tiro de la cadena. A continuación envuelvo el móvil en una toalla para amortiguar el sonido y golpeo la pantalla con el puntiagudo tacón de mi zapato. Oigo cómo se rompe el cristal, sigo golpeando y, cuando abro finalmente la toalla, veo que el móvil ha quedado hecho añicos.

Envuelvo los restos en la toalla de mano y, tras guardarlos en la bolsa de deporte que suelo llevar al gimnasio, tomo nota mental de ir tirando los pedacitos en distintas papeleras por todo Brighton, pero de forma gradual, en el transcurso de varios días.

Cuando bajo de nuevo, encuentro a Luke entretenido con el ordenador.

—He pensado que podía revisar mi correo electrónico ahora que tenía cinco minutos libres —me comenta.

—Buena idea, no quiero ni pensar en cuántos mensajes habré recibido yo. He tenido el móvil apagado mientras estábamos fuera.

—Lo enciendo y al cabo de un momento cobra vida.

—¿Te apetece una taza de té?, el ordenador va muy lento.

—Sí, genial. He echado mucho de menos una buena taza de té británica. —Compruebo en mi móvil los correos electrónicos que he recibido—. Tengo cuarenta y ocho, y apuesto a que todos son correos basura.

Empiezo a bajar por la pantalla con rapidez para ver si hay alguno importante. Estoy a punto de pasarlo por alto mientras leo a toda prisa los nombres, pero me doy cuenta de repente de que tengo dos correos electrónicos cuyo remitente es Tom Eggar. Suelto el teléfono como si me hubiera quemado los dedos.

—¡Mierda!

—¿Estás bien? No se ha roto, ¿verdad?

—No, no le ha pasado nada —le aseguro a Luke, mientras me agacho a recoger el móvil. Abro el primer correo, en cuyo asunto pone *Plan B*.

Hola, Clare:

Organicé esto mientras tú estabas en América, sabía que habías averiguado lo que Martha y yo estábamos tramando. Si estás leyendo esto, entonces supongo que te negaste a aceptar el Plan A y lo más probable es que esté encarcelado (aunque espero sinceramente que no sea así), o he desaparecido de la faz de la Tierra y me encuentro en algún lugar donde nadie podrá encontrarnos ni al dinero ni a mí.

Así las cosas, estarás preguntándote por qué te he mandado este correo. Pues resulta que este es el Plan B, también conocido como VENGANZA; si hubieras aceptado mi oferta, habría cancelado el envío programado de este correo.

Si bien es cierto que nunca tendré la satisfacción de presenciar las consecuencias del Plan B, imagíname sentado en una playa en algún lugar cálido, con una cerveza fría en la mano, preguntándome cómo cojones vas a explicarle esto a Luke.

¡Disfruta del resto de tu vida!

Tom

Paso frenética al segundo correo que me envió y se me revuelve el estómago al ver el asunto: *¿Quién es el papá?*

La foto que Tom me mostró aquella noche en el muelle va cargándose poco a poco en la pantalla de mi móvil.

En ella aparezco completamente desnuda en una cama de matrimonio, está tomada desde los pies de la cama y estoy tumbada de espaldas, mirando hacia la cámara con los párpados a media asta. Tengo una mano alzada con la que me aparto del cuello el pelo, y la otra posada en la parte interna de un muslo. Fue tomada la noche en que Tom y yo fuimos a tomar unas copas al *pub* The Crow's Nest.

No tenía ni idea de que él hubiera tomado estas fotos, y ahora me planteo si quizás fue algo más que alcohol lo que me dejó tan indefensa.

Procedo a leer el mensaje. Contiene una fecha, la fecha en que Tom me llevó de copas, una semana antes de que coincidiera con Luke en el *pub*, junto con las palabras *¿Quién es el papá?* Y debajo está escrito el nombre de Hannah y su fecha de nacimiento. No hace falta ser un genio para descifrar el mensaje.

—Qué raro, tengo un correo electrónico de Tom.

La voz de Luke logra penetrar en mis pensamientos, y al asimilar lo que acaba de decir echo a correr hacia él.

—¡No lo abras! ¡Es un virus!, ¡bórralo! ¡Ni siquiera lo abras, corrompería el ordenador y todos los archivos! —Agarro el ratón con tanto ímpetu que estoy a punto de tirar a mi marido de la silla.

—¡Está bien!, ¡tranquila! ¿Cómo sabes que es un virus?

—¿Qué otra cosa podría ser? —Lo borro de inmediato, voy a la carpeta donde se guardan los correos recién borrados y también lo elimino de ahí—. Alguien ha debido de piratear su cuenta. Está muerto, así que no puede hablarnos desde la tumba.

Luke prepara el té y yo repito el mismo procedimiento en mi móvil. Tom debía de saber cómo programar los correos para que se enviaran más tarde, como una especie de boletín informativo de esos. Voy a tener que revisar todos sus archivos para asegurarme de que no quede nada y todo haya sido borrado, y después destruiré el disco duro de su portátil a pesar de que comentó que nunca guardaba nada allí. No pienso correr ningún riesgo. A continuación me encargaré de destruir todas las memorias USB; menos mal que no entregamos nada de todo eso a la policía. Después de que me salvaran de morir ahogada en el mar, Leonard tuvo la precaución de ir al apartamento de Tom para llevarse tanto las memorias USB como el portátil. Él quería mantener fuera de la ecuación todo el asunto ese de Tom robando dinero, así que no dijimos nada al respecto y atribuimos su muerte a un accidente fortuito. La policía dio por buena la explicación.

Me siento junto a Luke y le sonrío. Él no tiene por qué enterarse jamás, ni dudar por un solo instante si es o no el padre de Hannah. Yo misma no tengo la certeza de que lo sea y no tengo intención alguna de averiguarlo mediante una prueba de ADN, ¿de qué serviría? Luke es el verdadero padre de Hannah, biológico o no. Es algo que no tiene ninguna importancia.

—Te amo —le digo.

Él se inclina hacia mí y me besa antes de contestar:

—Yo también te amo, cielo.

Me aferro a sus brazos, le insto a apretarlos con fuerza alrededor de mi cuerpo mientras cierro los ojos para intentar borrar de mi mente la imagen de la foto y todo lo que esta representa.

A veces, los lugares más oscuros no se encuentran en la negra oscuridad de la noche cerrada, cuando la luna está tapada por las nubes, ni cuando cierras los ojos y sigues el movimiento de las chispas de color que danzan tras tus párpados; a veces, los lugares más oscuros se encuentran cuando tienes los ojos bien abiertos. Cuando el sol brilla con fuerza y las motas de polvo flotan en los haces de luz.

NOTA DE LA AUTORA

Querido lector:

¡Muchas gracias por tomarte tiempo para leer esta novela!, ¡espero que te haya gustado!

Las dinámicas familiares siempre me han fascinado y no solo por lo diversas que son hoy en día, sino también por la diversidad que existe dentro de cada unidad. Procedo de una familia donde éramos cuatro hermanos y yo misma tengo cuatro hijos, así que he vivido y presenciado cómo una sola persona puede cambiar la dinámica con solo entrar en una habitación. Aunque todos hayan sido criados por los mismos padres y, a todos los efectos, hayan recibido la misma educación, cada uno tiene una personalidad y una ética propias que se reflejan en su comportamiento. Eso puede manifestarse a través de una especie de corriente subyacente capaz de cambiar el ambiente que reina en la habitación, ya sea para bien o para mal.

Quería incluir ese elemento en la historia de Clare y Alice, y mostrar cómo la llegada de Alice/Martha cambió la percepción que Clare tenía tanto de su propia persona como del puesto que ocupaba dentro de la familia, y cómo eso impactó a su vez en la relación que tenía con su marido y su madre.

También quería tratar la cuestión de las ideas preconcebidas o, en el caso de Clare y Marion, del final de cuento de hadas que creían que iban a tener cuando Alice regresara a casa. A Clare le resultó especialmente difícil conciliar sus propias expectativas con la realidad de la situación y con la visceralidad de las emociones que emergieron en su interior. Si bien es cierto que sus dudas estaban justificadas, cabe preguntarse si el amor que esperaba sentir de forma automática se hubiera materializado realmente en el caso de que Alice hubiera regresado de verdad. Marion anhelaba tanto tener a su hija de vuelta en casa (en cierta medida, para aliviar la culpa que sentía por haberla dejado ir), que eso la tenía cegada y era incapaz de ver cualquier posible duda que hubiera podido albergar.

He planteado algunas de estas cuestiones en el apartado de preguntas.

En lo que se refiere al lugar donde se desarrolla la novela, Brighton, es una ciudad con la que estoy muy familiarizada y donde existe una gran diversidad, tiene un aire muy cosmopolita. Reina en ella un ambiente fantástico y se ha ganado el que se la conozca como la «Londres junto al mar», pero aun así conserva sin problemas esa atmósfera de pueblo costero inglés.

Brighton es una ciudad muy turística y cuando empecé a escribir esta historia utilicé la que por entonces era una de las atracciones emblemáticas de la ciudad, el Brighton Eye, pero resulta que para cuando llegó la hora de editar la novela, varios meses después, había sido sustituido por la torre i360; por suerte, esta encajaba igual de bien en la trama y no supuso ningún problema.

Para mí ha sido todo un placer ambientar esta novela en Brighton, tal y como he hecho en ocasiones anteriores, y estoy segura de que esta ciudad aparecerá de nuevo en mis futuras obras.

Te agradezco de nuevo que te hayas tomado tiempo para leer esta novela. Puedes contactar conmigo a través de mi página web o de las redes sociales, ¡me encanta saber de mis lectores! Si te ha gustado el libro, quizás podrías dejar constancia de tu opinión con algún comentario. No tendrían por qué ser más de una o dos frases, pero las opiniones de los lectores tienen un valor incalculable y siempre son bienvenidas.

¡Muchas gracias de nuevo!
Sue

9 788491 392330